KB265558

묻지마 _{관광}

도서출판 선영사

묻지마
관광

1판 1쇄 인쇄 2012년 5월 30일
1판 1쇄 발행 2012년 6월 10일

지 은 이 강평원
편집주간 김범석
편집기획 LineBook

발 행 인 김영길
펴 낸 곳 도서출판 선영사
주   소 서울시 마포구 서교동 485-14 영진빌딩 1층
Tel 02-338-8231~2   Fax 02-338-8233
E-mail sunyoungsa@hanmail.net
Web site www.sunyoung.co.kr

등   록 1983년 6월 29일 (제02-01-51호)

ISBN 978-89-7558-049-9   03810

묻지마 관광

한국문학을 대표하는 것이 산문이라면, 산문을 대표하는 것이 소설이다. 소설이란, 작가의 풍부한 어휘·상상력·깔끔한 문장·탄탄한 구성력을 바탕으로 인간의 삶이나 사회의 모습을 형상하여 인생을 표현하는 언어 예술이다. 따라서 한 편의 소설이 씌어지는 과정에는 필연적으로 등장인물의 심리와 성격이 잘 묘사되고 적절한 사건이 물 흐르듯 자연스럽게 전개되면서 작가가 말하고자 하는 주제가 부각되기 마련이다. 물론 소설은 작가의 성향에 따라 소설을 써내는 기법과 형식이 달라 질 수도 있다. 예컨대 인간의 내면, 즉 의식의 흐름을 추적해 나가는 소설이 있는가 하면 철저히 사건위주로 상황을 이끌어 나가는 소설도 있다. 이렇듯 작가들은 저마다 독특한 목소리를 내며 자기만의 작품세계를 보여준다. 우리는 그것을 흔히 한 작가의 특성 또는 개성이라고 하며 아무리 실험적 소설이라 해도 이러한 기본 요소를 소홀히 하면 실패로 끝난다.

1920년대 중반부터 1930년대 중반까지 우리 문단에서 맹위를 떨쳤던 카프문학프롤레타리아 문학을 선두에서 이끌었던 박영희와 김기진의 소설에 대한 이론은 서로 달랐다. 박영희는 "소설은 사상이다"라며 주체사상만을 지나치게 강요한 반면, 김기진은 "소설은 건축이다"라면서 구성 등 소설이 지녀야 할 여러 요소들의 중요성도 함께 강조했다.

우리가 주목해야 할 점은 후자이다. 소설이 문학이기 위해서는 주제와 사건은 물론 구성의 중요성을 간과해서는 안 된다. 치밀한 구성일수록 그만큼 설득력이 강하다. 구성이 제대로 안 되면 군더더기 문장들이 끼어들고, 그러다가 보면 작품이 지루해져서 망가지기 일쑤이다. 문학은 가장 민감하고도 세밀한 예술 양식으로, 사상의 위기에 대한 가장 깊이 있고 심도 있는 답변을 낼 수 있는 것이다.

나는 출간한 책이 모두가 전작소설이며 장편만 집필했다. 연재소설은 독자의 반응을 봐 가면서 수정하거나 보안을 해서 출판의 여부를 결정하여야 하는데, 전작 소설은 잘못 출판 하였다간 손해를 볼 수 있기 때문에 출판사로서는 큰 부담을 가질 수밖에 없다. 이번엔 그동안 중앙지에 발표 됐던 단편과 중편소설 몇 작품과 신작을 묶어 한권의 책으로 세상에 내 보낸다. 이번 소설의 특징은 한마디로 말해서 소설 장르의 개방성으로 긍정적이든 부정적이든, 인물 설정 문제, 사건 구성 문제, 배경 문제 등 기존 소설 시학의 정석인 원론을 부정하고 썼다. 『소록도』와 『길』은 에세이 성격에 가깝도록 하여 소설적 구성을 거부했고, 『견벽청야』와 『만가』는 실화소설이다. 한 권의 소설집 안에 순수소설과 변종들이 공존케 하여 소위 요즘 흔히 드는 퓨전음식과 같은 혼합으로 소설의 이차적 특성이 픽션 미학이라면 픽션과 넌픽션의 미학을 거부한 것이다. 좀 비약해 말하면 오늘의 사회 현상이 가져온 대중적 가치성, 그 중에서도 기존 구도의 공고성을 파괴하여 나만의 편한 방식으로 소설적 주제를 주입시켜 실속을 노렸다.

오늘날의 대중문화는 날로 달라지고 있다. 그 한 예로 옛날의 대중가요와 지금의 청소년의 가요는 기성세대가 좋아했던 가요와는 판이하게 다른 방향으로 흐르고 있다. 몸을 함부로 움직이는 것을 금기시했던 양반시대가 지금은 오랫동안 살기 위해 격렬한 운동을 해야 하는 것처럼 소설도 순수문학에 집착한다는 게 어쩌면 시대에 뒤떨어진 생각일 것이다. 출판사 대표들로 부터 잘 팔릴 수 있는 글을 집필해달라는 한결같은 주문을 받았다. 그러니까 많이 팔린다는 것은 어떤 면으로든 좋은 일이며 그것이 작가의 역량을 얘기하는 것이 된다. 그러나 판매 부수와 작품의 평가가 별개일 수는 있다. 상업적인 통속성은 경계해야 되겠지만, 그 어느 누가 뭐라하더라도 작가는 대중성을 존중을 해야 될 것이다. 어떻든 잘 안 팔린다는 것이 어떤 명분으로든 장점이 될 수는 없으며 작품성이라든지 예술성 때문에 대중성을 확보할 수 없다는 논리는 세울 수가 없다. 혹시 순수작가와 대중작가라는 구분이 허용된다면 순수작가는 대중작가의 독자사회학을 탐구해야 하며, 자신의 작품이 팔리지 않는 것이 순수성이나 작품성 때문이라는 어리석은 착각은 떨쳐버려야 한다.

우리가 무심히 쓰고 있는 소설이라는 말은, 장자莊子의 외물편外物篇에 처음 등장했다고 한다. 원문에 담긴 뜻을 살펴보면 당시의 소설은 "그저 저잣거리에 떠돌아다니는 그렇고 그런 이야기들" 정도의 수준으로만 평가받고 있었음이 확인된다. 그러나 만약 소설이 계속해서 "그렇고 그런 이야기"의 수준에만 머물러 있었다고 한다면 기원전 290년에 세상을 떠난 장자 이후 오늘까지 과연 명맥을 유지해올 수가 있었을 것인가. 소설이 허구Fiction이면서도 오늘날 융숭한 대접을 받는 가장 큰 이유는 인간의 삶을 통찰하고 시대를 꿰뚫어보는 혜안을 갖게 해주는 자양분 때문이다. 즉 허구는 현실fact에의 유추라는 불가분의 관계에 있기 때문이다. 그러므로 독자들은 소설을 읽을 때 단순히 "이야기"만을 기대하지는 않는다.

독자들이 궁금한 것은 도대체 이 글의 작가는 "왜 이 이야기를 힘들여 만들었을까?"에 대한 해답이다. 즉, 독자들은 아무 음식이나 가리지 않고 먹는 저잣거리의 배고픈 낭인浪人이 아니라 진정 맛의 가치를 알고 음미하고 체험하려는 미식가인 것이다. 좋은 글을 골라 읽는다는 말이다. 해서 소설이 한때 시정市井의 잔소리나 하찮은 소일거리로밖에 인식되지 못하던 시절이 있었다 하지만 인간의 의식이 점점 더 개화되고 문명文明이 고도화될수록 소설은 인생의 표현이요, 인간성人間性의 탐구를 지향한 예술 장르로서 인식되어 왔다. 그것은 곧 소설 역시 그 지위가 전과는 비교가 되지 않을 정도로까지 격상格上되어 왔다는 뜻이다. 소설을 인간학이라 했을 때 소설은 근본적으로 인간을 탐구하는 이야기의 구조라고 해석할 수 있다. 인간을 탐구한다는 것은 인간 그 자체만을 탐구하는 것을 의미하지는 않는다. 인간과 연관된 사회와 그 사회를 구성하는 여러 사항들과 긴밀하게 관계하고 있음을 지나쳐서는 안 된다. 사회를 구성하는 여러 사항이란 인간 서로간의 관계를 형성하는 외적인 것들과 인간 스스로 사회에 대응해서 삶을 영위하는 인간 자신의 모습으로 크게 나눌 수 있을 것이다.

다른 한편으론 묘사이다. 일부 시에서도 그렇지만! 소설에서 보여주는 가장 큰 특징은 무엇을 묘사하든지 일원적이거나 단선적이 아니라는 것이다. 어떤 작가의 글은 다각적 묘사description from different viewpoints를 바탕으로 전개시키기도 한다. 이러한 글들을 우리는 다원적 사실주의open pluralist realism라 규정해 버리는 것이다. 어느 것을 소설의 중심으로 삼아 이야기를 전개하든 그것은 작가의 몫이다. 그러나 작가가 그 어느 하나라도 소홀하게 생각해서 소설을 구성했을 때 소설은 균형을 잃어버린다. 소설 균형의 언밸런스는 소설의 진정성에 회의를 가져오게 하고 소설의 가장 주관적인 구조인 시詩와의 구별을 회의하게 만든다. 이 경우 시는 서정시를 말한다. 서사시에 뿌리를 둔 소설과 통틀어 시라고 말하는 서정시와 구별되는 첫째 이유는 이 부근이다. 시가 작가 자신의 모습을 드러내 인간과 세계를 해석한다면 소설은 세계를 해석하면서 자신을 가능한 한 감추게 한다. 자신을 감추면서 인간과 사회 그리고 인간의 삶을 해석하고 추구하게 된다. 추구의 방법은 이야기라고 하는 형식을 통해서다. 인간과 인간과의 관계 그리고 사회 이야기 구조가 소설을 인간학이라고 했을 때 이 점은 반드시 전제되어야 한다. 소설에서 말하는 서사정신은 이것을 바탕으로 말해지는 것이라고 할 수 있다.

오늘의 문학 위기는 첨단 과학 발달과 예술 콘텐츠 다양화 결과로 문자문화의 일반적 쇠퇴 현상이라고 보아야 할 것이다. 그러나 한국문학은 이런 일반적 현상 외에 몇 가지 다른 요인이 추가되어 더 심각해졌다. 이를테면 8~90년대부터 일어나기 시작한 시인詩人 대량화, 소설 스토리 대하大蝦화, 비평의 자본 촉탁囑託화이다. 소설 『토지』, 『태백산맥』, 『혼불』 등 대하소설류가 90년대 반짝 세일의 호황을 맞아 마치 스토리의 양이 질을 능가하는듯했다. 하지만 이런 세일 현상은 시장 마케팅 전략가에 의한 인위적이고 일시적 자본의 위력일 뿐! 한국소설이 대하처럼 그런 도도한 미래가 보장될 수 없었다. 지금의 독자는 흥미진진한 신문연재소설조차 외면한다. 그러다 보니 신문연재소설이 점차 사라지고 있다. 시류는 어차피 고급성의 추구이고 소설예술 역시 그런 순도 높은 고급 작품 생산을 위해 긴 스토리뿐 아니라 생명이 긴 작품의 혼을 담기 위한 고통스럽고 치열한 오랜 담금질이 필요하다. 지금의 작가들은 반성하고 인정해야 한다. 읽을 만한 책을 던져주지 못하고 있다. 문맹인이 많았던 옛날과는 달리……. 오늘날의 그 수준 높아진 독자들에게 말이다.

무엇보다 우리 문학에는 전문성이 부족하다! 독자의 지적 수준은 세계적 수준과 어깨를 나란히 하고 있는데 문학인은 제자리걸음을 하고 있는 것이다. 예를 들어 의사가 소설을 쓴다면 의사세계나 의학적 지식이 보다 심도 있게 다뤄질 것이다. 그러나 불행하게도 한국어 시장은 의사가 의사 노릇 하는 것보다 소설을 써서 더 많은 부와 명예를 얻을 수 있다는 가능성을 보여주지 못 하고 있는 것이다. 검·판사 출신 중에 소설을 쓰겠다는 사람이 없는 이유 또한 마찬가지이다. 『프랑스의 천재작가』라는 아주 놀라운 소설로 문단에 발을 들여놓자마자 베스트셀러 작가의 대열에 합류한 베르나르 베르베르를 두고 어떤 평자가 한 말이다. 그러나 베르베르는 결코 천재 작가가 아니다. 왜냐하면 『개미』가 아무리 신선한 발상과 천외한 기지로 가득찬 소설이라고 하더라도 이는 결코 우연의 산물이 아니기 때문이다. 지금까지 그의 행적이 보여 주듯 그는 아주 어려서부터 개미를 관찰하고 연구해 온 개미박사다. 소설 『개미』에 등장하는 천재 과학자 에드몽 웰즈가 개미박사이듯이……. 베르베르의 개미 관찰은 그가 개미들의 조직 생활과 일하는 모습에 매료되면서부터 시작됐다. 이렇듯, 그런 전문인 중에 소설가가 등장해야 하고 소설가는 공부를 통해 전문가를 능가한 소설을 내놓아야 한다. 이름 모를 산에 꽃이 피어 있고 이름 모를 새가 울고 벌, 나비가 꽃밭에 춤추고 있다 따위의 추상적인 서술은 이젠 통하지 않는 시대가 되었음을 모든 작가는 알아야 한다. 벌은 꿀 1킬로그램을 모으기 위해 20만여 킬로미터를 비행하며 천만송이 이상의 꽃을 찾아다닌다고 한다. 그러니까 춤을 추고 있는 것이 아니라 그들만의 생존 투쟁을 하고 있는 것이다. 겉만 살짝살짝 만지며 대충 지나가는 것도 통하지 않는 시대다. 모든 예술 장르가 시대에 따라 그 이론을 새롭게 정립하고 작가마다 표현을 달리해도 인간의 본능과 욕망을 지배하지는 못했다. 새로운 이데아의 추구란 미명으로 우리는 새로운 사조를 만들고 그것을 변명하기 위한 사변적 논리를 펴고 있는 것은 아닌지!

　예술은 특히 문학은 영원히 인간을 이야기할 뿐인 것이다. 의사가 의사의 사회를 다룬 소설을 읽고 그 전문성을 배울게 있어야 하고 법관이 법조계 비화를 다룬 소설에서 '아하' 그런 것이구나! 하고 깨닫는 초전문성이 있어야 할 것이다. 비단 소설만이 아니다. 모든 장르의 문학도 마찬 가지다. 그런 치열함을 갖추지 못하고, 그저 구시대 창작 풍토에 젖어 대충대충 넘어가며 그저 추상적인 인간 내면의 갈등이나 묘사하는 따위 문학으로는 이 시대에 문인 행세를 할 수 없는 시대가 왔다.

이번 소설집엔 약간의 외설적이고 음담패설淫談悖說이 들어있는 작품도 있다. 전국에서 알아주는 유명한 동화와 동시를 쓰는 작가40여권을 집필 출간는, "책 내용이 외설적이든 음담패설이든 재미있어야 독자가 있다"라고 나에게 용기를 주었다. 『묻지마 관광』은 언론매체에서 부정적인 일탈로 다루는 것을 현장에 있었던 사실을 그대로 상재했지만 소설적 넌픽션이다. 대다수는 궁금해 하고 다른 한편으론……. 누군가는 꼭 해보고 싶은 일이기도 할 것이다!

맥취麥醉 강평원

Contents 목차

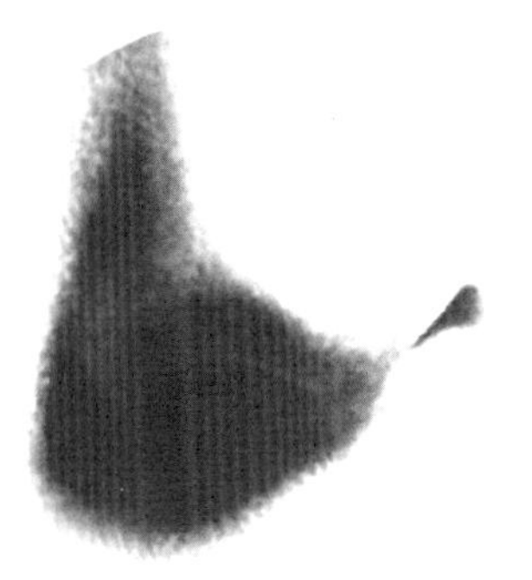

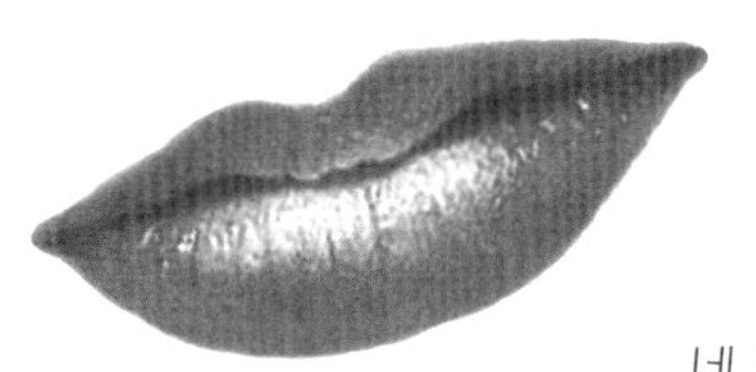

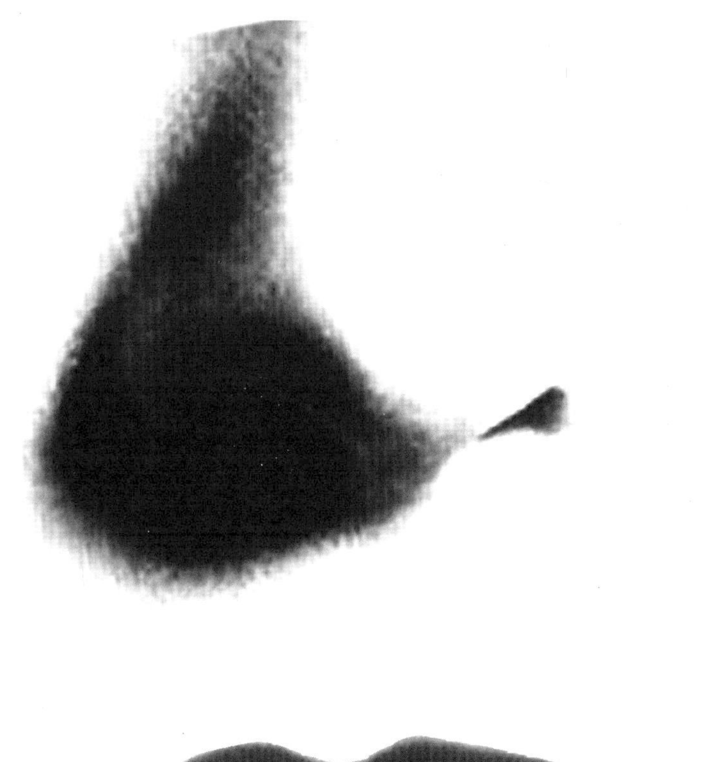

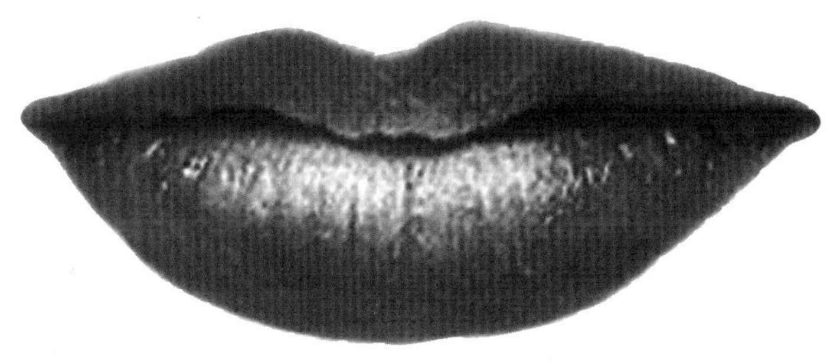

묻지마 관광

강영원 지음

파계승 破戒僧

적당히 가까운 옛날에 남편을 일찍 잃고 외동아들과 사는 청상과부가 있었는데 아들이 서당書堂에 다닐 나이가 되자 적당한 훈장님을 찾았다. 이름난 서당은 너무 멀어서 외아들과 떨어져 살 수 없는 과부는 가까운 곳을 찾아보니 숙식이 가능한 자그마한 절 안에 서당을 같이하는 곳이 있었다. 불과 집하고는 시오리 거리에 있어서 아들이 보고 싶으면 아무 때나 이웃집 놀러가듯이 가서 볼 수도 있고 아들도 집에 오가게 할 수 있는 가까운 곳이어서 안성맞춤이었다. 그래서 그 서당에 아들을 보내게 되었다.

문제의 발단은 그 서당의 훈장이 가짜 스님이라는 걸 몰랐다는 데 있었다. 그 훈장은 어느 큰 절에서 공부를 하며 도를 닦다가 내려왔다. 정신적 수양이 모자랐던 그는 절 생활이 징그러웠고 다른 한편으론 주체할 수 없는 성욕을 견디지 못하고 밤이면 딸딸이手淫를 하거나 아니면 부엌에서 일하는 상좌승에게 강제로 게이처럼 빠구리를 하는 바람에……. 이에 견디지 못한 어린 상좌승이 주지승에게 그간에 일어난 일들을 말하게 되었다. 승려가 꼭 지켜야할 도덕道德인 팔정도八正道에 들어있는 무욕無慾을 어겼기 때문에 결국 절에서 쫓겨 나와 탁발승 행세를 하며 공양을 받는답시고 이 마을 저 마을을 떠돌아다니며 눈에 띄는 부녀자를 넘보는 파계승에다가 달변한 말솜씨로 순진한 동네 사람들을 속이고 등쳐먹는 사기꾼이었다. 사기를 쳐서 공양 받은 돈으로 제법 큰 암자를 세우고 서당까지 차린 것이다.

이 가짜 중은 아들이 보고 싶어 먹을 것을 짊어진 머슴을 앞세워 가끔 찾아오는 과부의 미모에 홀딱 반해 버렸다. 과부를 대하는 언행이 수상하다 여겼더니 어느 날은 음흉한 수작까지 부려 과부는 질겁하여 돌아왔는데 발길을 끊자니 아들이 보고 싶고 아들을 보자니 훈장이 자기에게 대하는 태도가 영 마음에 들지 않았다. 아들이 보고 싶어 찾아갈 때마다 술을 마셨는지 얼굴이 불콰한 것도 맘에 안 들고 이따금 하는 음담패설도 마음에 걸린다. 훈장이 하는 말은 곡차를 마셨다는데 과수댁은 곡차가 뭔지도 모르지만 마주앉아 대화할 때마다 입에서 풍기는 냄새는 분명 술 냄새였다. 아들이 책한 권을 다 배우면 공부하느라 수고했다는 잔치를 해야 했다. 그때마다 떡을 비롯한 음식을 푸짐하게 준비하여 서당 동료들과 훈장에게 잔치를 해주어야 하는데 과부로서는 훈장의 수작이 점점 더 부담스러워졌다. 음흉한 눈짓은 그렇다 치더라도 단둘이 이야기를 할라치면 치근대며 은근슬쩍 몸에 손길이 와 닿는다. 그렇다고 공부를 중단시킬 수도 없어 갖은 슬기를 다 모아 훈장의 수작에서 벗어나야 했다. 그 후로는 되도록이면 아들을 찾지 않았다.

과부가 갖가지 방법으로 자기의 유혹을 물리치자 훈장은 좀 야비한 수를 사용했다. 요즘 벌어지고 있는 '왕따'식으로 서당의 아이들에게 과부의 아들과 어울리지 못하게 하고 애비 없는 후레자식이라고 놀려대라고 일렀다. 며칠 동안 동료들에게 따돌림을 당하고 견디지 못하여 집으로 온 아이는 어머니에게 울며 하소연을 하였다. 아들의 그간에 겪은 이야기를 듣고 어머니는 기가 찼다. 아버지 없이 키우면서도 후레자식이라는 소리는 듣지 않으려고 온갖 정성을 다해 키웠는데, 아들의 장래가 심히 걱정이 되었다. 게다가 아들이 들은 소리는 아이의 성장에 치명적인 쐐기가 되어 비뚤어질 가능성도 많았다. 과수댁은 음식을 장만하여 아들을 앞세우고 다시 서당을 찾아가 아들의 동료들을 달래고 훈장에게도 잘 봐 달라고 간청을 해보았지만 그것도 며칠뿐이었다. 놀리는 재미에 얻어먹는 재미까지 들린 서당의 아이들은 이젠 훈장이 모르는 척만 해 줘도 저희들끼리 마구 놀려댔다.

할 수 없어 과수댁은 굳은 결심을 하고 날을 잡아 훈장을 초대하기로 했다. 주안상을 마련하여 초대한 날은 목화송이 같은 눈이 기분 좋게 내린 날이었다. 때 빼고 광내고 점잖게 차려 입은 훈장은 눈 내리는 밤에 미인과 마시는 술이 그 얼마나 정겨울까? 생각만 해도 저절로 흥이 났다. 하필이면 분위기가 업되는 눈이 펄펄 내린 날 말이다.

"어둠이 내린 후에 오시랍니다."

과부집 작은 머슴의 전갈이 아무래도 의미가 깊다. 밤에 만나자고 하는 걸 보면 틀림없이 그동안 먹었던 좋은 음식 대접 받고 그 다음엔 뭔가가 있을 것이 아닌가! 오늘 밤 잘만 하면 오랜만에 여자 살 냄새도 맡을 수도 있겠지! 하고 생각하니 눈 내리고 칼바람이 몰아쳐도 이 밤이 하나도 춥지 않다. 아니 오히려 몸에 열이 난다. 온갖 별별의 이상야릇한 생각이 떠올라 입이 저절로 쩍 벌어진다. 그러다 보니 그동안 과부댁 아들을 너무 따돌린 것이 미안했다.

'내가 그간에 너무했나? 잘되면 씨 다른 내 아들도 될 수 있을 텐데! 그래 오늘만 지나 봐라, 내가 실력이 닿는 대로 성심 성의껏 널 가르치마. 어차피 농사일을 하는 머슴도 있고 과부가 가지고 있는 재산도 든든하니 주지육림으로 세월을 보내더라도 너 하나는 잘 가르쳐 주마.'

자기마음대로 온갖 상상의 나래를 펼치고 혼자서 다짐을 하며 걸어 갔다. 과부의 집에 도착해 보니 아니 이럴 수가! 과부댁은 분단장을 곱게 한 얼굴에 화사한 치마저고리를 차려 입고서 적당히 요염한 자세를 하곤!

"어서 오세요. 오늘 같은 날씨에 이렇게 누추한 곳에 오시게 해서 정말 죄송해요."

대갓집이건만 인사 치례상 겸손하게 인사를 한 뒤 눈가에 살짝 비치는 색깔 있는 요염한 표정과 은은하게 풍기는 화장품 냄새와 야릇한 몸짓에 어느새 훈장은 벌써부터 자기마음대로 가슴이 벌렁거리며 거시기 뿌리에서 짜릿한 신호가 온다.

"스님! 눈보라가 휘몰아쳐서 날씨가 몹시 차가운데다 길까지 미끄러웠을 텐데……. 넘어져서 어디 다치지는 않으셨겠지요?"

하면서 배시시 웃는다.

"아닙니다! 아니에요. 잘 왔습니다. 또 다친들 뭐가 어때요. 헛~허허허."

헛웃음을 친다. 누구 말마따나 거시기 빼고 다친들 어떠랴! 방금 전에 거시기가 무리 없는 반응을 살짝 보였던 기미起微가 있지 않는가.

"집안이 누추하지만 어서 빨리 들어오시지요."

외씨 같은 버선발로 쪼르르 대청마루를 지나 안방 문을 열고 방으로 안내한다. 마루가 딸린 안방에 들어서니 넓은 방안엔 십장생이 양각되어 화려하게 번쩍거리는 통영자개장과 그 옆으로 2개가 잇대어진 문갑이 고풍스럽게 어우러져 한눈에 부잣집임을 알 수 있다. 군불을 잘 땐 방이어서 후끈한 열기가 얼은 몸을 녹여주며 여인의 방에서 남자들만이 맡을 수 있는 이상야릇한 냄새가 홀아비 냄새에 찌든 코끝 때를 시원하게 씻어준다. 윗목 구석지엔 실크로 만든 두툼한 요위로 양 볼에 목단 꽃 자수가 들어가 있는 베개 두 개가 가지런히 놓여있다. 아랫목에 방구들 식지 말라고 푹신하게 보이는 방석이 두 개가 나란히 놓인 앞엔 촛불이 아늑하게 비치우고 거하게 차려진 큼직한 교자상 위엔 김이 모락모락 나는 먹음직스러운 음식들이 한 가득이다. 서당에서 몇 번 먹어본 그 맛을 생각하니 벌써부터 입 안에 군침이 돌기 시작한다. 과수댁은 훈장을 두툼한 방석에 앉혀 두고 방석 하나를 가져와서 훈장 앞쪽에 다소곳이 앉아 매화무늬가 그려진 백색 도자기 술병을 들고,

"우매한 저의 자식을 가르치시느라고 고생이 많으시지요? 진작에 한번 모신다는 게…… 동네사람들의 눈도 있고 행여 좋지 않은 소문이라도 나면! 저야 그렇지만 스님 체면에 손상이 될 것 같아 못하였습니다. 스님이 제일 좋아하는 곡차 한 잔 드시지요."

찹쌀 밥알이 둥둥 헤엄쳐 떠다니는 따뜻하게 데워진 동동주를 커다란 막사발에 가득 부어 권한다. 월하미인이라 했든가 달빛 아래 미녀가 절색이라면 취기와 화장품 냄새가 감도는 따뜻한 방 안의 분위기 촛불 아래 수절하

며 사는 농익어 보이는 미인은 어떠한가. 문풍지 좁은 틈새를 간신히 비집고 들어오는 동짓달 칼바람에 하늘거리는 촛불에 비쳐 발그레한 미인의 얼굴에 훈장은 넋이 다 나가고 말았다.

훈장이 술잔을 비울 때마다.

"자, 안주 드세요."

하며 엄지와 검지로 집게손을 하여 고기안주를 입에 넣어주면서 손가락 두 개를 일부러 입속까지 깊이 넣어 혀를 간질이고 빼내는 과부의 서비스가 이어진다. 육고기를 잘도 먹는다. 그래서인가! 절에 가보면 부쳐도 살이 쪄서 기름기가 자르르 흐르고 중들도 하나같이 살이 쪄 피둥피둥 하다.

'웜머, 나! 미치겠네! 아이구, 그냥 마음 같아서는 손가락을 잘근잘근 씹어주고 싶다. 아니지. 화침이 이루어지면 내 거시기를 쪽쪽 빨면서 거시기 대가리를 잘근잘근 씹어주겠지!'

라는 생각에 아랫도리 가랑이 사이에 자리 잡은 물총방아쇠에서 약간의 기별이 오고 있다.

"어, 술맛 좋다! 이러시지 않아도 되는데."

말리는 척 하면서 은근 슬쩍 손을 살짝 잡아보니 보들보들하고 따스한 손이 오히려 더 강하게 반탄 한다.

'허~음 불가의 보시 중엔 신보시身報施가 최고이지. 아암 최고이고말고! 그래서 나를 집으로 초대하여 힘쓰라고 보양강장에 좋은 음식 잘 먹인 뒤, 심청이가 아버지 심학규의 눈을 뜨게 하려고 뱃사공에게 공양미 삼 백석에 몸을 팔고 인당수 물위에 뛰어드는 것처럼! 자식을 잘 가르쳐 달라고 몸으로 공양을 한답시고 따뜻하고 부드러운 저 손으로 거시기를 두 손으로 움켜 잡아 사타구니 사이에 있는 숲이 빽빽이 우거진 가운데에 있는 비밀스런? 이미 옹달샘 가에 물이 넘쳐 나온! 그곳에 미끄덩하고 빠뜨리고 너무 좋아 흥분되어 숨을 헐떡거리며 학같이 고운 목에 있는 동맥에 흥분되어 가속 페달을 밟은 차 엔진처럼……. 과부의 심장이 펌프질을 하여 보낸 많은 양의 피가 통하여 목 사이에 젓가락 만하게 크게 부풀어 오르면! 코맹맹이 소리로 워머, 워머. 나~아~죽어! 오빠야! 거시기 대가리가 너무 크고 길어서 아프지만 엄청 좋아! 지금 창자를 밀고 올라오는 느낌이야. 오빠~오빠 빼지 말고 오랫동안 계속해 하겠지!'

자기 마음대로의 음흉(淫胸)한 생각에 전율을 하며 훈장은 안주를 한 입 가득 먹고 오물거리며 마냥 즐거워 연신 싱글벙글 양쪽 입 끝이 귀에 걸린다. 절에 가서 부처 앞에 절을 하고선 양손바닥을 뒤집는 데는 다 이유가 있다. 공양할 돈이 없다는 뜻이다. 부처가 한 손은 동그라미를 하고 한 손을 펴고 있는 것은 돈을 달라는 표시다. 부연 설명하자면 돈을 달란 뜻도 되고 돈이 없으면 여자 거시기인 구멍을 달라는 뜻도 된다. 옛날엔 동전이었다. 그래서 엄지와 약지를 맞대어서 여자 거시기인 구멍과 돈을 표한 동그라미를 하고 있는 것이다. 돈을 주지 않으면 농사일도 안하고 매일 대청마루에서 목탁이나 두드리는 스님들은 어떻게 먹고살며 육보시를 해 주지 않으면 평생 딸따이(手淫)만 하여 주체할 수 없는 성욕을 다스릴 수 없는 것이다! 스님이기 전에 그들도 거시기를 해서 태어난 인간이 아닌가.

잡보장경 권 제6에 무재칠시(無財七施)란 부처의 말이 있다. 돈이 없어도 7가지의 보시(布施)를 할 수 있다는 불교의 가르침이다. 그것은 재물의 손실이 없이도 크나큰 과보를 얻을 수 있다는 말이다.

첫째는 눈의 보시(안시, 眼施)다. 언제나 좋은 눈으로 부모·스승·사문·바라문을 대하고, 나쁜 눈으로 대하지 않는 것이 눈의 보시다. 그는 몸을 버리더라도 다시 몸을 받아 청정한 눈을 얻고(윤회, 輪回 죽어서 남의 몸을 빌려 태어남), 미래에 부처가 되어서는 하늘눈(天眼)이나 부처눈(佛眼)을 얻을 것이다,

둘째는 온화한 얼굴과 즐거운 낯빛의 보시(和顔悅色施, 화안열색시)다. 부모·스승·사문·바라문에게 찌푸린 얼굴로 대하지 않는 것이다. 그는 몸을 버리더라도 다시 몸을 받아 단정한 얼굴을 얻고, 미래에 부처가 되어서는 순금색의 몸이 된다.

셋째는 말씨의 보시(言辭施, 언사시)다. 부모·스승·사문·바라문에 대하여

부드러운 말을 쓰고 추악한 말을 쓰지 않는 것이다. 그는 몸을 버리더라도 다시 몸을 받아 변재를 얻고, 그가 하는 말은 남이 믿고 받아 주며 미래에 부처가 되어서는 네가지 변재를 얻는다.

넷째는 몸의 보시身施, 신시다. 부모·스승·사문·바라문을 보면 일어나 맞이하여 예배하는 것이다. 이것을 몸의 보시라 한다. 그는 몸을 버리더라도 다시 단정하고 장대하며 남의 공경을 받는 몸을 얻고, 미래에 부처가 되어서는 몸이 니구타尼拘陀 나무와 같아서 그 정수리를 보는 이가 없을 것이다.

다섯째는 마음의 보시心施, 심시다. 위에 말한 바와 같은 일로써 공양하더라도 마음이 온화하고 착하지 못하면 보시라 할 수 없다. 착하고 온화한 마음으로 정성껏 공양하는 것이 마음의 보시다. 그는 몸을 버리더라도 다시 몸을 받아 밝고 분명한 마음을 얻어 어리석지 않고, 미래에 부처가 되어서 일체를 낱낱이 아는 지혜를 얻을 것이다.

여섯째는 자리의 보시床座施, 상좌시다. 만일 부모·스승·사문·바라문을 보면 자리를 펴 앉게 하고, 나아가서는 자기가 앉은 자리에 앉게 하는 것이다. 그는 몸을 버리더라도 다시 몸을 받아 항상 일곱 가지 보배로 된 존귀한 자리를 얻을 것이요, 미래에 부처가 되어서는 사자법좌師子法座를 얻을 것이다.

일곱째는 방이나 집의 보시房舍施다. 부모·스승·사문·바라문으로 하여금 집안에서 다니고 서며 앉고 눕게 하는 것이다. 이것을 방이나 집의 보시라 한다. 그는 몸을 버리더라도 다시 몸을 받아 저절로 궁전이나 집을 얻고 미래에 부처가 되어서는 온갖 선실禪室을 얻을 것이다.

훈장은 홍콩행 유람선을 탄 기분이다. 과부가 7가지 보시布施를 해야 한다는 불교의 가르침을 중히 여기고 보시 중에 최고인 넷째 신시身施, 육보시肉報施, 자기 몸로 공양을 해줄 것이라는 생각에 들떠있다. 네팔에선 죽으면 이승의 마지막 보시인 자신의 몸을 보시하기 위하여 시체를 잘게 잘라 독수리鳥葬 밥으로 사용케 하는 풍습이 지금까지 전해져 오고 있는 것이다.

"스님! 한 잔 더 하시지요."

섬섬옥수로 술을 따라주며 안주를 골라 집어서 입에 넣어주며, 약간의 코맹맹이소리로 갖은 애교떠는 바람에 훈장은 제 주량을 가늠하지 못하고 권한대로 퍼마시는데, 훈장이 마시는 술, 이게 보통 술이 아니다. 우리들 가정에서 가끔씩 담아 먹는 술이 있다. 소위 약술이라고 하는데 이 약술은 마실 때는 순해서 몇 잔 들어가도 취한 줄 모르고 그냥 마셔댄다. 이른바, 술이 술을 먹고 다음에는 술이 사람을 먹는다고! 아주 쉽게, 그렇게 취하게 되는 술을 과부댁이 미리 준비해 둔 것이었으니 그 맛이 오죽하랴. 밖은 엄동설한이지만, 반대로 방안은 뜨드무리하지! 가속페달을 밟은 차의 엔진소리처럼 훈장의 심장소리가 요란하다. 그래서 윗목구들방을 덮어 둔 요에 훈장의 음흉한 눈길이 자꾸 간다. 술도 좋고 여자도 좋으니 이 밤이 다가면 어떠냐며 느긋해하는 모습이 어쩌면 평화스럽게 보인다. 훈장이 술이 어지간히 오르는 것을 보고 과부댁은 뒷문을 열어보더니만,

"어머나! 이걸 어떡하나. 스님! 밖에 바람이 너무 거세어 춥고, 눈이 얼어 길이 굉장히 미끄러워서 암자까지 가려면 힘들 테니, 많이 불편하시겠지만! 여기서 그냥 주무시고 날이 밝으면 암자로 돌아가세요. 오늘따라 눈이 많이 와서 머슴들도 자기들 집에 가지 못하여 사랑방에서 자고 있으니 빈 방이 없어 많이 불편하더라도 저하고 이방에서 같이 자야겠습니다."

하며 호들갑을 떤다.

'으~잉, 뭣이여! 시바~아~앙. 이게 진짜 그동안 내내 꾸었던 꿈대로 되는 거여! 뭐여. 가는 날이 장날이라 하지 않든가. 눈이 오고 찬바람이 세차게 몰아쳐 머슴들이 집에도 못가고 사랑방에서 잔다. 그래서 빈방이 없어 어쩔 수 없이 과부와 안방에서 잔다. 그렇다면 부처님이 도우셨나!'

취한 눈으로 과부댁을 보니 수줍게 살포시 웃는데 섹스를 할 때 거시기를 껵껵 물고 쪽쪽 빤다는 긴짜꼬 거시기를 가진 여자처럼 웃을 때 양쪽 볼우물이 깊게 들어가 보여 분위가 묘하게 풍긴다. 과부는 교자상을 옆으로 밀쳐 두고 실크 천을 씌운 두툼한 양단으로 만든 솜이불을 장롱 속에서 끄집

어내어 방바닥에 펴고 난 뒤, 얇은 누비커버를 꺼내서 요위에다 덧씌운다. 아마도 거시기할 때 스프가 많이 나와 비단 요를 버릴까봐! 그런 것 같다. 그 장면을 보고 훈장이 의미심장한 미소를 띠고 엉거주춤 일어나니 과수댁은 요염한 자세로 야릇한 교태를 부리며,

"스님! 옷은 제가 벗겨 드릴게요."

과부는 훈장을 뒤에서 감싸안고 뜨거운 입김을 내품으며 생 밀크 저장탱크를 등에다 밀착시켜 비비면서 나긋나긋한 손길로 옷고름을 풀고 상의를 벗겨 윗목에 놓고는 앞으로 돌아와 무릎을 굽이고 앉아 누비솜바지 끈을 풀어 바지를 내리면서 뚝 불거진 거시기를 일부러 살짝 건드려준다.

"바지도 벗으시고 이불속으로 어서 들어가세요."

'워~머~어! 미치겠네, 과수댁이 급하나 빨리 들어가라니!'

급하게 서둘러 대는 과부의 행동에 덩달아 훈장의 몸짓도 바쁘게 움직인다.

과부가 훈장 얼굴 가까이 거친 숨을 연신 몰아쉬면서 저고리를 벗기 시작한다. 이어서 찌찌 뚜껑을 벗자, 이미 흥분이 되어 유두가 중지 한마디 크기 정도로 부풀어 있다. 약간 처진 밀크 통이 흔들거려 훈장의 눈을 적당히 유혹한다. 권유에 못이겨 홀짝홀짝 마신 술이 뜨거운 방안 공기에 의해 과부도 취기가 돌아 자세가 당연 부자연스럽다.

훈장은 술에 취해 비틀거리면서도 과부 앞가슴에 조롱박처럼 달린 밀크통과 함지박보다 두 배나 더 큰 과부궁둥이에 눈길을 교차하면서 훈장은 어렵게 바지를 벗어 아까 과수댁이 한 것처럼 윗목에 후딱 집어 던지고 이불 속으로 엉금엉금 기어들어가 팬티까지 벗어 방구석으로 '휙' 던지고 거시기를 잡고 주물럭거린다. 좋은 성능을 발휘하기 위해서다. 거시기 끝엔 이미 미끈거리는 정액이 조금 나와 있다. 늦가을 풀 속 독사가 풀 베러 온 사람을 물려고 달려들듯! 독사머리처럼 몇 번을 섰다가 시들어졌기 때문이다. 조금은 걱정이 된다. 종종 과부 생각에 잠을 못 이루어 딸딸이^{手淫}를 자주 했다. 과부 거시기에 물총으로 실탄^{精液}을 왕창 쏴 거시기에서 정액이 흘려 넘

처야 과부 맘에 들 수 있을 텐데! 기나긴 겨울밤에 딸딸이를 너무 많이 하여 정액이 고갈되었을 것 같아 걱정이 조금 된다. 미리 약속을 했더라면 딸딸이를 꾹 참고 참았을 것인데 어젯밤도 그 짓을 하고 말았다.

수음도 중독이다. 훈장의 딸딸이는 지금 거처하고 있는 암자를 증축할 때부터 길들여졌다. 그러니까 암자를 증축할 때의 일이다. 술을 가지고온 새끼 주모가 벙어리 처녀가 시집가는 날 잡아놓고 기분이 좋아 덤벙대듯 덤벙대다 판자에 박아둔 못을 밟아 찔리자 "낮에는 못에 찔리고, 밤에는 신랑 거시기에 찔릴 것 같은데 힘들면 어쩌지."하며 투덜거리자 그 소리를 듣고 목수가 "나는 낮에는 나무에 못 박고, 밤에는 마누라 거시기에 거시기를 박느라 힘들어 죽겠다."라는 말에 곁에서 새참을 가지고와서 남편 밥을 차리고 있던 목수마누라는 "당신만 힘이 든다고요? 나는 낮에는 빨래 빨고 밤에는 당신 거시기를 빨아주느라 힘들어 죽겠소."하면서 투덜거리는 세 사람이 하는 불평소리를 듣고 있던 훈장은 "뭐! 그런 것 가지고 불평을 합니까? 나는 낮에는 목탁치고 밤에는 딸딸이치느라 잠을 못 이룹니다."하고 너스레를 떨었다. 밤이나 낮이나 주체할 수 없는 성욕에 훈장은 어린상좌승 똥빠구리를 반강제적으로 했고 그도 아니면 수음으로 해결을 하였기에 훈장은 수음에는 질나이가^{계속 반복된 행위에 길들여짐} 돼 있다.

단번에 두 손으로 생 밀크가 저장된 고지를 점령하고 옹달샘에 거시기를 꽂기 위해 양손으로 거시기를 세워 잡고 부비고 있는데 아니나 다를까 거시기뿌리에서 짜~잔하고 희소식이 왔다. 마지막! 비밀장소 아무에게 보여주지 않았던 곳? 그곳을 훈장에게 보여주기 위해 과부가 팬티를 홀렁 벗어 버린다. 얇은 흰 속치마 잠옷바람인 과부의 사타구니 사이에 그런대로 자연보호가 잘된 풀숲 가운데에 자리 잡은 옹달샘이 실루엣처럼 비쳤다. 그 모습을 보고 훈장은 알 수 없는 신음소리를 내고선 과부를 끌어 안으려고 두 손을 내밀자. 그 품에 안기려고 과부가 이불속으로 파고들어가는 순간…….
하필이면 그 순간에?

"안에 있나?"

웬 늙수그레한 노파의 음성과 함께 마루 위에 딸그락 거리는 소리, 뭔가를 놓는 소리가 크게 들렸다.

"어머나! 이를 어째."

과수댁은 화들짝 놀라 일어나 호들갑을 떨며 웃옷을 걸치고 양손으로 옷깃을 움켜쥐고서 문 앞으로 다가가려다 말고 멈춰서서, 훈장과 문을 번갈아 바라보며 대답을 한다.

"잠깐만 기다리세요, 섭이 할머니!"

과부의 말을 들어보니 아는 사람이 찾아온 모양이다.

설레발치는 과부를 보고 훈장도 놀라서 벌떡 일어나 이불을 뒤집어쓴 채 얼굴만 살그미 내밀고 방문 쪽을 바라본다. 그런 훈장을 과부는 오뉴월 장 맛비 맞은 똥개가 빗물을 털듯이 온몸을 흔들며 연신 눈짓과 턱으로 뒷문 쪽으로 가기를 가리키는 행동이지만, 훈장은 무슨 뜻인지 몰라 무반응이다. 술에 취하여 몽롱한 눈으로 자기를 바라보는 훈장에게 문 열기를 중단하고 다가와 훈장과 뒷문을 번갈아 보며 귀에다 입을 갖다대고 속삭인다.

"스님! 뒷문 밖에 잠시만 게세요. 금방 보내고 올게요. 어서 빨리 밖으로 나가요. 어서요."

급하게 다그치면서 윗목에 놓아둔 훈장의 옷을 주섬주섬 싸잡아 장농 속에 번개같이 집어넣고는 뒷문을 연다. 밖으로 빨리 나가 있어달라는 바람에 훈장은 큰일 났다 싶어! 발가벗은 몸으로 요위에 깔아둔 얇은 깔게 이불을 두른 채 뒷문으로 나가 툇마루에 섰는데 밖은 잠시 그쳤던 눈이 칼바람을 타고 내리고 있다. 금방 보내겠다던 여자는 방으로 들어왔다! 방안에서는 두 여자 목소리가 유난히 크게 들린다.

"뭘 했나? 귀한 손님이 왔다 간 모양이네! 상다리가 휘어질 정도로 잘 차려진 것을 보니!"

"아, 예. 아까 언년이 더러 손님 바래다주고 와서 상을 치우라 했는데 눈이 많이 와서 자기 집에서 자고 오려고 오지 않는 것 같아 지금 막 치우려는데……."

"치울 것 뭐 있나. 남아 있는 음식 나도 오랜만에 푸짐하게 먹자, 오늘따라 저녁을 일찍 먹었더니 속이 출출하구먼! 얼씨구, 동동주도 남았네. 영감을 보내고 나니 밤이면 밤마다 홀로 지샌 밤이 어찌 그리 심심한지 어디 한 잔 해볼까?"

딸그락 딸그락 방 안에서 그릇에 젓가락과 숟가락 부딪히는 소리와 두 여자 목소리가 크게 들려오고 반대로 훈장의 이빨은 추위에 달그락거린다. 안에서는 연신 하하 호호 웃고 떠들며 얘기하는데, 이 할멈은 도대체 갈 생각이 없다. 그래도 기다려야지 동지섣달 길고 긴 밤이 있는데 설마 밤새워 수다를 떨지는 않겠지! 거시기할 때 버릴까봐 실크로 만든 양단 요위에 깔았던 무명으로 만든 얇은 커버를 뒤집어쓰고 있지만 북풍이 매섭게 몰아치는 추위로 몸이 점점 쪼그라든 훈장은 이빨만 달그락거리는 게 아니라, 이제는 온 몸이 부들부들 떨리고 살갗이 바늘로 찌르는 것처럼 따갑다. 현대판 드라마 각본대로라면 박꽃 같은 과부의 배위에 엎드려 거시기를 거시기에다 박아놓고 떡방아를 찧어 지금쯤 홍콩 갔다가 달나라까지 왕복하고 화성에서 쉴 텐데! "첫날밤에 양단 이불이 들썩 들썩대는 그날 밤 천년을 두고 빼지말자고 거시기를 거시기에다 박아놓고 맹세한 님아……." 천년은 너무 과했나! 이렇든 저렇든 아무튼 그렇게 19세 이하 청소년에게 판매 불가 연애소설처럼 끝이 멋지게 돼야 하는데! 뜨겁게 데워진 두 개의 생 밀크공장을 밀착시키기 위해 보들보들하고 나긋나긋한! 따뜻하게 데워진 과부 나신을 으스러지도록 꼭 끌어안고서 말이다. 이젠 달나라는 커녕 홍콩 갈 꿈이 없어도 좋다. 빨리 옷 입고 따스한 곳으로 가야 되겠는데…….

"으~호호"

신음소리가 저절로 나온다. 낭패도 이런 낭패는 없을 것이다. 동짓달 북풍한설 몰아치는데 추위에 얼대로 얼어버린 나무마루 판자 위에 발가벗고 서있는 훈장의 몸은 점점 얼어 오그라들고 있다. 울타리에 빙 둘러 옷을 벗어버린 채 서있는 온갖 나무들이 북쪽에서 불어오는 칼바람에 온기를 찾으려고 서로 간에 몸을 부비지만 소리만 요란할 뿐! 맹추위에 떨며 큰소리 내

어 서럽게 아주 서럽게 울고 서있다. 그 살벌한 광경에 훈장은 체면불구하
고 방 안으로 사정없이 뛰어 들고 싶었으나 그렇게 사생결단 할 일이 아니
라는 게 술이 취한 마음에도 망설여진다.

"어머 느그미 씨부랄, 재수에 옴 붙었나! 추워 죽겠네!"

너무 추워 삭신을 가릴 수 있는 것이라도 찾아보니 다행이도 쪽마루위로
처진 빨래 줄에 과부의 버선이 두개나 있어 그것을 신고 나니 발 시림에 약
간 도움이 됐다. 어디 좀 따뜻한 곳에 가서 잠시 추위나 피하자는 생각에 부
쩍 구부리고 칼바람에 귀가 시려 두 손으로 귀를 감싸고 달달 떨면서 이곳
저곳을 더듬더듬 찾아보니 뒷마당 대나무밭 앞 구석지에 마른풀과 볏짚이
가득한 두엄간이 보인다. 두엄 속은 따뜻하리라 짐작하고 사정없이 파고 들
어가서 앉으니 두엄이 숙성되느라 냄새는 별로였지만 속은 따뜻하여 추위
를 막아준다. 이젠 조금 살 것 같다. 안도의 한숨을 쉬며 훈장은 조금만 기
다리면 저 문이 열리겠지! 환희의 나래가 펼쳐질 화침의 방문이 곧 열리고
웃음이 가득한 과부의 빨리 들어오라는 손짓이 꽃을 본 나비처럼 하늘대겠
지! 그렇게 기대하면서 한 동안 추위를 참고 기다리는 중인데 얼었다 녹은
몸에 술기운이 부쩍 오르면서 자신도 모르게 그냥 스르르 잠이 들어버렸다.
과부댁은 훈장 때문에 걱정할 필요 없이 섭이 할머니와 밤새워 타래실을 감
으며 실꾸리를 만든다. 못된 훈장 골탕 먹이기 작전은 완벽했다. 섭이 할머
니도 적당한 때에 와주었고 밤새울 일거리도 갖고 왔겠다, 밤참도 준비되어
있었으니 정말로 완벽한 작전이었다.

아침을 알리는 수닭의 울음소리에 뒤질세라 이집 저집 수닭들이 모두들
신 새벽을 알리려고 '꼬끼오'하고 연신 시끄럽게 목청 높여 울어대는데 훈
장은 술에 골아 떨어져 정신없이 자고 있고 안방에서는 아직까지도 불이 켜
져 있다. 밤샘 용심 난 시어머니 얼굴상이었던 하늘이 구름 커튼을 걷어 냈
다. 어제 낮 초겨울 칼바람과 힘겨룸에 쇠잔해진 해가 밤사이에 기력을 회
복하고 꽁꽁 얼어버린 대지를 녹이기 위해 옆 산마루에서 얼굴을 살며시 내

밀자. 어슴푸레 날이 점점 밝아오고 있다. 아침 일찍 과수댁의 머슴이 잠이 덜 깬 채 두엄 앞에다 바지게를 받쳐 두고 손에다 '퉤 퉤'하고 침을 바르더니 힘을 주어 쇠스랑으로 저팔계가 누굴 찍듯 두엄을 '퍽'하고 내리찍는다. 그 소리에 깜짝 놀란 훈장이 눈을 뜨고 게슴츠레한 눈으로 머슴을 바라본다. 적당히 비껴나간 쇠스랑의 날카로운 날이 훈장정수리를 향해 찍으려 다시 내려온다.

"이건 또 뭐냐? 아이고! 워매 오지게 깜짝 놀라라."

본능적으로 몸을 비틀어 쇠스랑 날을 피한 훈장이 후다닥 골목길을 쏜살같이 내뺀다. 머슴도 연분홍 깔개이불보를 휘날리며 놀라 달아나는 훈장을 멀거니 쳐다본다. 깜짝 놀란 것은 훈장만이 아니라 머슴이 더 많이 놀랐다. "이게 꿈인가 생시인가!" 눈을 부비고난 머슴은 꿈이 아님을 단박에 알았다. 벌거벗은 채 버선발로 도망치는 사람은 다름 아닌 주인집 아들을 가르치는 스님훈장이다. 그러나 어제 심부름을 해서 주인집에 데려온 스님이 왜! 이 추운 날에 발가벗은 몸으로 여자버선을 신고서 요 커버를 뒤집어쓴 채 두엄 속에 숨었다가 도망치는 이유를 절대 모른다. 적당하게 어리바리하게 놀란 머슴은 훈장의 뒤통수를 향해 큰소리친다.

"스~으~님! 추운데 옷을 입고 가셔야지요?"

'야이, 쓰볼 놈아! 입을 옷이 있으면 진즉 입었지. 이 추운데 빨개 벗고 뭐 하려고 스트리킹을 하냐?'

속으로 내깔리고 "걸음아 날 살려라."하며 뒤도 돌아보지 않은 채 쏜살같이 달린다. 훈장이 도망가는 길은 동네 어귀가 아니고 뒷산이다. 그 위중한 순간에도 누가 보면 안 된다는 생각에 눈에 반쯤 파묻힌 파랗게 자란 보리 밭을 가로 질러 밤샘 얼어 사타구니에 바짝 붙어 말라버린 탱자같이 쪼그라 든 불알이 흔들려, 무당이 방울을 흔드는 것처럼! 그런 소리가 들릴 정도의 속력으로 내달려 앞산 숲속으로 숨어들어 양지 바른 쪽 돌 위에 앉아 떠오르는 햇볕을 쬐면서 거친 숨을 고르는데 낭패도 보통 낭패가 아니다.

암자로 가자니 공부를 하는 아이들이 20여 명이 있고, 그들의 뒷바라지를 해 주며 수도를 하기 위해 입문한 두 명의 상좌승이 있으며, 밥을 해주고 암자가 소유하고 있는 많은 전답을 일구는 젊은 부부가 있기에 암자로 갔다간 단박에 탄로 나기에 그러지도 못하는 신세가 처량하기만 하다. 수절하는 과부의 몸을 탐해서 이 가혹한 벌을 받고 있는 것이 아닌가! 깨소금이 서너 말 정도 쏟아질 것으로 생각했던 과부와의 첫날밤이 훈장으로서는 지옥 같은 밤이었다.

처음 입문한 큰절에서 나오기 전엔 각 마을로 시주를 받으러 다녔다. 그때 들은 이야기에 "첫날밤이 깨소금 같았다"고 하는 젊은 처사의 말을 듣고 그 말이 정말인가 싶어 절에서 백일기도하는 늙은 보살을 한번 끌어 안고 자려고 기회를 노리던 중 우연찮게 늙은 보살과 한방에서 잠을 자게 되었다. 허나 늙어서 옹달샘물이 고갈되어 거시기가 들어가지 않는 것이다. 늙은 보살은 젊은 스님이 육보시肉報施를 해 달라고 하도 사정을 하여 허락 하였으나 생리가 끝나면 여자의 질이폐경 기능을 잃어버린다. 할 수 있나 번뜩 떠오르는 생각에 부엌으로 달려가 참기름병을 가져오면서 법당토방에 놓인 주지스님의 검정고무신짝 한 쪽을 가지고 왔다. 촛불을 켜고 늙은 보살 가랑이사이에 있는 거시기를 밑바닥이 다 닳은 고무신 바닥으로 때리기를 한참! 늙어서 주름진 거시기가 고무신에 오지게 많이 두드려 맞고 팽팽하게 부어올라 젊은 여자의 거시기처럼 되자! 참기름을 바르고 거시기를 억지로 했다. 그런대로 매끄러워 밤일을 끝냈다.

사실은 처녀가 첫날밤을 치루기엔 너무 힘든데서 일어난 얘기다. 첫날밤 섹스를 해야 되는데 너무 아파서 남자의 거시기를 받아드리기가 어려워하자! 부엌으로 가서 참기름 병을 가져와 신부 거시기에다 바르고서 한 것이다. 음식 장만한다고 불을 많이 지펴 방은 뜨거워졌고, 신혼부부는 땀투성이가 되어 있었다. 신랑이 신부 유두를 빨아보니 짭짤하지 밑에는 참기름을 발라서 고소하지 그래서 첫날밤이 깨소금 같다는 말은……. 유두는 짭짤하여 소금 같고 밑에 바른 참기름 때문에 고소한 냄새가 나서 깨소금 같다고 한 것에 유래된 방중술이야기다. 훈장으로선 이런저런 생각 끝에 떠오른 것은 벌을 받고 있다는 것을 알고 곧바로 체념 한다.

"휴~유! 그나저나 대명천지大明天地에 무슨 날벼락인가! 니기미 떠거랄.
재수에 옴 붙은 것도 아니고! 어젯밤만 해도 강장제에 불로주를 내 마음대
로 실컷 먹고 선녀와 천국에서 노닐었는데! 첫날밤을 치룬 처사의 말을 들
어보니 첫날밤 일이 깨소금이라 했고 신혼 때는 밤마다 깨가 서 말이 쏟아
진다고 하던데, 이 추운 날씨에 벌거벗고 쫓기는 몸이라니, 이 무슨 해괴한
꼴인가! 어떻게 묘수를 찾아서 이 난관을 빨리 헤쳐 나갈 수 있을까?"

도망치느라 너무 힘들어 가뿐 숨을 진정시키려고 양지 쪽 돌 위에 앉아
이 생각 저 생각에 골을 싸매고 연구를 하고 있는데 갑자기 '휘~획' 허공의
바람을 가르는 소리에 이어 '픽' 하고 뭔가 둔탁하게 부딪치는 소리가 귓전
을 때린다. 화들짝 놀란 훈장은 엉덩방아를 찧고 개구리가 멀리 뛰려고 궁
둥이를 반쯤 일으킨 자세로 앉아 엄청나게 아픈 궁둥이를 손으로 문지르며
고개를 들고 주위를 둘러보니 곁에 있는 소나무 둥치에 화살촉이 박혀 파르
르 떨고 있는 것이 아닌가.

"뭣이여, 시방! 아이고 어매. 느기미 떡을할! 이번에는 아까 '픽' 소리보다
두 배나 훨씬 더 많이 깜짝 놀라라. 이게 꿈인가 생시인가!"

오지게 놀란 훈장이 엉거주춤 서서 왼손은 아픈 궁둥이를 문지르고 오른
손 손바닥으로 이마에 채양遮陽을 치고 사방을 휘둘러보니 저만큼 까마득히
먼 곳에서 웬 사내가 달려오며 자기를 향해 활시위를 당겨 화살촉을 계속
날려 보내고 있다.

"절마가 미쳤나! 시방. 날 죽이려고 활을 쏘다니!"

너무 멀어 고함을 친다고 해도 들릴 리가 없다. 저자가 왜 자기에게 활을
쏘는지도 모른다. 연신 날라 오는 화살촉을 피하기 위해 훈장은 후다닥 바
위 뒤로 돌아서는 냅다 산등성이 쪽으로 뜬다. 화살촉을 날린 사내는 아침
일찍 국궁장國弓場에 활쏘기 연습을 하기 위해 나온 사람이었는데, 준비운동
을 끝내고 활을 쏘려고 과녁을 보니 저 멀리 붉은 색깔 짐승이 햇볕을 쬐러

고 돌 위에 웅크리고 있지 않는가! 거리가 먼 탓에 아무리 눈을 비벼 봐도 노루 같았다! 아침 햇살이 불그스레하게 비치는 곳에 벌거벗은 채 연분홍깔개를 머리까지 쓰고 나무 밑 돌 위에 웅크리고 앉아있는 훈장이 사내 눈에는 영락없이 노루로 보인 것이다. 그동안 연습한 활솜씨를 발휘하기 위해 쏜 것인데 괜히 너무 서둘러 쏘아 명중시키지 못한 것이다. 화살촉을 피하기 위해 허리를 바짝 구부리고 도망치는 훈장을 꼭 잡아보겠다는 심정으로 사내는 추격에 나선다.

훈장은 술 취한 똥개 꼬리에 불붙은 것처럼! 날아오는 화살촉을 피하기 위해 "연분홍 치맛자락이 바람에 휘날리더라" 대중 노래가사가 아니고, 연분홍 요 커버를 휘날리며 이리저리 깡충깡충 뛰면서 사냥꾼의 화살을 용케도 잘 피하는 훈장을 보고 "아니! 저것은 사람이 아니여." 겁나게 놀란 사냥꾼은 추격을 포기하고 만다. 민머리에 벌거벗은 채 하얀 버선을 신고 망토를 날리며 달아나는 물체가 사람임을 알고 닭 쫓던 개가 지붕을 쳐다 보듯 도망치는 훈장을 바라보며 놀란 가슴을 진정시키고, 이거 혹시 꿈인가 하고 머리를 절래절래 흔들어보지만 절대로 꿈이 아님을 단박에 알아차린 사냥꾼은 거시기가 빠져라 도망치는 훈장을 멀건이 바라본다.

훈장은 사냥꾼이 더 이상 따라오지 않는 것을 확인하고 계곡으로 숨어들었다. 적당한 자리를 찾아 발걸음을 옮기는데 앞을 가로막는 거미줄이 있다. 자세히 보니 거미줄이 아니라 도랑가 나뭇가지에 걸려있는 줄(?)이다. 아마 아이들이 연싸움을 하다가 끊어진 연줄일 것이다! 위기에서 도망치느라 연줄을 거미줄로 착각을 할 정도로 정신이 없다. 평퍼짐한 돌 위에 앉아 날카로운 돌을 주워 요 상단 양 끝에 큰 구멍을 내어 양손을 끼고 앞쪽은 작은 구멍을 내어 연줄로 신발 끈처럼 가로지기로 매고 보니 꼭 염殮을 끝낸 시체 같다. 한결 추위는 덜했지만 속옷이 없어 아랫도리가 허전하다. 이 난관을 어떻게 해결할까? 고민 중 퍼뜩 떠오른 생각은,

"……?"

이전에 몸담았던 절만 찾아가기만 하면 틀림없이 이 난관을 피할 수 있을

것 같다. 파계승이 되기 전에 잠시 머물렀던 절을 찾아가서 몰래 들어가면 승복을 훔쳐 입을 수 있고 요기도 할 수 있을 것 같기 때문에 그곳으로 가기로 결정을 하고 뛴다. 자신은 뛴다고 생각하지만 누가 뒤에서 이 모습을 본다면 매장한지 얼마 안 된 무덤에서 나온 시체가 걸어가는 줄 알고 기암을 할 것이다. 걸음걸이는 요 끝단까지 연줄로 결속시켜 통이 좁아져 게다를 신고 종종걸음 치는 기모노를 입은 일본 기생의 발걸음 같다!

문제를 해결해 줄 것 같은 생각이 드는 그곳으로 가려면, 야산등성이를 몇 개를 넘나들어야 한다. 훈장이 잠시 수도修道했던 절을 찾아가기 위해선 필히 넘어야할 고개가 있다. 바로 저승고개다. 전해져 내려온 이야기에 의하면 옛날에 이 고개를 넘어가려면 5명 이상 무리를 지어 넘어가야 했다. 깊은 오지 산간에 있는 마을과 절을 찾아 가려면 이 고개를 통하지 않고는 갈수가 없었다. 문제는 고갯길 정상에 거짓말 많이 보태어 원두막만한 크기의 늙은 곰이 살고 있었는데 불공을 드리려 가는 사람이나 공양을 받으려고 마을로 나오는 스님들을 다잡아먹어서 5명 이상 무리를 지어가야 했다고 한다. 그러면 곰도 어찌지 못하고 그냥 통과를 시켜 주었다 한다. 그래서 저승고개라는 이름이 지어진 것이다.

하루는 시주를 받으려 마을로 나왔던 스님이 일을 끝내고 절로 가기 위해 고개 입구에서 같이 넘어갈 사람을 기다렸는데 정오가 다 되도록 사람이 모이지 않았다. 무료하게 기다리기를 한참일 때 웬! 처녀가 왔다. 그녀는 서슴없이 옷을 벗기 시작했다. 전라가 된 처녀는 홀라당 뒤집기를 하여 거시기가 앞으로 보이게 한 다음 기어가는 것이다. 그러니까 배가 하늘을 향하게 한 후 네 발로 높은 포복을 하여 기어가는 모습이었다.

한편 곰은 동면을 해야 하는 겨울이 되었는데 여름내 게으름을 피웠고 사람들도 무서운 이야기를 듣고 통행을 잘 하지 않아 동면할 동안 기력을 지탱해주는 열량을 섭취하지 못했다. 초겨울이라 나무열매도 다 떨어져서 낙엽과 눈 속에 파묻혀 버려서 몇 날을 먹지 못해 배가 고파 기다리고 있던 곰이 바위 위에서 그 모습을 유심히 바라보니 처음 보는 짐승이 아닌가! 세상에 모든 짐승의 입들은 가로로 찢어져 있는데! 오늘 보는 짐승은 입이 세로로 찢어진 것이다. 입 모양이 나무꾼이 도끼로 나무를 찍고 빼어낸 자국 같다. 그런데다 수염도 없는(거웃이 나지 않아서)것을 보니 젊은 짐승이다. 늙은 곰이 보기엔 상대하기가 그리 쉬워 보이지 않았다. 걸어갈 때 무슨 소리인지 들리지 않지만 계속 입술이 실룩거렸다.

"허! 그것참, 이 나이 먹도록 별의별 온갖 짐승들을 보았건만, 입이 한一자인 가로가 아니고, 세로로 1자처럼 된! 세상에 태어나 처음 보는 저 짐승을 잡아먹다간 늙은 내가 크게 다칠 수 있으니 그냥 보내주고 조금만 더 기다려보자."

곰은 그냥 통과 시켜 주었다.

이 광경을 본 스님은 자기도 앞서 처녀가 했던 것처럼, 똑같은 자세로 고개를 넘으려고 같은 행동을 했다. 고개를 갸웃거리며 내려다보고 있던 곰 눈에 앞서 지나간 짐승과 비스름한 짐승이 어기적거리며 올라오고 있는 게 아닌가. 그런데…….

"어랍쇼! 뭐시여 시방. 이번에는 입이 내 거시기 같은데, 힘이 없이 축 늘어졌구나! 싸워서 얻어 맞았나! 입 밑이 양쪽으로 부었군. 앞선 짐승은 수염이 없었는데 이번 것은 수염이 있고 꼬랑지에 털도 없는 것을 보니 나이가 들어서 털이 빠져 늙었다는 것이고!"

거시기 밑에 불알 두 쪽이 싸우다 상대방에게 얻어 터져서 부운 것으로 알고 늙은 곰이 스님을 잡아먹었다고 한다.

잘 믿어 주지 않는 지어낸 옛 이야기이지만 훈장은 이러한 전설이 있는 고개를 넘어가기가 여간 찝찝했다. 지금 자기가 전설에 나오는 스님처럼 벌거숭이 알몸이 아닌가! 고개를 넘을 때 어쩐지 뒷골이 섬뜩섬뜩하여 몇 번이고 발걸음을 멈추고 경계를 하며 뒤를 돌아보고 우거진 숲을 바라보곤 하면서 고개를 넘었다.

드디어 한나절을 걸어 파계승이 되기 전에 몸담았던 절을 찾아 온 것이다. 이 산중에서 옷을 구할 곳이라고는 절간뿐이니 어쩌랴. 또 그 절 사정은 자기 손바닥 들여다보듯 훤하니까 날만 어두워지면 요기까지 할 수 있을지도 모른다는 생각에 벌거숭이가 되어 버선발로 수 십 리길을 걸어왔는데, 꿈은 이루어지리라! 그러나 그건 어디까지나 훈장의 희망사항이었다. 약간의 요기와 승복 한 벌을 훔치기 위해 밤이 될 때까지 숲 속 추운 음지쪽에서 사냥감이 나타나기를 기다리는 포수 거시기 떨 듯 이빨을 달그락거리며 몇 고개를 넘을 때 살을 찌르는 것처럼 매서운 칼바람을 맞으며 엄청 떨었고, 그 먼 길을 걸어오면서 과부댁을 원망했다.

'아무리 황망했지만! 그 추운 곳으로 내보내면서 옷은 내주어서 보내야지 옷을 거꾸로 장농 속에 감추다니 일이 꼬이려고 그랬는가!'

설핏 의심이 들었다. 짧은 겨울 해가 기다리는 훈장에겐 동짓달 긴긴밤보다 더 길었다. 그렇게 길어보였던 해가 져서 숲이 어두워졌을 때이다. 골을 싸매고 이 궁리 저 궁리 절에 들어갈 작전 계획을 하던 중 갑자기 떠오른 생각, '아하, 그랬구나.' 훈장은 드디어 적의 계략에 빠졌다는 걸 이제야 깨닫는다. 과부의 꼬임 수에 대책 없이 당한 것이다.

"그래, 당했다! 두고 보자. 그러나 일단 이 곤경을 벗어나고 보자."

그러나 훈장은 머피의 법칙이 있다는 걸 모른다.

머피의 법칙, 세상의 모든 일이 예상과는 달리 꼬이기만 해서 잘못 될 가능성이 있는 것은 반드시 잘못되고 만다는 현대판 머피의 법칙, 예를 들면……

예쁜 여자가 풀코스로 놀아주겠다고 데이트를 신청해와 시간을 정해 만나서 잘 먹이고 구경시켜주고 잘 놀았는데, 하필 마지막 코스인 모텔 요금이 없어 빠구리를 못한다. 현금은 바닥나고 갔던 날이 장날이라고 둘다 들뜬 기분에 카드를 두고 왔다. 오지게 기분 나쁘지!

공부를 안 하면 몰라서 틀리고 공부를 너무 많이 하면 헷갈려서 틀린다. 그래서 수능 끝나면 술부터 배우는 것이다.

급해서 택시를 기다리면 빈 택시가 반대편에만 다닌다. 건너가 타려 하지만 이상하게도 차가 씽씽 달려 반대편으로 갈 수가 없다. 목숨을 걸고 건너자 말자 기다렸던 쪽에서 빈 택시가 간다.

기다리던 전화가 신발을 신고 사립문을 막 나서려는데 전화 벨소리가 들린다. 되돌아 가서 받으려고 신발 끈을 반도 못 풀었는데 전화가 끊긴다. 다시 올까 기다리다가 약속 시간만 늦어 절교가 되버렸다. 겁나게 약이 오르지만 어쩌랴.

멋진 연애 한번 해보려다 해보지도 못하고 훈장이 고생이 말이 아니다. 해서 옛날부터 사내는 거시기로 망하고 거시기로 흥한다는 것을 조물주가 인간을 만들 때부터 정해놓은 일이 아니던가! 그러니까. 조물주造物主가 수놈과 암놈을 만들어 놓고 섹스 횟수를 정해주면서 엄청난 실수를 하고 말았다고 한다. 여러 동물들을 만들어 놓고 각각의 섹스를 년 몇 번씩 해야 하는가를 횟수로 정해주던 날이었다. 마지막으로 쥐와 말 그리고 인간이 남았다. 조물주가 쥐의 성기를 유심히 내려다보고 만지작거리더니,

“일마들이 잘못 만들었나! 너무 적고 볼품없는데! 이걸 어쩌나. 허 그것 참.”

별 수 없다는 투로 말했다.

“쥐야! 너는 한 달에 섹스를 한 번만 해라. 한 번은 억울할 것이다! 그 대신 새끼는 너희 마음대로 가져도 된다.”

그러자 쥐가 공손히 고개 숙이며 대답을 했다.

“예! 조물주님, 정말로 고맙습니다.”

쥐가 뒤로 물러나자 다음은 말이었다. 말이 적당히 주눅이 들어 물러나는 쥐의 성기와 뒤에서 순서를 기다리고 있는 인간의 성기를 힐끔 쳐다보더니 혼잣말로 중얼거렸다.

“일마들아! 그것도 물건이라고 달고 다니느냐? 나 같으면 자살한다. 자살해! 그러니 한 달에 한 번이지. 내 거시기 정도 돼야 어디에 가든 수놈 대접 받지.”

자신이 대단한 물건을 가진 놈임을 확인 시키면서 '크~흐~흐'하고 말은 윗입술을 크게 뒤집어 비웃었다. 그런데 조물주가 해주는 말에, 말은 기겁을 하고 말았다.

조물주는 말의 성기를 움켜쥐고 한참동안 만지작거리자 공기압을 받고 부풀어 오르는 막대풍선처럼 점점 커져서 거시기 크기가 빨래다듬이방망이만큼 커지자 부러운지 침을 꼴깍하고 한 번 넘긴 뒤 하는 말이,

"말아! 너는 일 년에 한 번만 하고, 새끼도 한 번에 하나씩만 낳도록 해라."

"예~예! 지금 머라고 했어라? 일 년에 거시기를 한 번만 해라 고라? 자식도 하나만 가져라 고라?"

조물주의 황당한 말에 이성을 잃은 말이 입가에 거품을 물며 조물주에게 코를 씩씩거리며 대들기 시작했다.

"일마 자석이 귀가 시력이 없나! 내가 방금 해준 말이 안보이게! 너는 거시기가 너무 커서 일 년에 섹스를 한 번만 하라고 했다. 이제 내가 한 말이 보이냐?"

조물주가 큰소리로 말을 하자

"아니, 저렇게 이쑤시개보다 작은 물건을 달고 있는 쥐도 한 달에 한 번인 것은 나도 이해를 해! 진짜로……. 그런데 자식은 마음대로 가져라하면서, 왜 거물인 내가 일 년에 한 번씩 섹스를 하고 자식도 하나만 가지라고 하느냐 말이요? 그래서 나는 절대로 이해 못해."

화가 날대로 난 말이 이젠 조물주에게 반말로 대꾸한다.

"일마가 지랄용천을 떠네! 지랄병하면 불구자로 만들어 버릴까보다."

"에이! 이런 느기미 씨부랄 놈의 새끼 봤나! 개 좆도, 조물주고 나발이고 그 말 취소하지 않으면 뒷발로 차버리겠어."

말은 네 발로 땅을 박차며 발광을 하지만 그래도 조물주는 점잖게 고개를 좌우로 휘저으며

"절대로 안 된다 안 카나?"

그 말을 듣고 말은 쥐약을 몰래 훔쳐 먹은 개처럼 이성을 잃고 더 미친 듯

이 날뛰었다.

"느그미, 떠그랄! 이놈의 영감쟁이 취소해! 안 그러면 절대 가만두지 않겠어!"

그러자 조물주가 타이르듯 설명해 주었다.

"일마야! 지랄병 그만하고 네 물건을 내려다봐라. 그렇게 큰 거시기로 매일 밤 사용한다면 네 마누라가 힘들어 어떻게 견뎌내겠느냐?"

조물주가 정색을 하며 타이르자 곰곰이 생각하던 말이 갑자기 한풀 꺾여 목소리를 낮추었다.

"그러면요. 나도 쥐처럼 한 달에 한 번만이라도 하게 해주던지 아니면 마누라 거시기를 내 거시기가 잘 들어가게 크게 만들던지 하세요. 자식도 많이 가질 수 있게 해주고요. 그렇게 안 하면 각오하세요."

"나에게 아무리 위협을 해도 그것만은 절대로 안 된다. 안 카드나?"

"물주님, 아니 조물주님! 제발 한 달에 한 번만이라도……."

태도를 완전히 바꿔 무릎 꿇고 싹싹 빌면서 통사정을 했지만 조물주는 여전히 요지부동이었다. 말의 입장에서 보면 애간장이 탈만도 하다. 아무리 생각해도 세상에는 자기보다 크고 잘난 물건이 없다고 믿는 말이었다.

훗날 인간들이 거물을 들먹일 때마다 말 거시기를 빼놓지 않았고 수말이 죽으면 그 물건을 보고 구름같이 모여든 여자들이 애석하게 바라보았으니 무리는 아니다. 오죽했으면 집에서 기르던 말이 죽자 안주인은 물론 그녀의 어머니와 딸까지 한날한시에 3대가 앓아누웠다는 말도 있지 않은가.

그것만이 아니다. 두부장수 여인이 말이 빠구리 하는 곳을 지나다가 그 광경을 보고 머리에 이고있던 두부가 가득 담긴 함지박을 내려놓고 앉아 요새 신식말로 생비디오 구경을 하였다. 수말이 암말 거시기에다 빨래방망이보다 더 큰 거시기를 박아 놓고 콧바람을 불며 힘주어 꿀릴 때마다 여인은 황홀함에 진저리를 치며 자신도 모르게 함지박에 가득한 두부를 두 손으로 주물러 버렸다. 얼마나 화끈하게 상내짓을 하는지 두부가 다 망가진지도 모르고 수말이 암말의 거시기에다 거시기를 박아 놓고 전진후퇴를 할 때마다 두 손을 갈고리처럼 하여 두꺼운 옷을 손빨래하듯 힘주어 계속 주물러 버린 것이다. 거시기도 큰데다 정력도 끝내주게 좋아 무려 1시간여 동안 빠구리를 하는 동안 흥분되어 고쟁이가 흥건하게 젖어버렸다. 자기 마음대로 황홀감에 젖어 궁둥이를 들었다났다 하면서 주물러 버린 두부는 순두부덩어리가 되어버렸고 그대로는 팔이 수 없어 생생한 빠구리를 실감나게 보여준 말에게 수고했다고 먹이로 주고 말았다고 한다.

이렇게 성능이 대단한 말의 선조가 자기에게 정해준 횟수가 너무나 불합리하여 한 협박 공갈이 안 먹혀들자 어쩔 수 없이 애원을 하였지만 조물주는,

"일마 자석이 정신이 있나 없나? 절대로 안 된다 안 카나! 한 번 결정한 것은 결코 반복할 수 없는 게 조물주의 법인기라."

"오냐! 조물주 영감탱이 너 한 번 죽어 봐라. 내 뒷발질에 맞고도 그런 소리를 계속 지껄이나 어디 한번 보자. 오늘 나한테 즉사卽死 하게 한 번 맞아 봐라."

말이 이성을 잃고 조물주를 공격하기 시작했다. 조물주는 말 뒷발에 맞을까봐 겁에 질려 이리저리 피하다가 더 이상 어쩔 도리가 없는지 발바닥에 바람개비를 달고 줄행랑을 치자, 이 광경을 약간 걱정스럽게 지켜보고 있던 인간이 사색이 되어 도망치는 조물주를 따라가며

"조물주님! 잠깐만요. 저희 인간은요? 인간은 몇 번 해야 하죠? 아무리 급해도 그건 말해주고 가셔야죠."

급한 마음에 인간이 득달같이 달려가 조물주의 바짓가랑이를 붙잡자,

"일마야! 내 다리 잡지 말고 지랄병하는 절마 좀 말려라."

"우리들의 섹스 횟수를 정해주지 않고 도망치면서 말을 잡고 있으란 말은 안 먹혀들죠. 조물주님! 성기를 쓸데없이 돌출되어 위험하기 짝이 없는 물건이고 거추장스러운 애물덩어리로 만들었소? 싸게 싸게 말해주고 빨리 도망치세요."

"이런! 시러비헐 놈 봤나! 내가 만든 작품 중에 가장 신경을 써서 만들었는기다! 세월이 흐르면 너희들이 기똥찬 조물주 실력을 인정하고 나를 칭찬

해 줄 끼다!"

『불알이라고 불리는 고환남성의 증거은 정자와 남성호르몬인 테스토스
테론을 만드는 역할을 한다. 고환이 없으면 여성처럼 변한다고 한다. 그래
서 내시들은 고환을 떼어내야 했고, 그래서 음성이 가늘다고 한다. 유럽에
서는 남자를 소처럼 거세시켜 소프라노 가수로 활동하게도 했다. 고환이 없
으면 성생활을 못하는 줄로 대다수는 알고 있지만 그들도 시각 청각 촉각의
자극에 따라 "제 1성기"인 뇌의 변연계가 흥분하여 발기가 되므로 성관계
를 할 수 있다는 것이다. 옛날 궁중의 내시도 결혼하여 살았다는 기록이 있
다.

영장류 지구상의 33종의 고환을 연구한 영국의 과학자의 말에 의하면 자
주 성관계를 가지는 고환일수록 무게가 많이 나가는데 인간의 것은 평균
4.25g라고 한다. 또한 고환 두 개의 알이 비대칭짝불알인 것은 두 알이 충돌
하지 말라고 왼쪽으로 85% 아래로 처지게 되어있어 왼쪽 사타구니 쪽으로
쏠려서 바지를 맞출 때는 왼쪽 사타구니 바지 안쪽을 약간 넓게 하여 바지
사이에 고환이 편안하게 만든다고 한다. 그것을 모르는 절대다수 남자들은
자기 불알이 짝불알인 줄로 착각하고 있다는 것이다. 그래서 있을 때는 무
의식적으로 왼쪽으로 약간 기울인다고 한다.

또한 위험하게 노출시킨 것은 정자를 차게 보관하여 건강하게 하고 활발
하게 활동할 수 있도록 하여 정자를 유리하게끔 되어있는 구조인데 고환이
찬물에 닿으면 오그라들고 따뜻한 물에 들어가면 늘어나는 것도 같은 맥락
으로 열을 발산하기 쉽게 주름살이 있게 만든 것도 조물주의 기찬 솜씨인
것이다! 그래서 정자의 냉동보관 기술을 과학자가 빨리 터득한 것이며 위험
한 처지로 도망을 가거나 혹은 치고 박는 싸움을 할 때 오그라들어 몸에 착
붙는 것도 자기보호 메커니즘이라고 한다.

무더울 때 고환이 커지면서 사타구니 중앙에 축 늘어지는 것은 더우니 천
천히 걸어가도록 남자 신체 구조에 아주 적합하게 한 것이요, 추울 때 오그

라드는 것도 추우니까 빨리 집에 들어가라고 달리기 좋게 탱자처럼 줄어들어 거리적 거리지 않게 한다고 한다. 가운데 추가 내려와 중심을 잡아주니 남자는 점잖게 걸어가는 것이며 추가 없는 여자 걸음은 걸을 때 궁둥이가 좌우로 실룩거림은 중앙에 추가 없어 일거다. 이러한 역할을 하는 것이 불알이라 한다.』

"불알이 잘 만들어졌는지는 세월이 흐르면 알 것이고 가장 중요한 거시기는 몇 번씩 하라는 법은 알려주고 가야지요?"

악착같이 인간이 조물주의 바짓가랑이를 붙잡고 늘어지자 곧 말의 뒷발에 얻어맞을 위기에 빠진 조물주는 다급한 마음에 이렇게 말한 것이다.

"일마가! 급해 죽겠는데 놔주지도 않고, 별의별 것을 물으면 생각이 나냐? 나도 모르겠으니 니네들 거시기 꼴린대로 해라."

그 소리를 듣고서야 희색만면한 인간은 조물주를 놔 준 것이다.

이 말 한마디에 인간은 거시기 꼴릴 때마다 섹스를 하여 결국 섹스와 쾌락의 노예가 되었던 것이다. 그래서 몸을 파는 것도 인류의 최초의 여성 직업이 되었다고 하며 세계적인 베스트셀러는 성경과 섹스라고 한 조물주에게 고맙다고 해야 하나! 말에게 고맙다고 해야 하나! 어째거나 스님이기 전에 그도 인간이었기에 예쁜 여자와 멋지게 섹스를 한 번 해 보려다 시도 못하고 훈장이 이 고생을 하고 있는 것이다.

훈장은 절로 들어가기 위해 부엌이 있는 담장 벽에 바짝 붙어 들어갈 장소를 찾으려 돈다. 그 담장 아래에 부엌에서 쓰고 버리는 개숫물이 빠지는 도랑구멍이 있어 거기로 들어가면 감쪽같이 남의 눈을 피할 수 있기 때문이다. 용케도 잘 찾았다.

훈장이 그 개수구멍을 통과하여 절 안으로 들어가려고 할 때, 하필이면 담장 안에서는 상좌승이 단단하기로 소문난 동백나무로 만든 방망이를 꼬나들고 개수구멍을 지키고 있었다. 그는 부엌일을 하는 상좌승이었는데, 최

근 며칠 사이 살쾡이가 들락거리며 부엌살림을 엉망진창으로 만들었기에 단단히 혼을 내주고자 몇 날을 벼르고 있던 중이었다. 물론 살쾡이를 죽일 마음은 추호도 없었다. 절의 중이 살생을 하면 안되지만 폭행 정도는 부처님이 봐주실 거라며! 매일 밤마다 보초를 서다시피 했는데 드디어 오랜 기다린 보람이 있어 담 밖에서 '바스락'거리는 소리가 연이어 들려오더니 개 수구멍으로 뭔가 밭은 숨소리를 내던 그놈이! ……소리를 내며 슬며시 들어오고 있었다. 긴장한 채 한동안 숨을 멈추고 기다리던 상좌승은 힘차게 아주 힘차게 방망이를 사정없이 휘둘렀다.

허공의 공기를 가르는 '휙' 소리 뒤에 '퍽!'하는 둔탁한 소리를 내며 정확하게 살쾡이 궁둥이를 내리쳤다. 속도가 약간만 더 빨랐으면, 머리통에 정통으로 맞아 대갈통이 박살나 지금쯤 지옥행 열차를 타고 있을 텐데!

'퍽' 소리와 함께 연이어 들리는 소리는……?

"어이쿠, 워머 겁나게 아파라. 사람 살려!"

사람의 비명소리에 깜짝 놀란 상좌승은

"아니! 이놈의 살쾡이가 밤이면 밤마다 절간에 몰래 들어와 마음대로 밥을 훔쳐 먹더니 나도 못 통한 득도를 통했나! 이젠 사람 말을 할 줄 아네. 어디를 때려줄까?"

어디를 때려 주다니. 서남터 사형장에서 망나니가 사형수를 보고 "아프게 죽여줄까? 안 아프게 죽여줄까?" 묻는 격이다. 날카로운 칼로 한 번에 목을 뎅겅 잘라버리면 안 아프게 죽여주는 것이고! 칼날이 무딘 것을 사용하면서 칼춤을 춰가면서 시간을 끌어 여러 번 쳐서 아프게 죽이는 것이다. 그래서 돈이 있는 양반이나 또는 가족이 죄를 지어 사형당할 때는 미리 망나니에게 뒷돈을 주어 안 아프게 죽여 달라고 로비를 했다는 참 아이러니한 이야기도 있듯.

"어디를 때려 많이 아프게 때려줄까?"

말을 끝낸 상좌승은 몽둥이를 힘주어 꼬나들고 검무를 추는 무희처럼! 몽둥이를 연속 휘둘러 삼각타법으로 훈장의 궁둥이를 요절을 냈다. 삼각타법이란 아래에서 위로 올려치고 위에서 아래로 치고 궁둥이 중앙을 때리는 것이다. 피가 중앙에 모여 있는데! 그곳을 내려치면 피가 터진다. 이런 식으로 두들겨 패면 천하없는 장사도 그 자리에서 뻗어버린다.

"아이고, 나 죽네! 사람 살려."

소리와 함께 훈장은 손발을 뻗고 기절을 하였다.

이번엔 불을 켜고 쓰러진 물체를 본 상좌승이 기절할 뻔 하였다. 상좌승은 자기 눈을 의심했다. 부엌 바닥에 두 손 두 발을 뻗고 기절해 있는 물체의 모습은 밤마다 몰래 들어와 부엌살림을 헝클어놓아 애를 먹이던 살쾡이가 아니고 발가벗은 인간이었다.

"내가 지금 꿈을 꾸고 있나. 시방!"

고개를 도리질 한 뒤 두 눈을 부비고 자세히 내려다봤지만, 적당한 린치를 하여 혼내주려던 살쾡이가 아니고 분명 사람이었다. 아주 많이 어리둥절한 상좌승은 다시 정신을 가까스로 차리고 뒤집어놓고 보니, 밤이면 밤마다 부엌일 하느라 힘들어 지쳐 잠들어 있는 자기를 강제로 깨워 항문에 침을 바르고 게이처럼개가 상내를 하는 자세로 빠구리를 하던 파계승破戒僧이 아닌가. 상좌승은 기절해 있는 훈장에게 살어름이 둥둥 떠 있는 찬물을 한바가지 가득 떠서 얼굴에 사정없이 끼얹었다. 그러나 미동이 없다.

"너무 세게 때려서 죽어 버렸나!"

깨어나지 않으면 큰일이다. 사람을 죽였으니 살인이 아닌가! 겁에 질린 상좌승이 이번엔 물통 채로 들고 가서 얼굴에다 사정없이 부어버리자 잠시 후 몇 번인가 꼼지락 거리더니 눈을 떴다. 천만다행으로 죽지는 않고 기절을 하여 널브러져 있던 훈장이 엉거주춤 일어나려고 하자 어려서 당했던 슬픈 기억이 생생하게 떠오른 상좌승은 부뚜막에 올려둔 방망이를 집어 들고 훈장 항문을 인정사정없이…… 이런 것을 보고 인과응보因果應報라는 것이다.

상좌승은 비상종을 두드려 절간 스님이 전부 모이도록 했다. 이 소란에 모여든 승들은 희귀한 광경을 보고 경악을 했다. 승들이 설레발을 치고 법당으로 달려가 일제히 목탁을 가져와 어리바리한 자세로 앉아 치료를 받고 있는 훈장 앞에서…….

"남무관세음보살南無觀世音菩薩"

딸달이 치는 소리가 아니고, 목탁 치는 소리가 깊은 산속 밤공기를 가르고! 주지승은 부엌 문설주에 삐딱하게 기대선 채 부부싸움을 하다가 남편에게 얻어맞고 친정으로 피신해 있는 마누라를 찾으려온 사위 놈을 바라보는 장인의 눈길보다 더 험악한 눈으로 훈장을 흘겨보고 있다.

인간 사회는 본질적으로 "도덕사회道德社會"이다. 어떠한 인간사회이든 도덕성道德性을 지향해야만 성립될 수 있고 도덕성을 증대해 가야만 유지될 수 있는 것이다. 도덕이 무너지면 극단의 경우 소돔과 고모라성城처럼 되어지는 것이 인간사회이다. 그런데 이같이 중요한 도덕성이 어느 사회 없이 사람들이 바라는 수준만큼 높지 않은 것이 인간사회 특징이다. 어느 시대 어느 사회 없이 부서지고 있다고 늘 개탄하는 것이 이 도덕성이다. 그래서 어느 사회 없이 이를 증대시키려 끊임없이 노력하고 있다.

고위 공직자나 우리가 선출한 정치인들을 비롯하여 각 종교단체의 성직자는 선각자이며 도덕적 지표道德的指標이다. 선각자先覺者란 먼저 알고 있다는 뜻이며 지표는 가르치는 표지판을 말한다. 그 도덕적 지표가 제대로 서 있지 못하고 추태醜態를 부리고 있어 이러한 패거리 집단의 세태世態 때문에 국민은 우왕좌왕하는 것이다. 사회지도층의 도덕적 책무노블레스 오블리주를 등한시하고 있다는 데서 발생된 일들이 사회 도처에 깔려 있다. 그리하여 방향을 가리키는 표지판이 제 구실을 못하고 있는 것이다. 그러나 국가나 사회에는 일을 이끌어 가는 정치인이나 각 사회단체 지도자와 종교단체 성직자聖職者 등의 존재를 꼭 필요로 하고 있다. 그 이유는 그들이 도덕적 지표이기 때문이다. 그들은 사람들의 마음가짐과 행동거지의 본보기가 되는데 이를 우리들은 도덕적 지표라고 한다. 앞서 말했지만, 지표는 다 알다시피 가는 방향을 가리키는 표시다. 다시 말해서 이정표를 말한다. 지도자는 국민이 무엇을 어떻게 해야 하고 어떻게 행동해서는 안되는 가를 가르치는 표지

판이다. 그들의 지위와 역할에 의거해서 도덕적 의무를 가장 엄격히 수행해야 하는 도덕적 지표인데 이 지표가 지표로서 기능을 다하지 못할 때는 노동자 농민들에게 빌붙어 얻어먹는 기생충이 된다는 것이다. 그 이유는 그들은 지식으로도 노동으로도 아무것도 생산해내지 못하기 때문이다. 어떠한 인간 사회이든 도덕성을 지향해야만 성립될 수 있고 도덕성을 증대해 가야만 유지될 수 있다는 것을 알아야 된다. 그러한 도덕이 무너지면 극단의 경우 소돔과 고모라처럼 되는 것이 인간 사회이기 때문이다.

도덕성을 가장 중시하는 곳이 종교단체의 종교 교리이다. 우리나라에는 크게 나누어 기독교인과 불교인, 무종교인으로 삼분하고 있다고 봐야한다. 그 삼등분 중 불교인이 가장 많다고 한다. 불교가 우리나라엔 4세기 후반에 들어왔는데 불교가 전래된 것으로 인하여 한반도 고대세계에 정치·경제·문화에 혁명적인 사건이 시작되었다. 애니미즘이라는 원시신앙에서 음양과 무속의 신화시대를 거쳐 우리나라에도 바야흐로 종교의 시대가 도래하게 된 것이다.

7세기 후반, 삼국통일로 인해 불국토가 지상에 실현되었다. 사회는 활기에 넘쳐 흘렀고 사람들은 희망으로 들떠 있었다. 그 후로 고려를 건국한 주도세력은 향촌의 토대를 둔 호족豪族이었고 그들의 사상적 토대는 선종禪宗이었다. 신라 말 중앙 권력의 힘이 무력화되자 강력한 세력으로서 등장한 호족들은 반 신라적이었으며 그들의 주된 관심사는 자기가 통치하는 지방의 정치적, 경제적 통제력을 굳건히 하는 데 있었다. 불교 경전의 연구에 온 힘을 다하는 교종教宗과는 달리 선종은 참선參禪을 강조한다. 누구나 깨우침을 통해 부처가 될 수 있다는 선종은 호족과 새로운 사회를 갈망하는 일반 민중, 신분제로 신분상승을 할 수 없는 신라말의 지식인들에게도 커다란 호응을 받았다.

한편 선종과 함께 호족들에게 새로운 국가건립의 당위성을 제공한 것은 미륵사상彌勒思想이었다. 미륵은 부처의 왕림 이후 후세를 통치할 부처로서 미륵은 어지러운 현실을 구원해 줄 상징으로 민중에게 각인된 것이다. 불교를 믿고 깨우치면 누구나 부처가 되고, 부처의 후세인 미륵불이란 부처는 지금 같은 어려운 세상에 나타나서 구원해 준다고 전교하고 있다.

불교란 부다佛陀의 가르침으로 한 최초의 대중종교였다. 기원 전 약 563년부터 483년 사이에 인도 북동부 지역에 살았던 싯다르타 고타마 왕자에 의해 창설되었다. 그는 "부다"라는 이름으로 알려져 있는데 범어의 "깨달음을 얻은 자"라는 명칭이다. 당시 인도의 종교계는 필연적인 윤회輪廻사상을 가르치는 브라만 계급에 의해 독점되고 있었으나 싯다르타는 그들의 가르침을 받아들이지 않고 나이란 자나 강변의 우루벨라 지방으로 들어가 6년을 머물다 마침내 보리수나무 아래서 해탈을 하고 "깨친자득도자, 得道者"라는 의미가 있는 부다Buddha가 열반에 들어가 득도를 하였다.

불교교리의 궁극적인 목적은 인간이 죽은 뒤 영혼을 구제하기 위한 것이고 다른 이야기로 해석하자면 다른 몸을 빌려 환생윤회, 輪廻을 원하는 것이다. 불교 사상이 승려들에게 요구하는 도덕적 기준 역시 매우 엄격히 하고 있다. 살생과 남의 것을 소유하는 행위, 간음, 거짓말, 음주 그리고 금이나 은의 소유를 엄격히 금지하고 있다. 그래서 성직자는 가장 원숙한 인간이다. 가장 통일된 삶을 영위하는 사람이 성직자이기 때문이다. 성직자는 절대가치를 추구하기 위하여 자신의 세속적인 삶을 희생하면서 이웃을 사랑하고 봉사하며 살아야 함에도 그것을 지키지 못하고, 승려들에게 가장 엄격하게 요구하는 도덕적 기준을 벗어나서 네 가지 진리도 이행하지 못한 채 금욕과 성욕을 참지 못하여 혼탁한 사회에 발을 들여 놓으면서 벌어진 한 파계승의 말로이다.

킨^{Kean} 특수부대

한국전쟁 마산 진동전투와 1950년 8월 17일 통영상륙작전

증언 : testimony

월리엄 킨 미25사단장의 교전 수칙에는 "쌍방 간에 치열한 교전交戰이 이루어지고 있는 지역 안에서 움직이는 모든 사람은 민간인이 아니다."라는 말이 있다. 이 말의 뜻은 총격전이 벌어지고 있는 작전구역 안에서는 움직이는 사람들을 허락 없이 모두 사살하여도 좋다는 명령이다.

한국전쟁 당시 부산 함락을 막기 위해 치열한 전투가 벌어졌던 곳을 말하라고 하면 다부동전투와 포항전투로 대다수의 우리 국민은 알고 있다. 그러나 경남 마산^{당시 창원} 진동전투도 치열했다는 것을 아는 사람은 거의 없다.

해병대 1기생이었던 서기수 노인으로 부터 한국전쟁 당시 북한군의 부산 진격을 막기 위해 1950년 8월 1일부터 13일까지 마산진동에서 미군 특수부대와 합동작전으로 북한군과 치열한 전투를 하여 북한군 정찰부대를 궤멸시켜 전부대원이 1계급 특진을 받았다는 이야기를 듣고 김해시 부원동 자택에 몇 번씩 찾아가 증언을 해달라고 사정을 하여, 실명을 밝혀도 된다는 허락까지 받아 내어 쓴 글이다.

나는 1948년생인데 1966년 18세 어린 몸으로 입영하는 동네 형을 따라 논산훈련소까지 동행하여 그 곳에서 덜컥 자원입대하여 훈련을 끝내고 휴전선 소총중대본부 행정반에서 근무할 때 육군 부사관학교로 강제 차출되어

교육을 받고 졸업하여 휴전선 경계사단 소총소대 분대장으로 보직 받고 근무 중 1968년 1월 21일 북한 특수부대 김신조 일당이 박대통령을 시해할 목적으로 남파되어 1월 23일에 미 해군 푸에블로호 납치사건이 터졌다.

미국과 우리나라는 전면전으로 하기로 하였다. 나는 21사단 66연대 1대대 3중대 3소대 3분대장으로 근무하고 있었는데, 2월 7일 오후 6시경에 소대장의 "작전 벙커로 모이라"는 지시에 의해 LMG중기관총토치카에 모여 작전회의에 들어갔다. 소대장은 선임하사를 비롯한 1분대 2분대 화기분 대장 등을 이끌고 스탈린고지북한 913GP를, 나에게는 김일성고지912GP를, 2월 8일 04시에 일본 오키나와에서 2개 편대 비행기가 출격하여 선제공격을 하면 총공격하여 김일성고지를 점령하고 소대장이 있는 스탈린 고지로 오라는 작전 명령을 내렸다.

3개 분대와 선임하사까지 소대장이 데리고 작전을 하고 나만 달랑 8명의 부하를 데리고 작전을 하라고 하는데, 불합리하다는 의견을 제기하자 소대장은 "화기중대서 2대의 LMG일명 엘엠무지중기관총과 인원이 파견되니 통솔하여 작전을 성공하고 하루만 죽지않고 버티면 후방 교육사단하고 교체될 것이다."고 하였다. 당시는 40년만의 폭설과 강추위로 총 노리쇠 후퇴가 되지도 않은 추위였다. "타 중대에서 파견 나온 사병들이 나의 말을 듣겠습니까?"라는 건의에 "지금 이 시간 즉결처분권전쟁 시, 어깨에 푸른 견장을 단 지휘자는 군사재판 없이 명령 불복종 부하를 현장에서 3명까지 사살 할 수 있는 권한이 대통령 명령으로 하달됐으니 걱정하지 말라."는 지시를 받았다.

한국전쟁 후 처음 내린 즉결처분권이다. 그러나 당시에 우리 군과 월남전에서 싸우고 있어 2개의 전쟁을 할 수 없는 미국은 제2의 한국전쟁을 포기했다. 다행히 김신조 일당은 우리 경찰에 발각되어 우리 군경에 의해 사살되고 김신조가 생포되었다. 이에 화가 난 대통령은 그들과 똑같은 부대를 만들어 보복하라는 특별지시에 의해 북파공작원 중 최고 악질부대인 테러부대에 강제 차출되어 인간으로서는 도저히 감내하기 어려울 정도의 교육을 끝내고 침투조 팀장으로 2차례 휴전선을 넘나들며 북한군 초소를 초토화 시킨 바 있다.

지휘자는 작전을 하면서 직감으로 할 것이냐? 본능으로 할 것이냐? 고민하게 되는데 나는 짐승처럼 본능으로 작전을 하여 두 번 북에 침투하여 적 초소를 폭파 괴멸시키고 부하들을 단 한 명도 희생시키지 않고 복귀했다. 『북파공작원』 상하권을 출간한 후 서울 MBC초대석에 출연하여 장원재 박사와 나눈 이야기에서 같은 민족끼리 벌어진 서글픈 복수전엔 선과 악의 경계선도 없이 인명을 살상했다는 나의 말에 '소름이 끼쳤다'라는 강동석 담당PD 말처럼 서기수 노인과 인터뷰를 하면서 한국전 당시 같은 민족끼리 벌어진 이념 대립으로 벌인 전쟁터에서도 그러했다는 게 가슴이 너무 아팠다. 지금 이 시간에도 이 땅의 가장 혈기 왕성한 젊은이 160여만 명이 휴전선 비무장지대 철책선 경계사이로 너와 난 한민족이 아닌 서로 간에 적이 되어 총부리는 겨누고 있다는 것을 관과觀誇해서는 안 될 것이다.

서기수 노인이 속한 해병대는 마산 진동전투에서 킨 부대와 합동작전을 하여 북한군특수부대소속 정찰부대원 전원을 섬멸하여 그 공로로 대한민국전쟁사에서 전무후무하게 전부대원이 무공훈장을 받았다^{마산 → 고성 간 국도변 진동고개에 해병대 전적기념탑이 세워져 있다}. 부산을 함락시키려는 북한군을 마지막 교두부인 다부동과 포항에서 치열한 혈전으로 국군이 북한군을 부산으로의 진격을 저지시키고 있을 때…… 마산 진동에서 코 앞인 부산을 함락시키기 위해 최후 발악을 하던 북괴를 미군 특수부대와 우리 해병대가 양동작전을 함께 하여 적의 주력부대를 괴멸시켰기 때문에 임시 정부가 있는 부산을 지켰고 인천 상륙작전이 성공할 수 있었다.

마산서 부산까지는 도보로 반나절 거리이기 때문에 연합군이나 우리 군도 중요 요충지인 반면에 반대로 적들에게도 부산에 임시정부가 있었고 연합군의 군수품 보급이 부산항으로 조달되고 있기에 부산만 점령하면 군수품이 차단되어 연합군을 무력화無力化시키고 점령하여 임시정부를 해체시킨 뒤 북진하여 밀고 올라가면 국군과 유엔군은 독안에 갇힌 쥐꼴이 되기에 전쟁을 빨리 끝내려고 다부동 지역과 포항 지역보다 최정예부대를 집결시켰기에 치열한 공방전으로 수많은 민간인과 양쪽 군이 희생되었다.

진동 전투방어선이 무너졌다면 부산이 함락되어 자유민주주의 대한민국은 역사 속으로 사라졌을 것이다! 대다수 국민은 이러한 사실을 전혀 모르고 있다. 나는 이 글을 쓰면서 한국전쟁사 중에 모든 전투지역이 중요했겠지만 그 중에서도 가장 중요한 전투가 마산 진동전투라고 생각했다. 그것은 다부동왜관이나, 영천과 포항은 경상북도이며 대구와 울산은 건재했고 부산과도 지리적으로 먼 거리였다. 반대로 부산에서 마산은 아주 가깝다는 것은 우리 모두는 알고 있지 않은가! 한국전에 참가한 180여만 명 중 사망한 미군이 5만 6568명이고 부상자가 10만 3284명이며 아직까지 행방을 찾지 못한 실종자도 8177명이나 된다고 한다. 머나 먼 낯선 땅에서 얼굴과 언어가 똑같은 민족끼리 벌이는 살육전에서 혹독한 전쟁을 치른 이들의 희생을 우린 너무 쉽게 잊고 지내는 것이 아닐까!

한 번 해병은 영원한 해병, 귀신 잡는 해병, 무적 해병 등 해병대와 관련된 수식어 한 두 마디를 모르는 성인은 많지 않을 것이다.

"해병대 몇 기생입니까?"

"해병 1기생이지. 처음엔 해군으로 입대하여 3개월 훈련을 받은 뒤 인천 해군 경비대에서 7개월 근무를 끝내고 해병 창설 때 병과를 바꾸어 해병이 되었지."

"지원병으로 알고 있습니다만?"

"하모, 해방되고 국방경비시대였기 때문에 당시 전부 지원했다 아이가! 지금도 지원병만 받고 있는 줄 알고 있는데… 내는 학교 공부하기 싫어서 일찍 자원입대했다."

"해병으로 병과를 바꾼 특별한 이유가 있었습니까?"

"이유는 무슨 이유."

"……."

"처음 창설하는 부대였고 내는 통신병이었었는데 해군에서 TO가 남아돌아서 파견근무처럼 갔다가 해병이 되었다.”

서기수 노인은 해병 1기생이 되어 배속 받은 근무지인 제주도로 갔는데 첫 사령관이 ‘신원준’이고, 제주도로 간 이유는 육군 9연대가 반란군으로 돌변하여 한라산으로 들어가자 해병대가 토벌작전과 치안을 맡기 위하여 부대가 이동되어 반란군섬멸작전 중에 한국전쟁이 터졌다고 했다.

“제주 4.3사건 때문에 해병대가 파견되었군요?”

“하모! 그 당시 제주도에는 빨갱이들이 천지에 깔인기라. 우리 해병대가 토벌작전을 하여 일마들을 억수로 많이 잡은 기라.”

“한라산 속으로 숨어 들어 소탕하기가 무척 어려웠을 것인데요?”

“무슨 소리 하노? 우리가 귀신 잡는 해병 아이가. 빨갱이 일마들을 많이 잡아서 굴비를 엮듯 끄네기로 결박해 가지고 지금의 제주 비행장공터에 억수로 많이 모은 기라.”

“당시엔 대부분 현장에서 즉결 처분하였을 텐데! 현장에서 총살집행을 하지 않았군요?”

“처음엔 골수분자와 단순 가담자를 구분하여 처벌하려 했는데, 당시 제주도에 감악소가 없는 기라. 군경에 의해 잡힌 빨갱이 숫자가 기하급수적으로 늘어나 통제 불능이 되자. 상부에서 사살하라는 명령이 떨어져서 일마들에게 ‘구덩이를 빨리 파는 자에게 쌀 한 말을 준다’고 속인 뒤 노역을 시킨 기라. 새피억새풀 밭에 불을 질러서 태운 다음 수곤포로 구덩이를 숫하게 디비 파게 해서 그 안에 모딜띠 밀어 넣고 총살하여 묻어 버린 기라. 토벌대말에 속아서 자기가 자기 무덤을 판 기지!”

“악질죄질이 있는 자와 죄가 없는 자를 구분도 않고! 재판도 최소한의 소명의 절차도 없이 누구 마음대로 현장에서 형량을 종결짓고 모두를 총살형을 하였단 말입니까? 진짜로 잔악한 짓을 했군요!”

“와! 이 카노? 내게 성질 내지 말거라. 우리들은 위에서 시킨 대로 한기라. 이승만대통령 아니면, 국방장관 신성모가 시킨 거 아이가!”

“……”

"빨갱이 글마들이 말 깝데기와 소 깝데기로 칙까데비[일본 농구화]를 기똥차게 잘 만든 기라. 발목뎅이를 천으로 문둥이가 아픈 다리 동치듯이 동여매고 가죽을 발등까지 덥일 정도의 크기로 절단하여 덮고 가장자리에 구멍을 뚫어 가늘게 절단한 가죽 끈으로 가로지기로 결속하여 신고 다닌 기라. 통시가데서 목감한 것 같이! 글마들 곁에만 다가가도 꾸룽 냄새가 진동을 하여 게악질이[嘔吐] 나올라 해서 밥도 제대로 먹지 못해 하루는 얼요기 하고 한라산 꼭디까지 토벌작전 나갔다가. 하산할 때 속이 허덜부리하여 그때 골로 갈 삔 한기라!"

"험한 산속에서 생활하는 그들에겐 신발이 빨리 떨어져서 가축을 잡아먹고 신발을 만들었겠지요!"

"하모! 빨갱이 일마들이 험준한 산 속에서 게릴라전을 하여 신발이 떨어지면, 민가에 내려와 식량을 약탈해가고 말이나 소를 잡아먹은 뒤 가죽을 벗겨 기름덩어리도 제거하지도 않은 채 옷이나 신발을 만들어 입었는데 짐승 가죽이 썩으면서 온 몸에서 썩은 냄새가 너무나 진동해 콧구멍에다 쑥잎을 으깨서 넣고 또는 마늘을 흠집 내어 코를 막고서 조사를 했제. 글마들이 그런 옷이나 신발을 만들었기 때문에 은신처를 찾아내기가 쉬웠는 기라!"

"냄새 때문에 군견이나 사냥개를 데리고 가면 아무래도 쉬웠겠지요! 기록에 의하면 국군도 식량 확보가 어려워 민가에 막대한 손실을 주었다는 기록 입니다."

"그렇잖아도 섬이라 곡식이 귀한 곳인데 글마들이 낮에는 한라산 속에서 지내고 밤이면 민가에 내려와 가축을 잡아가고 식량을 약탈해 가니 제주도민들도 굶주려 곳곳에서 식량 약탈이 벌어지곤 해서 군경이 치안을 유지에 급급한 기라! 우리도 육지에서 보급 수송선이 자주 왕래하기가 어려워 할 수 있나 먹어야 전쟁을 할 것 아닌가? 더구나 육지에서 식량을 싣고 올만한 큰 배는 거의 징발해 가버렸으니 어쩔 도리가 없는 기라. 암튼 닥치는 대로 뺏는 거지. 전쟁 중이니 군이나 경찰이 '전쟁 물자로 사용하겠다'하면 순순히 내놓을 수밖에 없는 기라. 우리도 먹어야 싸울 것 아닌가. 이렇게나 저렇게나 죽어나는 것은 민간인이제!”

“기록들에 의하면 당시에 죽은 사람이 몇 만명이라 하는데 그 많은 사람을 전부 제주 비행장터에서 사살하여 구덩이를 파고 묻어 버렸습니까?”

“아이라, 얼마나 많이 죽었는지 시체 묻을 장소가 없는 기라. 지금 제주 비행장터를 파 보면 알겠지만! 조금만 파 들어가도 돌덩이 인기라. 할 수 있나. 강 선생도 알다시피 화산 섬 아닌가베, 총알도 아까버 낡은 배를 억수로 많이 강제로 증발해와 빨갱이 일마들을 한가득 싣고 거문도 등대 앞 바다에서 폭약으로 배를 폭파시켜 한꺼번에 수백 명을! 아니, 수천 명씩 수장水葬시킨 기라.”

“……”.

“강 선생! 안주꺼정 아무한테도 이바구하지 안했는데, 이말 해 가지고 사달나는 것 아닌가 모르것네?”

“묻을 장소가 없어 그 많은 사람을 바다에다 산채로 수장시켰단 말입니까? 그러니까. 어르신이 살육현장에서 행위를 가한 산 증인이란 말입니까?”

내가 조사한 바 이 사건은 한국전쟁사 비록에도 없는 최초 증언이었다.

“그렇다 카이, 두 눈 뚜껑을 화들짝 열고 화내지 말거라! 그 곳은 급류가 흐르고 깊어서 빼가지도 찾기 힘들 것이어, 있어도 멀리 떠내려가 버렸것지! 그 때 젊은 남자들이 수를 헤아릴 수 없을 정도로 많이 죽어 제주도엔 여자가 많은 것이지! 그래서 제주도를 삼다도라고 안 하는가베? 돌이 많고 바람이 많은 섬이니까 그러한 것이고. 여자가 많다는 것은 4.3사건 때 젊은 남자들이 숫티 죽어서 짝지 없는 여자들이 수두룩벅썩하여 그 때부터 생겨난 말인 기라!”

“들어보니 그 말엔 정말로 일리가 있군요!”

“후재 안 일이지만, 송장이 일본 대마도까지 떠내려가 무슨 절에서 시체를 억수로 건져 합동묘를 만들었다는 이야기를 들었다 카이.”

“저도 제주 방송에서 다루는 특집 방송을 보았습니다. 대마도 스님이 증언하는 것도 보았고 당시에 만든 묘지 옆에 세운 위령비도 보여 주더군요.”

“바라바라 내 말이 거짓 부랭이 아니제? 배가 폭파되자 배 쪼가리를 수십 명씩 붙잡고 살려 달라고 아우성치는 것을 보니 가당치도 않는 기라! 아마 지옥이 있다면 그런 모습일 게야! 내는 지금도 그때 생각하면 살이 떨리는 기라. 천당에 가길 포기해서 종교는 일체 안 믿는다.”

거문도고도, 古島, 동도, 서도의 세 섬으로 둘러싸인 바다를 도내해島內海라고 하는데, 그곳은 급류가 세기로 유명하지만 수심이 깊어 큰 배 출입이 자유롭다. 거문도를 중심으로 하는 수역은 순천 – 여수 방면에서 제주도 사이에 있다. 너무나 엄청난 일이지만 ‘이 말은 사실이다’라고 몇 번이나 강조를 하면서 신변에 좋지 않은 일이 생길까봐 걱정을 하였다. 그때 시신 일부가 일본 대마도까지 떠내려가 시신을 건져 묻어주고 그 곳 절에다 위패를 모시고 있다는 스님의 이야기를 제주방송에서 특집으로 다룬 것이다.

“그러니까, 9연대가 반란을 일으키자 그들을 제압하기 위해 해병대가 파견되어 있을 때 한국전쟁이 발발했겠군요?”

“하모! 6월 25일 새벽 3시 쯤 되었을 때 전문電文이 온 거야, 내가 전문을 가지고 부대장 관사에 찾아가 부대장에게 보였더니 전문을 받아들고 읽어보더니 전문을 들고 있던 손이 마치 수전증 걸린 것처럼 갑자기 떨면서 ‘삼팔선이 터졌다’하여 내는 처음엔 무슨 소린 줄 몰랐다 카이.”

“북한군이 3.8선을 넘어 남침했다는 말을 이해 못하셨군요?”

“하모! 쫄병이 무슨 소린 줄 아나? 멍청하니 서서 바라보고 있으니까 ‘최일병! 이거 큰일 났다! 삼팔선이 터졌다’ 큰일 났다는 말을 계속 하면서 ‘빨리 가서 부관을 깨워 오라’고 하여 부관을 깨비서 데려와 셋이서 차를 같이 타고 사령부로 가면서 스몰라이트야간 관제등켜고 갔는 기라.”

“무엇 때문에요? ……제주도까지 적이 오지도 않았는데요?”

“반란군 때문이제! 그 놈들이 알면 득세를 하여 해꼬지를 할 거 아닌가?”

“그래도 최후방인 섬이라 안전하죠? 전문을 받고 해병대는 어떤 조치를 취했습니까?”

“계엄령을 선포하여 주민통제와 항만관리 경계태세에 들어간 뒤, 신성모 국방장관에게 ‘해병대가 출동하겠습니다’ 하였더니 ‘소부대가지고 출동하면 무엇 하겠느냐? 제주도에 남아서 반란군 소탕과 치안에 힘쓰라’며 해병대 출동을 막아서 근 달포를 제주도에 있었지.”

“전부대원이 몇 명이나 되길래, 소부대였습니까? 사령관까지 있는데 말입니다.”

“사령관까지 모딜 띠 430명이고 신원준 계급은 대령이지만, 해병대에선 당시 최고 높은 계급이어서 사령관 직책을 준기라!”

부대장이나 마찬가지이지만! 사령관이라고 불렀다는 것이다. 그러니까 1949년 10월 19일 여수·순천 10월 19사건을 진압을 위해 출동했던 해군은 지상에 상륙하지 못하고 해상봉쇄라는 소극적 작전을 수행할 수밖에 없었다. 이를 계기로 상륙전담부대의 필요성을 절감한 정부는 1949년 4월 15일 진해 덕산비행장에서 당시 신원준 중령을 사령관으로 하는 380명의 병력으로 역사적인 해병대 창설식을 하게 된다.

“사령관이면 장성급인데 대령보고 사령관이라고 부르기는 뭔가 잘못된 것 같습니다.”

“창설 당시는 380명이었고, 그 후 병력이 자원하여 430명이 되었지. 지금 같으면 사단장이면 전부 별자리인데! 신원준이 대령으로 진급되었지만, 보병중대병력 규모로 사령관이니 강 선생이 의아해 할만하지!”

“실제 전투는 언제부터 참여하였습니까?”

“7월 13일 전투병에 학도병을 배속시켜 대한조선공사 배를 징발하였는데 홍천호야 그 배를 타고 FS미군 수송선과 같이 군산항에 상륙하고 보니 육군이 후퇴를 하여 우리도 변변한 전투도 못해 보고 전라북도 남원까지 순식간에 밀려 왔지”

“아니! 귀신 잡는 해병이라고 하는 부대가 후퇴만 계속하여 군산·이리·전주를 거쳐 남원까지 퇴각했다면 개가 웃을 일이네요?”

“말도 말어! 우리들이 지급받은 개인 화기는 일본군이 땅속에 묻어놓고 간 총을 파낸 것인데, 구식 38장총 단발짜리거든 그것으로 무장을 한기라. 그런데 글마들은 연속으로 쏠 수 있는 기관단총과 따발총이라 상대도 안됐 지! 내는 총알이 아까버 훈련할 때 실탄으로 사격도 못해 보고 헛총질만 입 으로 ‘팡~팡’ 했다 카이.”

“일본서 실탄을 주지 않아서 실제 실탄사격을 못해 보았군요?”

“부대가 창설되고 지급 받은 구식 38장총은 땅속에서 꺼낸 거라 모두 녹 슬고 고물이 다 된 것이라서 열심히 닦고 기름칠 했지만 총구 안을 들여다 보면 곰보처럼 부식이 되었는데 그것이 개인 화기이고 실탄도 일본 놈들이 급하게 철수하면서 땅속에 묻어 놓은 것을 파내었지만 녹이 슬어 닦아 사용 했는데 탄띠가 없어 양말에 담아 끄내기에 묶어가지고 어깨에 주렁주렁 메 고 다녔다. 글마들은 따르륵하고 따발총과 AK47 기관단총으로 공격해 오 는데 어떻게 싸우겠나? 씨겁한기라!”

“단발소총이니 자동소총하고의 싸움에선 아무래도 열세이겠죠?”

“하모, 후퇴하면서 어쩌다가 구식 장총으로 쏘면 봉사가 문고리잡기 식 으로 인민군을 죽였지만 글마들 하곤 깸도 안 되드라 카이.”

“한마디로 말해 고양이에게 쫓기는 쥐 꼴이었군요?”

“글캐도, 전북 남원서 우리가 선두에 나섰고 육군, 경찰 순서로 전투를 하 겠다고 협조를 요청하였는데 한참 싸우다보니 뒤가 갑자기 헐비하고 조용 한기라. 우리만 남기고 육군과 경찰들은 자기들만 살려고 몰래 후퇴後退를 해버려 인민군에게 완전 포위되어 버렸지. 전화도 없을 때니 SR 600 통신기 로 군산 앞바다에 작전 중인 해군함정에 지원을 요청하였으나 지원해 줄 병 력이 없으니 알아서 여수까지 도보로 후퇴하라는 명령을 받고 야밤에 포위 망을 몰래 발맘발맘 빠져나와 모딜띠 목숨을 구했는 기라. 대원 중에 개애 대가리감기가 걸려 밭은기침을 하는 바람에 들켜 사달이 날 뻔 했다 카이.”

“공동작전을 하자고 했으나 화력 열세에 죽을까봐! 모두 도망을 쳐버려 졸지에 해병대가 적에게 기게 되어 완전히 패잔병 신세가 되었군요?”

“그런 소리마라. 우리가 방어하고 있는 바람에 육군과 경찰이 무사히 후퇴했다 아이가! 우리는 여수에 도착하여 미군 수송선에서 M1소총을 처음 받아 노리쇠를 후퇴하여 실탄 장전과 방아쇠 당기는 법만 배우고 광양·하동·진주·통영을 거쳐 진해로 들어 온기라.”

“전쟁 초기엔 국군과 인민군의 복장도 똑같았으며 모자에 별만 틀려서 미군이 아군과 적군을 구별을 잘못하여 인민군한테 엄청난 희생을 당하였는데 이것이 역으로 잘못되어 한국군을 무차별 죽이는 사건이 되었으며 우리 군이 보복을 하여 미군을 습격하는 사건이 수없이 있었다고 들었습니다만?”

“숫티 있었지, 당한 미군은 ‘같은 민족끼리 싸우는 전쟁터에서 누가 적인지 구분할 수 없는 상황에서 자신을 방어하기 위하여 쏜 총탄이 우방군을 죽인 것은 양민 학살이다‘라고 하자. 유엔군은 ‘우리보고 전쟁을 하지 말고 철수하란 것이냐?’ 반문하여 이러지도 저러지도 못하여 작전을 중단하기도 했다. 유엔군으로서는 분간할 수 없었을 것이며 내도 적군인지 아군인지 멀리서는 분간하기 어려웠다. 나중에는 비표를 달고 했지만. 가까운데서나 확인이 가능하여 별 도움이 안 된 기라!”

“국군끼리 전투도 하였겠네요?”

“하모! 간혹 했지. 일부 장교들은 배상부리며 거만한 태도로 몸을 아끼고 꾀만 부리고 시건방을 떨기도 했지만!”

“제일 기억에 남는 전투는 어디서 했습니까?”

“진짜 전투다운 것을 해보기는 강원도 양구군에서 해보았고, 경남 마산 진동전투에서 했는데, 진동전투가 더 기억에 남지! 북한특수군 정찰부대를 전멸시켜 부대원전체가 1계급 특진을 하였다 아이가….”

“그러면 중동부전투 이야기부터 먼저 해 주십시오.”

“1951년 6월 강원도 양구에서 육박전이 벌어지는 전투도 했지.”

“중동부전선인 대암산^{도솔산}전투와 미2사단이 사단기^旗까지 빼앗긴 곳인 펀치볼지구에서 전투를 하였군요?”

당시에 사단기旗를 빼앗겨 한국전쟁이 끝나고 60여 년의 세월이 흐른 지금까지 미2사단이 본국으로 철수를 못하고 주둔하고 있다한다.

"그럼, 그럼! 그곳을 차지하려고 무리한 공격을 하여 엄청난 인명만 손실 났구만, 얼마나 많은 사람이 죽었던지! 김일성고지와 스탈린고지 계곡 사이를 피가 넘쳐흘러 피아골^{피의 능선}이라고 불렀고, 사람이 너무나 많이 죽어 현장에다 시체를 묻어서 십자가를 세운 곳이 십자능선^{단장의 능선} 그 사이에 두 계곡 타고 흐르는 도랑에 피가 흘러 넘쳤다고 할 정도로 치열한 전투를 하였으나 김일성고지는 결국 북한이 차지하였지. 쌩 고생만 허벌나게 한기라."

"제가 바로 적 912GP인 김일성고지와 913GP인 스탈린고지의 앞쪽인 대우OP^{도솔산}에서 근무한 적이 있기 때문에 잘 알고 있습니다. 양구군에서 이북 원산으로 가고 인제군으로 갈 수 있는 삼거리에 펀치볼^{Punch bow, 전투전적 기념탑이 세워져 있다,} 펀치볼이란 화채그릇을 닮았다 해서 전쟁 당시 미군들에 의해 붙여진 이름인데, 우리군은 미군 2사단이 전멸하여 주먹으로 싸웠다 해서 지어진 이름이라고 합니다. 대암산에서 한국해병 2개 여단이 적 3개 사단을 전멸시킨 곳이기도 하며 세계전사에 46일간 단 일분도 총소리가 안 그치고 치열한 전투를 한 곳으로도 더 유명한 지역입니다. 그 전투에서 승리를 하여 이승만 대통령으로부터 '무적해병'이란 애칭을 얻은 곳이기도 하지요?"

"잘도 알고 있어 더 이상 말 안 해도 잘 알겠구만! 그곳에서 숫티 죽었지! 1951년 6월 해병 1개 연대 병력으로 양구군 일대에서 북한군 12사단과 32사단을 거의 전멸시키고 요충지였던 도솔산 일대의 24개 목표를 탈환했다. 그 와중에 우리 해병대가 133명이 전사하고 646명이 부상당했지만, 미2사단 병사들이 더 많이 희생됐지. 우리가 일방적으로 승리는 했으나 우리 쪽도 제법 죽은 기라. 1개 여단이 북한군 2개 사단을 전멸시켰으니! 대암산에서 전투를 끝내고 북진하여 대우산에서 서로 마주보고 있는 김일성고지와 스탈린고지를 점령하려고 2000여명이 전사를 했지. 절마들은 더 많이 죽었을 거구만! 고지대여서 전사를 해도 시체를 회수하기가 힘들어 그대로 방치되 전쟁이 끝나고, 휴전선 비무장지대가 남방한계선 2마일 북방한계선 2마일 도합 4마일 안에 회수 못한 유골이 수도 헤아릴 수 없을 것이여! 강 선생이 말했다시피 근 달포를 서로 간에 공방전으로 얼마나 폭격을 해 댔는지 고지가 민둥산이 됐는 기라. 고지를 점령하려고 해도 완전 노출로 표적이 되버려 거의 전멸이야. 그래서 김일성고지를 포기한 거지. 우리 해병대도 대암산전투 때보다 더 큰 인명 손실이 났지! 그때가 1951년 9월~10월간이야. 한국전쟁사 중 가장 치열한 전투지역일거야!"

"펀치볼이 있는 양구군은 한반도의 한복판입니다. 중앙위선과 중앙경계선의 교차점이며, 그래서 한반도의 배꼽으로도 불립니다. 강원도 양구. 이곳은 독도 동단, 평북 마안도 서단, 제주 마라도 남단, 함북 유포면 북단을 기준으로 한반도의 중심이라는 지리적 위치와 함께 치열했던 한국전쟁 와중에 대한민국의 중심을 잡은 승전의 현장이기도 합니다. 어르신 이야기 들어보니 당시 전투가 치열했던 9개 지구의 전투 즉 도솔산·대우산·피의 능선·949고지·백석산·펀치볼·가칠봉·단장의 능선·크리스마스고지 등에서 피아간에 목숨을 담보한 공방전이 46일간 치렀었는데! 마산 진동전투가 중동부전선전투보다 더 치열했단 말이군요!"

"한국전쟁당시 하루에 미군이 400여 명씩 사망을 했다는 기록이 있다. 미 제2보병사단은 6.25전쟁 중 미국 본토에서 최초로 한국에 도착해 미군 사단 중 가장 많은 전투를 치른 부대다. 낙동강 전선에서 청천강까지, 다시 지평리 전투와 피의 능선 전투, 단장의 능선 전투 등에서 활약했다. 항상 어렵고 중요한 전선에 서다 보니 2만 5000여 명의 막대한 피해전사 7094명, 부상1만6237명, 실종186명, 포로1516명를 입었다. 만약 현재 파병된 우리 병사가 전쟁으로 인하여 7094명이 아니라 7명이라도 전사했다면 나라가 발칵 뒤집어 질 것이다!"

　"하모! 두 말하면 잔소리고 세 번하면 숨 가프지! 중동부전투는 우리가 일방적으로 이겼지만! 마산에서는 빨갱이 글마들이 전라도를 거쳐서 부산을 묵을라고 마지막으로 발광을 할 때인 1950년 8월이야. 전시 상황은 남한 면적의 10%에 해당하는 낙동강 일대와 경남이 80%정도 점령당한 상태서 미군과 함께 공동작전으로 싸웠는데 미군 깜둥이들이 억수로 죽은 기라. 무척 더울 때야! 8월 달이거든……. 통영 앞 바다에서 상륙작전을 미군의 협조에 성공하였지! 양촌리를 지나 33고지에서 미군과 빨갱이들하고 전투를 하였는데 쌍방 간에 너무나 많은 사상자가 났지! 우리가 시체를 치우려 했는데 깜둥이들 시체를 그대로 방치하여 무더운 날씨 때문에 반은 부패되어 손목시계 찬 곳에 살이 썩어서 부풀어 올라 시계가 절반은 살 속에 들어가 있는 것 같더라고. 내는 그때 처음으로 흑인을 본기라. 등빠리가 큰데다가 온몸이 총칼에 훼손이 너무 많이 되어 무섭더라고! 돈도 있는데 돈은 전부 버리고 시계만 회수했는데 어떤 놈은 열 개도 넘게 수거해서 시계를 끄내기에 주렁주렁 끼워서 목에 걸치고 다니니 목걸이 같은 기라. 신삥^{이등병}들은 이노북구리^{W빽}에다 옷을 가득 채워 장교들에게 바친 기라 아마도 글마들이 국제시장 가서 팔아 먹었것제!"

　"지금도 그렇지만 당시에도 흑인들은 빈곤층이어서 전투수당을 많이 받으려고 지원을 했겠지요. 또한 당시 시계는 무척 귀할 때 아니었습니까?"

　"하모! 전부 야광 시계였거든. 밤에 시계를 보면 개똥벌거지 불같이 푸르 등등하제! 내는 처음 귀신불로 본기라. 산등선과 계곡 여기저기에 푸른 불빛이 가득 했지! 엄청 죽은 기라. 시커먼 깜둥이가 손목에 차고 죽어서 밤이면 시계불만 보이더라 카이. 그라고 딸라가 글마들 개춤치에 다들 있드라고. 그때는 국내에서 딸라가 통용이 안되서 필요없어 버렸는데 그때 모아 두었으면 부자가 됐을 텐데! 전부다 시계만 좋아하더라고. 밤에 자다가 시부지 가져가도 모른 기라. 장교들이 부산에 가서 팔았다 카드만 우리는 그런 것도 영판 모른 기라."

　"전투용 시계는 모두 야광입니다. 인천상륙작전도 유명하지만 통영상륙작전의 성공으로 부산 방어에 큰 힘이 되었군요? 통영상륙작전 성공으로 귀신 잡는 해병대 명칭이 붙었다는 기록을 보았습니다만^{They Might Capture Even The Devil}, 중동부 전선만큼 치열 했군요? 한국전쟁을 취재했던 미국 종군여기자 '마거릿 히긴스'가 지은 책『한국전쟁^{War in Korea}』내용을 보면요."

"글킨 해도 중동부 전쟁에서 이름을 떨친 거지! 인천상륙작전과 원산항작전 등도 한국전쟁사에 빼놓을 수 없는 유명 작전이지만! 통영작전의 성공이 부산 함락을 막은 결정적인 역할을 했다는 것을 모르는 사람이 많아 잊혀져가고 있는기라. 북한도 특수부대를 집결시켰고, 연합군도 특수부대를 집결시켜 피아간에 수많은 희생으로 작전성공하여 북한 특수부대를 괴멸시켜 부산 진격을 차단한 기라. 통영상륙작전 기사를 쓴 그 여기자 빼빼한 몸인데 파마머리에 키가 엄청 커 처음엔 간호장교로 알았는데 나중에 알고 보니 기자야, 천지를 들쑤시고 다녀서 골이 좀 아팠지."

"알고 있었군요? 당시에만 해도 종군기자는 남자들이 했는데 끝까지 설득하여 종군기자로 파견되어 한국해병을 '귀신 잡는 해병'이란 기사를 써서 더 유명한 기자가 되었다고 합니다. 통영상륙작전은 어떻게 하여 성공할 수 있었습니까?"

"북한군 7사단의 정찰대인 선두부대가 8월 17일 새벽에 시작 되었지! 우리는 진해에 있었는데 일마들이 부산을 함락시키려고 통영을 거쳐 마산 진동에까지 특수 정찰부대가 떠났다는 정보를 입수하고 16일 밤에 통영으로 출발을 했지. 김성은 부대장은 수백 명의 병력으론 해안선이 긴 거제도 서해안을 지키는 것보다 통영반도에 기습상륙작전을 감행하는 적극적인 공격이 바람직하다는 것을 해군본부에 무려 세 번이나 작전명령 변경을 요청하여 오후 5시에 승인을 받았지."

"해군과 해병의 합동 작전이군요!"

"당시엔 해군 소속이나 같았지. PC 703함 등 통영부근에 있던 몇 척의 해군 함정이 통영 남쪽 해안과 고성에서 통영으로 진입하는 통로에, 적 주력부대를 저지하기 위해 함포사격을 가해 양동작전^{陽動作戰}하여 글마들로 하여금 남쪽 해안에 대한 포격은 우리가 마치 그쪽으로 상륙하는 것처럼 보이기 위한 것이고, 통영으로 오는 길목을 포격하는 것은 적의 후속부대 증원을 막기 위한 교란 전술이었지.”

“작전은 언제 시작을 하였습니까?”

“승인을 받고 30분 후에 시작하여 7시에 마쳤으니 억수로 빨리 끝난 기라! 19일 통영 시가지를 완전 탈환한 기다. 그래서 ‘귀신 잡는 해병’이란 기사를 쓴 모양인기라!”

“통영상륙작전의 최고의 격전지는 어디입니까?”

“격전지는 통영 해안을 잇는 요충지인 원문고개에서 벌어졌지! 1킬로미터에 이르는 긴 능선지대에 철조망이나 지뢰를 매설도 안한 지역을 방어하기란 억수로 어려운 일이 아닌가! 글마들은 1000여 명이었고 우리는 1개 중대의 병력인 기라! 그래서 글마들이 역습할 때엔 처절한 백병전이 벌어져 다섯 명의 북한군을 쓰러뜨리고 상화한 7중대 고종석 이등병 등 부대원들의 희생으로 인민군 270명을 사살하고 100명을 생포하는 혁혁한 성과를 올리고 통영을 지킨 기라.”

“통영상륙작전을 끝내고 해병대 작전 인원 전원이 일계급 특진한 진동전투 때 네이팜탄을 사용했는데 그 무시무시한 폭탄으로 민가를 포격하여 엄청난 피해가 있었다는 진술을 들었습니다. 알고 계신가요?”

“……. 호줏기에서 널친 귀신탄을 이바구하는 구만!”

한국전쟁초기 유엔군 일원으로 호주에서 참전한 77비행대대는 프로펠러 전투기인 ‘F-51무스탕, Mustang’을 가지고 공중전을 벌였으나 북한군 주력기인 MIG-15기를 당하지 못해 큰 피해를 보았다. 그러나 한국전 참가 1년 만인 51년 6월말 일명 ‘쌕쌕이’로 불린 ‘메티오Meteor 8제트기’로 기종을 전환, MIG-15 기3대를 격추하는 등 전공을 세웠다. 77대대는 한국 전쟁기간 모두 1만8천8백 72회나 출격해 북한군 전차와 차량1천5백대를 파괴하는 등 북한군에 공포의 대상이 됐다. 하지만 77대대의 손실도 적지 않았다. 메티오 37대와 무스탕 15

대가 격추되는 바람에 42명의 조종사가 전사하는 아픔도 겪었다. 이승만대통령부인이 호주사람이다. 그래서 호줏기라고 부르기도 하고 다른 한편으론 쌕쌕이로 불렀다. 갑자기 산 뒤에서 물체가 나타나 씨~웅 하는 소리가 산울림에 의해 쌕쌕 소리를 내고 번개같이 사라져 그런 별명을 얻었다.

"……."

"그놈의 폭탄을 맞으면 섬광은 안보이고 시퍼런 불빛과 연기만 보여서 귀신탄이라고 불렀제."

"실제로 사용했군요? 민간인에게 사용했다하여 비난이 많은데, 그 탄에 맞으면 살을 도려내든지 아니면 상처부위를 절단을 해야 하는 무서운 폭탄입니다. 비행기 조종사가 제일 싫어한다고 하더군요. 저도 원주에 있는 1군 하사관 학교에서 교육을 받을 때 3.5인치 무반동 로켓포를 사격했는데 탱크도 뚫고 들어가는 것을 보았습니다. 그 무시무시한 폭탄을 민간인이 거주한 곳에 사용했군요?"

"부산을 함락을 하려고 최후 발악을 할 때라 무슨 짓인들 못하였을 라고! 단 한 사람이 남을 때까지 전선을 사수해라 명령이 떨어진거야. 부산 함락이 풍전등화인지라! 허벌라게 죽인 기라. 아유 말도 마, 지게부대를 동원해서 시체를 모아 골짜기에 방치해 두었는데 썩은 냄새가 온천지에 진동하는 거라."

"……."

"지금 내 얼굴에 머시 묻었나? 멀끄러미 처다 보기는!"

"부대 이름이 지게부대란 것이 있었습니까? 무엇을 하는 부대인데요?"

"그것도 모른교? 그때는 부대이름이 성씨를 따서 지었기 때문에 지개를 지고 물자를 운반하여 그렇게 지었지. 전투 병력이 개인화기나 실탄을 비롯한 탄약을 지급받고 전선에 투입되지만 치열하게 싸우다보면 탄약이 다 떨어지는 기라. 그러면 어떡할 거여? 적이 몰려오는데 진지를 비워두고 가지러 갈 수도 없을 것 아니여? 지금은 없지만 당시엔 중기관총이 공냉식인

LMG였고 HMC라는 수냉식이 있는데, 공냉식은 총열에 외피에 구멍을 뚫어 공기로 총열을 시키고 수냉식은 말 그대로 총열을 물통으로 감싸 통에 물을 넣어 물로 총열을 식혀주기 때문에 물통을 별도로 들고 다녀야 했기에 그럴 때를 대비해 지게부대가 있는 것이제. 수냉식은 옛날 것이고 공냉식은 신형이지! 또한 시체나 부상자를 지고가기도 하고, 꼭 있어야 하는 부대여! 탄약이 올 때까지 버텨보다가 적이 쳐들어오면 그때부턴 피 터지는 육박전이 시작되는 것이제. 그러면 지게부대 일마들도 격전지를 다녀봐서 사격하는 것을 알고 있기에 같이 싸운 기라. 군인이나 같아! 나이가 많거나 적을 뿐이지 인자 알 것제?”

“지금의 공병대 같은 임무를 맡아 했군요? 그 말을 듣고 보니 당시에는 꼭 필요 했을 것입니다! 그때는 수송기도 많이 없었고 도로가 열악하여 차량통행도 힘들었을 테고! 어쨌거나 진동전투가 승리로 이끌었기 때문에 부산 함락을 막을 수 있었습니다. 그때 부산이 함락되었으면 끝난 것이지요?”

“글타카이! 지게부대 일마들이 군수물자를 지고 오다가 북한군 정찰부대를 만난기라. 처음엔 국군인 줄 알았는데 말소리를 들어보니 북한군이라 모른 채 하고 운반하던 물자를 주고 우리에게 와서 글마들 거처를 알려줘 기습 공격을 해서 전멸시켰지. 그런데 글마들이 전부 우리군의 복장을 한기라. 그러니 미군이나 우리가 속을 수밖에 없는 기라. 미군 25사단 킨^{KEAN}부대가 우리 텍을^{비교}치면 특수부대 인기라. 글마들이 씨겁한 기라. 얼굴이나 복장이 북한이나 남한이나 비슷하고 말도 같지 당시엔 통역사 배치도 변변치 못해 아군인지 적군인지 몰라 북한군에 더 많이 당했다 아이가! 어마어마하게 죽어 회수 못한 시체에서 구디^{구더기, 蟲}가 벅신벅신 한기라. 깜둥이 몸에 허연 구디가 말이여……. 우리 동기생이 전라도 보성 아인줄 알고 있는데 글마는 소총소대 소대장이고 나는 화기중대 소대장으로 우리 소대가 화력지원을 하기 위하여 포와 켈리버50 중기관총을 설치하여 북한군이 진을 치고 있는 고지에다 중화기 지원사격을 하려는데, 각 중에 일마가 빤쓰만 입고서 화염방사기를 짊어지고 중기관총 도치카를 태우려고 갔다가 화염방사기도 사용해보지 못하고 중간 지점에서 총에 맞아 죽었는 기라.”

“무엇 때문에 군복을 벗고 팬티바람으로 갔습니까?”

“만약 죽으면 빨갱이들이 자기 옷을 가져가 바꾸어 입고 아군 쪽에 숨어 들어 장교행세를 하고 돌아 다녀도 아무도 모르기 때문에 그런다고 소대원 모두를 빤쓰만 입게 하여 앞에서 이끌고 적 화력의 본거지인 중화기 진지를 불태워 없애려고 한 것인데 아깝게 모두 죽었지. 참말로 한 번 전남 보성에 글마 부모를 찾아 가본다는 게 아직도 못 가 만기라.”

“정말로 해병대 용감성을 보여 주었군요? 죽음을 각오하고 적진에 뛰어 든 김 소위와 소대원들의 행동은 잊어서는 안 되겠군요? 전쟁터에선 지휘자를 제일 먼저 제거를 합니다. 지휘자를 사살해버리면 소대원은 오합지졸이 되지요. 저 역시 공작원 훈련을 받을 때 저격요원으로 길들여졌지요. 사정거리에 있는 적은 조상이 돌보아도 살기 어렵습니다! 가까운 월남전에서 미군의 소위소대장의 평균 수명이 16분이라는 통계가 나왔습니다. 분대장은 말할 것도 없을 것입니다!”

“이러한 장면을 영화로 만들면 억수로 재미질 것이여! 조국과 민족을 지키기 위해 홀라당 옷을 벗고. 빤쓰 바람으로 화염방사기를 짊어지고 총탄이 쏟아지는 적진고지를 향해 뛰어드는 해병대 사나이들의 모습을 보고 우리 국민은 아마도 극장이 떠나갈 정도로 박수를 칠 것이며, 감격해서 뜨거운 눈물을 흘릴 것 아닌가? 이 일이 알려져 킨 부대도 빤쓰 바람으로 작전을 하였다하여 정말인가 하였는데, 실제로 있었다 카드만…… 벌거벗은 채 죽어 있는 시체를 보았으니까. 그라고 8월 달이라 더워서도 그랬을 것 같은 마음이 들기도 하고. 절마들이 옷을 벗겨 가기도 했을 테고! 아무튼 한국전사에 길이길이 남을 만한 일이제!”

“그럴 것 같습니다. 옷이 북이나 남이나 같았다고 하지 않았습니까?”

“처음에는 그랬지만 인천 상륙작전 전에 미군 군복이 모두 지급되었고 철모도 모든 장비가 일괄지급 되었기 때문에 우리 측 병력이 죽으면 옷을 비롯한 장비까지 전부가 걷어가서 국군복장으로 위장한 다음 우리 측 무기로 무장하고 특공대를 조직하여 유엔군에게 엄청난 피해를 주었기 때문에 그 런 것을 방지하기 위하여 옷을 벗고 공격한 것이지!"

"다행이도 지게부대를 살려 보낸 게 그들의 죽음을 자초했군요! 하기야 말 못하는 짐승도 먹이를 준 주인은 물지 않는다는 말이 있습니다만, 얼굴 과 언어가 같으며 복장도 비슷하여 경계심이 허술할 때 기습공격을 당해 북 한군에게 미군이 많이 당했군요? 부산 함락이 눈앞에 보이듯 가까운 거리 에서 최후의 공방전을 했으니!"

"하모! 지게부대 일마들도 엄청 죽은 기라! 평상시엔 경계병이 앞뒤로 호 위를 하지만 전투가 벌어지면 그럴 병력이 있나. 아침에 1개 중대병력이 행 정요원 빼고 380명 정도인데 고지를 점령하러 갔다가 실패하고 철수할 때 인원 점검을 해보면 40명도 안 될 때가 숫티 많았제. 전투가 시작되면 지휘 자를 제일 먼저 저격병이 사살하잖아? 지휘자를 잃어버리면 오합지졸이 되 는 것이지! 강 선생도 만약 전쟁터에 나갔으면 저격수 아침밥 거리야. 일차 목표는 그렇고 다음이 지게부대였지 탄약 공급을 막아버리면 끝나는 것이 지. 킨 부대도 마찬가지 였겠지. 킨 부대 아니었으면 국군으로선 북한군의 부산진격을 절대로 막지 못했을 것이여. 거의가 나이어린 병사들이였는데, 많이 희생되었지. 회수 못한 시신이 많을 것이구만! 그 부대가 잘 알려지지 않은 것이 당시에 목숨 걸고 싸운 그들에게 미안하지."

서 노인은 그 말을 끝내고 미간을 찌 뿌린다. 그 장면이 떠오르는 모양이 다.

"그들이 도와서 나라를 되찾았기에 지금도 혈맹으로 남아 있는 것입니다. 선배들이 피 흘려 지킨 우방이어서 말입니다."

"남원서 급작스레 후퇴하여 여수에서 M1소총을 지급받아 마산 진동까지 와서 처음으로 전투다운 전투를 한 것인데! 무더운 때라 옷을 모내기할 때 처럼 걷어 올리거나 대검으로 소매와 바지 끝단을 잘라내고 싸운 기라. 미 군들이 등빠리가 억수로 크다아이가? 글마들이 입는 옷을 난장이 똥자루만 한 한국군이 입었으니 너무 커 헐렁한 기라. 밤에는 모기에 물려서 부풀어

올라 전투할 때 고지를 오르면 땀이 나고 땀띠가 나서 가려워 반 미친 게이가 되는 기라!”

“미군이 입던 옷을 그대로 입었으니 왜소한 동양인 체격엔 맞지 않았을 것입니다. 저도 입대하여 M1소총이 무거워 힘이 들었는데 총 역시도 동양인 체격에 맞지 않아 월남전으로 인하여 M16으로 전부 교체되었고 국내 생산이 이루어 졌지요. 어르신 말처럼 그동안 한국전쟁 관련영화가 수 없이 만들어져 상영 됐지만! 이러한 장면은 못 봤습니다. 적 고지를 탈환하기 위해 벌거벗은 채 화염 방사기를 등에 지고 부하들과 함께 적진을 향해 돌진하는 김 소위와 킨 부대 활약상을 영화를 만들면 흥행 하겠군요?”

“하모! 미국서 지원해 주겠지! 이때것 내가 한 말은 거짓부랭이 아니다. 강선생이 믿음이 가서도 그렇고, 군 생활 중 험하기로 유명한 무장간첩생활을 하였다카이, 내가 겪은 전쟁이야기를 숨김없이 했다.”

　　월리엄 킨 미25사단장이 내린 작전명령 - 교전수칙에는 “쌍방 간에 치열한 교전交戰이 이루어지고 있는 지역 안에서 움직이는 모든 사람은 민간인이 아니다.”라는 명령이 있다. 부연 설명하자면, 허락 없이 모두 사살하여도 책임이 없다는 뜻이다. 위의 교전 수칙에 의해 경남 마산 진동지역에 무자비한 폭격으로 인하여 가옥은 불타 없어지고 수많은 사람이 네이팜탄에 의해 수없이 죽어 갔다고 했다.

　　이러한 사실도 서 노인에 의해 처음 밝혀졌다.

　　AP통신에 노근리 양민학살사건이 밝혀지자 당시 참전한 한 미군은,

　　“남의 나라에서 왜 싸워야 하는지도 모른 채 사지에 내몰린 유엔군 일원으로서 살아남기 위한 최소한의 자기 방어를 했을 뿐 쏜 총탄과 포탄에 희생된 양민을 학살한 군인으로 몰아세우는 것은 너무 억울하다. 말도 통하지 않고 또한 피부색깔과 언어가 같은 민족끼리 싸우는 한국전쟁에 파견된 미군이나 유엔군은 빨갱이라고 명찰을 달고 다니지 않은 이상 민간인인지, 아군인지, 적군인지 구분하여 총을 쏠 수 없었다.”고 하였다.

해병대가 8월 3일 진동에 진지를 구축하고 보니 미군 25사단 주축으로 편성된 킨KEAN특수 임무 부대가 진주 고개로 지향된 대규모 반격 작전을 8월 7일부터 13일까지 전개하였는데 앞서 기록에서 밝혔듯이 국군과 전투에 승리한 북한군이 옷과 장비를 가져가 특공대를 만들어 미군 부대 내까지 들어와 많은 인명을 살상하여 엄청난 희생을 치렀다는 것이다.

우리 해병대는 함양과 진주지구 전투에서 적 대대를 격퇴하면서 50년 8월 3일 진동리 서방고사리에서 북한군 6사단의 정찰대를 기습 공격하여 전멸시킴으로써 해병 창군 이래 최대의 전공을 세워 전 장병 1계급 특진의 영예를 안은 것이다.

북한군은 낙동강 최후방어선인 왜관 다부동에서 밀어붙이고 호남지역과 경남서부지역을 점령한 뒤 부산을 점령하려고 고성에다 적 사단 본부를 설치하고 치열한 전투를 전개할 때 우리 해병은 동정고개395고지에서 우로는 함안을 거쳐 군복을 지나 백야산에서 진지를 구축한 뒤 오봉산에서 방어선을 구축하고 있는 적을 공격하고, 좌로는 야반산에 방어진지를 구축한 적을 섬멸하기 위한 미 육군과 양면작전을 전개하였다.

중앙으로 나선 김성은 부대는 배틀산과 야반산, 수리봉 전면에 방어진지를 구축하고 대항하는 북한군 6사단과 전면전을 벌여 괴멸시키자 일부 살아남은 잔당이 함안을 거쳐 지리산으로 숨어들어 빨치산과 합세하여 지리산공화국이 된 것이다.

8월 7일부터 미 육군특수부대인 킨 부대와 연합작전을 벌이고 있었을 때 진주고개로 대규모 적들이 밀려오자 대규모 반격작전8월 7일~13일을 합동 전개하는 동안 우리 해병대는 진동리－마산간의 보급로를 타개하고 야반산 수리봉과 서북산 일대의 적을 완전히 격퇴한 후 함안 군북면 쪽으로 우회 기동하여 오봉산 필봉의 적을 섬멸하는 등 종횡무진 진동리지구 방어를 위해 용전분투함으로써 적 6사단의 필사적인 공세를 분쇄하였으며 전략적 요충지인 마산과 진해를 지키고 낙동강방어선을 튼튼히 구축하는데 기여하였다.

이곳에서 전공을 세운 서노인 부대는 인민군이 충무로 들어 왔다는 전문을 받고 거제대교 옆 장평에 상륙하여 어문고개를 차단하고 작전을 펴 적을 하루 만에 완전소탕한 뒤 충무에 있는 해군 백 부대^{부대장이 백씨}에게 인계하였다. 인민군 잔당은 고성 쪽으로 도망가서 산으로 숨어들었다.

이 소식을 접한 미군 25사단 킨 특수부대가 출동하였다는 전문을 받은 인민군 잔당은 풀풀이 흩어져 도망가 진해 굴암산^{662m}에 재집결하여 결사항전을 벌였다. 50년 9월말 단풍이지고 곧 낙엽이 떨어지면 은신하기 어려움을 간파하고 지리산 빨치산본부로 합류하라는 명령을 받고 산악지대를 야밤을 통해 이동하기 시작했다. 야간에는 평야를, 주간에는 산을 이용하여 불모산^{802m}을 거쳐 김해 진례면 뒷산 용지봉과 태종산 일대에서 암약하다가 일부는 내룡을 거쳐 비음산과 진영읍 금병산^{272m}에 숨어들었다. 진영은 소규모 산지들이 많으며 읍의 북쪽에서 동류하는 낙동강과 그 소류지들이 이루어져 있어 은신하기 좋은 곳이다.

북한군은 호남을 점령하고 대구 쪽으로 진출한 주력부대와 부산을 공격하려 했지만 낙동강 최후방어선을 구축한 연합군의 방어선을 뚫지 못하고 또한 우리 해병대와 미군 주축으로 된 킨^{Kean} 부대의 방어선 진동전투 실패 때문이었다. 경남 김해와 진영일대에서 잔류한 인민군이 노무현대통령 고향 뒷산 봉화산성에 진을 치고 봉화산 끝자락 본산리 봉화마을까지 출몰하였다. 당시 보도연맹에 가입된 사람들이 도와 줄 것이라는 판단 때문에 마을에 내려와 부역을 강요하였고 식량을 약탈해 갔다. 가족을 볼모로 위협하여 강제로 노무자^{물자운반}를 하였으며 일부 공무원들은 인민재판 때 증인으로 나와 그 때 현장에 있었다는 이유 하나만으로 전쟁이 끝난 뒤 빨치산으로 몰려 총살당하거나 무기수로 수감 중 옥사하기도 하였다. 서 노인은 "보도연맹 사건도 간부직엔 지식 기반 층이 많이 가입하였는데 이웃들은 많이 배운 사람들이고 친척들이어서 도장 한 번 찍어 주는 것을 빚을 대신 갚은 것 마냥 인정 많고 순박한 사람들이 많이 당하였다."고 했다.

“어르신 진동전투 중에 보도연맹에 가입한 사람들이나 지방 빨치산들의 암약으로 연합군과 국군의 피해는 없었습니까?”

“당시에 진전면이 함락되고 진북면을 거쳐 진동면에서 밀리고 밀리는 대공방이 이루어 질 때라 지방 빨치산이 있었으면 일부 협조가 있었겠지만 전쟁 발발 후 거의 사살되거나 수감되었지!”

“다름이 아니라 노무현 대통령 장인인 권오석 씨가 남로당이었다는 재판 기록을 보았습니다. 그렇다면 그도 보도연맹과 관련이 있어 적군을 도왔을 것 같아서 물어 봅니다.”

“그 사람이 봉사인데⋯⋯. 총알이 날아드는 전쟁터에서 뭔 일을 했었어? 생똥 거짓말이지!”

“재판 기록에 의하면 창원군 노동당 부위원장, 인민위원 부위원장, 반동 조사 위원회 부위원장이라는 직책을 역임하면서 당시 양민 학살 현장에서 주도적인 역할을 했다고 하는 기록들이 있습니다.”

“텍도 없는 소리! 그 사람이 해방되든 해인 1948년에 밭에서 일을 하다가 목이 말라 새참을 먹으려고 집에 오니 마루에 공업용인 메틸알콜병이 있었는데 소주로 착각하고 막걸리에 잘못타서 먹고 봉사가 된 기라. 봉사가 천지 깔에서 총알이 날아들고 포탄이 떨어지는데 무슨 억한 심정으로 그런 감투를 쓰고 사람을 죽인다는 말은 얼간이들이나 씨부린 소린기라! 그런 말을 이바구하는 사람들이 히안한 기라! 안 그런교?”

“그렇기는 합니다만! 재판기록에 나와 있습니다. 재판기록에도 맹인이라는 판결기록을 보았습니다.”

“어주리떠주리 반피 같은 놈들이 이바구한 기지! 봉사를 강제로 끌고 가서 덤테기를 씌운 것이 것제! 이승만 독제정권 당시 재판을 제대로 했을 리가 있겠는교? 봉사라 앞이 안보이니 조작베이 서류 만들어 지딜 좆 꼴린대로 죄목 서류를 만들어 손도장을 여기저기 찍게 하여 뒤집어 씌운 게지! 나가 인민군 간부라 해도 멀쩡한 사람 천지깔인데, 전쟁터에서 하필 장님을 간부직책을 주어서 일을 더디게 할리 없지! 강 선생은 참 용하다! 그때가 언제라고 권오석씨의 재판기록을 입수 했으니!"

"……."

"봉사 불러다가 불리하게 조서서류 맨드라 가꼬 강제로 손을 끌어다 지장 꾹꾹 찍어 온갖 죄를 다 뒤집어 씌운 것이 것제! 앞이 안 보인 봉사가 글을 읽을 수 있나? 자기들이 손을 끌어다가 도장이나 지장을 찍어도 무엇을 하고 있는지도 모를 테고! 봉사가 서류를 볼 수 없으니까. 지들 좆 꼴린대로 했겠지! 괜히 덤테기를 씌운 거지. 그런 쓰잘데 없는 소리를 한 사람을 보면 아가리를 찢어버리고 싶은 기라."

권오석은 일제 때 공무원시험에 합격해 진전면 면서기로 일했을 정도로 인텔리였으며 외모도 준수했다고 한다. 당시 지방 빨치산과 좌익계는 공무원과 지주들을 포함에서 그 가족을 반동분자로 몰아 인민재판에 회부하여 현장에서 모두 사살하였다. 그렇다면 공산당 생리로 보아서 면서기를 지낸 권오석도 인민재판감이다. 좌익계 악질이었던 B씨가 구속된 뒤 자신이 살기 위해 권오석에게 불리한 증언을 했다고 한다.

권오석이 면서기로 근무할 당시 공출 문제로 사이가 나빴는데, 시각장애인인 권오석에게 모든 죄를 씌웠다고 한다. 당시엔 말 한 번 잘못하여 이웃끼리 약간의 감정만 상해도 좌익이 득세할 땐 우익으로 몰고 우익이 득세할 땐 좌익으로 몰아 버려 좌우 대립으로 민심이 곧잘 양분되었다고 한다. 권오석은 좌익인 남노당간부로 죄가 씌워진 뒤 잡혀 들어가 형기를 마치고 풀려났지만 5.16 박정희군사반란과 더불어 발표된 혁명공약 내용에 들어있는 '방공국시를 제일로 삼고'의 공약준수 일환으로 좌익으로 낙인찍힌 사람들에 대한 일제 검거가 다시 시작되어 1961년 3월 27일 재수감되었다. 박정희 군사독재 정권의 통치 수단의 하나인 '반공국시를 제일로 삼고'의 내용대로 사회 불안 요소를 격리한다는 차원에서 중중결핵으로 병약하여 거동 불편한 1급 시각장애인 권오석을 10년 넘게 복역시켜 1971년 마산 교도소에서 옥사했다. 서 노인은 대통령 영부인 권양숙 여사 아버지인 권오석도 지식인이었기에 아마도 그렇게 당했을 것이라고 했다.

서 노인 부대는 충무에서 1개월 있다가 미군 LST^{이 배는 전쟁이 끝나고 부산 앞바다에 정박하여 문화회관으로 활용했다. "홍콩아가씨"를 부른 여가수 금사향씨가 결혼식을 올린 곳이기도 하다}를 타고 인천 상륙작전에 참가하여 서울 수복 후 가평을 거쳐 양평까지 갔다가 인천으로 다시 와서 배를 타고 남해안을 우회하여 원산에 상륙하려 하였지만 적이 완강히 버텨 15일간 포항에서 원산항 앞까지 오르락내리락거리다 원산 명사십리 쪽에 상륙하여 시내로 들어가 인민군 잔당을 섬멸하고 신고산에서 3일간 머물다가 원산 옆 장전으로 이동하며 기차를 징발하여 함흥으로 갔다고 했다.

"엄청 추울 때 따까리^{지붕} 없는 기차를 타고 가는데 글마들이 불각시리 달리는 기차에 총을 쏴 많이 죽었지! 기차는 쉬지도 않고서 달바 빼는디 미치겠더라. 죽은 시체도 처리 못하여 한쪽 구석댕이에 방치하였고, 대소변을 구석댕이에서 봐야 핸 기라. 함흥에 주둔 때 크리스마스를 맞이하였지! 그때 경기도 수원에서 미군 딘 소장 포로가 됐다는 소식을 그때 들었지."

"눈이 많이 와서 전투하기도 힘들었다는 이야기를 들었습니다만……."

"그때 눈이 엄청나게 왔고 억수로 추울 때여."

얼마나 눈이 많이 내렸는지 집이 안보였다고 했다. 장백산에서 국군 1개 대대가 포위되어 구하려 미군과 같이 출동하였는데 눈 때문에 식량 공급이 전혀 안되어 모두 죽는 줄 알았다고 했다. 장백산 99고개였는데 소나무 같은 큰 나무는 없고 전부 키가 작은 잡나무만 있는 정상에서 진지를 구축하였는데 밥을 99고개를 내려가 주먹밥을 가져오면 얼어서 먹기가 힘들었지만 미 해군 고문관들도 먹었다고 했다.

"산 정상에 진지를 구축 하였는데 땅이 돌띠같이 얼어 잠복호를 비롯하여 교통호도 팔수 없는 기라. 간수메^{통조림}도 꽁꽁 얼고 주먹밥도 얼어 대검으로 잘게 쪼개 먹고 나면 체감온도가 영하 40도가 넘어 온몸이 사시나무 떨듯이 떨려서 잠을 못 자는 기라. 그 짓을 일주일하고 나니 대다수가 동상에 걸려 수영비행장으로 철수한 뒤 모딜띠 다리를 절단하여 상이군이 된 기라."

고지에 투입되어 텐트를 치고 1개 분대씩 잠을 잤는데 밤이면 바람이 불어 체감 온도가 영하 4~50도 정도 되어 절반 이상이 동상이 걸려서 발을 절단하였다고 했다. 서 노인은 통신병이어서 B30 SR 배터리 포장을 깔고 잠을 자서 동상이 걸리지 않았는데 동상이 걸린 동기들은 함흥 금파비행장에서 부산 수영 K9비행장에 도착한 뒤 발을 보니 발가락이 허옇게 뒤집어져 썩어가고 있어 모두 절단하여 상이용사가 되었다고 하였다. 중동부전투와 마산진동전투에서 혁혁한 전공을 세우신 분들이 동상에 걸려 상이군이 되었다니 참으로 가슴 아픈 이야기다.

"이승만이가 함흥까지 와서 연설을 하고 주민들의 열열한 환영도 있어 통일된 줄 알았는데! 압록강이 얼어 뿔자 갑자기 중공군이 인해전술로 밀려와 후퇴를 함흥 비료공장 옆에 금파비행장까지 하여 부대 전체를 비행기로 수영 K9 비행장으로 철수시키고 내는 대대장과 마지막 비행기를 타고 철수한 기라."

"전투를 하면서 밀린 것이 아니고 비행기를 타고 급하게 철수할 이유라도 있었습니까?"

"중공군 절마들이 불각시리 밀고 오는 것을 봤는데 하얀 보자기에 쌀을 뿌려 놓은 것 같은 기라. 눈이 와서 온 천지가 깔이가 하얀데, 흰 솜바지를 입고서 열 명씩 1열 종대로 공격해 오면서 맨 앞에 있는 놈만 총을 가졌는데 그 놈이 죽으면 뒤에 따라오는 놈이 총을 회수하여 공격하는 식으로 인해전술로 밀고 오니 그 기세가 가당치도 않은 기라."

"열 명 중 한 명만 총을 들고 싸웠군요?"

"하모, 정면에서 글마들과 맞붙은 긴데 내도 간신 했시몬 떼뜸질죽어서 땅속에 들어가는 것당할 뻔 한기라. 불알이 달그락 거릴 정도로 담박질을 하여 보도시 금파 비행장에 도착하여 제일 느까 시마이한 뒤 비행기를 타고 이륙하다가 비행기가 활주로를 벗어나 잔디밭에 대갈빡이 처 박힌 기라. 처음 타 보는 비행기라 억수로 기분이 좋았는데! 비행기가 공중으로 뜨지를 못하고 활주로 끝에서 대갈뻬이가 쳐 박혀 옴짝 딸싹을 못한 기라."

“수송기에 과적을 하여 이륙을 못 했군요?”

“하모! 유리창으로 내다보니 프로펠러가 활주로 끝 잔디밭을 파는 것을 보고. 오메야! 재수 없어 맨 꼬두바리로 철수하다가 다 죽는 줄 알았제! 비행장 주변에 화약 창고, 기름 등 보급품을 한 번도 써 보지 않고 엄청나게 적재하여 두었는데 우리가 철수한다는 기밀을 엿듣고 글마들이 떼거리로 몰려오는 거야. 이젠 끝나는 구나 했지!”

“비행장 경비대가 있었을 것 아닙니까?”

“메라카노! 전투요원은 먼저 떠났고 통신대인 우리가 꼬두바리로 철수하면 폭격할 것인데, 시간적으로 우리가 철수한 줄 알고 폭격을 할까봐! CWU 무선부호를 수도 없이 보낸 기라. 그래서 철수 못한 것을 알고 연합군에서 이러지도 저러지도 못하고……. 적들 수중에 들어가면 문제 아니여. 거의 두 시간 정도 지났을까, 다른 비행기가 온 거여. 그 비행기를 타고 이륙하여 상공에서 금파비행장을 내려다보니 버섯밭을 보는 것 같았제!”

“비행기가 이륙하자 곧바로 융단폭격을 감행했군요?”

“하모! 글마들 수중에 들어가면 안 되니까 폭격을 했것제!”

“원산에서 육군이 철수 때도 그러한 작전이 전개되었다죠?”

“그쪽 일은 모르지만 철수할 때는 모든 장비는 전부 못쓰게 만들거나 아니면 땅에 묻거나 불태워 버린다 아이가? 적군에게 들어가면 아군의 피해가 크니까! 강 선생도 부사관 학교를 졸업했다 카면서 그것도 모르나?”

“수영 K9 비행장에 착륙하자 살았구나! 했겠군요?”

“하모! 하모! 두 말하면 잔소리고 세 번 이바구하면 숨차지, 즉시 철수할 비행기가 오지 않았으면 금파비행장에서 떼 놈들 공격과 미군 폭격으로 전부 죽었겠지! 비행기에서 보니 폭격 당한 곳에 버섯 머리통같은 연기가……. 하여튼 버섯밭을 위에서 보는 것 같아다니깐! 얼마나 폭탄을 널쳐 버렸는지 모른 기라. 철수하여 살았어도 고뿔^{감기}에다 동상에 걸린 장병은 모딜띠^{모두} 손발을 절단하여 빙신된 거라.”

“해병대는 지리산 토벌 작전에 합류하지 않았습니까?”

"빨갱이 토벌이야 육군이 하고, 우린 북한군 정예부대하고만 전투를 하였는데 육군에 있다가 해병대로 지원해 오는 사람이 있었는데 글마들이 악종들이어서 받아 주고 TO가 모자라는 부대에 보충시킨 기라."

"질서가 엉망이었군요?"

"전쟁 중인데, 육·해·공군이 있지만 신원이 확실하고 자원해 오면 일단 받아 보충시켜 주고 뒤에 병과와 소속을 분리하기도 하였제! 도망 안가고 싸우겠다는데 감사해야지 전쟁 끝나고 분류 작업하느라 고생을 하였을 것이여! 그러니까. 부대가 쇠똥구리 벌거지가 똥 구르는 것처럼 점점 커져서 모든 부대가 그렇게 창설되어 전쟁이 끝난 뒤 새로 정비를 한기라."

서기수 노인은 전쟁이 끝나고 일등병조^{지금의 상사계급}진급하여 근무하다. 제대^{군번 8111968번} 후 전기설비업종 업체를 운영하여 지금은 경남 김해서 살고 계신다. 늙으면 하루가 다르다고 하였는데 서 노인을 2007년에 만났을 때는 자세한 이야기를 하였는데 막상 책으로 옮기려고 녹취를 하니 3년 전보다 기억력이 현저히 떨어졌다.

그나마 그동안 밝혀지지 않은 사건들이 밝혀져서 다행이다. "공비들 소탕 때 벌어진 양민학살 사건은 어쩔 수 없는 것 아니냐? 통치자 잘못이고 국군의 잘못이며 그 때 그 곳에 사는 사람의 운명이다."라고 하였다.

햇볕 정책을 지지한다했다.

서울에 미사일 서너 방이면 몇 조원의 피해를 입을 것이고 수많은 인명피해가 있을 것 아니냐? 전쟁을 겪어 보지 않은 자들과 군복무를 해보지 않은 자들이 막말을 함부로 한다. 그러한 자들이 전쟁이 나면 제일 먼저 도망치려하고 자식들의 외국시민권을 만들게 하고 있다. 미군이 저지른 양민학살사건도 양민인 줄 알고 저지르지는 않았을 것이다. 자기 나라도 아닌 남의 나라 전쟁터에 끌려온 수많은 젊은이들이 잘 알지도 못한 나라의 국민을 위해 싸우다 죽어 갔다. 그들의 부모를 생각하고 가족들의 슬픔을 생각해 보아야 할 것이며 마산 진동전투 때 수많은 연합군 젊은이들이 죽었지만 거두지 못한 시신이 파악도 안 되고 있을 뿐만 아니라 그들의 공훈을 알리는 기념비 하나 당시의 마산 진동격전지에는 없다. 이러한 사실을 안다면 당시에 목숨을 잃은 영혼들과 가족은 많이 슬퍼할 것이다.

서 노인은 당부의 말에 가슴이 먹먹해지는 느낌이다.

킨 부대나 지게부대 이야기는 서기수 어르신이 말해주어 나는 처음 알았지만 지금이라도 그들의 희생을 알려 본인을 비롯하여 유가족에게도 적절한 보상이 이루어졌으면 한다. 나 역시 노력하겠지만, 이 글을 읽은 국민이나 관계기관에서도 협조를 해 주었으면 하는 바람이다.

한국전쟁이 끝나고 김일성이 전쟁 패인을 분석한 결과, "남쪽으로 향하여 전쟁을 할 때는 여름에 하는 것이 잘못이고, 부산을 직선으로 가서 공격하지 않고 호남을 점령한 뒤 부산을 점령하려고 한 작전이 잘못이고, 수도 서울을 점령하고 일주일 가량 지체한 것이 전쟁패인의 결과다."라고 결론을 내렸다고 한다.

아침 8시 30분 둔중한 기계음을 내고 관광버스는 움직이기 시작했다. 나는 들뜬 마음으로 푸르디푸른 동해 바다의 풍경을 머릿속에 떠올려본다. 버스는 경주를 지나 동해안으로 접어들고 있었다. 검푸른 동해 바다를 우측으로 험준한 태산준령泰山峻嶺이 만들어 준 마지막 작품인 기암절벽奇岩絶壁을 좌측으로 아슬아슬하게 끼고 가쁜 숨을 몰아쉬며 달리고 있다. 그 기암절벽은 파도치는 바닷물을 향해 이어져 있는데 차가운 겨울바람은 큰 섬을 휘돌아 작은 섬을 징검다리 삼아 뭍으로 건너 온 뒤 생명을 다한 갈대숲에 머무른다. 살~가락 거리는 갈잎들의 속 울음소리와 억새풀꽃의 하모니가 어우러져 보이는 환상의 바깥 풍경이 막내둥이 머릿속에 각인되고 있다.

취한 듯 파도소리, 차창 밖으로 손을 내밀면 잡힐 듯 작은 섬, 금방이라도 가슴을 적셔올 것 같은 푸른 동해 바다 물이 반긴다. 어딘가 존재할 듯 어부의 순박하고 넉넉한 마음이 가득한 사람들이 옹기종기 모여서 살고 있을 어촌마을이 펼쳐진다. 나는 왼쪽과 오른쪽을 수없이 번갈아 보며 자연이 만들어준 천혜의 절경을 보면서 버스 창문을 열지 못해 그냥 들뜬 마음으로 맑고 깨끗한 바닷물을 보고 심호흡을 하였다.

나는 가만히 있는데 버스의 바깥 풍경이 시시각각 변하여 유혹한다. "이리와 이번엔 오른쪽 창문 밖으로 넘실대는 바다 위 갈매기 떼가 조금만 기다려……." 이번엔 왼쪽의 창문 쪽 깎아지른 절벽 산신들이 가꾸어 놓은 소나무 분재가 아슬아슬하게 바위 끝에 매달려 유혹하였다.

폐가 터질 듯이 거친 소리를 내며 헐떡거리고 달리던 관광버스는 화진포 해수욕장 휴게소에서 서서히 속도를 줄이며 멈춰 섰다. 하늘빛과 바다빛이 만나는 끝없이 펼쳐진 수평선을 보니 일상에 웅크렸던 작은 가슴이 푸른 바다를 안을 수 있을 만큼 넓어진다. 참았던 생리현상을 해결하고 잠시 동해의 찬바람을 두 팔 벌려 끌어안았다.

속삭이는 파도 소리에 잠이 들고 바닷새들의 도란거림에 잠이 깨는 어촌 마을 백사장에서 떠들썩하게 웃고 떠들던 지난 여름의 알몸 인파가 거짓말처럼 사라진 그 조용한 묵상默想에 잠긴 해변 길을 따라 눈이 시리도록 푸른빛 바다가 펼쳐진다. 뭍으로 오르려던 파도가 갑자기 고래의 몸부림처럼 요동친다. 넘실대는 파도 속에 목을 내민 크고 작은 섬들은 파도 위에서 춤을 춘다. 피서철이 지난 해변 백사장을 한가롭게 거닐고 있는 연인들이 족적足跡을 새겨주고 있다.

화진포 찬바람에 몸을 식힌 버스는 움직이기 시작하였다. 굽이굽이 몇 굽이를 돌고 돌았는지 아리하다. 일상적인 관광버스 내라면, 흥겨운 노랫가락에 촌부村婦의 막춤도 있으련만 창 밖에 펼쳐진 풍광에 모두 탄성을 지른다. 나는 머릿속 원고지를 채우고 있다. 아름다운 음률이 흐르고 있는데 앞쪽에서 갑자기 누군가 큰 소리 쳤다.

"저기 해가 떴다. 야! 해를 보니 오늘 기찬 날이다."

시간은 정오를 지났는데 새삼스레, 해는! 떠나올 때 용심 난 시어머니 얼굴상이었던 하늘이 구름 커튼 살짝 열고 그 틈새로 아침 해가 얼굴을 살며시 내민 것이다. 꾸리무리하던 하늘과 바다가 생기가 돌기 시작하였다. 점점 해가 나온 틈새는 커진다. 그 틈새로 살며시 나온 햇볕이 공상영화에 나올 것 같은 괴물촉수처럼 동해바다를 이리저리 더듬는다. 그러자 검은 실루엣으로 누워 있던 바다가 갑자기 보석을 뿌린 듯 반짝이기 시작했다.

바다는 너무 변덕이 심했다. 한두 시간 전만 하여도 해변 끝자락에 게딱지 같이 더덕더덕 붙어 있던 크기와 형형색색形形色色 어촌의 집들을 통째로 집어삼킬 듯이 달려들던 성난 파도가 잠시 숨을 고르는 순간 하늘에는 태양이 구름 사이로 황금빛 햇살을 사방으로 내쏘며 검푸른 동해 바다를 현란하게 물들여 펄펄 살아 넘치는 기운으로 일렁이게 한다. 바다는 태양빛을 받고 일렁인다. 은빛 고기비늘처럼……! 작은 물결 위에 영롱한 눈동자처럼 반짝인다. 바다 저 끝 수평선에는 고깃배의 항적航跡 뒤를 동행하는 은빛 날개 갈매기 율동…….

발아래 수십 미터 절벽아래 이어진 해변 백사장엔 지난 날 어부들에게 패대기질 당해 수모受侮를 겪고 할복割腹한 알몸을 그대로 드러낸 오징어가 일광욕을 하고 있다. 아니, 무명천처럼 건조대에 매달려서 끝없이 펼쳐져 있다. 몇 수십 날을 오한이들 냉동고에서 지내다가 몇 날은 뜨거운 태양볕 아래 견디어 내야할 저 처절한 모습이 안쓰럽다.

인적이 드문 백사장에 회색 구름이 움직인다. 앞으로 빠르게 움직인다.

그러다 옆으로 소용돌이 치다가 갑자기 비상飛上한다. 창공으로 떠올라 흰 구름으로 변했다. 자세히 보니 갈매기등은 회색이고 배 밑은 인 떼의 비상이다.

글로서는 그 감동을 형언할 수 없다. 푸르다 못해 검푸르게 맑은 빛이 많이 나는 늦은 가을 하늘로 변하였다. 따사로운 햇살이 산골 다랭이 전답田畓과 계곡 천氣에 고루고루 뿌려주고 있다.

계절은 초겨울이건만 태양을 가린 구름이 어느새 흔적도 없이 사라진 하늘에 때 이른 눈썹달이 두둥실 떠 있다. 눈앞에 펼쳐지는 바다 위는 작은 고깃배들이 초원 위에 풀어놓은 소 떼처럼 한가롭게 보인다. 마치 누가 연출이라도 한 듯 이번엔 구름 한 점 없이 깨끗했던 맑은 하늘엔 목화솜 같은 양털구름이 태양 주위를 감싼다. 설렘임이 있다. 이 세상에 태어난 뒤 처음 본 것 같은 이 느낌, 이 시간 이대로 멈추고 동화 속의 신선神仙이 되고 싶다.

상상해 보라. 눈앞에서 펼쳐지는 풍광은 하늘엔 태양과 하현달 사이를 양털구름이 가끔 나타났다 사라지고 높은 산 끝자락에 앉아 있는 올망졸망한 그림 같은 예쁜 조그마한 어촌마을 주변에는 띄엄띄엄 집단을 이룬 도로변에 생을 마감한 억새풀 틈새를 소금기를 머금은 떠돌이 바람 한 무리가 헤집고 지나간다. 해풍에 흔들려 살~각거리는 억새풀꽃 하모니, 그런 풍광이 몇 시간 동안 이어졌으니 말이다.

고래의 몸부림같은 파도와 은빛 고기비늘같은 작은 이랑 사이 보석같이 반짝이는 물비늘들과 갈매기의 유연한 비상…….

그 변덕스럽던 동해 바다를 옆으로 하고 버스는 서서히 좌회전하여 불영사佛影寺를 가기 위하여 천측산天竺山 끝자락을 차근차근 더듬어 가기 시작하였다. 바다 구경은 끝났지만 우리 산수山樹가 빚어내는 그 편안함과 운치韻致로 오래도록 여운을 남겨줄 계곡으로 들어섰다

지그재그를 하면서 버스는 늙어 해소기침을 하는 할아버지 숨소리처럼 게걸스런 소리를 하면서 불영 계곡을 굽이굽이를 기우뚱거리며 돌기 시작했다. 우측은 가파른 산자락을 타고서 그 끝자락에 도로가 나있다. 수를 헤아릴 수 없을 정도의 계곡 굽이다. 발아래는 천축산에서 흘러내린 물이 계곡 천臞을 만들어 맑은 물이 군데군데 고여 있는데 유수流水는 없다.

왼쪽 절벽 암반에 수많은 크고 작은 소나무 분재들이 영화화면처럼 펼쳐지고 있다. 수 십리길 낭떠러지 절벽에 간신히 발을 딛고 서 있는 온갖 나무들의 질긴 생명력! 나는 그간의 삶에서 저 아슬아슬하게 매달린 나무처럼 살아 왔는지도 모른다! 그 분재들이 나의 눈 뚜껑을 화들짝 열리게 했다. 분재 전시장같은 장면! 동양화 병풍같은 그 장면을 몇 폭을 보았는지 기억도 아리송하다. 입에선 연신 탄성이 저절로 나온다.

하나같이 다른 모양의 분재……. 그 틈새로 갈 길 잃은 떠돌이 바람 한 점이 나뭇가지들을 간지럼피고 천축산 산그늘에 힘 빠진 초겨울 햇살은 나무 틈새를 비집고 다녀 추위에 떠는 상수리나무 잎 하나가 바동거리며 떨어지지 않으려 측은하게 매달려 있다. 엄마의 손을 놓지 않으려는 아가야 손처럼…! 이제 곧 북녘에서 불어오는 칼바람에 손 시려 모두 놓아 버릴 텐데! 그 모습이 나의 눈길을 유혹誘惑하고 있다. 아무리 작은 것들이라 할지라도

이 세상에서 사라진다는 것은 그게 하찮은 나뭇잎이 됐던 다른 뭐가 됐던 무척이나 슬픈 일이다. 생성生成과 소멸消滅이 비록 세상의 모든 것들이 가지는 숙명이라 해도 말이다. 떨어지지 않으려고 발버둥치며 한동안 눈앞에 아른거린 나뭇잎이 나의 모습 같아 더욱 슬퍼진다. 작별의 손짓같은 풍경에 어찌 마음이 잔잔할 수 있겠는가. 무엇으로 알 수 있을까. 마음 깊은 어둠의 깊이를……

　한때는 세상의 모든 길이 나의 앞에 열려있다고 생각했는데 어느새 그 길은 허공에 접어들고 있다. 삶이 헐거울 때마다 하늘에 답을 요구했다. 그럴 땐 거짓 욕망이 사라지고 참된 욕망이 나타나기도 하여 따라오지 않는 마음을 길에 부려놓기도 하였다. 그러다 삶이 팍팍하면 사는 게 이게 아닌데 그런 생각이 불현듯 들면 붉은 얼굴이 되어 오늘처럼 길을 떠나기도 했다.

　불영 계곡 소담笑談한 우리의 경치는 그리움으로 나를 반긴다. 세월이 흐른 뒤 나는 그리움으로 찾으면 계곡은 또다시 그리움으로 나를 맞이할 것이다. 그래서 우리는 여행을 계속 하는지 모른다. 그러나 한 번 떠나면 세월은 같은 얼굴을 가지고 찾아오지 않을 것이다. 불영 계곡 40리 길을 버스는 좌우로 기우뚱거리면서 거친 숨을 몰아쉬기를 또한 몇 번인가? 태고太古의 신비를 천축산 가슴 깊은 곳에 숨겨 놓은 불영사 초입에 둔탁한 기계음으로 걸떡이던 버스는 숨을 멈추었다. 광장 주차장엔 가을 냄새가 물씬 풍긴다. 삶의 행복과 축복이 가득한 이 가을이란 계절에 천축산에서 가꾼 알곡식을 수확하여 파는 여인들이 좌판을 늘어놓고 관광객을 기다리고 있었다.

　천축산 불영사. 경상북도 울진군 서면 하원리 천축산에 있는 사찰로서 대한불교 조계종 제11교구 본사인 불국사 말사이다. 651년 진덕女王5년에 의상義湘이 창건하였다. 유백유儒柳伯가 쓴 『천축산불영사기』에 의하면 의상 대사가 경주로부터 동해안을 따라 단하동丹霞洞에 들어가서 해운봉海運峰에 올라 북쪽을 바라보니 서역의 천축산을 옮겨온 듯한 기세가 있었다.

　서역의 천축산은 전한前漢이 망한 뒤 후한後漢 때 다섯 나라로 나뉘어져 이름하여 5천축국五天竺國이었다. 중국 대륙의 운남성과 사천성, 남으로는 서장성과 인도 북부지방, 북으로는 신강성과 천산天山 북쪽지방이고, 서쪽으로는 신강성 서쪽 유럽의 일부 지방이며 가운데 있는 신강성과 청해성 그리고 인도 북쪽 서장성 서북부 쪽 중천축국中天竺國으로 갈라져 이름하여 오천축국이다. 동·남·북·서 중 다섯 천축국으로 나뉘어졌다.

　다섯 천축국 중 특히 불교가 강성했던 나라가 중천축국인데 중천축국은 고대 환인씨古代 桓仁氏 BC. 8936년때부터 불교가 뿌리 내린 곳이다. 그래서 중천축국은 불교의 성지聖地였던 것이다. 그 중에서 가장 불교의 발상지라고 할 수 있는 곳은 천산 근처 돈황燉煌지방이다. 서장성 서부인도 북경지대와 곤륜 산맥으로 이어진 총령 지대이다. 중천축의 강 유역은 정확히 말해서 곤륜산 남쪽과 서장성 서북이며 지금의 감숙성 돈황까지 걸쳐 있다. 같은 천축국이라도 서쪽에 있는 천축국은 파라문교婆羅門敎의 성지였다. 특히 파라문교가 성행하던 유럽 일부와 신강성 서부에는 광범위하게 미신적인 종교가 성행하던 지역이다.

　일부 역사가들은 김해 가야국 김수로왕허황옥 왕비가 인도에서 온 것이 아니라 중국대륙 사천성 성도 밑 안악현 아리지방에서 왔다는 것이다. 우리나라 아리랑 노래 가사는 안악현 아리지방에서 허황옥이 전란을 피하기 위하여 부모님을 두고 아리지방을 떠나면서 지은아리낭, 阿里娘 시詩가 우리말로 아리랑 노래 가사가 되었다고 한다.

　또 한편으로는 불교 발상지를 중국 천산 기슭 아래 돈황지방이라고 주장하는 것도 허황옥의 오빠 장유화상 사당이 중국 사천성 성도 옆 아리지방 허씨들의 집성촌 마을에 있기 때문이다 의상대사가 서역 여행 중 중국대륙 천축산을 보고 와서 천축산이라고 지은 것이다.

　의상대사는 불영 계곡 물위에서 다섯 부처님 영상이 떠오르는 모습을 보고 기이하게 여겨 내려가 살펴보니 독룡毒龍이 살고 있는 큰 폭포가 있었다. 의상은 독룡에게 불법佛法을 설說하며 그 곳에다 절을 지으려 하였으나 독룡이 말을 듣지 않으므로 신비로운 주문을 외워 독룡을 쫓은 뒤 용지龍池를 메워 절을 지었다. 동쪽에 청련전 3칸과 무영탑無影塔 1좌를 세우고 천축산 불영사라 하였다. 676년문무왕 16년에 의상이 다시 불영사를 향해 가다가 선사촌에 이르렀는데 한 노인이 "우리 부처님이 돌아 오셨구나"하면서 기뻐하였다. 그 뒤로부터 마을 사람들은 불영사를 부처님이 돌아오신 곳이라 하여 불귀사佛歸寺라고 불렀다. 의상은 불영사에서 9년을 살았으며 뒤에 원효대사도 이곳에 와서 의상과 함께 수행하였다 한다.

뒤에 청련전과 무영탑료는 환희료歡喜寮와 환생전還生殿으로 불리기도 하였다 고한다. 이문李文이 지은 『환생전기』에 의하면 옛날에 백극제가 울진군 현령으로 부임한지 3개월 만에 급병을 얻어 횡사하니 그 부인이 비통함을 이기지 못하여 불영사로 와서 남편의 시신이 담긴 관을 탑전塔前에 옮겨 지극한 정성의 기도로 3일 만에 남편이 되살아 관을 뚫고 나오자 기뻐서 탑료塔寮를 환희료, 불전佛殿을 환생전이라 하고 『법화경』 7권을 금자金字로 사경寫經하여 부처님 은혜에 보답하였다고 한다.

창건 이후 여러 차례 중수를 거쳤으며 1396년 태조 5년에 화재로 인하여 나한전만 남기고 모두 소실되었던 것을 1년이 지난 후 소운小雲이 중건하였다. 그 뒤 1500년 연산군 6년에는 양성養性이 중건하였고 선조 때에는 성원性元이 목어, 법고, 범종, 바라 등을 조성하여 승도의 상주물常住物로 제공하였고, 남쪽 절벽 밑에 남쪽에 암자를 지었으며 의상이 시창始創한 청련전을 옛터에 중건한 뒤 동전東殿이라 하였다. 임진왜란 전에 영산전靈山殿과 서전西殿을 건립하였으나 임진왜란 때 영산전 만이 남고 모두 전소되었다. 성원전은 1609년 광해군 1년 선당禪堂을 건립하였고 불전과 승사를 중건하였다. 1701년 숙종 27년에는 진성眞性이 중수하였고 1721년에는 천옥天玉이 중건하였다. 그 뒤 혜능惠能이 요사체를 신축하였으며 재헌在軒과 유일有逸이 원통전圓通殿을 중수하고 청련암靑蓮庵을 이건하였다. 1899년과 1906년에는 설운雪雲이 절을 중수하고 선방을 신축하였다.

현재 있는 당우로는 보물 제 730호인 응진전을 비롯하여 국락전, 대웅보

전, 명부전, 조사전, 칠성각, 범종각, 산신각, 황화당, 설선당, 응향각 등이 있다. 문화재로는 경상북도 유형문화재 제135호인 삼층석탑을 비롯하여 경상북도 문화재자료 제162호인 양성당부도養性堂浮屠 그밖에도 대웅전 축대 밑에 있는 석귀石龜와 배례석拜禮石 불영사사적비 등이 있다. 이 절의 동쪽에는 삼각봉三角峰 아래에는 좌망대와 오룡대 남쪽에는 향로봉, 청라봉, 종암봉 서쪽에는 부용성, 학소대, 북쪽에는 금탑봉, 의상대, 원효굴, 용혈龍穴이 있는데 모두 빼어난 경관을 이루고 있는 천축산 불영사와 불영 계곡의 주변 경관이다.

불영 계곡 깊은 산자락을 끼고 단정히 앉아 있는 크고 작은 사찰들이 의상대사, 원효대사 등 수많은 고승들의 불심이 차곡차곡 쌓여 그 오랜 세월을 견뎌왔나 보다. 오호라, 불영 계곡 초입부터 시작된 분재들은 의상대사와 원효대사가 부처님의 가르침을 받들고 천축산 산신령과 같이 기른 것인가! 삶과 죽음을 무너뜨린 성불成佛이나 된 듯이 나는 부초浮草처럼 살다간 천년 전 신라 덕승德僧들의 그 발자국을 더듬어 보았다.

불영사를 탐방하고 기념품을 파는 상가 앞에서 잠시 휴식을 취했다.

가을도 떠나버린 천축산

품속에 감추어진 불영사

늙은 절 추녀 밑 토방에

부지런함이 모여 있구나

누구를 기다렸나

토담 틈에 늦게 핀 들국화 꽃

노란 얼굴에 외로움 층층이 서려 있구나

갈길 잃은 떠도는 바람 한 점

추녀 밑에 달린 풍경風磬에 머무르고

게으른 산 그림자 그늘진 오솔길

저녁 서리 내려

이젠 그만 돌아서야 하는데

옴 살바 못 자 모지 사다 야 사바 하
옴 살바 못 자 모지 사다 야 사바 하
옴 살바 못 자 모지 사다 야 사바 하

참회진언懺悔眞言하는 불공소리
부지런함이 모여 있는 법당 앞
진한 향불 냄새와 염불소리는
갈길 먼 나그네 발 잡는구나

버스에 오르기 전 천축산 알곡식 도토리로 만든 묵과 천축산 산신山神이 길러 놓은……! 갖가지 산나물을 들깨기름으로 버무린 안주에 불영 계곡 맑은 물로 빚은 동동주 한 잔씩 걸쳤다. 목구멍은 타고 내려간 잘 익은 막걸리는 뱃속에 가서야 짜르르 위장에 도착했다는 신호를 보내온다.

잘 익은 연시를 한 입 물고 버스를 탔다. 다시 꼬불꼬불 길, 부처님과 의상대사 원효대사 발자취를 버스는 지우면서 다음 코스를 향해 달렸다.

현세現世에 한 무리 지나가는 바람이련가! 내세內世의 긴 삶을 동경하면서 살았을까! 두 대사님 유랑流浪인생을 반추해 본다.

불영사 구비구비를 우왕좌왕하는 버스 때문에 동동주에 연시감이 뱃속에서 요동치니 입에서는 달갑지 않는 곳감 냄새가 나기 시작했다. 차창 밖은 벌써 어둠이 깔리기 시작한다. 해풍의 끈끈한 소금기를 없앨 샤워를 하기 위하여 백암온천에 도착하여 따뜻한 휴식처인 객실에서 들뜬 기분을 가라앉히며 여장을 풀었다.

시간은 오전 6시10분 앞에 도달하기 직전이다.

간단한 샤워 후 올라오니……. 버스 기사님이 좋은 자리를 찾아가려면 빨리빨리 준비하란다. 멋진 일출을 보려면 서둘러야 된다면서 시동을 켜니 산

골짝 백암온천이 갑자기 술렁인다. 신식 걸망을 등에 지고 밖을 나서니 초겨울 바람이 얼굴에 닿아 정신이 맑아진다. 버스는 라이트를 켜고 다시 어제의 역순으로 어둠 속을 미끄러져 나가더니 이내 달리기 시작하였다. 아직 밖은 어둠 속이다. 30여 분 달려 온 버스는 자그마한 간이 휴게소에서 정차하였다. 차에서 내려 바닷가로 갔다. 내 인생 반백년人生 半百年을 넘게 살아온 동안 동해의 일출을 직접 보지 못했는데 오늘은 볼 수 있겠지! 생각을 하면서 질서 있는 파도가 어둠을 한 입씩 물고 부지런히 사라지는 장관을 바라보면서 바닷가를 거닐었다.

질서있게 파도는 태초의 모습 그대로 그냥 듬직하게 앉아 있는 바위를 때리고 나면……. 다~그르르 자갈돌 구르는 소리, 닦이고 씻겨 져 작은 알갱이 모래를 만들고 있다. 바위에 부서진 파도는 수많은 물거품을 만들어 바위와 자갈과 모래들의 아픈 사연을 물거품 속에 간직한 채 물 속으로 사라진다. 바닷물은 오늘도 뭍으로 오르려고 몸부림을 치지만 오르지 못하고 백사장에서 널뛰기를 하고 있다. 거친 바닷바람을 받으면서 견디어온 동해의 우직한 섬들은 크고 작은 남해의 섬들보다 강직한 바윗돌로 되어 있기에 풀 한 포기도 없어 먼 여행에 지쳐 돌아온 바닷새의 쉼터도 없어 보였다.

> 푸른 바닷가의 높은 언덕 끝자락에서
> 내 마음 둘 곳 없어 바위 앉아본다.
> 거울처럼 잔잔한 바다가 조용히 일렁인다
> 아스라이 섬을 뒤로하고 떠나는
> 고깃배 항적航跡 위에 물새들이 동행하고
> 오밀조밀한 아름다운 자그마한 섬들은
> 부딪히는 파도에 아무런 대꾸 없이
> 그저 듬직하게 앉아 있다.
> 고깃배가 바삐 드나드는
> 땀과 눈물이 스민 섬

지아비 잃은 여인은

오늘도 선착장에 홀로서서

오가는 배를 보고 눈물 짓는다

망부望夫의 설움을 아는가

갈매기도 따라 운다

태산준령泰山峻嶺의 마지막 솜씨

기암절벽奇岩絶壁 끝에

외로이 매달린 항구에는

젊음이 활개치는 소란함의 흔적도 없고

썩어문드러진 그물만

망부望婦 치마폭처럼

해풍 따라 춤을 춘다

귀항하는 뱃고동은

애잔한 가락처럼 가슴 적셔 주는데

혼자 걷기엔 너무나 쓸쓸한 바닷가

아무도 기다려 주지 않는 늙어버린 항구

옛 추억의 끝자락에서 건져 올린 그리움도

아름다운 기억들마저 고스란히 남겨두고

정처 없이 발길을 돌렸다

저문 뱃고동소리 들으며…….

뭍에서 외출을 끝내고 돌아온 바람에 의해 바다가 서서히 깨어나고 있는 것이다. 희뿌연 물안개와 어둠을 한 입씩 물고 사라지는 파도의 부지런함이 어우러져 펄펄 살아 숨쉬고 있다. 바위틈에 밤새 추위에 떨던 갈매기들의 힘찬 비상飛上이 시작되었다. 갈매기 떼들의 아침식사 준비로 장관이 시작된 것이다.

나는 바닷가 돌 위에 서서 동해의 일출을 기다렸다. 잠시도 쉬지 않고 질서있게 어둠을 한 입씩 물고 사라지던 파도가 갑자기 질서를 잊고 내달려와 얼음장을 놓더니! 내가 서 있는 바위를 때리고 사라진다. 수많은 물보라한테 얻어맞았다. 파도가 갑자기 고래 몸부림처럼 요동을 친 것이다.

철썩……. 바위가 내는 신음소리는 나의 비명과 함께 파도는 수많은 물거품을 물속으로 감추고 사라진다. 파도는 이유 없이 나를 쫓아낸다. "위험해! 저기서 기다려" 저 멀리 지나가던 배의 항적航跡이 다다른 것이다. "오매! 추워라." 음지쪽 사냥꾼 불알 떨 듯 온몸에 오한이 난다.

망망茫茫한 수평선 위로 어제 서쪽 바다에서 담금질하던 태양이 밤새 원기를 회복하고! 오늘 대지를 달구기 위해 동해에서 떠올라 아침의 싱그러운 기운이 넓디넓은 바다로 퍼지면 금빛으로 자잘하게 퍼덕거리는 아침바다 파도와 파도 이랑을 붉은 색조로 넘실거리게 하고 간간이 불어오는 해풍에 날리는 물보라가 아침 빛살을 되쏘며 잘디잘게 깨어지길 바랐는데…….

동해의 장엄한 일출의 장관은 나에게 허락하지 않는다. "워메, 흔들리는 것" 물벼락 맞고 양반 체면에 떨린다는 말은 못하고, 오늘도 하늘은 심술이 난 시어머니 얼굴이다! 떠오르지 않는 해를 기다리면서 사진 찍기에 바쁜 사람들을 보다가 나는 무심코 고개를 들어 하늘을 보았다. 잿빛 하늘에서는 이미 새벽을 여는 여명이 사라지고 하늘엔 회색 구름이 갈라지면서 그 틈새로 붉은 태양의 옷자락이 비집고 나오고 있다. 그 옷자락 끝인 땅 끝 해변 백사장에 불어오는 바람에 동행한 파수波首가 선착장을 때리자 작은 알갱이 초록빛 물비늘은 햇볕을 타고 분홍잿빛 하늘로 솟구친다. 벌써 전에 해가 솟아 오른 것을 모르고 추위에 떨며 물보라를 맞은 것이다. 결국 동해의 일출은 다음으로 미루고 다음 행선지를 향해 출발하였다.

구룡포항 해안도로는 마치 소라게 집처럼 생겼다. 급경사 커브 길을 차는 산 끝과 바다 끝을 잡고 아슬아슬하게 돌고 있다! 창 밖으로 보이는 해안절벽의 분재같은 나무들은 살려는 본능에 의해서 일까! 황폐한 돌 벽에 삶의 뿌리를 내리고 서있는 모습은…… 모두가 키가 낮고 애처롭게 보였다. 그 절경을 보기엔 너무나 아찔한 순간들이 수도 없이 반복되었고 하늘에서 내려온 가을이 억새풀꽃밭에 머물러있는데 어제의 하늘보다는 오늘 하늘이 더 높다! 어쩌다 보이는 손바닥만한 작은 섬에서 느끼는 동해의 작은 섬 모습은 하늘만큼 넓은 감동으로 내게 다가온다. 쪽빛 바다의 파도와 모진 해풍을 받으며 아름다운 자태를 뽐내던 절벽 틈새에 생을 마감한 들풀들이 정겹다. 그 절벽아래 바닷가는 때 묻지 않은 바위들이 태고의 모습을 그대로 간직한 채 장승처럼 우두커니 서 있다. 급경사 커브 길에 속도를 제어하는 브레이크 마찰음 소리가 수도 셀 수 없을 만큼 반복의 연속이었지만. 주변 경관은 한 폭의 수채화 같다.

선착장에 즐비하게 늘어선 좌판에서 미역과 파래를 사서 차에 실었다. 집에 도착하여 마누라한테 한소리 들었다.

"포항은 제철소가 있어 청정해역이 아니지 않느냐?"

마누라 말에 궁색한 변명을 하였다.

"바닷가에 가니 좌판 노인이 추위에 떨고 있어 호주머니에 자물통을 안 채웠나 돈이 나와 버려 할 수 없이 샀노라고……"

"자물통을 채워도 당신 손이 열쇠인데!"

맞는 말이다. 솔직히 말해 추위에 떨면서 호객하는 할머니가 시골서 농사일을 하고 계시는 어머니의 모습 같아서다. 객지에 살고 있는 자식들이 명절 때 고향을 찾아가면 어머니는 새벽녘에 우주행성만한 다라에 농삿물을 한가득담아 머리가 내려앉을만한 무게를 머리에 이고 기차역 광장에서 열리는 번개 장터에서 자판을 늘어놓고 앉아 있는 모습을 나는 보았기에……. 그런 어머니 생각에 사준 것이다. 한편으로는 청정해역인 줄 알았다.

기억에 꼭 남을 것을 보고 왔다. 바다에 오른손, 육지엔 왼손이 무너지는 하늘을 받치려는 듯이 만든 엄청 큰 손의 조형물이다. 구룡포九龍浦항 차가운 바닷바람을 뒤로하고 서둘러 다음 목적지인 감은사지로 가기 위해 차는 배추벌레처럼 아스팔트 위를 기어가기 시작하였다. 차창 밖을 보니 작은 골짜기 끝자락에 촘촘히 자리 잡고 앉은 예쁜 집들이 보석같이 보이는 작은 항구들이 펼쳐진다. 항구와 항구 그 틈새 사이에 작은 모래밭에는 간혹 가을 여행을 온 사람들이 거닐고 있다. 산들바람에 흔들리는 작은 은빛 물비늘에 간지럼 당하며! 풍성하지도 못한 채 생을 마감한 갈대숲이 군데군데 어우러져 있는 해변을 뒤로하고 차는 감은사感恩寺 표지를 보고 달린다.

감은사는 경상북도 월성군 양북면 용당리 동해안에 있던 사찰로 681년에 신문왕이 부왕인 문무왕의 뜻을 이어 창건하였으며, 사지寺地의 부근인 동해 바다에는 문무왕의 해중릉海中陵인 대왕암大王巖이 있다. 문무왕은 해변에 절을 세워 불력佛力으로 왜구를 격퇴시키려 하였으나 완공하기 전에 위독하게 되었다. 문무왕은 승려 지의智義에게 "내가 죽은 후 나라를 지키는 용이 되어 불법을 받들고 나라를 지킬 것이다"란 유언을 하고 죽자 이에 따라 화장한 뒤 동해에 안장하였으며 신문왕이 부왕의 뜻을 받들어 절을 완공하고 감은사라 하였다. 그때 금당金堂 아래에 용혈용이 드나들 수 있는 구멍을 파서 용이 된 문무왕이 해류를 타고 출입할 수 있도록 세심한 배려를 하여 만들었는데 지금은 풀만 무성한 연못이 된 뚝 가장자리에 형성된 갈대밭에 개개비 한 쌍이 울부짖고 있었다.

"워메, 시끄러워라 고이 잠든 용왕님 깨어나실라!"

682년 5월 신문왕은 동해의 호국용이 된 아버지 문무왕과 삼십삼천三十三天의 아들로 태어난 신라 명장 김유신으로부터 나라를 지킬 보물인 신비스러운 피리 만파식적萬波息笛을 얻었다. 만파식적이란 신라 31대 신문왕 2년 682년에 용으로부터 영험스러움에 속하며 "멈출 만한데 움직이기"로 분류할 수도 있다. 삼국유사 권2 기이紀異만파식적조와 삼국사기 권32 잡지 제1 악조樂條에 실려 있다. 신문왕이 아버지 문무왕을 위하여 동해변에 감은사를 지었다. 신문왕 2년에 해관海官이 동해안에 작은 산이 감은사를 향하여 온

다 하여 일관으로 하여 점을 쳐보니 "해룡海龍이 된 문무왕과 천신天神이 된
김유신이 수성守成의 보배를 주려고 하니 나가서 받아라."하였다. 이견대利
見臺에 가서 보니 부산浮山은 거북머리 같았고 그 위에 대나무가 있었는데 낮
에는 둘로 나뉘어 지고 밤에는 하나로 합쳐졌다. 폭풍우가 일어난 지 9일이
지나 왕이 그 산에 올라가니 용이 그 대나무로 피리를 만들면 천하가 태평
해 질 것이라 하여 그것을 가지고 나와 피리를 만들어 보관하였다. 나라에
근심이 생길 때 이 피리를 불면 평온해져서 만파식적이라 이름을 붙였다.
그 뒤 효소왕 때 이적異蹟이 거듭 일어나 "만 만파식적"이라 하였다.

감은사지가 있던 안에서 종소리 또는 물 끓는 소리가 난다는 이야기가 지
금도 전하여 오는데 이로 보아 만파식적의 소리로 왜적을 물리쳤다는 등의
이적은 이러한 지형적 특수성과 기상변화에 기인하여 나는 소리로 일어났
던 결과가 아닌가 한다. 만파식적은 악기로서 단군신화의 천부인天符印, 진
평왕의 천사옥대天賜玉帶, 이성계의 금척金尺 등과 같이 건국할 때마다 거듭
나타난 신성한 물건과 비슷한 성격을 지닌다. 꼭 건국신화처럼 짐승도 등
장한다. 통일을 이룩한 문무왕에 이어서 즉위한 아들 신문왕은 정치적 힘
의 결핍과 왜구들의 침입이라는 문젯거리를 타결하기 위하여 지배계층의
정통성과 동질성을 재확인할 필요가 있었기 때문이다. 따라서 강력한 왕권
을 상징할 수 있는 신물神物을 등장시킨 엉터리 신화를 만들었으리라 추측
해 볼 수 있다. 이렇게 해서 통일신라의 건국신화가 구체적 모습을 갖추면
서 형성될 수 있었으나 그 의미가 왕권에 관한 것으로 한정되고 사회조직원
리와 이념을 구현하고 있지는 않아서 신화의 기능이 약화되었음을 알 수 있
다. 만파식적은 삼국사기, 삼국유사에 기록된 설화일 뿐이다.

황룡사 사천왕사黃龍寺 四天王寺등과 함께 호국의 사찰로서 명맥을 이어 왔
으나 언제 폐사寺되었는지는 밝혀지지 않고 있다. 절터에는 국보 112호인
삼층석탑 두 개가 있다. 나는 웅장한 탑을 만든 신라 장인의 손 땀 냄새를
맡을 수 있었다. 탑의 제일 윗부분인 찰주擦柱의 높이까지 현존하는 우리나
라 석탑 중에서 제일 높은 것이다. 이 탑은 고선사高仙寺의 삼층석탑, 나원리

의 오층석탑 등과 함께 신라 통일기의 탑파 양식을 따르고 있다. 1966년 이 쌍탑 중 서편 삼층석탑에서 임금이 타는 수레의 형태인 보련형寶輦形, 국립중앙박물관에서 소장하고 있음사리함이 발견되었는데 현재 보물 제366호로 지정되어 있다고 한다. 천년의 세월을 같이한 감은사지 우직한 3층 석탑은 아버지 은혜를 갚지 못해 세웠다는 설인데, 저승에서 그 은혜를 갚으며 함께하고 있을까?

설화든 구전으로 내려온 전설이든 그 위대한 삼국통일의 대과업을 이룩한 문무대왕릉文武大王陵은 해변에서 200미터 떨어진 바다에 있는 수중릉水中陵, 사적 제158호으로 대왕암이라고도 불린다. 문무왕은 백제와 고구려를 평정하고 당나라 21년만인 681년에 죽자 그 유언에 따라 동해에 장례를 지냈다. 그의 유언은 불교법식에 따라 화장한 뒤 동해에 묻으면 용이 되어 동해로 침입하는 왜구를 막겠다는 것이다. 이에 따라 화장한 유골을 동해의 입구에 있는 큰 바위 위에 장사지냈으므로 그 뒤 이 바위를 대왕암 또는 대왕바위로 부르게 되었다. 이 능은 해변에서 가까운 바다 가운데 있는 그다지 크지 않은 자연바위이다. 그 남쪽으로 보다 작은 바위가 이어져 있으며 그 둘레로 썰물 때만 보이는 작은 바위들이 간격을 두고 배치되어 있어 마치 호虎석처럼 보이고 있다. 대왕암에 올라보면 마치 동서남북 사방으로 바닷물이 들어오고 나가는 수로水路를 마련한 것처럼 보인다.

특히 동쪽으로 나있는 수로는 파도를 따라 들어오는 바닷물이 외부에 부딪혀 수로를 따라 들어오고 감으로서 큰 파도가 쳐도 안쪽의 공간에는 바다의 수면이 항상 잔잔하게 유지되도록 되어 있다. 이 안쪽 공간은 비교적 넓은 수면을 차지하고 있고 그 가운데는 남북으로 길게 놓인 넓적하고도 큰 돌이 놓여 있는데 수면은 이 돌을 약간 덮을 정도로 유지되고 있다. 따라서 문무왕 유골을 이 돌 밑에 어떤 장치를 해서 보관한 것으로 추정하고 있다. 설화든 신화든 구전이든 문무왕 전설은 그렇게 이어져 왔다. 신라의 흔적은 희미하지만 역사의 흔적은 말해 주고 있다. 그곳의 역사는 긴 인고의 세월에 신라인과 현대인이 어우러져 동행하고 있다.

지금까지 수중발굴조사가 실시되지 않아 이 판석板石처럼 생긴 판 밑에 어떠한 시설이 만들어 마련되어 있는지는 정확히 알 수 없다. 다만 사방으로 마련된 수로와 아울러 안쪽의 공간을 마련하기 위하여 바위를 인위적으로 파낸 흔적이 있는 것으로 보아 삼국사기三國史記, 삼국유사三國遺事, 유전由典 기록에 나타난 것처럼 문무왕의 수중릉일 것으로 믿어지고 있다.

더구나 바위 안쪽에 마련된 공간에 사방으로 수로를 마련하고 있는 것은 부처님의 사리舍利를 보관한 탑의 형식에 비유되고 있다. 즉, 내부로 들어갈 수 있도록 사방에 문이 마련되어 있는 인도의 산치 탑의 경우나 백제 무왕 때 만들어졌다고 알려진 전북 익산 미륵사 석탑 하부의 사방에 마련한 것과 같은 불탑형식이 적용되어 사방에 수로를 마련한 것으로 보기도 한다. 지금까지 그러한 예가 없는 특이한 형태의 무덤이라고 할 수 있다. 문무대왕이 동해의 용이 되어 수로를 타고 감은사지까지 들어왔다 갔다하는 것에 대한 설화이지만 나는 감은사지 좌측 입구 언덕에 큰 소나무 가지가 남쪽으로 향해 있는 두 개의 큰 가지가 있는 것을 보고 또 한 번 감탄하였다. 유일한 나무 한 그루의 그 두 가지는 동해 입구가 잘 보이도록 크게 벌어져 있다. 아무리 설화이고 구전으로 전해온 이야기이건 소나무 가지는 나에게 많은 생각을 하게 하였다.

동해의 찬물을 떠나 아들이 만들어준 절에 와서 부처께 공들이고 나무 가지에 몸을 칭칭 감고 따뜻한 햇볕을 받으면서 침략해 들어오는 왜구가 없나 살펴보았을 것 같은 느낌이 들었다. 쌍탑의 웅장함도 큰 소나무와 함께 내 머릿속에 각인 되어버린 아주 감명 깊은 여행 코스였다.

마지막 탐방지 골굴사, 경상북도 경주군 양북면 소재 골굴 암자가 있는 기림사를 찾아갔다. 보물 제581호가 있는 곳이다. 골굴암마애여래좌상骨窟庵磨崖如來坐像이 바위산에 있다. 이 여래좌상은 통일신라 후기의 불상 모습이다. 골굴암마애여래좌상 높이는 4미터이다.

골굴사를 찾는 길은 호젓한 산중도로를 타는 것에서 시작되었다. 덕동 저수지를 버스 창 밖에 달고서 달린다. 추령재 고갯길 주변은 강원도 산길 못지않은 절경이다. 왼쪽에 넓은 저수지를 끼고 꼬불꼬불 돌아가는 형세가 어울려져 물결 위에 그림을 만들어 내고 있다. 사찰로 가는 길이어서 그런가! 물 위에 그림을 바라보며 달리는 길이 주는 특유의 평화스러움이 마음까지 전해온다. 중간중간 경사가 급한 고갯길이 보너스로 아랫도리까지 짜릿한 쾌감을 안겨준다. 너무나 짜릿하여 바지에 실수를 할 뻔하였다. 추령터널을 지나 토함산과 함월산의 협곡을 달리다보니 기림사 입간판이 주마등처럼 지나간다. 14번 국도를 타고 가다 좌회전하니 골굴사가 나타났다. 너무나 조용해서 발걸음마저 조심해지는 것은 나만이 느끼는 감동일까! 주차장을 지나 몇 걸음 걸었다. 하늘까지 닿을 듯 높게 솟은 절벽은 너무 비좁은 계곡 속이어서 그렇게 느끼는 걸까. 절벽곳곳에 자연석굴이 드러나 있다.

여행 끝날 하이라이트인 마애불은 석굴 가장 높은 곳에 자리 잡고 있었다. 자연이 만든 동굴을 이용하여 조성한 12개의 석굴 중 가장 윗부분에 마애불이 새겨져 있다. 또한 조선시대의 화가 정선鄭敾이 그린 골굴 석굴에는 목조전실木造前室이 묘사되어 있었으나, 지금은 보이지 않고 곳곳에 가구架構 흔적만 남아 있을 뿐이다. 돌계단을 천천히 오르기 시작했다. 3분의 1 정도 올라왔을까. 재미있는 안내간판이 숨찬 발길을 잠시 붙잡는다.

남근男根, 거시기바위와 산신당의 여근女根, 거시기의 설명이다. 불가에서 웬 진풍경인가 싶겠지만! 토속신앙을 아우른 불교 모습이라고 하기엔 어쩐지 꺼림직하다. 예전부터 여기에는 자식이 잉태하기를 기원하는 보살들과 처사들이 줄을 이었다고 한다. 그 풍속을 받아들여 지금도 사찰 내 남근바위와 산신당이 당당히 한자리를 차지하고 있다는 뜻이기도 하다. 부녀자들이 남근바위를 참배한 뒤 여근女根계곡 앞에서 밤새 기도하면 소원 성취의 증거로 여궁女穴에 정수가 가득이 고여 흘러 넘쳐 팬티가 젖었다는 이야기는 해학적으로 다가온다.

이곳 오른쪽에 있는 칠성단과 신중단에는 산신들이 명당자리를 차지하고 있었다. 돌계단이 끝나니 아슬아슬한 바위길이 이어진다. 밑을 내려다보니 수십 길 낭떠러지다. 미끄러운 돌길이어서 자연스럽게 부처의 나라로 가기 위한 낮은 몸자세가 만들어진다. 두 손과 두 발을 사용하여 힘겹게 아스라한 절벽 끝을 잡고 돌자, 바위에 부처가 미소짓고 나를 맞이하였다. 태산을 등지고 1천 여 년이 넘는 그 오랜 세월 동안 모진 풍상을 견디어온 부처의 상이 감탄을 자아내게 한다. 경주 인공석굴암 부처와 분명 차이가 있다. 마애불은 석石질이 고르지 않아 무릎 아래가 떨어져 나가고 가슴과 광배 일부가 손상되었으나 전체적으로 강건한 조각 수법으로 되어 있다. 처음 갔던 여행길에서 마주쳤던 얼굴이 낯선 얼굴이 아닌 것 같아 뒤로 돌아보았던 것처럼……. 어디서 본 것 같은 얼굴인 듯 그 마애불의 잔잔한 미소는 천년 전 신라인新羅人의 미소를 짓고 나를 반겨주었다.

비와 풍화작용으로 인한 손상을 막기 위하여 지붕을 설치하여 두었다. 돌의 굴곡을 살려 돋을새김한 이 여래좌상은 소발素髮의 머리 위에는 육계가 큼직하게 솟아 있고 얼굴 윤곽이 뚜렷하다. 반쯤 뜬 눈은 길게 조각되었고 코는 크지 않으나 뚜렷하게 각이 져서 타원형의 눈썹으로 이어져 있는데 그 사이로 백호공白毫孔이 큼직하게 표현되었다. 인중은 짧고 입술은 두꺼운데 입가에 희미한 미소를 짓고 있으며 두 귀는 길고 크다. 어깨는 거의 수평을 이루면서 넓지만 목과 가슴 위 부분이 많이 손상되었다. 입체감이 두드러진 얼굴에 비하여 신체는 평면적이어서 신체의 조형성造形性이 감소되어 있다.

법의法衣는 통견通肩인데 옷 주름은 평판平板을 겹쳐 놓은 듯 두 팔과 가슴 하반신에서 규칙적인 평행선을 그리고 겨드랑이 사이에서는 V자형으로 표현되어 팔과 상체의 굴곡을 나타내고 있다. 가슴 좌우에는 아래로 쳐진 옷깃이 보이며 옷깃 사이로 평행 옷 주름을 비스듬하게 표현하였다. 유난히 작게 표현된 왼손은 배 앞에서 손바닥을 위로 향하여 약지藥指와 엄지를 맞대었으며 오른팔은 손상되었으나 무릎 위에 얹은 듯하다. 암벽에 그대로 새긴 광배는 머리 주위 끝이 뾰족한 단판單瓣연꽃을 배치하여 두광頭光으로 삼았으며, 두광과 불신佛身사이에는 율동적인 화염문이 음각되어 있다. 대좌 부분은 마멸이 심하여 윤곽이 불분명하나 구름무늬같은 각선刻線의 흔적이 보인다. 이 마애불은 V자형 옷주름 등이 867년에 조성된 축서 사비로 불좌 상과 유사하여 조성 시기는 통일신라 후기인 9세기 후반기로 추정된다고 한다.

잠시 그곳에 서서 명상에 잠겨본다. 석불 주변을 둘러싸고 있는 대나무 숲에 좁은 계곡 틈을 간신히 빠져 나온 바람이 힘들었나 잠시 머물다간다. 청아한 댓잎 소리에 부처의 미소까지 겹치니 마음이 깨끗해진다. 석불 앞 에서 발 아래 세상을 내려다보니 마치 내가 신선神仙이 되어 속세俗世를 보는 것 같다. 내 그 동안 작은 것에 왜 그리 연연하고 괴로워하였던가 싶어 그저 입가에 미소가 스민다.

오늘 골굴사 부처가 주는 깨달음이 이것인가 싶다. 나도 오늘에서야 해탈解脫을 한 것인가! 마애불에서 내려와 왼쪽 언덕으로 가면 오류탑이 있다. 모 든 덕德과 지혜智慧를 갖추었음을 뜻한다는 설명문이 가슴으로 다가온다. 전 해 내려온 이야기들이 해학적으로 끝나면 좋으련만……. 교리가 밀교라고 하니 여간 찜찜하다. 골굴사는 한국 선무도의 총본산이고 TV에서 선무도 수련 장면을 보았지만 별로 신통한 것이 아니었다. 시범도장이 야외에 있었 으나 수련생도 스님도 못 보았다. 제법 관광객이 있으나 선무도 내력을 설 명해 준 사람도 없고 하여 수련생 모집 전단지를 보니 골굴사 불법佛法 내용 을 조금 알 수 있었다.

우리보다 후진국인 태국의 미신적 종교 중 하나인 밀교密敎의 원천으로 남 녀의 성을 중심으로 전교하기 위해 바위에 성기를 양각하였고 남자 심벌모 양의 바위에 빨간 천을 감아 두었다. 불임 여성이 그 바위를 만지면 임신을 한다는 어리석은 자들이 꾸며놓은 이야기이다. 산부인과 병원도 아닌데 불 임여성이 바글바글 한다니 절을 찾는 불자들의 잘못인가! 거짓을 전교한 사 이비종단의 잘못인가! 지금이야 아기를 가질 수 없는 불임환자의 부부는 정자나 난자를 제공받아 아기를 가질 수 있지만 옛날에는 절에 가서 중들과 관계를 가져 아기를 수태하기도 하였다. 깊은 산속에 있는 절이고 당사자가 발설만 안하면 비밀이 유지됐기에 그러한 일이 다수 있었다는 것이다. 불공 드리는 것으로는 임신은 절대 안된다는 것은 누구나 알고 있는 사실 아닌가? 배관공거시기 일을 끝낸 중은 아기가 태어나거든 아기 옷섶에 자기 고유색, 이를테면 빨강 천을 가지고 골무처럼 만들어 달아주라고 했다. 그래야 아기 가 복을 받고 무병장수한다는 거짓말을 한 것이다. 시주받으려 이 마을 저 마을 다니면서 그것을 달고 있는 아이들을 보고 저 아이는 내 딸 저 아이는 내 아들 했다는 것이다. 지금도 그런 일이 있을 것이다!

밀교란 6세기 이후부터 천축국을 여행했던 신라 스님들이 연구한 것이라 고 보아야 할 것이다. 구법여행을 완성하였던 혜초는 고행으로 대변되는 신 라 구법승들의 전통을 계승한 인물이었다고 볼 수 있는데, 신라 불교사에 서 혜초의 위치는 밀교 연구에 있었다고 한다. 『왕오천축국전』에 대한 연 구자로서 독일의 월터폭스Walter Fucts 박사는 혜초를 금강지－불공－혜초로 이어지는 정통 밀교의 계승자라고 말한 바 있다. 그러나 밀교 승려들의 법 통에서 보면 불공－금강지 등과 관련을 맺은 신라인으로서 혜통惠通을 들고 있다. 우리나라 학자 가운데서도 이 혜통을 혜초와 동일인이 아닌가하고 의 심하는 학자도 있다. 그러나 혜통은 삼국유사에 그 이름을 전하는 바 혜초 와는 전혀 무관한 인물이다. 그렇다면 혜초의 밀교와 신라의 신인종神印宗과 는 무슨 차이가 날까? 신라 신인종의 경우에는 밀교의 주술을 국태민안國泰 民安, 양재攘災호국 등 실제적이고 세속적인 면의 신비성으로 미화하고 있다. 명랑법사가 사천왕사를 짓고 당군唐軍을 주술로 몰아냈다는 등의 기록이 이 를 뒷받침한다. 또 밀본密本스님이 주술로서 못된 요괴를 몰아냈다는 등의 기사 또한 신라 밀교의 현실적 기복성이 전혀 발견되지 않는다. 오히려 스 승과 더불어 밀교의 경전을 연구했다는 등의 기사가 전할 따름이다. 따라서 그는 밀교의 전통성, 순수성 등에 관심을 보였다고 보는 것이 타당하다. 밀교의 주술성을 현실적으로 응용하는 것은 방편의 면으로서는 타당하지만 그 원리에서 보면 세속화될 개연성이 있기 때문이다. 신라의 여러 종파들 가운데 밀교 관련 학파들이 상당한 호응을 받았던 것은 당시의 시대 상황이 매우 복잡다단했기 때문이다.

통일을 향한 정복 전쟁과 통일 후에 일어나던 각종 모반사건 등은 정치적 혼란을 야기시키고 있었다. 따라서 불안한 정서 속에서는 불교의 종교성, 신비성 등이 호응을 얻을 수밖에 없었다. 그러나 혜초의 시대는 통일 후 백 년 쯤 지난 시기이다. 더 이상 사회의 혼란은 없었으며 오히려 주술성이 팽배해지는데 따른 각종 위험물이 노정露呈되던 때였다. 따라서 혜초는 신라의 밀교에 대해서는 상당히 부정적인 시각을 가질 수밖에 없었다. 전통 밀교란 바로 "깨달음의 추구"였다. 만다라Mandara의 경우에는 깨달음을 형상화한 구도일 뿐 그 자체를 신비화하는 일은 없었다. 결국 혜초는 그 본고장의 밀교를 통해 불교 대중화를 시도한 인물이라고 볼 수 있다. 그러나 불행히도 혜초에 관련된 자료들은 거의 남아 있지 않다. 밀교 사상가로서는 별로 내세울게 없는 "왕오천축국전"의 일부분만이 전해올 따름이다.

몇 년 전 KBS 한국방송공사에서는 "혜초의 길을 따라서"라는 다큐멘터리를 인도 현지에서 녹화한 적이 있었다. 그러나 인도의 풍물기행에만 초점을 맞추었을 뿐 그의 내면세계, 즉 밀교 연구에 대한 그의 애정은 전혀 방영되지 않았다. 앞으로는 그와 같은 관심의 연구가 절실히 필요하다고 생각한다. 아무튼 혜초의 구법여행에는 다음과 같은 목표가 있었다고 볼 수 있다. 첫째, 성지 참배. 둘째, 밀교 연구. 셋째, 남다른 고행苦行의 실현 등이다. 그가 남긴 이 한 편의 시는 당시의 구법여행길이 얼마나 극심한 고행이었나를 단적으로 보여주고 있다.

그대는 티벳 땅이 멀다고 한탄하지만
나는 동쪽으로 가는 길이
먼 것을 애달파하네

길은 거칠고 히말라야는 높아

험한 골짜기에는 도둑도 많구나

나는 새도 높은 봉우리에 놀라고

사람은 가는 통나무다리를 건너기 어려워라

평생 눈물 한번 흘린 적 없었으나

오늘에야 한없이 눈물 흘러내리는구나

신라의 덕승 혜초는 구법여행을 하면서 몸소 겪고 연구한 밀교인데 이곳 밀교와는 정반대임을 우리 처사님과 보살님들은 꼭 알아두어야 사이비 종교에 현혹되지 않을 것이다. 어리석은 처사, 보살들이 있긴 많이 있는 모양이다. 그래서 밀교密敎가 존재하는 모양이다. 바위만 만져서 임신이 된다면 과연 석가모니 정력이 고갈되어 남아 있을까?

길에서 태어나 길 위에서 세상을 떠난 '깨달은 이' 붓다부처님는 출가 후로는 시체를 덮는 천 조각으로 된 옷과 흙으로 빚은 밥그릇 하나밖에 없었던 그였다. 그렇지만 부처님이 걸었던 길 위에는 그의 사후 2500여 년의 세월이 흐른 지금 대다수 대한민국 승려들과 사찰들은 그가 걸었던 길을 없애고 있으니 참으로 한심하다!

우리나라엔 4세기 후반에 들어왔는데 불교가 전래된 것으로 인하여 한반도 고대세계에 정치, 경제, 문화에 혁명적인 사건이 시작되었다. 애니미즘이라는 원시신앙에서 음양과 무속의 신화시대를 거쳐 우리나라에도 바야흐로 종교의 시대가 점차 도래하게 된 것이다. 7세기 후반, 삼국통일로 인해 불국토가 지상에 실현되었다. 사회는 활기에 넘쳐 흘렀고 사람들은 희망으로 들떠 있었다. 후로 고려를 건국한 주도세력은 향촌의 토대를 둔 호족豪族이었고 그들의 사상적 토대는 선종禪宗이었다. 신라 말 중앙 권력의 힘이 무력화되자 강력한 세력으로서 등장한 호족들은 반신라적이었으며 그들의 주관심사인 자기가 통치하는 지방의 정치적, 경제적 통제력을 굳건히 하는데 선종이 이용되기도 했다. 불교 경전의 연구에 온 힘을 다하는 교종敎宗과는 달리 선종은 참선參禪을 강조한다. 누구나 깨우침을 통해 부처가 될 수 있다는 선종은 호족과 새로운 사회를 갈망하는 일반민중, 신분제로 신분상승을 할 수 없었던 신라말의 지식인들에게도 커다란 호응을 받았다.

한편 선종과 함께 호족들에게 새로운 국가건립의 당위성을 제공한 것은 미륵사상彌勒思想이었다. 미륵은 부처님이 왕림한 이후의 후세를 통치할 부처로서 미륵은 어지러운 현실을 구원해 줄 상징으로 민중에게 각인된 것이다. 불교를 믿고 깨우치면 누구나 부처가 될 수 있다고! 부처의 후세인 미륵불이란 부처가 지금과 같은 어려운 세상에 나타나서 구원해 주어야 하거늘 나타나지 않은 걸 보니 불교도 모두 뻥이 아닌가 싶다!

부다佛陀, Buddha의 가르침은 최초의 대중 종교였다. 불교는 지금으로부터 약 2,500여 년 전 기원전 약 563년부터 483년 사이에 인도 북동부 지역에 살았던 싯다르타 고타마 왕자에 의해 창설되었다. 그는 "부다"라는 이름으로 알려져 있는데 범어의 "깨달음을 얻은 자"라는 명칭이다. 당시 인도의 종교계는 필연적인 윤회輪廻사상을 가르치는 브라만 계급에 의해 독점되고 있었으나 싯다르타는 그들의 가르침을 받아들이지 않고 나이란 자나 강변의 우루벨라 지방으로 들어가 6년을 머물다 마침내 보리수 나무 아래서 해탈을 하고 "깨친자득도자, 得道者"라는 의미가 있는 부다佛陀, Buddha로 열반에 들어가 된 것이다.

이후 부다가 주장하는 네 가지 진리는 첫째, 이 세상은 모두 고해의 바다라는 것………. 둘째, 욕망이 이러한 고뇌를 부르며 셋째, 욕망을 참으면 고뇌를 이기며 넷째, 이러한 욕망을 참기 위해서는 정견正見 · 정어正語 · 정업正業 · 정명正命 · 정념正念 · 정정正定 · 정사유正思惟 · 정정진正精進의 팔정도八正道를 따라야 한다는 것이다. 그의 사상을 네 가지로 요약하면 인생의 자체가 바로 괴로움이라는 고苦, 괴로움의 원인으로서 번뇌라고도 하는 집集, 즉 인연因緣 · 무명無明 · 행行 · 식識 · 명색名色 · 육근六根 · 촉觸 · 수受 · 취取 · 유有 · 생生 · 노사老死 등으로부터 해탈하는 멸滅의 구체적인 방법인 도道인데, 부다의 깨우침과 구함을 위한 이러한 설법은 브라만 계급을 포함한 모든 대중에게 지금까지 베풀어지고 있다. 부다가 다섯 명의 동료 수도승을 상대로 베푼 최초의 설법 즉 불교의 핵심이 되기도 하는 그 설법에서는 다음과 같은 네 가지 진리를 보여 주고 있다. 그리고 전생前生의 업보에 따라 여섯 가지, 지옥地獄 · 아귀餓鬼 · 축생畜生 · 수라修羅 · 인간人間 · 천상天上의 삶을 거듭한다는 윤회탁생輪廻託生의 교리를 내놓고 있다.

첫째, 세상이 곧 고뇌이다. 아무도 출생과 죽음에서 해방 못한다.
둘째, 고뇌의 원인은 지속적인 고뇌를 벗어나는 욕심에서 비롯된다.
셋째, 욕망을 참은 무념의 상태만이 고뇌를 벗어나는 유일한 길이다.
넷째, 이러한 열매를 얻기 위해서는 올바른 도리, 올바른 언어, 올바른 행동, 올바른 생활, 올바른 목표와 노력, 올바른 기억, 올바른 명상 그리고 올바른 신념의 팔정도八正道에 정진해야한다 라는 말씀이었다.

불교사상의 궁극적인 목표는 그들이 최고신 득도最高神 得道의 경지에 통달하는 니르바나Nirvana 열반이다. 이 열반이란 자신을 희생, 사랑하는 마음, 선행 그리고 고뇌하는 모든 욕망을 배제하는 수련을 통하여 자신을 극복한 자만이 얻을 수 있는 영적인 단계이며 이 열반의 달성은 두 단계로 나누어진다. 속세에서 얻을 수 있는 완성의 단계 즉 개체가 영원으로 합쳐지는 단계이다. 불교사상은 종교 의식의 준수가 핵심이 되는 바라문교와는 달리 도덕적인 원칙에 입각한 삶을 추구하는데 모든 중점을 두고 있으며 희생과 기도 그리고 제사와 사제를 원하는 신들을 인정하기보다는 죽은 인간의 영혼은 다른 육체를 가지고 이 세상에 다시 태어나는 것이 계속된다는 윤회輪廻사상을 강조하고 있다. 불교 사상이 승려들에게 요구하는 도덕적 기준 역시 매우 엄격하게 하고 있다. 살생과 남의 것을 소유하는 행위 · 간음 · 거짓말 ·

음주 그리고 금이나 은의 소유가 엄격히 금지 있는 것이다.

그래서 이 세상의 모든 성직자聖職者는 도덕적 지표道德的指標가 되어야 밝은 세상을 유지되는 것이다. '종교인은 가장 원숙한 인간이다'라고 한다. 가장 통일된 삶을 영위하는 사람이 종교인이기 때문이다. 종교인은 절대가치를 추구하기 위하여 자신의 세속적 삶을 희생하면서 이웃을 사랑하고 봉사하면서 살아간다. 그들은 선과 악, 진실과 거짓을 항상 확인하고 선택하면서 살아간다. 이러한 선택의 과정이 그들의 삶을 통일시키고 가치있게 이끌어 주기 때문이다.

이러한 태도가 어떤 때는 이 세상이 축복과 저주, 선과 악으로 구성되기 때문에 저주와 악으로부터 이웃을 구하기 위하여 이웃과 타 종교인에게 자신이 확신하는 절대 신념의 내용을 선택하도록 강요하게 된다. 한마디로 세상의 모든 종교 활동은 상대방에 대한 사랑의 표시인 것이다. 다만, 이러한 태도는 타종교 상황에서는 독선적이라고 평가될 수밖에 없다. 그 독선적인 태도의 정도가 심할 때 이를 광신狂信주의라고 이르게 된다. 종교적 확신이 가장 원숙한 인간의 조건이 되기도 하고 독선과 광신의 현상으로 판정되기도 하는 이유가 무엇인가? 종교인의 절대 신념체계에 대한 절대 확신이 자신의 삶을 통일시키는 힘이 된다. 이 경우 자신의 종교적 교리와 그에 대한 확신은 내면적 성숙의 원동력으로 작용한다. 그러나 종교적 교리가 축복과 저주의 외적 조건을 가름하는 기준으로 쓰여질 때는 배타적이고 광신적인 성격을 지니게 된다.

예컨대 한 종교의 교리에서도 같은 조건으로 받아들이지 않는다. 현대 종교학의 입장에서는 한 종교의 세계관이 다른 종교보다 우수하다는 객관적인 증거를 찾을 길이 없다. 이처럼 인류 사회의 건강한 상식에서 받아들여질 수 없는 주장을 하게 되는 결과에 이를 때 그러한 종교적 주장과 행동을 현대 사회에서는 독선적이고 배타적이며 나아가서 광신적이라고 말한다.

여기서 종교 교리의 내적 수용 대 사회 적용의 두 차원을 가려 볼 필요가 있다. 현대 사회는 종교의 자유가 보장된다. 종교의 자유에는 "신앙의 자유"

와 "전교의 자유"로 대별된다. 이들은 양심의 자유와 행동의 자유라는 현대적 자유 개념의 전형적인 종교적 측면을 각각 보여준다. 이곳을 찾는 신도들은 "신앙의 자유" 개념을 선택하였을 테고, 그렇다면 행동의 자유를 탐닉한 신도들만 어리석은 건가! 불임을 해결할 수 있다고 거짓말한 이곳 종단은 양심의 자유에서 부끄러울 수밖에 없을 것이다. 다종교 상황에 처한 한국 종교의 비전은 한국문화 창조 작업에 동참하여야 할 것인데……. 염려되어 한 소리 해본 것이다. ×도 모르면서…….

인간의 모임체인 사회^{Society}는 본질적으로 도덕 사회이다. 어떠한 인간 사회이든 도덕성을 지향해야만 성립될 수 있고 도덕 사회를 증대해 가야만 유지될 수 있다. 도덕이 무너지면 극단의 경우 소돔과 고모라성처럼 되는 것이 인간 사회다. 그런데 이같이 중요한 도덕성이 사람들이 바라는 수준만큼 높지 않은 것이 또다른 인간 사회의 특징이다. 어느 시대, 어느 사회 할 것 없이 부서지고 있다고 늘 개탄하는 것이 도덕성이다. 그래서 어느 사회나 이를 증대시키려고 끊임없이 노력한다. 거기에 꼭 필요한 존재가 성직자나 사회 지도층이다.

맑스는 목사·신부·승려 등의 성직자를 노동하는 사람들의 기생충이라 하였다. 그들은 지식으로도 노동으로도 아무 것도 생산해 내지 못한다고 혹평하였다. 그렇다면 왜 사회에는 이를 이끌어 가는 성직자 등의 존재를 필요로 하는가? 그 이유는 그들이 도덕적 지표가 되기 때문이다. 그들은 사람들의 마음가짐, 행동거지의 본보기가 되는데 이를 우리는 도덕적 지표^{道德的指標}라 한다. 지도자는 사람이 무엇을 어떻게 해야 하고 어떻게 행동해서는 안되는가를 가르치는 지표이다. 그래서 그들의 지위와 역할에 의거해서 가장 엄격히 수행해야 할 것이 도덕적 지표이다. 이 지표가 지표로서 기능을 다하지 못할 때 맑스 말처럼 빌붙어 얻어먹는 기생충이 되는 것이다. 그것도 이 세상을 혼돈스럽게 하는 가장 더럽고 추한 기생충이 된다.

이곳 기림사 승려들이 위에서 열거한 부류는 아닐 거다. 어리석은 보살님들을 꼬드겨 그런 종교가 번창하면 안 된 것이다. 후진국 태국이 아니고서야 대한민국 땅에서 그런 종교가 없길 바란다. 이러한 내용을 믿고 다닌다면 이곳에 다니는 여신도들 얼굴이 보고 싶다. 그러한 행위들이 이루어지고 있다면 차라리 밀교密膠 남녀가 같이 그 짓 하다가 접착되는 교라고 이름 지어 주고 싶은 마음이 간절하다. 색광중色狂症에 걸린 파괴승과 불임여성들이 바글바글하는 절에는 오늘도 승복을 걸친 광수狂狩들이 가부좌하고 있을 것 아닌가! 나 혼자만의 걱정일까? 보물 제581호 월성 골굴암 마애여래좌상 옆에 남자들 심벌 거시기 머리모형에 피가 난 것처럼 빨간 천으로 묶어 놓았다니 한심한 중생들아 남무관세음보살. 어리석은 중생은 부처님 손바닥 안에 있다는데 인구가 많아 손바닥 안에 다 들어갈 수 없어 그따위 사이비 중이 창궐하여 존재한단 말인가, 양반이 잔칫집에 가서 음식 잘 먹고 마지막 밥술에 돌 씹은 맛이다. 허나 어쩌랴! 그게 우리네 삶의 한쪽에서 같이 존재하는 것을……. 절에 가서 부처님을 보면 한 손은 달라고 손바닥을 펴 보이고, 한 손은 동그라미 혈穴을 만들고 있는데 돈을 달라고 하는지, 여인들의 배꼽 아래 은밀한 밑천 거시기구멍을 달라고 하는지 해설을 못하겠네. 잡놈이라고 할까 봐. 부처님과 중생을 연결해 주는 스님이 그러한 행동을 해서야!
"남무관세음보살, 기어중죄금일참회綺語重罪今日懺悔, 발림 말한 죄업 오늘 참회합니다."

　노을빛에 발그레진 바다의 파도와 해변 도로변에 늘어선 억새풀 꽃이 이별의 손짓을 한다. 이번 겨울 작품구상 여행길은 많은 것을 생각할 수 있는 시간의 여행길이 아닌 나의 후작 자료를 위한 짧은 여행길이었다. 1박 2일의 여행길, 출발할 때는 설레는 가슴으로 가서 돌아올 땐 풍성한 가슴으로 왔건만! 그래도 그 무엇인가 잃어버린 듯 아쉬움이 있다. 양산을 지나 차는 부산 강서 인터체인지를 돌고 있다. 어둠 속에 저 멀리, 길 끝……. 나들목 전광판에 김해金海란 불빛이 명멸明滅하고 있었다.

만가輓歌, 상엿소리

한국전쟁 전후 민간인 학살 실태가 정확하게 밝혀지지 않고 있다. 지금이라도 피해자와 가해자가 모여서라도 밝혀야 할 것이다. 이전 하늘에 묻는 짓은 그만 두어야하기 때문이다. 이 땅에는 62년 전 좌·우익左右翼 이념 대립으로 서로가 많은 인명을 살상하였고, 또한 빨갱이를 소탕하는 과정에서 수많은 이웃들은 어느 이름 모를 야산 골짝으로 도살당하는 소처럼 끌려가 총살당하여 쓰레기 파묻듯 한 구덩이에 매장당하였다. 다른 한편으로는 묻을 장소가 없어 강제로 증발한 배에 태워 바다 위에서 배를 폭파하여 수장水葬시켜 버려도 말 못하는 농아인 같이 침묵으로 일관하였다. 재판도 최소한의 소명의 기회도 없이 죄목도 가해자가 정한대로 현장에서 종결짓고 처형하였다.

당한 가족은 살이 떨리고 뜨거운 피가 역류하였으리라! 항간에서는 해묵은 사건을 들추어내서 무엇 하겠는가? 라는 비판도 있을 것이다. 그러나 폭력적인 살상, 끔찍한 원한과 복수로 얼룩진 지난 날의 이 땅에서 저질러졌던 사건의 진상을 모두가 알고 자란 우리 후세들에게 그러한 비극이 다시는 이 땅에서 일어나지 않도록 교육하자는 것이다. 항간에는 추한 역사를 왜 들춰내고 있느냐? 는 질책도 있지만 당하지 않은 자의 무책임한 발언일 수도 있다. 지난 역사 속에 광주 민주화 항쟁 국회 증언 때 임신한 딸이 금수禽獸같은 계엄군 총검에 배를 찔려 뱃속에서 태아가 죽지 않으려고 발버둥치는 것을 목격한 친정어머니의 증언證言, testimony을 들었을 것이다. "더도 말고, 덜도 말고. 가해자도 나같은 꼴을 당하여 보거라."하고 국회의사당에서 울부짖던 피해자 어머니를 TV화면으로 우리는 지켜보았다. 광주 항쟁 때 가해자 가족들도 그렇게 참혹하게 당해보란 뜻이다. 어머니가 죽자 살아 있는 뱃속의 아기의 몸부림을 생각하면 등에 식은땀이 흐른다.

62년 전 이 땅에 사는 힘없는 양민들에겐 그 장면보다 더 끔직한 사건이 수 없이 있었다. 북에서는 '변절자'로 버림 받고 남에서는 '빨갱이'라고 저주 받았던 무고한 민간인들에게 이 땅에 살고 있는 누군가는 가해자였고, 누군가는 그것을 보고도 모른 채, '나하고 상관없다'고 입 다물고 방관하였던 것이다. 다행히도 그때 저질러졌던 억울한 죽음에 대한 진상조사가 이루어지고 있으며 얼마 전 노무현 대통령이 제주 4.3 민중저항 때 저질러진 사건에 대해 사과했다. 이로 인하여 이제야 우리는 한반도 전쟁 상흔이 곳곳에 존재하는 현장마다 억울하게 죽어간 민간인 희생자들을 조사할 수 있는 '통합 특별법'이 제정되어야 한다고 각 언론에서 보도되고 있다. 올해로 한국전쟁이 일어 난지도 62년이 지났지만 전쟁의 상흔傷痕이 치유되기는 커녕 고통의 나날 속에 가슴앓이를 하고 있는 유족들의 한을 더 이상 방치할 수는 없는 노릇이다. 반 세기를 넘길 동안 철저히 은폐 되어온 한국전쟁 전후에 저질러진 민간인 학살사건이 알려지기 시작한 것은 AP통신에 노근리 사건이 보도되면서 전 국민이 관심을 가질 수 있었다. 그 보도로 인하여 전국에서 민간인 학살사건 피해자 모임이 결성되면서 하나 둘씩 당시에 희생당한 사건과 이를 뒷받침할 수 있는 구체적 증거들이 속속 발견되고 있다.

이런 상황에서 유야무야 그냥 넘어갈 수는 없다. 군경의 사기에 악영향을 줄 수 있다는 변명과 자료가 불충분하다는 핑계들을 대가며 더이상 소극적인 자세만을 취할 수는 없다는 것이다. 모든 일은 지나간 과거사라고 치유를 기다리는 '고' 자세는 지향하여야 한다. 피로 물든 역사는 정확한 재정립

이 필요하며 과거의 잘못을 반성하고 그것을 교훈 삼아 다시는 이런 참담한 역사를 만들지 말아야 할 것이다. 민중의 힘으로 단 한 번도 왕의 목을 치지 못한……. 조선시대부터 거듭 놓쳐버린 개혁의 기회가 우리 사회의 뿌리 깊은 보수성을 낳았다.

그러나 멀리 조선시대까지 올라가지 않더라도 일제 36년 강점기부터 해방 이후 우리 현대사는 국민들에게 체념과 침묵만을 강요해왔다. 침묵을 깨고 '앞에 나선' 사람들은 자기 목숨까지 내놓아야 했다. 해방 후부터 한국전쟁에 이르는 기간 국가의 권력에 의해 무참히 학살된 민간인의 숫자가 110만여 명에 이른다는 소장학자들의 주장은 독일 나치의 유태인 학살이나 폴 포드 정권 하에 저질러진 국민 1/4인 170만 명을 무참히 살육한 캄보디아의 킬링필드KILLING FIELDS에 맞먹을 정도로 끔찍하다.

현대사는 권력의 야만과 광기狂氣에 의한 학살의 역사요 대한민국 산하는 이들 피살자의 시체로 뒤덮인 거대한 무덤이었고, 살아남은 가족들의 만가輓歌는 하늘을 울렸다. 이런 슬픔과 무시무시한 공포의 세월은 이 땅의 부모들로 하여금 자식에게 기회주의적인 삶을 교육하도록 만들었다. 그것은 국가의 폭력으로부터 자식을 보호하기 위한 본능이었다.

일제 강점기때는 친일親日, 해방 직후엔 친미親美, 대한민국 정부수립 이후엔 친독재가 한국 사회의 주류기득권을 형성하게 된 것은 당연한 일이었다. 숱한 역사의 전환기가 있었지만 이들은 처벌받지 않았다. 친일파와 부왜역적附倭逆賊은 해방 직후 재빨리 미 군정에 빌붙어 극우세력이 됐고 이들은 고스란히 이승만의 독재정권의 앞잡이가 됐다. 3.15와 4.19로 잠시 위기를 맞은 이들 극우세력은 1년 만에 총칼과 탱크를 앞세운 5.16쿠데타와 함께 또다시 화려하게 부활하여 막강하게 되었다. 그 후 박정희의 죽음과 정권교체에도 불구하고 이들은 끄떡없이 지배 권력을 유지하고 있다. 뿐만 아니라 일부 언론도 그 틈새에 끼어 기생하고 있다. 민간인 학살 범죄자는 몇 번의 정권교체가 있음에도 불구하고 지배 권력의 주변에서나 관련단체의 간부와 의원직을 변함없이 장악하고 기득권을 위해 여전히 특별법 제정에 제동을 가하고 있다. 단 한 번도 정의正義를 바로 세우지 못한 사회, 단 한 번도 역사의 범죄를 정죄해보지 못한 국가에서 부모가 자식에게 정의를 가르치기를 바라는 것은 허황된 욕심일 뿐이다.

옛 격언에 '미래에 대비하려면 과거를 잊지 말라'라는 문구가 있다. 바꾸어 생각하면 과거를 기억하지 않은 자에겐 미래도 없다는 뜻으로 해석된다. 우리가 과거를 잊지 않으려고 노력하는 것은 과거의 실수를 다시 반복하지 않기 위함인 것이다. 우리가 과거를 기억하고 자신의 잘못을 되새김으로써 똑같은 실수를 미연에 방지할 뿐만 아니라 더 발전할 수 있을 것이라고 생각한다. 어쩌면 현 시점에서 불과 62년 전의 역사적 사건에 대하여 정의를 내린다는 것은 큰 실수일 수도 있다. 하지만 그렇다고 해서 역사적 사건 자체를 망각해서는 안될 것이다. 왜냐 하면 이 땅위에 지난 날의 비극이 또다시 되풀이 된다면 우리 민족의 미래는 그 어느 누구도 장담할 수 없기 때문이다.

해방 이후 이승만 – 박정희 – 전두환 삼대 정권이 이어 오면서 저지른 국가폭력의 역사에는 한 가지 묘한 공통점이 존재하고 있다. 바로 어느 때도 빠짐없이 북한이 관계되어 있다는 점이 그것이다. 보도연맹은 알다시피 좌익 사상을 가진 사람들을 교화시키기 위해 조직된 단체라는 명분을 가지고 시작했고 조봉암 법살法殺은 그에게 간첩 누명을 씌움으로써 가능했던 사건이다. 인민혁명당 사건 역시 애꿎은 사람들에게 '북한의 사주를 받아 국가 전복을 꾀하는 자'들로 몰아부쳐 처형시킨 사건이다. 마지막으로 녹화사업 역시 '적화사상'으로 물든 학생들의 사상을 푸르게 녹화시킨다는 명분 하에 시작된 것이었다. 또한 한국전으로 빨치산 소탕과정에서 지리산자락 일대에서 벌어진 양민 학살사건 역시 통치자의 잘못된 판단으로 저질러진 사건이다. 전두환이 저지른 광주 민주화운동 때의 학살사건도 북의 사주에 일어난 반란사건으로 몰아치며 저지른 사건이다.

삼대 정권이 유지되면서 내려온 이 공통점은 무엇을 의미하는가? 바로 남한을 붉은 혁명, 한국적 매카시즘이 국가 폭력과 깊숙한 핵을 이루고 있다는 증거다. 그렇다면 이것이 최종적으로 시사하는 의미는 무엇인가? 그것은 남북분단 이후 항상 적화통일을 하려는 북의 야욕이 사실상 남한 극우세력 독재정권의 최대 협력자였다는 것이다. 당시의 정권에 이의를 제기하는 모든 사람을 빨갱이로 몰아세워 죽이는 것을 정당화시키기 위해 가장 필요한 존재는 바로 눈앞에 당면한 적인 북한이다. 정말 어쩌구니없다 못해 희극적이기까지 한 이 현실을 뒤늦게 알아 버린 우리 국민은 웃을 수밖에 없었다. 서로를 증오해 마지 못하는 두 국가가 사실은 서로의 가장 강력한 협조자라는 것이었다.

보도연맹 학살지虐殺地는 전국 52곳이며 군경 좌우익자 단체 학살지는 전국 101개 지역에서 일어났다. 이러한 일들은 제노사이드특정 민족이나 집단의 절멸(切滅)을 목적으로 그 구성원을 살해의 충분한 조건은 아니었지만 그 당시에 저질러졌던 일들이 일차적으로 필요한 조건임에는 틀림없었다. 국가 간의 전쟁이나 내전이 제노사이드의 온상이 되었다는 사실은 20세기에 발발했던 크고 작은 전쟁들의 목록을 확인해보는 것만으로도 알 수 있다. 그 이유는 첫째, 전쟁은 제노사이드가 발생하기 쉬운 사회적 심리적 조건들을 마련해준다. 장기적으로 수행되는 심리적 불균형을 불러일으킨다. 둘째, 총력전total war이 시작되면 모든 국가는 정부 형태에 관계없이 훨씬 더 중앙집권적이고 강력한 국가로 탈바꿈하면서 모든 국민들에게 비밀유지를 제1의 원칙으로 강요한다. 셋째, 전쟁이 시작되면 국가는 '국민의 이름으로' 군을 임의로 활용할 수 있게 된다. 그것은 국가의 최고 통치자가 적으로부터 국가와 국민을 보호하는데 마지막 쓰는 카드인 전쟁이기 때문이다. 그 임무를 충실히 수행해야할 집단이 군이다. 그 집단에 의해 저질러진 집단 학살 사건이 제노사이드에 적용됐다는데 잘못이다.

전쟁이란 두 세력 간의 대칭적 갈등symmetrical conflict인데 반해, 제노사이드는 조직화된 세력이 그렇지 못한 집단을 일방적으로 살육하는 비대칭적인 것이 특징이다. 다시 말해 제노사이드 희생자들은 대부분의 경우 저항하는데 필요한 무력수단을 전혀 또는 거의 갖고 있지 않기 때문이다. 오늘날의 전쟁들이 절멸 전쟁으로 발전할 소지를 갖고는 있다. 62년 전 이 땅에 군경에 의해 저질러진 양민학살사건에 대하여 일부 학자들은 한국전쟁 전후에 벌어진 학살 자체를 제노사이드와 동일시하고 있다.

'제노사이드'란 폴란드 출신 유대인 법학자 라파엘 렘킨이 1959년 처음 만든 용어로, '종족학살'의 원뜻에서 확대돼 현재는 "국민·인종·민족·종교집단을 파괴하기 위해 살해·강제 이주 등 위해를 가하는 것"을 의미한다. 북아메리카 인디언과 호주 태즈메이니아 원주민 학살 등의 '프런티어 제노사이드', 민족과 종교차이가 원인이 된 '보스니아, 코소보 인종 청소' 등 다양한 유형으로 나타난 데 따른 방증이다.

발생국들이 주로 다종족多種族국가나 식민지 국가였다는 점에서 제노사이드는 언뜻 우리와 다소 먼 얘기처럼 들리기도 한다. 그러나 한국전쟁 전후 전국적으로 일어난 보도연맹 학살사건과 이승만 정권시대 때 저질러진 제주 4.3사건을 조명해보면 제노사이드에 안전지대는 없다. 그저 "제도적 억압이 엄청나고 지식인들의 직무 유기가 심각했기 때문에" 그 야만의 시대가 망각되었을 뿐이다. 이승만 정권에 의한 제주 4.3사건은 정치적 목적에서 기도된 억압적 성격의 제노사이드이며, 5.18 광주민주화과정에서 저질러진 전남도민과 광주시민 학살사건을 비롯하여 국민 보도연맹원들의 학살사건과 한국전쟁으로 인한 빨갱이 소탕과정에서 일어난 양민집단 학살사건은 제노사이드성 집단 학살의 수준을 훨씬 넘어선 사이코패스Psychopath, 반사회 인격 장애자로 전락한 자들에 의한 국가범죄사건으로 규정할 수 있다. 사이코패스란 끔찍한 범죄를 저지르면서도 죄의식이나 피해자 고통을 전혀 느끼지 못하는 범죄자를 말한다.

지금도 "너 까불다간 골로간다"라는 말들이 조직 폭력들에 의해 쓰어 지고 있다. 이 말뜻을 풀이하면 "골짜기로 데려가 아무도 모르게 죽인다"라는 협박이다. 한국전쟁 전후前後에 전국 도처에서 보도연맹원과 통비자빨갱이 협조자들을 으슥한 골짜기로 끌고 가서 죽인데서 생겨난 말이라고 한다.

"끌려가서 어떠한 일을 도와 주셨습니까?"

질문을 받고 잠깐 생각에 잠겨 있던 김 노인은 결심한 듯 말문을 열었다. "이런 말 하여도 되는지 모르것소?"

"어르신, 저한테 하신 말씀은 62년 전의 증언이니까 걱정하지 마십시오. 1톤의 문서보다 살아계시는 어르신같은 분의 증언 한 마디가 역사적으로 신빙성이 있으니까요. 소문으로 전해져 와전된 기록들로 정립되지 않은 지난 역사들이 너무나 혼란스럽게 합니다. 걱정하지 말고 당시에 있었던 양민학살 사건을 진솔하게 말씀해 주십시오."

"이때껏 살아온 것만 해도 생각하면 징그런 세월인디! 말 잘못하였다간 우리 자식들에게 피해가 있을 것인디요?"

"염려하지 않으셔도 됩니다. 지금 세월이 얼마나 흘렀습니까? 자식들 모두 출가하여 직장생활하고 있다면서요?"

"말도 마씨요. 우리 큰아들이 군대 가서 좋은 병과에 합격을 하였는데. 나 때문에 그 좋은 곳에 들어가지도 못하고 골병대공병대에서 근무하느라 좆나게 고생했당 께로!"

김 노인은 담배를 깊게 빤 뒤 한숨을 쉬었다. 김 노인은 여동생을 살리기 위하여 부역에 동원된 사람이다. 아니, 자원한 사람이다.

여동생이 여고에 다녔는데 공비들에게 발각되어 산으로 끌려갈 처지가 되었다. 산으로 끌려가면 볼장 다 본다고 하였다. 동네에서 반반한 여자들이 끌려가서 밤 노리개감이 되었다고 소문이 나돌던 때이다. 증조할아버지 제사 지내려 왔다가 들이닥친 공비들에게 끌려가게 될 여동생을 대신하여 빨치산이 된 것이다. 당시 김 노인은 23세 나이였다. 나이가 많은 사람과 부녀자들은 부역을 하였고 젊은 층은 빨치산이 되었다.

"옆집에서 다투는 소리가 들려 담 너머로 보니 밤손님이 와서 친구와 친구 형수를 끌고 갈려고 하니 친구 할아버지가 장죽을 들고 나와 공비를 때리더라고요. 토벌대 같으면 그 자리에서 쏴 죽였겠지만 공비들은 '영감님 물건만 날라주면 돌려보낼 테니 걱정 마시오'라고 하며 우리 집으로 오는 것을 보고 나는 친구 집으로 담을 넘어 갔지요. 친구네 담벼락 밑에서 구부리고 앉자 개구멍으로 우리 집을 보고 있자니 빨치산들이 제사 지내려 왔던 사촌형과 막내 당숙을 포함하여 여동생까지 붙잡아 가려 합디다. 이리저리 생각해봐도 끌려가는 것을 보고 가만히 있을 수가 없어 나가 친구 설팍^{사립} 문을 발로 차고 득달같이 뛰어가 앞을 가로막자 공비들이 깜짝 놀라 가슴에다 따발총을 겨눕디다.”

“깜깜한 밤에 갑자기 총을 든 공비한테 자칫 사살 당할 뻔 했군요.”

“그때, 까닥 잘못했으면 죽었을 꺼인디.”

담배를 연달아 빨고 김 노인은 멈춘 말을 이었다.

“차라리 그때 죽어 부렀으면 험한 꼴 안보고 얼마나 좋은가 말이여!”

혼자 넋두리를 한다.

“씹할 놈의 세상! 힘이 없어 개처럼 끌려 다니면서 허벌나게 고생하고 말이여 지금까지 그놈의 연좌제^{連坐制}때문에 자식들까지 피해를 보게 핸다 말이시. 지금은 없어졌지만 당시엔 면사무소에 가서 호적을 떼어 보면 옆으로 뻘건 줄이 두 줄로 쫙～～ 글거져 있당께로.”

“공비들이 어떻게 합디까?”

“와따, 공비 즈그들도 깜짝 놀라 갖고 처음에는 가슴팍에다 견주더니, 다시 옆구리에다 따발총을 갖다 댑디다. 손을 번쩍 들고 '나도 따라 갈라요.' 하자 총을 치우더라고요. 공비들이 웃으면서 어느 집에 사냐고 묻더라고 방금 나온 제사 지내는 집이라고 하자 다시 집으로 들어가 제사를 빨리 지내라고 하더라고요.”

토벌대보다 인간성이 훨씬 좋았다고 하였다. 그래서 자청해서 산으로 들어간 사람이 더러는 있었다고 하였다.

“어르신은 병역을 기피했습니까? 그 당시엔 스물 셋이면 군에 동원됐을 나이죠?”

“나가 말이요, 소여물을 썰다가 잘못하여 작두에 오른손가락 두 개가 한 마디씩 짤라져 부렀서라.”

오른손을 펴 보인다. 검지와 중지가 한 마디 정도 잘려나간 모습이다, 검지가 잘려나가 총 방아쇠를 당길 수 없어 징집대상에서 면제된 것이다.

“죄송합니다, 저는 전투하다가 부상당한 줄 알았습니다, 여동생을 두고 간 결정적인 이유가 있습니까?”

“제사를 지내고 음식을 먹은 뒤에 사정을 했지라. 제사 지내려 왔으나 학교도 가야하고 몸이 약해 히마리가 없을 뿐더러 우리 인척이 4명이나 간깨로 여동생은 놔두고 가자고 사정하였더니, 제사 음식으로 대접을 하였고 술도 거나하게 걸친 탓인지! 그렇게 하라고 하여 여동생과 옆집 친구 형수를 두고 산으로 들어가서 그날부터 나도 억지로 빨치산이 되었지라.”

그때의 전과로 자식이 사상 검증 때 비밀취급 부적격자로 판정이 난 것이다. 제사 지내려고 온 사촌형과 막내 당숙까지 강제로 또는 자청하여 동네 젊은이들이 산⏜사람이 된 것이다.

“산으로 끌려가서 전투를 하였습니까?”

“멀라고 꼬치꼬치 물었샀소? 손가락 병신이 어찌꾸롬 전투를 할 꺼이요? 보급대에서 노무자 생활만 했지.”

“억울한 누명을 벗겨 주려고 합니다.”

가자미눈으로 꼬나보던 김 노인은

“아이가, 텍도 없는 소릴 씨부리 쌓코 있네. 시방! 이띠깔로 어느 한 놈도 관심 가진 놈이 없었는디 무단시 쓰잘대가리 없는 고생해지 말고 내비도 부시오! 민주환가 먼가한 김영삼이하고 김대중이를 붓대롱에서 시느대나무 물이 줄줄 나올 정도로! 힘을 주어 꼭 쥐고 도장 찍었지만 즈그덜하고 운동한 사람들은 국가유공자 만들어갔고 보상해주고 울덜은 내 몰라라하고 너무 억울해 경상도 사람인 노무현이가 해 줄까 싶어 투표용지에 빵꾸가 날 정도로 힘주어 찍었지만 말짱 황이 되야 부렀소. 그놈들도 모두 히마리가 없어 못하였는디! 강 선생이 멀라고 비싼 지름_{기름} 많이 태워가며 헛일해고 바람난 과부집 개같이 싸돌아 댕기요?"

김 노인은 필터 가까이 타 들어간 담배꽁초에다 가래침을 뱉은 뒤 땅바닥에 놓고 구두 뒷굽으로 짓이겨 버린다.

나를 위 아래로 한번 꼬나 보더니,

"명함 좀 봅시다."

내가 의심스러운 모양이다. 2년을 넘게 찾은 증인이다. 그것도 빨치산의 산증인이다. 명함을 유심히 들여다보더니,

"소설은 인간을 만든다. 거짓말도 아니고 정말로 좋은 말인갑이요?."

명함에 쓰여 있는 글귀를 읽고 지갑을 꺼내 깊이 명함을 넣고 한참을 생각에 잠겨 있다가,

"이런 말은 절대로 안 하려고 했는디 당신을 믿고 처음 이야기허요. 글 쓰는 사람이고 당신 책 보니까 깡다구가 있어 보인게로 내 이름은 밝히지 말고 하씨요? 약속 지킬라요?"

"걱정 마십시오! 어르신 말고 두 명이 더 있는데 그분들은 가해자이고 어르신은 실존 빨치산이니까. 절대로 비밀로 하겠습니다."

나를 위아래로 쳐다보고 한참을 생각한 뒤 엄청난 이야기를 해 주었다.

"나가 이 이야그를 오늘날까지 하지 않은 것은 부역 땜시 경찰서 가서 피아노 치고_{전과자 조회 때 열 손가락 지문찍는 것}온 뒤 형사들에게 감시당하고 살아와서 그라요."

"20년 이상 된 비밀문서도 모두 해제되고 있습니다. 한국전쟁이 끝난 지가 반 세월이 지났고 또한 제가 익명으로 할 것입니다."

"강 선생이 글 잘못 써 가지고 나한테 피해가 쪼금만 있어도 책임져야 할 꺼인디 책임질라요?"

"어르신 저는 작가입니다. 걱정은 접어 두시고 겪은 데로만 이야기 해주면 절대 피해가 없게 하겠습니다."

김 노인은 나를 못 믿겠다는 것이다.

나는 준비해 간 신문보도 자료를 보여 주었다. 첫 작품 『애기하사 꼬마하사 병영일기 1·2권』 내용에 월남 고엽제가 아닌 휴전선 살포 폭로 기사이고, 4번째 작품 『쌍어속에 가야사』 김해시에 있는 김수로왕 능의 묘가 가짜 묘라고 한 월간지 서평을 비롯하여 신문 서평과 내가 북파공작원테러부대 출신이며 이번에 1·2권짜리 책을 출판하여 북에 가 간첩활동했던 사람들의 보상과 유공자 예우를 받게 하는데 큰 도움을 주었으며 이러한 사실을 국내 처음 밝힌 사람이라고 하자 도끼눈으로 한동안 노려보고 나서

"맨입으로는 못하겠소!"

술이라도 먹어야 말을 하겠다는 뜻이다.

나는 가게에서 캔 맥주와 소주를 사서 김 노인에게 맥주를 한 잔 권하였다.

"나는 술고래인께, 맥주는 싱거워서 못 묵으요. 강 선생도 촐촐할 꺼인디 입가심하시오."

소주잔이 연거푸 세 번이나 건네졌다. 김 노인은 오른손 엄지를 구부려 코에다 대고 누른 뒤 "팽"하고 코를 풀고 나서 담배를 꺼내 입에 물고 이야기를 시작하였다.

"나가 말이여, 제사를 지내고 산으로 가겠다고 하자. 빨갱이들도 여자들은 데려가지 않기로 하고 남자들만 데리고 간다는 허락이 떨어져서 밤 12시가 지나서야 제사가 끝난 뒤 제사 지내고 난 음식을 엄니가 보자기에 싸서 주더라고. 가면서 먹으란 것이제! 사촌형을 비롯하여 당숙과 함께 마을 사람들이 포함되어 12명이 산으로 올라 갔지라."

"여자들을 데리고 가지 않은 것이 천만 다행이군요?"

"워머, 동지섣달이라 바람은 쌩쌩 불지 높은 산으로 올라가니 기온이 낮아져 어찌꼬롬 추운지 얼굴이 찢어져 뿔라고 글드만! 앞에 가는 사람이 길이 없는 곳을 헤쳐 나가면서 솔가지를 밀고 가다가 사정없이 놔 뿐께 그것이 원위치 되면서 얼굴짝을 후려치니 회초리로 때린 것보다 더 아픈디 눈물이 찔끔찔끔 나오드란께. 그 짓을 하면서 아마도 서너 시간 정도 걸었을 것이여! 앞에서 사람들 웅성거린 소리가 들리더라고. 빨치산 본부에 도착한

것이지. 얼굴은 춥지만 마을에서 빼앗은 곡식을 등짐지고 험한 산 삐알^{가파른}비탈을 기어오르면서 얼마나 힘이 들었는지 온몸에 땀이 나서 바짓가랑이가 사타구니에 칙칙 갱기고 기어서 올라가느라 용을 써서 불알도 오그라들어 도토리만 해져 뿔드랑께!"

김 노인은 술기운이 들어 취기가 돌자 나에게 존대말이 하대말로 바뀌기도 한다.

"깜깜해서 얼굴이 잘 보이지 않고 간솔^{송진이 묻은 가지}에 불을 붙여서 얼굴을 보여주는데 완마, 쌍판때까리 본께 엄청 겁나 불더라고 면도를 안 한 얼굴에 세수도 못했는지 돼지 얼굴 갖드랑께!"

"산 속 생활 때문에 물이 없어 겨울 내내 제대로 씻지를 못해 그랬을 겁니다."

"동무들 잘 오셨습니다. 편안히 주무시고 내일 봅시다. 첫인사를 그렇게 끝내고 잠자리에 들었제."

"산이라서 무척 추울 텐데 잠이 옵디까?"

"계곡에다 돌을 쌓아서 담을 만들고 생솔가지와 새띠^{억새풀}로 겹겹이 울타리를 만들고 바닥에는 돌 자갈을 깔고 싸리나무를 낫으로 많이 베어서 깐 뒤 그 위에 낙엽을 수북이 깔아 놓았더라고 마을에서 뺏어간 솜이불을 덮고 잤는데 추워서 못 잔 것이 아니라 이가 많아서 긁어 대느라 잠을 못 자것 습디다."

"여자들도 있을 텐데요. 그들은 별도로 기거한데가 있습니까?"

그 말에 갑자기 눈을 크게 뜨며 '이 양반이'하더니 김 노인은 소주잔을 나에게 내민다.

"지금 빈속인데 더 하셔도 되겠습니까?"

"이까짓것 삥아리^{병아리}가 흘린 눈물 밖에 안 되는 술을 가지고 그요? 내려가다 전부다 목구멍에 묻어 뿔고 간에까지 기별도 안 가는데! 그래 쌌소?"

종이컵에 술을 반쯤 따르자 가득 채우도록 술잔을 들고 있다.

"입빠이 더 따러! 어허…… 잇빠이 따르랑께!"

가득 채우라고 한다. 잔이 넘치자 그때서야 벌컥벌컥 소리를 내며 마시고 '쪽' 소리를 낸 뒤 '카~하' 한다.

술을 좋아한다지만 연세도 있고 하여 얼굴엔 금새 취기가 돈다. 혀로 입 주위를 빙 돌려 입술에 묻은 술을 닦아 먹더니 '꺽'하고 트림을 한 번 하고서 이야기를 계속한다.

"여자들도 같이 붙어 잤지라. 따로 자려고 해도 무서우니 남자들 틈새서 잘라고 글드라구요. 여러 명이 뽀작뽀작 껴안고 잔께 어찌고롬 해 볼라고 한 사람도 없고!"

"……"

"아, 근디 강 선생은 멀라고 그런 것을 물어 보요?"

"여자들이 잡혀갔으니 궁금하지요?"

"여자들이 잡혀온 것이 아니라 자진해서 온 사람들이 더 많았어라."

"높은 산에서 춥고 물이 귀하여 살기가 무척이나 불편하였을 텐데 여자들이 자원해서 올 이유가 없지 않습니까?"

"완마, 작가 선생이람시롬. 그것도 몰라부요? 소설 쓰는 글쟁이는 작은 신神이라고 테레비 봉께 아나운서가 글든디."

"……"

"토벌대가 마누라를 비롯해 가족들을 모두 죽인다는 소문이 나돌아서 가족 중에서 다 큰 가이네들이 산으로 들어들 갔지라. 거기다 젊은 사람은 토벌대가 다 죽이고 마을을 불태운다고 하자 젊은 여편네들이 모두 산으로 도망간 기라."

"그 당시 지리산자락 마을들은 낮에는 대한민국 밤에는 인민공화국으로 뒤바뀌는 치하에서 살았으니 그 고통은 말로 표현하기 어려웠을 것입니다만! 연약한 여자들이 고통을 많이 당했겠군요?"

"하머! 뒤에 안 일이지만 밥도 해주고 옷 같은 것도 꿰매 주는 것을 했다고 그럽디다만 어쩌다 간간이 빨갱이 높은 놈들하고 빠구리 질도 했것제! 젊은 지집년과 사내놈들이 몸 부디끼며 같이 생활을 하는디 그런 일이 어찌 없을 라고!"

"빨치산이 된 뒤 무슨 일을 했습니까?"

"까마구 고기를 묵었나? 아까까도 말했는디, 나가 병신인디 그런 걸 쓰잘 때가리 없이 멀라고 자꾸 물어 보요?"

"건망증이 있어서…… 죄송합니다."

"젊은 사람이 못하는 소리가 없네! 토벌대와 전투도 안 하지 보급이 끊겨서 먹고 살기에 급급하여 밤이면 마을로 내려가 먹을 물과 양식을 뺏어 왔는데 우리들은 노무자 노릇만 했지라."

"매일 식량을 뺏어 갔는데 나올게 있었습니까? 토벌대가 온 마을을 쑥대밭으로 만든 뒤부터 어떻게 식량을 조달하였습니까?"

"그렁께로 우리들이 동원 되얐제 공비들이 지리산으로 들어온 뒤 식량을 전부 숨겼는데 마을 주민들이 죽고 일부 살아난 사람들이 전부 떠나자. 숨겨 놓은 장소를 안께로 밤에 가서 꺼내 왔제."

김 노인 말은 마을에서 잡혀갔던 자와 자진하여 빨갱이가 된 자들도 배고프니 숨겨 두었던 식량을 꺼내왔다고 하였다.

"불도 피울 수 없었을 텐데…… 생식을 했단 말입니까?"

"왜, 불을 못 피운 다요. 엄동설한이고 산이라 추운디?"

"연기가 나니 발각되어 토벌대가 공격해 오면 어쩔 것입니까?"

"토벌대요? 갸들, 무서워서 전쟁 제대로 한 번 못한 놈들인데 무슨 수로 높고 험악한 악산인 산 삐알을 공격해 올 꺼이요."

"한 번도 공격을 당해보지 않았단 말입니까?"

"그런 일은 처음에는 없었지라!"

"그렇다면 토벌대가 힘없는 양민들에게 광기를 부려 괴롭혔던 거군요?"

"워~머, 말해면 멋을 할 것이요. 두 번 말하면 잔소리고 세 번 말하면 숨이 차불지. 개자식들 불쌍한 사람만 죽이고 빨치산들과 전쟁 한 번 제대로 못한 그 아그새끼들이 군인이라고 더러워서……."

김 노인은 '까르륵'하고 가래를 끌어 올려 사정없이 뱉는다.

"참, 어르신 여동생과 마을에 남아 있는 가족은 어떻게 되었습니까?"

"완마, 니기미 씨발 억장이 무너질라고 헌디! 멀라고 그런 것까지 물으요? 그 생각만 하면 씨발 분이 시방까지 안 풀리요. 몽땅 죽어 뿌렀제."

"여동생도 말입니까?"

"여동생은 제사를 지내고 옆집 친구 형수를 합하여 젊은 지집들이 광주로 밤에 떠났기 때문에 목숨은 구했지만 말짱 황이 되야 뿌렀소!"

"왜요? 광주 시내로 갔지 않았습니까?"

"젊은 남자와 여자를 공출하듯이 데려가니 동네에 남아 있다간 무슨 사달이 날까봐서 시내로 갔는데 이튿날 가족을 싸그리 몰살 시켰으니 살면 머할 거요?"

"여동생은 살아 계십니까?"

"워머 워머, 지기미 떠거랄. 그 생각하면 나 시방 오장육부가 홀라당 뒤집어 질라그요!"

병에 남아 있는 소주를 병째로 마신 뒤

"개, 호로 자식들, 지금 그 놈들이 사는 곳을 알면 찾아가 땡볕 나는 날에 육철낫으로 배를 갈라 생간을 끄집어내어 배추김치 양념에다 버물어 버리고 창자를 끄집어내어 가시가 많은 탱자나무 울타리에 널어놓고 싶소. 시방!"

말을 끝낸 뒤 이리 저리 두리번거리며 술병을 찾는다.

"술, 쬐깐 더 묵었으면 좋컷는디! 어쩌까이?"

술병을 찾으려 것을 보고 나는 술병을 감추어 버렸다. 더 먹으면 오늘 녹취는 끝날 것 같기 때문이다. 술로 울분을 참으려는 김 노인은 한평생 살아오면서 가족이 생각나면 술로 한을 달랬을 것이다. 자리에서 벌떡 일어난 김 노인은 끓어오르는 분을 삭이지 못하여 성난 황소처럼 코 바람을 씩씩 불어 대며 엉거주춤한 자세로 공터를 두 바퀴 돌더니 '철퍼덕'하고 맨땅에 앉아 버린다.

"워머, 워머 느기미 떡을 할 것 오늘 나가 싹 까발래 버릴라요. 강 선생!

잘 쓰시오 이. 우리 여동생 인물이 반반했는데 이 오빠가 부역을 하였고 부모형제들이 빨치산 가족으로 몰려 몰살당했으니 취직도 안 되고 뭘 좀 하려고 하면 경찰서에 끄네끼에 묶인 개처럼 끌려가 피아노 친열손가락 지문 찍은 것 오빠 때문에 아무것도 못하였소. 그 당시 여고 졸업하면 국민학교 선생을 할 수 있었는데 나 때문에 말짱 헛것이 된 것이제! 결국은 참말로 부끄러운 일이지만 광주 양동서 술집 작부 짓까지 하다가 얼굴 잘난 것 때문에 공무원과 결혼하였는데 광주 민주화인가 뭔가 때문에 신원 조사를 하게 되었다요. 6.25때 이놈의 전과가 드러나 신랑과 옥신각신 하다가 그라목손을 먹고 죽어 뿌렸소. 워머 워머 속 터져!”

김 노인은 말을 끝내고 가슴을 주먹으로 북을 치듯 두드린다.

옛일을 끄집어 낸 데다 술까지 먹었으니 감정이 격해진 상태다.

“그 짠한 것이 징하고 독하게 그라목손일반 농약은 먹고 즉시 위세척을 하면 살릴 수가 있는데 그라목손이라는 제초제는 소량만 먹어도 결국 풀잎이 시들시들 말라 죽듯이 죽음에 이른다을 묵어 뿔끄이요.”

김 노인이 또다시 자리를 박차고 일어나는 것을 보고 걱정되었다.

“워머, 나가 시방 횟 간이 발라당 뒤집어질라 그러네! 참말로…….”

김 노인은 담배를 물고서 호주머니를 이리저리 뒤져보고.

“번개통 있으면 좀 주씨요.”

“……”

라이터를 찾았다. 내가 라이터를 집어 주자 불을 붙이고 다시 땅에 내려놓는다. 김 노인을 혼자 두고 언덕으로 올라갔다. 멀리 지리산 자락 끝을 보니 온갖 풍상 속에 곧게 자라지도 못한 노송 밑으로 옹기종기 소담스레 앉아 있는 늙은 집들이 예스런 정취를 더한다. 작은 계곡을 따라 도란거리며 흐르는 개울물 소리가 흘러간 세월 속에 억울하게 죽어간 그때 그 사람들의 원한의 숨소리가 되어서 들리는 듯하다. 태고太古 때부터 산중턱에 앉아 있었던 기암奇岩들은 62년 전 아비규환의 생지옥을 지켜보았을 텐데! 풀 이끼가 말라 버린 자귀 목에 물감을 덧칠하 듯 군데군데 자생하고 생명을 다한 고목이 군데군데 을씨년스레 서 있다. 앙상한 두 어깨를 들썩이며 통한의 눈물을 흘리는 김 노인을 멀리서 쳐다보며 이런 생각 저런 생각에 젖어 있는데,

"어이, 강 선생! 갈 길도 솔찬히 멀꺼인디! 언능 오씨요."

빨리 오라는 손짓을 한다.

"네, 알겠습니다."

천천히 다가가자.

"오늘 밑천을 다 털어 놀랑께로. 어와 나에로 뽀짝 앙거부시요."

김 노인은 내가 경남 김해서 왔다는 것을 알고 갈 길이 멀다고 걱정을 한다. 김 노인을 마주보고 앉자 뼈만 남은 앙상한 손으로 어깨를 잡아끌며 울어서 잠긴 목소리로 "강 선생!" 하고 부른다. 잔술에 불과해진 얼굴엔 수많은 크고 작은 주름살 구리 빛처럼 타버린 깡마른 얼굴에 흘러내린 눈물 자국으로 얼룩진 김 노인을 정면으로 바라보지 못하고 외면하고 지리산 고봉을 응시하고 있는 나에게,

"이쪽으로 뽀짝 앙그란께요!"

정작 말을 걸어올 쪽이 입을 다물고 있으니 멋쩍었던지 껄껄 웃는다.

"어와, 나테로 더 가찹게 앙그랑께 그러네……. 선생! 갈 길도 여기서 솔찬히 멀꺼인디."

"늦으면 하룻밤을 자도 상관없습니다."

궁둥이를 약간 움직여 내가 바짝 다가앉자,

"지금부터 하는 말은 처음으로 하는 말이니께 잘 들으씨요? 절대로 안 하려고 그랬는디 강 선생이 믿음이 가서 이야기하요. 나도 얼마 안 있으면 저승사자 소환장이나 기다릴 나이 아니요. 쩌그, 머시다냐! 인육人肉먹은 적은 없지라?"

"……"

내가 피해자들한테서 들은 적은 있지만 살아있는 빨치산 요원에게서는 처음 듣는다. 설마 하였는데 김 노인 표정으로 보아서 사실인 듯하다. 김 노

인은 얼굴에 바짝 갖다 대고 말라 처진 눈꺼풀을 깜박이며 표정을 살핀다. 내가 특수 부대 요원이라 그런 훈련도 받았느냐는 뜻이다.

북파 공작원들 테러부대 지옥 교육 중 생존 투쟁 훈련 과목 안에 생식 훈련이 있으나 인육관련 과목은 없다.

"설마, 사람고기를 먹을 수 있습니까?"

"배고프면 묵을 수 있것제!"

"아프리카 식인종도 아니고……. 외국에선 그런 말은 있기는 하지만, 우리나라에선 확인된 것이 없지요."

"3일만 굶으면 갓을 쓴 양반 놈도 남의 집 담을 넘는다. 안 급디요?"

"그거야 전해져 내려온 속담이 아닙니까?"

"워머! 니기미 씨벌 춥고 배고프니 굶는 것도 추운 것보다 훨씬 더 힘이 듭디다!"

"어르신! 정말로 인육을 먹었다 말씀이십니까?"

"……"

잠시 말은 중단한 김 노인은 양 미간을 한 번 찌푸리더니 입을 연다.

"나도 처음에는 머신지 몰르고 묵었는디, 인육을 먹고 3일 뒤에나 알았제. 사람고기인 줄 알고 먹는 사람이 있것소?"

"운동선수를 태우고 가던 비행기가 갑자기 추락하여 눈으로 덮인 험준한 산 속에 식품이 떨어져 죽은 인육을 먹고 두 달 이상 견딘 사건이 있어 그것을 토대로 한 실화영화를 보았습니다만, 정말 그 당시 그런 일이 있었군요."

"나가 시방 하는 말도 구라^{거짓말}까는 것이 아니랑께로 그러네. 나가 그 사실을 모두 아니깐……. '확' 까발래 뿐다 안 급디요?"

'993년 국내 상영된 영화 『얼라이브^{Alive}』 이야기이다. 1972년 10월 전세비행기가 남미 안데스산맥에 추락했다. 구조대는 72일 만에 사건현장에 도착했고 우루과이대학 럭비선수 16명을 구조했다. 구조대는 이들이 의외로 건강한 것을 의아했다. 그 궁금증은 이내 풀렸다. 사망한 탑승객의 인육을 먹으며 버텄던 것이다. 40년 전 45명이 탑승했던 전세비행기는 조종사의 실수로 안데스 산맥 해발 35킬로미터 지점에 추락, 그 충격으로 13명이 즉사했다. 사망자 중에는 선수 외에 선수의 부모와 여동생 등도 있었다. 비행기에 있던 몇 조각의 초콜릿과 포도주로 연명하며 구조를 기다리던 중 "당국이 구조를 포기했다"라는 라디오 뉴스를 들었다. 생존자들은 잠시 절망감을 떨치고 눈 속에 파묻었던 동료들 시신을 끄집어내어 유리창 파편으로 시체를 얇게 썰어 비행기 동체에 널었다가 태양열에 익혀지면 먹었다. 인육을 먹을 수 없다고 버티던 몇 사람이 죽었고, 1주일 뒤엔 눈사태로 8명이 더 숨졌다. 이들 역시 식량이 됐다. 두 달쯤 지나 일행 중 2명이 구조를 요청하려 나섰다. "더 이상 먹을 것이 없을 때까지는 제발 내 어머니와 여동생의 시신은 건드리지 말아 달라."고 부탁한 뒤 떠난 두 학생은 열흘간 혹한의 눈 속에서 추위와 배고픔을 견뎌내고, 마침내 한 목장지기를 발견해 구조를 요청하여 즉각 출동한 구조대에 의해 나머지 동료들을 살려냈다는 실화를 영화한 것이다.

처음에는 동네 주민들과 식량을 얻어가서 먹거나 강제로 공출하여 먹고 지냈으나 병참 보급이 완전히 차단된 뒤라 전쟁을 할 무기와 탄약이 급한 것이 아니라 먹을 것이 문제가 되었다. 하루에 한 끼 식사도 힘들었다. 덮친데 겹친다고 날은 춥고 배는 허기가 지니 엄동설한에 추위는 배가 되어서 급기야 굶어죽는 자가 생겨났다. 낮에는 토벌대 때문에 하산을 자제하였고 밤에만 하산하여 마을을 찾아들었다. 국군 토벌대가 주민을 학살하고 마을에 불을 질러 폐허로 만들어놓고 떠났기 때문에 그 동안 감추어 둔 식량을 찾아 와서 겨우 한 끼 식사라도 가능했으나 토벌대 병력이 증강되어 마을 입구에 경비를 강화하고 공비들의 하산을 적극 저지함으로서 빨치산들에게는 퇴로가 차단된 인민군 잔당이 지리산 계곡으로 많이 모여들면서 식량은 급속도로 소모되기 시작하여 급기야 3~4일에 한 끼로 때우는 사태까지 되어 버린 것이다. 집을 뛰쳐나온 개들과 돼지를 잡으려고 사냥 팀이 만들어 졌다는 얘기도 있다. 주변 마을이 폐허가 되어 버리자 밤길 수 십리를 걸어가 식량을 강탈해 오기 시작하였다. 부대 전체가 모여 산에서 지냈는데 식량이 떨어지자 작은 부대 단위로 나누어서 이동하기 시작했다. '중공군이 반격해 오니 곧 인민이 해방될 것이다. 그들이 올 때까지만 각 부대 단위로 자체 식량은 조달하라는 지시가 빨치산에게 떨어진 것이다.

"어느 날 밤이었지요. 된장국이 나왔는데 고기가 많이 들어 갔더라구요! 개고기인줄 알았어요. 냄새도 된장국에다 그을린 고기인데 너무 맛이 있어 그날따라 배부르게 먹었지라. 밥을 먹고 한식경이나 지난 뒤 물이 먹고 싶어, 식당으로 갔는데 취사를 하던 자들이 밥을 먹는데 된장과 고추장을 섞어 밥을 비벼 먹고 있어 '국은 안 먹느냐? 모자라느냐? 하면서 솥뚜껑을 열어보니 솥에는 국과 고기 덩어리가 많이 있어 '왕건이가 많이 있네'하며 국을 떠 가려하자 '높은 사람 줄려고 남겨 놓은 것이다'하여 그런가 싶어 그냥 잠이 들었는데 이튿날 이상한 소문이 떠돌기 시작했지라, 식량을 구하려 갔다온 자들이 마을에서 들은 이야기라면서 다리 거리에서 죽은 사람이 뼈만 남고 살점이 다 떨어져 나가고 없는데 짐승이 먹은 흔적이 아니라 칼로 떼어 낸 자국이라고 소문이 퍼져 가 보았더니, 진짜 뼈만 남은 세 구의 시체 옆에 개를 그슬린 흔적이 있었다고 하였다. 입소문이 퍼져 확인한 바 식량을 구하러 갔던 팀이 개를 잡고 난 뒤 인육을 가져와 개고기와 섞어서 된장을 풀어 넣고 국을 끓인 것이다 이 말입니다."

"조선실록기록에도 임진난 7년 전쟁으로 인하여 기근이 심해 사람고기를 먹었다는 기록이 있습니다. 조선 사람이건 왜놈이건 전사자들을 먹었다는 것이지요! 그러한데 한국전쟁으로 인하여 그런 일이 있었다는 것은 처음 듣는 이야기이군요! 당시에 어르신이 먹은 고깃국이……. 정말 사람 고기였단 말입니까?"

"캄캄한 밤인디, 설마 사람고기인줄 누가 어치고로 알았것소. 아! 알면 아무도 안 묵제! 안 그요? 개고기하고 사람고기하고 섞어 된장과 무시래기를 넣고 버무러 갖고 국을 끓였으니 누가 알 것이요?"

밤이라 잘 보이지도 않고, 개고기 누린 냄새와 된장 냄새 때문에 알 수 없었고 일주일 동안 하루 한 끼 식사를 하였기 때문에 배가 고파 모처럼 인육 고깃국에 잔치를 한 것이다. 인간은 생존 경쟁이 해결된 뒤에야 무엇을 할 것인가를 생각할 수 있다 라는 말이 이러한 사건에 맞는 것이 아닐까!

식량 구하러 간 사람들이 소문을 듣지 않았다면 아무도 모를 일이고 개고기 보신탕 먹은 것이라고 넘어 갈 일이었다.

"앞서 이야기하시기를 생식을 한 것이 아니고 밥을 해 먹고 국을 끓어 먹었다면, 집결지가 알려질 것이고 토벌대가 소탕작전을 벌일 수 있었을 텐데, 그것이 궁금합니다."

"추운 겨울이고 산 위쪽에서 생활하는데 뜨거운 밥이나 국물을 먹지 않으면 어떻게 살 것이요? 마을에서 동원된 가마솥에다 밥도 하고 국도 끓여 먹었제!"

"음식을 만들 때면 연기가 피어오르기 때문에 토벌대가 은신처를 발견하고 공격해 오지 않았습니까?"

"처음에는 여기가 빨치산 은신처다. 공격할테면 마음대로 해보란 듯이 밤이고 낮이고 불을 피워서 밥을 해먹었지 그것뿐이 간다……. 농악대를 만들어 꽹과리도 치고 징도 치고 북도 두드려 토벌대의 약을 이빠이 올렸는데! 단 한 번도 습격을 해오지 않았지라. 특히 마을로 내려갈 때는 농악놀이를 하며 지랄난리굿을 떨고 했당께. 산 속에서 대기하고 있다가 공격해 오면 우리는 방어를 했응께 토벌대보다 훨씬 유리한 조건에서 싸웠고 실제 전투해본 인민군 그 자식들 이야기로는 따발총을 쏘면 토벌대가 대항하여 쏘는데 총알이 하나도 안 날아오더라는 것이요. 아그들이 전부 어만디다 쏜 것이제! 따발총은 기관총처럼 따르르~륵 하고 순식간에 수백 발이 날아가니 제대로 훈련도 받지 않은 토벌대는 사냥개한테 쫓겨 도망가는 꿩이 다급하면 대가리를 아무 곳에나 머리를 쳐 박고 안 숨웁디요? 토벌대도 총알이 날라 오니 꿩처럼 머리를 숙이고 사격을 하니 마치 하늘에다 쏘는 것이나 매 한가지지 그때 하나님 궁둥이는 허벌나게 총알 마졌을 꺼그만! 예비당에 댕기는 사람들이 이 사실을 알면 엄청 뿔다구 낼 일이여!"

"맞는 말입니다. 정조준하여 쏘아도 잘 맞지 않아 훈련소에서 뺑뺑이 돌고 원산폭격 기압을 받았는데 고개 숙이고 쏘면 총알이 하늘로 전부 날아갔을 것입니다."

"그러니까 토벌대가 동네서 미친 지랄염병을 떨었제! 도통 산에서 연기를 피우고 우리 여기 있으니 올 테면 와 바라 하면서 밥을 해먹었지."

"결국은 소탕되었지 않았습니까?"

"전쟁을 하여 소탕된 것이 아니여! 식량 보급과 총알 보급이 안되어 소탕되었그만. 총알이 떨어져 죽창을 맹글어 싸웠당께. 총알이 떨어지고 식량이 떨어진 것을 알고 습격해 왔는데 그때부터는 불리하여 밥을 하는데도 기술적으로 하였구만……. 굼벵이도 궁굴^{구르는}재주가 있는 거시여!"

"저도 적진에서 연기를 내지 않고 낮에 밥을 하는 것은 배웠습니다. 반합에다 하기 때문에 적은 양 이었고 마른나무로 하면서 밥이 끓어 넘을 때쯤 밥물이 넘어서 불에 떨어지지 않게만 하면 연기가 안 나게 할 수는 있습니다만 많은 사람들의 밥을 지을 때는 어려웠을 것인데요?"

"그랑께로 기술적으로 했당께 그러네. 오늘 좋은 것 다 갤차주네 참말로 그냥! 하루는 인민군 대장이 나와서 밥솥을 걸게 하고 연기 나갈 턱쪼가리^{밥솥을 걸고 뒤쪽 굴뚝 낼 자리}부터 호리가다를 파라고 하여 일렬로 늘어서서 한 사람 당 무릎이 다 들어 갈 정도로 호리가다를 만들었제. 자기가 팔 10미터 정도 할당량을 주니 순식간에 파뿔든마. 한고랑 당 200미터 이상 될 것이여 솥단지 하나 걸면 그러한 것은 서 너 개 만들지. 처먹고 하는 일 없응께 그것도 재미나더라고. 호리가다 폭은 처음 시작한 곳은 석자 정도에서 점점 좁게 파고 뒤끝에 가서는 깊게 파 안방 구들장 고래구멍^{연기가 잘빠지게 굴뚝 곁을 깊게 파면 그곳에서 연기와 공기 소용돌이에 빨려 불이 아궁이에서 잘 타고 굴뚝에서 연기가 잘 나간다}같이 만들고 호리가다를 만든 다음 솔갱이^{소나무 가지}로 흙이 안 빠질 정도로 덮은 다음 흙으로 덮으면 200미터 이상 된 곳을 연기가 빠져나가면서 솔잎 사이에 머문 연기가 정화되어 나가기 때문에 낮에 불을 때어도 연기가 나지 않게 음식을 맹글어 묵었제. 강 선생! 내말을 들어 봉께로 어치요? 기똥차불제?"

"……듣고 보니 무척이나 재미있습니다."

"와따매, 강 선생! 인자서 무자게 잼진다고라?"

한 곳으로만 연기가 나가는 것이 아니라 그러한 통로를 3~4개 정도로 만들어 불을 지핀다면 연기가 나지 않았을 것이다. 열심히 체크하고 있는 나에게 좋은 것은 가르쳐 주었다고 녹취 중에 제일 기분 좋은 얼굴로 쳐다본다.

"나, 근디 술을 쬐깐 더 묵었쓰면 쓰것는디! 어쩨께라 나가 시방 훗딱가서 소주 딴도병^{작은병} 한 개 사서 올랑께. 강 선생은 여그 그냥 앙거 있쓰시오."

한참 열변을 하더니 목이 마르나 술을 더 먹고 싶은 생각이 나는 모양이다. 바지에 떨어진 담뱃재를 툭툭 털어내고 일어나는 것을 보고 나는 노인이 모르게 가방 속에 숨겼던 소주병을 꺼내주고 가게로 갔다. 컵라면 두 개를 사고 마른안주를 사서 돌아오자,

"와따메, 글쓰는 사람 머리빡 영리하다 글드만……. 눈치가 겁나불게 빠르요이! 사실은 나도 솔찬히 시장기가 있었는디!"

컵라면을 받아 들고 뜨거워서 입으로 불어 식혀가며 홀짝 홀짝 조금씩 국물만 마신다. 소주병을 보니 가게 갔다 온 사이에 마셔버려 반병 정도 남아 있다. 술병을 한쪽으로 치워버렸다.

"음맘마, 되게 걱정 많이 하네! 이띠깔로 공골로 얻어먹기만 하여 미안하요만! 이 나이에 쥐약^{소주} 없으면 나가 무슨 낙으로 산다요? 걱정하지 마씨요."

"어르신, 이것만 먹고 끝냅시다."

"와따, 이 양반이! 젊었을 땐 됫병으로 마셨승께 좋아하는 술 때문에 동지섣달 지리산 골짜기 헤집고 나온 칼바람이 문풍지 사이로 들어와 긴긴밤 어깨가 시려 아랫목을 차지한 밀주 술 단지가 미웠지만 꾹꾹 참고 견뎌냈는데! 이 나이에 술을 참고 어찌꼬롬 살 거이요? 나, 죽어도 강 선생이 개아춤에 돈 꺼내 초상칠 일이 아닌께로 걱정일랑 가다가 섬진강 다리발에다 묶어 나부시요."

"이젠 연세도 연세인 만큼 조금씩 양을 줄이고 담배도 적게 피우세요."

"아이고, 효자 났네. 효자 났어! 시방……. 아, 술 담배 해로운 것 누가 모를 꺼시오? 낙이 없어서 그 동안 살아온 것이 요모양 요꼴로 살았승께로 묵을 것은 다묵고 죽어야제! 그 머시기냐? 잘먹고 죽은 귀신은 얼굴색도 곱다고 안급디요?"

김 노인은 라면 국물만 먹고 면은 그대로 남겨놓는다. 시장할테고 독한 술 먹어 속 버릴테니 그만 먹으라고 하였더니 요새는 밀가루 음식만 먹으면 속이 메슥거린다고 하였다. 전쟁 끝나고 교도소에 갔다 온 뒤 강냉이가루죽, 밀가루죽을 원도 한도 없이 먹었노라 하였다.

"산속 생활을 어떻게 마무리하였습니까?"

"날은 춥고 끼니는 거르는 날들이 많아지자 산 속에서 동요가 일기 시작하였지요. 배고픔을 못 참아 이탈하는 자가 많아지기 시작하였고 무리에서 이탈하다가 토벌대에 사로잡힌 자들이 있어서 산속 사정을 알고 있기 때문에 그들과 같이 토벌대가 작전을 시작하자 점점 세력이 약해지기 시작하였는데 그 원인은 병참보급과 특히 탄약보급이 안돼 죽창으로 싸울 수밖에 없는 지경에 이르게 된 것이지요!"

처음에는 버젓이 밤이고 낮이고 밥을 해먹고 농악놀이를 하면서 약을 올렸으나 토벌대에 60미리 81미리 곡사포와 57미리 직사포를 비롯하여 3.5인치 무반동 로켓포 등이 보급되자 빨치산 거점에 집중적으로 포사격이 시작되어 완전히 사기가 꺾이게 된 것이다.

"왔다메, 슝~슝 소리가 나면 겁이 나서 가슴이 벌렁 벌렁해서 돌이나 나무 뒤로 숨기에 바빴지라."

"혼이 났겠군요?"

"먼디서 포를 사격하니까 포알이 먼저 떨어진 뒤 '꽈 ~ 광'하는 거여, 꼴랑지에 불붙은 개처럼 이리 뛰고 저리 뛰느라고 정신이 없었지라. 포 한 번 쏘면 두 번씩 '쾅~~쾅'거리는데 쏠 때 '쾅'하지 포탄이 떨어지면서 '꽝'해 정신을 차릴 수가 없습디다. 글고 말이여 파편이 우박처럼 쏟아 진께로 겁나게 겁나디다."

"장거리에서 사격을 하니 사격할 때 나는 소리와 포알이 떨어질 때 소리가 거의 동시에 나는 것 같이 들렸을 것입니다."

"소탕되던 아침 나절에 쌕쌕이가 날라 와서 폭탄을 무자게 많이 온 까끔山에다 까마구가 똥을 싸뎃기 여그 저그다가 널차다. 전쟁 나고 나도 가까이서 비행기를 처음 봤는디 비행기 표 딱지를 봉께로 동그라미가 세 개인데……. 꺼멋고, 햐야코. 또 꺼멋습디다!"

"……?"

"갑자기 꿀을 먹은 버버리벙어리가 돼 부랏다요? 멀라고 뻔이 쳐다보요? 시방 나 얼굴에 머시 묻었소?"

"아닙니다. 아무것도 묻지 않았습니다."

"근디 멀라고 나 얼굴을 뽀짝 들다 보면서 멀뚱멀뚱 쳐다 봐 뿌요?"

"어르신! 쌕쌕이가 무슨 뜻입니까?"

"음 맘마, 강 선생도 알고 봉께로 솔찬히 모른 것도 있소? 이승만이 처가집 나라 그, 머시다냐? 이대통령 안사람을 호주댁이라고 택호를 부릅디요? 그 나라에서 온 비행기제. 그것도 모르요?"

"호주에서 참전한 전투기를 말하는군요?"

"와따! 맞어 부럿소. 그것이 이쪽에서 저쪽 산을 넘어갈 때 보면 소리가 쌕~쌕 하고 씨~웅하고 날아가는데 눈 깜짝 할 사이에 사라지는 거여! 그래서 쌕쌕이라 이름을 지은 모양이여! 갑자기 포 사격이 끝나고 쌕쌕이가 여섯 대씩 짝을 지어 교대로 몰려와 닥깡단무지무시 같은 것을 겁나불게 많이 온 까끔에다 널차 뿐께, 정신이 더 없습디다."

"육군과 공군의 합동 작전을 하면서 폭탄을 투하했군요?"

"워머, 워머. 겁나 뿔등거! 그렇게 반시간 정도 천둥 번개 치는 것 같이 요란을 떨고 나니까! 아 토벌대 그 잡것들이 산 삐알 고바이를 올라오면서 총공격이 시작되었는데, 마을에서 살아남은 사람 또는 토벌대가 지나가지 않은 마을 일가 친척이 총공격 때 가족의 시체를 찾으려고 토벌대와 합류하여 몰려오는 바람에 운 좋게 살아 남았지라."

“토벌대가 어르신을 잡은 현장에서 즉결 처분을 하지 않은 이유는 무엇 때문인가요?”

“총공격 때 이우재 동네 사는 외삼촌이 경찰이었는데 토벌대와 같이 작전을 하여 나를 본 것이지요. 경찰과 합동작전을 했기 때문에 토벌대 맘대로 현장에서 못죽인 것이지요! 토벌대 장교가 분류 작업을 끝내고 젊은 사람은 따로 모이게 하더니 즉결처분하려고 무릎을 꿇어 앉게 하더라고요. 아이고 엄니 죽었구나 싶었는데! 삼촌이 본 것이지요. 여자나 나이 많은 남자는 부역에 동원됐던 사람으로 분류되어 사살을 면하고 젊은 남자는 골수 빨치산이라는 토벌대 장교의 판단으로 현장 사살을 지시한 것인데 외삼촌이 경찰이어서 화를 면하게 된 것이지라. 글고 말이여 토벌대 아그들이 어만디다 포를 사격해서 죽지 않고 살아난 것이제!”

“현장에 있는 사람들이 빨치산이 아니라는 것을 증언해 주었군요?”

“선영先塋이 돌봐 준 것이제.”

“아니, 이제껏 작전권 안에 있는 마을을 초토화시키고 양민을 몰살하다시피 하였는데 빨치산이 된 어르신을 살려 주는 것은 저로서는 이해가 가지 않는데요.”

“그런 것이 아니고라. 그 당시 빨치산들이 공무원 가족과 부농 가족을 못살게 하였고 많은 죽임을 당하고 괴롭힘을 당했지라.”

“제가 지금 판단해 보아도 어르신은 빨치산인데 삼촌이 경찰이라고 너무 특혜를 준 것 같군요?”

“와따메……. 참말로, 강 선생! 그때 나가 총에 맞아 죽어 부럿으면 지금 강 선생하고 말장난하고 있것소?”

화를 내며 흘겨본다.

“……”

김 노인이 화를 내어 멋적어 하자.

“와따, 강씨 아니라깨비, 금방 토라져 부요? 글면 나가 잼진 이야기 한 자루 해 주부러야 쓰것 그만!”

"……"

옆 눈으로 흘끗 쳐다보고 나서 이야기를 시작했다.

"우리 삼촌이 나무 잎사구 하나짜리 계급장을 달고. 밤에 지서 보초를 하고 있는데 김종원이가 순찰을 나왔다요, 김종원이가 막대기^{지휘봉}로 가슴을 쿡 찌르면서 내가 누구냐고 묻드라요."

"토벌대 작전 지역에 암행시찰을 나왔군요"

"군기병^{초창기 헌병}이 부산 경남 군사부 사령관인 백두산 호랑이^{김종원의 별명}이라고 미리 갤차 줘서 "아구야 죽었구나!"하고 "충성! 백두산호랑이 김종원 계엄사령관입니다"하고 겁나 불게 크게 대답을 하니. 껄껄 웃드라요. "그러면 너는 누구냐?"하고 물어서 "호랑이 새끼입니다"했다요. 김종원을 똑바로 쳐다보고 당신 새끼라는 뜻으로 말하자 기분이 겁나 불게 좋은지 껄껄 웃고 나서 지서장을 찾더니 집에 잠시 볼일 보러 갔다고 하자 갑자기 엄청나게 뿔다구 내면서 당장에 찾아오라 하여 지서 소사^{잡일을 하는 사환}가 득달같이 달려가서 지서장을 데려 오자 그 자리에서 지서장 계급장을 뜯어내어 삼촌에게 직접 달아주면서 "오늘부터 자네가 지서장이다"하고 명령을 해 불어 지서장이 돼야부렀다요."

"계엄 상태 하에 하늘같은 권력을 휘두르는 계엄사령관이 전시 시찰을 나왔는데 근무지를 이탈한 책임을 물어 징계를 하였겠죠!. 김종원이가 살려준 것이나 다름없군요? 김종원이가 따지고 보면 부산 경남 계엄사령관이데, 전라도까지 전시 시찰을 한 것 때문에 삼촌이 진급됐으니 어르신의 목숨을 구한 거나 다름없고요?"

"당시만 하여도 높은 놈인께! 김종원이가 지 좆, 대그빡 꼴린 대로 해부렀다 이 말이지라!"

"……"

"그라니께 나는 경찰 가족이니께 강제로 끌려가 그동안 무지하게 고생했다고 생각하여 살려준 것이고 경찰과 합동작전을 하여 부역에 동원된 사람들 중에 늙은이와 부녀자는 살려준 것이지만 그곳에서 죽지 않고 사로잡힌 사람은 모두 피아노를 쳤기 때문에 전과 기록에 올라간 것이 제 호적에 빨간 두 줄이 옆으로 삐딱하게 긁어져 부러서 사람행세를 못한 것이요!"

"토벌대에 체포되어 어떻게 되었습니까?"

"산에서 내려와 유치장에 들어갔는데……. 워머 워머 징하든마! 매일 밤 간수 놈들이 도리깨로 콩 타작하듯! 복날 개를 두둘겨 패듯이 빳따 방망이로 사람을 치는데 생똥이 나오도록 매타작하는 것에 견디지 못하여 반항하다가 총살당하는 사람이 있습디다. 감악소 안에 피가 홍건히 나와 말라 있는 것을 보면 뻘건 뻥기가 엎질러져 있는 것 같은디! 밤에 시체를 치우지 않아 겁도 나불고 쿰쿰하고 누리끼리한 피 냄새 때문에 개악질이 나와 죽겄습디다. 참말로 오지게 얻어터지고 삼촌 빽으로 나왔지만! 지금도 날구지 하면 온 뼈마디 삭신이 욱신거려 죽을 지경이랑께. 사실대로 안 까발린다고 도리깨로 보리타작하듯이 몽둥이로 패고 난 뒤 사람을 군화발로 못자리 밟듯이 볼바 부러서 형기 끝내고 사회 나왔어도 전부 골병이 들어 사람 구실 못한 사람이 수두룩 벅썩하요."

당시 지리산 자락에 살고 있던 양민들이 빨치산에 협조하였을 지라도 당시로선 그것을 증명할 길은 없다. 그런데도 토벌대는 순진한 양민을 향하여 총을 쏘아야 했을까? 그것이 단지 명령 때문에 이루어졌던 일이었을까?

"장시간 아픈 상처를 건드려 죄송합니다. 누군가가 증언했어야 할 역사의 비극을 재야 사학자에게 충실히 증언 해주어 감사합니다. 다시 찾아뵙는 날까지 몸 건강하게 지내십시오!"

"그럴라요? 먼 길 오느라, 취재할라. 오늘은 솔찮히 힘들 것인디! 드문드문 총총 놀면서가다가 자주 쉬면서 가시오."

"염려하지 마세요."

"늙은 사람이 한마디 해것는디, 고향은 자주 댕기는가 모르것소만! 고향은 식은 밥 묵댓기 댕겨야 하는 법인께. 한번 타고난 사람 목심 무서울 것이 머시 있다요만! 쫘~악 글거불고 날라 가는 화살촉처럼 화끈하게 살다가는 것이 인생이것제! 안 그라요?"

"맞는 이야기입니다!"

"나가 그냥. 이때까지 야물딱지게 잘 살아보지도 못하고 벌써 저승사자 소환장만 기다리는 신세가 돼 부렀소만! 지금이라도 닭장 지키는 간수 놈 행여 길거리에서 부닥치면 큰 봇돌_{냇가에 있는 반질반질한 돌}로 대갈통 뒤통수를 사정없이 찍어 뿔고 싶으요. 강 선생! 지금가면 언제나 볼까이?"

"책이 출판되면 꼭 찾아뵙겠습니다."

"그럴라요? 꼭 오소. 나가 돈이 없으면 똥갈보 기집년 비싼 전대_{허리띠 속에 감추어둔 비상금} 돈이라도 빌려서 책을 사서 볼랑께로……."

"책은 염려 마십시오. 몇 권 드리겠습니다."

"워머! 말이라도 고마워 뿐거! 그때 또 봅시다. 그라면, 나 시방 멀리 안 나설랑께 조심해 가더라고. 갈 길이 멀다고 싸게 싸게 갈라 글지 말고, 밤이 되면 등거리에 불 달고_{영업용 표시 등} 댕기는 번개차_{총알택시}가 오지게 많이 댕겨서 88고속도로 사고 무자게 많이 낭께!"

차가 속력을 가하자 귀 전에 투박한 전라도 사투리가 잔울림을 남기며 바람 가르는 소리만 차창을 때린다.

물지마 관광

“잠을 좀 편하게 자게 해 주면 안 되나?”

“……”

“어휴! 귀찮아 죽겠다. 피를 말려 죽여라. 매일 밤 이런 식으로 잠을 못 자게 보대끼면, 내 몸이 무쇠라도 못 견딜 것이다!”

“……”

“푹푹 찌는 이 무더위 때문에 폭발하기 직전이다! 위에서 빨던지……. 아래쪽으로 내려가 빨아주니 간지러워 미치겠다.”

“애～앵……?”

“이 무더운 날 하룻밤도 편히 잠을 자게 놔두지를 않으니, 피곤해서 살 수 있겠냐? 내 몸이 천하장사도 아니고, 훌렁 벗고 드러누울 테니 네 마음대로 실컷 물어뜯고 빨고 해라, 기쁨조가 돼주지!”

화가 난 서백수씨는 자리에서 벌떡 일어서서 내의셔츠를 벗어 발로 차서 거실 구석에 골인시키고 사각 팬티까지 벗은 다음 양팔을 벌리고 큰 대자로 누워 버린다.

“자! 이왕에 기쁨조가 돼 줄 바엔 훌렁 벗어 주니 됐냐?”

큰 소리를 쳤다.

“……”

“으… 으… 음”

깜깜한 거실에서 뭔가를 참는 음흉한 소리가 낮게 깔린다.

그때였다. 안방문을 벌컥 열리고 희미한 불빛이 백수씨 얼굴을 더듬고 지나갔다. 뒤이어 백수씨 각시가 거실로 나왔다. 안방문이 열리면서 침대 끝에 걸려 있는 취침등 불빛이 얼굴을 더듬고 지나간 것이다.

“당신! 지금 뭐해? 귀신이 코를 베어 먹어도 모를 캄캄한 거실에서 불도 켜지 않고 음란한 소리나 내고!”

마누라의 벽력같은 고함소리에 놀라 벌떡 일어나 앉아 각시의 신경질적인 물음에 어쩔 줄 몰라 하던 그는 정신을 가다듬고 말대답을 한다.

“모기가 어찌나 무는지 잠이 안 와서.”

“아이구, 천하 서백수가 벌건 대낮엔 뭔 지랄을 했는데, 이 야밤중에 잠을 못 자고 귀신 씨나락 까먹는 소리를 하고 있어! ……마누라 잠도 못 자게? 안 자려면 불이라도 켜놓고 있던지?”

백수 각시는 거실등 스위치를 무쇠 솥뚜껑만한 손바닥을 펴서 세 개를 한꺼번에 눌러 버렸다. 각시 고함 소리에 정신이 번쩍번쩍 형광등이 켜지면서 불빛이 번쩍번쩍 백수씨는 눈이 부셔 고개를 돌려 외면했다.

백수씨는 요즘 밤마다 모기 때문에 전쟁이라도 치르듯이 몸부림을 친다. 모기는 여름에 기승을 부리는 놈이지만, 요즘은 난방이 잘된 탓인지 겨울에도 건물 내부에 숨어 있다가 가끔 물기도 한다. 특히 실내수영장같이 늘 물기와 온기가 있는 곳은 더욱 심하다. 모기가 귓가에 와서 앵앵거리면, 그놈을 쫓으려고 손을 휘젓거나 손뼉을 마주쳐 잡으려고 하지만 번번이 헛수고에 그치는 일이 많다. 목소리가 매우 작고 약할 때 “모기소리 만하다”고 표현하건만, 두 손을 휘둘러 쫓으면 도망갔다 이내 다시 몰려와 귓가에서 앵앵거리는 소리는 왜 그렇게 신경을 곤두서게 하는지 알 수 없다. 사내자식이 시시한 일에 성을 낼 때 ‘모기보고 칼 빼다’ 즉 견문발검見蚊拔劍이라고 하지만 모기가 귓가에 와서 앵앵거리거나 쫓고 쫓아도 몰려와 여기저기를 물면 정말 칼을 뽑아 목을 치고 싶을 정도로 약이 오른다. 초가을이라고 하지만 올해는 무척이나 더웠다. 늦더위가 며칠째 이어지고 연사흘 동안 때 늦은 장맛비가 내리고 있는 데다 올해는 유난히 모기가 많아 매일 씨름하느라 밤잠을 설친다. 아침에 일어나면 눈앞에 희뿌연 안개가 자욱하게 끼어있는 것처럼 모든 것이 흐릿하게 보인다. 그럴 때면 괜스레 백수씨의 머릿속엔 알 수 없는 공포가 압박해 오는 것 같이 가슴이 짓눌려 괴롭다.

"이 몰골이 뭐예요? 꼴사나우니까 옷이나 빨리 입어요. 세상을 살다살다 보니 별 이상한 꼴을 다보네!"

"이 늦은 밤인데 누가 보남?"

"애들이 소변보려 자주 들락거리는데, 그런 말이 어디서 나와?"

"……"

각시 고함소리에 아이들이 나올까봐 대답을 못하고 있는 백수씨에게 각시는 골이 잔뜩 나 있는 소리로 재차 다그친다.

"젊은 나이에 당신 노망 들었소?"

"그것이 아니고!"

"안이고 겉이고, 애들 볼까 걱정되니 빨리 옷이나 입어요. 나이 육십도 안 된 이가 게을러 빠졌는가!"

"아! 애덜 깰담스럽, 왜 큰소리를 지르고 야단이야? 요샌 피곤하다고!"

"아이구! 천하에 백수가 몸살이나 죽었단 말이 있다더니, 헛말이 아니고 당신 같은 사람을 두고 하는 소리요! 더우면 목욕탕에 들어가 시원하게 샤워나 하지 옷 벗고 있으면 모기가 물지 않는 답디까?"

"암컷 모기인지! 빨려고 달려들면 마음대로 먹게 나뒀다가 배가 불러서 몸이 무거워져 날지 못할 때 잡으려고 홀렁 벗은 것인데, 그것도 모르면서 짜증나게 성질은 왜 부려?"

"당신이 무슨 곤충 박사야? 수놈 모기인지 암놈 모기인지 깜깜한 밤에 그걸 어떻게 알아?"

"친구들 말에 의하면 피를 빨아 먹는 모기는 암컷 모기고 수컷 모기는 피를 빨지 않고 꿀같이 단것을 먹는데 빨리 죽는다고 하던데. 하도 귀찮게 물어 암컷 모기인줄 알았지!"

"암놈 모기가 무는 걸 알면 옷을 더 두텁게 입어야지, 당신 자지 물어뜯기 좋게 뭐 하려고 옷은 벗어? 얼빵한 노인네야! 내가 꽉 물어볼까?"

"이 찜통 더위에 사람 죽일 일이 있나! 친구들이 나체로 있으면 모기들이 볼품없는 자지를 보고 웃느라고 물지를 못한다고 해서……. 짜증도 나고 덥기도 해. 혹여 그런가하고 연습 삼아 그냥 한 번 해본 것이니 성질 내지 말라고……. 혈압 오를 테니!"

"어이구, 내가 못 살아! 마누라 혈압 오를 것을 걱정을 하면서 그런 짓을 해? 세살박이 어린애도 아니고 그렇다고 당신이 어눌한 병신 쪼다도 아니고! 이것도 아니고 저것도 아니고 그런 엉터리 말을 믿어? 당신 친구들 머리빡 에선 무식이 파도를 친 것이여!"

"……."

백수씨는 자신의 몰골이 어눌하게 보여 답변도 제대로 못하고 어물거리 는데 각시 입에서는 교양없는 말만 기관총 총알처럼 쏟아져 나온다.

"맘 모기가 바람이 나서 볼품없는 당신 물건이 건드려 주면 일어서는가 보려고 달려드는 모양이제? 요새 드라큐라는 무엇을 먹고 사는지!"

"자기 머리가 무식이 파도를 치는 것 같다. 드라큐라가 따로 있나. 피 빨 아먹는 모기도 드라큐라이지!"

"……."

백수씨와 각시 사이엔 예의범절이 없어진지 오래 되었다.

각시는 백수씨를 가자미눈으로 위아래를 꼬나 본 뒤 화장실로 가서 문을 열어둔 채 볼일을 본다. 아랫배가 불편하도록 오줌을 참았을 테니 시원스 럽기도 하겠지만! 그 소리가 무척이나 요란하다. 이 무더위에 폭포에서 물 떨어지는 소리 같은 그 소리만 들어도 시원한 기분이 들었다.「야담전집」 에서 옥녀는 오줌발이 너무 강해 오줌독인 요강이 깨졌다는 글귀를 읽은 적 이 있다. 그러나 각시 오줌발도 끝내 준다. 언제부터인가 각시는 무척이나 뻔뻔스러워졌다. 화장실 문을 활짝 열어 두고 소변을 보기도 하고, 샤워를 한 뒤 벌거벗은 몸으로 두 개의 생 밀크 공장을 흔들거리며 아래 꽃밭을 수건으로 가리는 둥 마는 둥 거실을 가로질러 백수씨 약을 올리듯 번데기같이 쪼그라든 백수씨 거시기가 있는 사타구니를 아니꼽단 듯이 도끼눈으로 힐끗힐끗 쳐다보며 너무도 보무도 당당하게 걸어 안방으로 들어가기도 한다. 그럴 때면 백수씨의 볼품없는 거시기도 감추려는듯 사타구니가 자동으로 오그라 들었다.

이러한 일들이 일어나기 시작한 것은 아마 막내를 출산한 뒤부터다. 그전에만 해도 예쁜 얼굴에 날씬한 몸매 때문에 외출하여 밤늦은 귀가때면 신경을 써야 했었다. 이야기를 하려면 세월을 한참 거슬러 올라가야 한다.

70년대 중반까지 한 집에 "둘만 낳아 잘 기르자"며 산아제한을 하던 시기엔 자식 둘까지는 세금을 공제를 해 주었고, 그 이상 출산하면 세금공제를 해주지 않을 때다. 그때가 보릿고개를 갓 벗어난 시절이었다. 세금 잘 내는 봉급생활자였고 정부 시책을 잘 따르는 일등 국민이었던 백수씨는 아들만 둘을 낳아 잘 기르려 했다. 그런데 시골에서 사는 부모님의 "딸이라도 하나 더 낳아 길러라" 하는 성화에 그만 나라에서 강력하게 추진하는 정책에 반하는 짓을 해버린 것이다. 지금은 저출산 때문에 사회 문제가 됐지만 당시 예비군 훈련장에선 산아제한을 하기위하여 무료 정관시술을 해주었다.

정관시술을 하면 당일 훈련은 면제시켜 집으로 돌려보내면서 "힘내라!"고 라면 한 박스 또는 밀가루 한 포를 포상으로 주었다. 백수씨는 라면이나 밀가루 음식을 별로 좋아하는 편이 아니어서 시술을 하지 않기도 했지만, 다른 한편으론 정관시술을 하면 정액 나오는 거시기 구멍을 막아버리는 줄 알았다. 그래서 정액이 나오지 않으면 거시기가 일어서질 않고 성관계도 못하는 줄 알아 하지 않은 것인데 그 덕분에 임신한 각시는 또 아들을 출산한 것이다. 남들은 아들을 못 낳아 별별의 짓을 다하는데! 각시는 자궁에서 달덩이같은 아들을 잘도 뽑아냈다. 연속으로 아들만 셋을 낳았으니 자랑할 만도 했다.

자식을 살림 밑천으로 알고 있는 시어머니는 출산 후 몸에 좋다는 보약을 다려서 보내왔다. 다들 고부간에 사이가 나쁘다고 하지만 떡두꺼비 같은 손자를 그것도 연달아 셋이나 낳아주는 며느리는 그렇지 않는 모양이었다. 그것도 둘째와 7년 이상 터울진 손자를 시어머니 품에 안겨준 며느리에게 몸에 좋은 보약을 다려서 연신 보내왔다. 그런데 그 약발이 약간 더디게 찾아왔다. 막내아들이 고등학교 입학을 하면서부터 그 동안 먹어 축적된 약효가 조금씩 나타나기 시작하더니 막내가 고3이 되자 확실히 드러났다.

눈에 넣어도 아프지 않을 만큼 귀여운 늦둥이인 막내의 공부하는 것을 다 그치는 것은 예삿일이고, 보충 수업을 마치고 학원 세 군데를 돌고돌아 밤 1시나 지나서야 귀가케 한다. 그뿐만이 아니다. 녹초가 되어버린 막내에게 학교에서 배운 것을 두 시간 복습하게 한 뒤에 잠자리에 들도록 나름대로 알찬 계획표를 만든 것이다. 그러한 일들이 지식경쟁사회에서 살아남기 위해 잘한 것을 백수씨도 안다. 문제는 막내를 학교에 보내고 대략 설거지를 끝낸 아내는 이내 퍼질러 잠을 잔다는 데 있다.

각시는 먹고 자고, 자고 먹고 하는 일에 길들여져 자기 마음대로 엄청나게 살이 불어났다. 실컷 자고 일어나서 점심을 먹고 대충 집안을 정리하고 시장에 가서 막내 체력 보충에 필요한 음식물을 사가지고 집으로 오는 일과가 거듭되면서 체중이 주체할 수 없이 늘었다. 저녁식사 준비를 대충 끝내고 TV을 보며 막내가 오길 기다리는 반복적인 생활에 길들여져 버린 것이다. 어떻게 보면 지극히 당연한 일일수도 있다. 자식이 대입 수능시험을 봐야할 평범한 대한민국 가정에서 일어날 수 있는 보편적인 일상들이다. 그것을 모르는 사람이 어디 있을까! 문제는 막내가 모든 수업을 끝내고 편안한 휴식처인 집에 도착하고서부터 시작 됐다.

막내는 대충 씻고 그날 배운 것에 대한 복습을 시작하면 그때부터 어미의 지나친 자식 사랑이 시작 되었는데! 곁에 앉아 막내가 졸까봐! 아니면 체력이 딸릴까봐! 음료수며 과일이며 과자 등등 준비한 간식을 반 강제로 먹였다. 그 과정에서 각시는 자기도 한 두 개씩 먹은 것이, 어느 누구의 간섭도 없이 자기 마음대로 마구마구 살을 찌게 한 요인이 된 것이다.

막내 출산 후 시어머니가 보내줘서 먹은 보약의 약효와 막내아들 복습시키며 곁에 앉아 같이 먹어준 군것질 영양분의 궁합이 척척 맞아 지금의 각시의 건장한 몸매를 만들었다. 개미허리같은 날씬한 몸매에서 언제부터인가는 모르지만 허리 곡선이 사라지고 여성에게서 뭇 남성의 야릇한 시선을 머물게 한다는 봉긋한 유선마저 자취를 감춰져 버렸다. 한 마디로 말해 여성다움을 잃어버린 것이다. 그때부터 또 한 가지 변한 것이 있다. 각시 화장대에서 화장품 가지 수가 점점 줄어들었고 게을러졌다.

다른 한편으론 백수씨에게도 여러가지 변화가 왔다. 서서히 꽃밭거시기에 물을 주기가 싫어진 것이다. 각시도 물받기를 싫어한 것 같기도 했고 키스kiss를 하거나 애무petting해도 시큰둥이다. 등골이 찌릿찌릿한다는 오럴섹스orql sex-fellqlio 한 번 해주지를 않는다. 그래서 백수씨도 각시의 그 아름답던 유방 핥기licking도 젖꼭지 빨기sucking도 자연적으로 시들해져 버렸다.

어느 사이엔가 백수씨와 각시 사이가 냉랭해졌다. 요사이엔 각시 모르게 가끔 마스터베이션Mqsturybqtion, 수음(手淫), 딸딸이을 하여 황홀경을 맛보기도 한다. 그러한 낌새를 눈치 챈 친구가 꽃밭에 물을 자주 뿌려 주어야 시들지 않는다고 농담 섞인 말을 했고 백수씨도 걱정이 되었다. 그래서 하루는 백수씨가 용기를 내어 물조루를 깨끗이 청소하고 각시 꽃밭에 물을 뿌려주려 갔다. 물총거시기을 깨끗이 닦고 거시기 머리에다 향수를 살짝 뿌린 다음 베개를 왼쪽 옆구리에 끼고 오른손을 위아래로 흔들며 개선장군처럼 보무도 당당하게 안방으로 걸어 들어갔다. 그런데 꽃밭과 연결된 각시 배가 무역선같이 크게 보였다. 아무튼 백수씨의 느낌으론 각시 몸은 그렇게 커 보였다.

키 168센티미터에 97kg의 체중이니 물침대 한쪽이 45°가량 경사가 되었다. 어깨를 잔뜩 움츠리고 각시의 큰 산배을 넘어 옆에 조심스럽게 누었는데 오랜만에 자기 꽃밭에 물 주려고 물총을 앞세우고 온 신랑이 반가웠던지(!) 남자나 여자나 몸을 씻고 난 뒤 물기가 남아있는 머리결을 보고 성욕이 더 왕성하게 일어난다고 한다. 그러한 느낌을 받았는지 각시가 백수씨를 껴안으려고 돌아눕는 순간, 그 순간에……. 백수씨는 숨이 막혀 죽는 줄 알았다. 백수 씨의 몸이 아주 왜소한데 모처럼 밤배 타고^{자기 배에 엎드려} 물 주려는 신랑이 반가워 각시가 상암동 월드컵 축구경기장만한 궁둥이를 뱃전에 떨어진 가자미 고기가 퍼덕이듯 좌우로 들썩이며 뒤로 돌아눕는다는 것이 97kg의 몸무게 때문에 물침대가 한두 번 출렁이다가 45°로 경사가 지자 백수씨가 각시 쪽으로 쏠려 각시 2개의 생 밀크 공장 저장탱크 사이에 코가 쳐 박힌 것이다. 모처럼 하려는 각시를 위해 배타고 놀아주며 물 주려다 멀미를 하여 연애는 실패를 하였다.

생식기능 측면에서의 인간의 성^性은 인간의 본능이자 원천적인 욕망이다. 인간 신체의 근원적 기능 중의 하나이면서 종^種을 잇는 중대한 역할을 맡는다. 개인적 생명력을 창조할 수 있고 부부간의 사랑의 척도를 확인할 수 있기 때문이다. 세상의 남자들이란 대개 "황제망상^{皇帝望想}"을 가지고 있다. 황제가 되어 수많은 여인들에게 마음껏 성욕을 풀고 싶기 때문에서 일 것이다. 성욕^{性慾}은 그래서 권력욕으로 이어지기 마련이다. 짐승에서도 피터지게 싸운 수컷들의 승자는 많은 암컷을 거느린다.

세상은 그러함에도 불구하고 권력과 돈없는 백수씨에게 유일하게 점지된 각시임에도 불구하고 각시 꽃밭을 보면 백수씨의 거시기는 바람 빠진 막대 풍선처럼 흐물거렸다. 남자들의 자지란 휴대전화 배터리 충전시키듯 충전시키면 되는 것이 아니다. 기능을 다한 성기를 되살리려 몬도가네 보양 강장제를 얻기 위해 억 만금을 던진다고 하지 않은가! 백수씨 입장으로 본다면 꿈같은 이야기다. 그 한번 실패가 꽃밭에 물 주려고 갈 때마다 떠올리기 싫은 슬픈 기억처럼 고개를 내밀어 각시 꽃밭을 볼 때마다 거시기는 자라목처럼 오그라들어 나올 기미가 없다. 이러한 일이 근자에 자주 있었다.

각시 곁에 가기가 솔직히 말해 두렵기 시작하였다. 그 흔한 정력제가 있는데 걱정 하냐고 할 것이다. 1998년 미국의 제약 회사에서 발기부전 치료제인 비아그라를 만들어 성^性 해방의 마지막 걸림돌로 불리던 발기부전을 극복시킨 약을 모를 리가 있겠는가! 얼마 전엔 씨발리슨가 시알리스인가! 고개 들그라, 서그라, 자꾸 서그라, 서서 시들지말그라 등등 안전하고 효과가 더 빠른 약들이 속속 개발되고 있다는 언론매체 광고에 소개되는 기쁜 소식을 접하고 있는 마당에……, 살이 떨리고 홍콩가고 달나라까지 가서 일박하고 화성까지 가는 절정에 다다르는 뱃놀이라고 하지만! 심인성 때문에 그런지 그러한 약들도 배가 맘에 들지 않으면 거시기 대가리가 흥이 안 나서 고개를 들지 않으니 어쩔 수 없는 노릇이다. 고개 숙인 남자 백수씨로서는 참으로 두 배나 슬픈 일이다. 그래서 요즘은 각시는 안방에서, 백수씨는 거실에서 자곤 하는데 잠귀 밝은 각시가 모기와 입씨름하는 소리를 듣고 백수 씨에게 투정을 부린 것이다.

건강한 대한민국 남자라면 마누라 몰래 일탈을 안 해 본 사람이 없을 것이다. 백수 씨도 일탈한 적도 자주 있었다. 마누라하곤 거시기가 잘 안되는데, 마누라 아닌 다른 여자에게는 대리배설代理排泄은 잘도 되었다. 그런 버릇은 뜻하지 않은 일을 겪으면서 그만두었다.

첫눈이 흩날리는 어느 날 분위기 잡자고 연락이 왔다. 각시와의 연애시절을 생각하며 인적이 드문 부둣가를 거닐기도 했고 손을 호호 불며 뜨거운 커피에 언 몸을 녹이며 마지막 코스인 모텔로 들어갔다. 객실에 들어가니 누가 들어와 레슬링시합을 치렀는지! 불쾌한 냄새가 나서 겨울이지만 환기를 시키려고 창문을 활짝 열어두고 목욕탕으로 들어가 샤워를 하는 중 여자친구가 집에서 급한 연락이 왔다고 다음에 연락하겠다며 서둘러 나갔다. 난감하지만 오늘만 날이 아니기에 하던 샤워를 마치고 나오니, 어머나! 큰 일이다. 장윤정 가수의 노래 '어머나'가 아니고, 어머나! 정말로 큰 일이 났다. 옷이 모두 없어진 것이다. 요새 야마카시를 하는 불량배가 많아 그 짓을 하여 물건을 훔쳐가는 일이 종종 발생한다는 언론보도가 있었는데 그들이 한 짓이 아닐까! 생각 했는데……. 뒤에 안 일이지만 열려 있는 창문을 통해 동내 불량배들이 건너편 옥상에서 장대 끝에 갈고리를 달아 옷을 낚시질하여 도망가 버린 것이다.

낭패도 이런 낭패가 있을까. 지갑 안에는 비상금도 두둑하게 들어 있는데 그걸 노린 것이다. 옷을 찾을 수 없고 고민이 이만 저만이 아니었다. 경찰에 신고했다가는 불륜사실이 단박에 알려질 것이고! 그 뒷수습은……. 팬티는 목욕탕에 입고 들어가서 그나마 다행이다. 호로 자식들! 필요한 지갑만 가져가고 옷은 다시 던져 놓고 가면 누가 고발하나 불륜을 저지르고 있는데, 그건 백수씨 생각이다. 옷을 두고 가면 쫓아오는 것은 자명한 일이 아닌가. 그런 빌미를 줄 좀도둑이 아님을 백수씨만 모른다.

이 위기를 모면할 방법을 찾던 중 번개같이 떠오른 아이디어? 마라토너 이봉주가 아닌 서봉주가 되기로 했다. 목욕탕에 들어가 수건을 머리에 질끈 동여매고 밖으로 나와 뛰었다. 사각 팬티차림에 구두를 신고 이 추운겨울에 마라톤을 하는 몰골은 가관이 아니다. 이런 사연을 모르는 길거리 사람들은 눈까지 내리는 날씨에 추리닝도 입지 않은 채 팬티바람으로 뛰는 백수씨의 용기가 부러운지 박수를 치는 사람이 더러는 있었다. 처음엔 온몸을 바늘로 찌르는 고통이었지만, 숨이 턱에 차오르자 추위는 덜했다. 집에까지 먼 거리를 달려오면서 제발 마누라가 외출하고 없기를 빌고 또한 옷을 훔쳐간 도둑이 경찰에게 잡히지 않길 빌었다. 기도가 통했는가! 천만 만만 다행히 마누라는 동네 마실을 가고 없었고. 도둑도 경찰에 잡히지 않아 일생일대의 큰 위기를 모면했다. 경찰에 잡히면 불륜사실도 들통나기 때문에 도둑 당하고도 도둑이 잡히지 않길 비는 사람은 백수씨 밖에 없을 것이다. 그 일이 있는 후 불륜을 정리했다. 요즘 TV에서 불륜사건을 보도할 때면 그 때의 생각이 나서 자신도 모르게 몸이 오그라들고 쓴웃음이 나온다.

한때는 "뜨거운 스프가 먹고 싶다"는 야시시한 여자들의 전화가 심심찮게 오곤 했다. 그것만이 아니다. 전화기에서 '팅'하는 소리가 들렸다. 메세지가 왔다는 신호에 전화기를 열고 보니 화면에 어떻게 보면 끝이 벌어진 회오리 밤송이 같고, 다르게 보면 깨진 성게처럼 보였다! 뭘까 궁금하여 돋보기안경을 쓰고 다음 화면을 보자 "급 배관공 구함"이라는 문자가 뜨는 것이 아닌가? 몇 번인가 불륜을 한 여자가 자기 거시기 부분만 촬영해 보내 온 것이다. 참으로 세상은 좋고 한편으론 기가 막힐 노릇이다. 그때만 하여도 누구의 말마따나 배관 공구도 성능이 좋아! 측栢백나무 같이 단단하듯 백수 씨의 종자들은 뜨거운 스프 속에서 헤엄치며 건강하게 자라 아들만 셋을 만들었고! 남아 도는 스프로 여러 명의 여자에게 육보시肉普施, pump도 해주었는데, 나이 들어 정년퇴직 하고 나니 소식이 하나 둘 끊어져 버렸다.

참으로 세상인심 야박하다. 허기야 요즘 들어 소변 보고 난 뒤 거시기를 오랫동안 털게 된다는 말에……. 친구 놈이 한다는 말이 "요즘 여자들은 변소 칸에서 거시기 오랫동안 터는 놈은 별 볼 리 없으니 상대 안한다는 것이다."라는 농담에 공감이 간다. 요즘 각시도 친구의 농담을 알고 있은 것처럼 백수 씨가 소변을 보면, 하고 있는 일을 잠시 멈추고 오줌발소리를 듯는 것 같았다. 늙으니 이래저래 서러운 것은 백수씨만 느끼는 감정이 아닐 것이다.

갈수록 각시 투정을 머릿속에 새기기 시작한지도 오래됐다. 한번은 이런 적도 있다. 아침 밥상을 차려와 백수씨 앞에 사정없이 내려놓자 상위의 그릇들이 소리를 지르며 들썩거리고……. 사기 국그릇에서 국물이 파도를 치더니! 뜨거운 국물이 사타구니 사이로 튀어 쏟아져 거시기 머리통을 약간 데었다. 한바탕 난리 소동이 일어났지만 잘 마무리되었다. 돈도 안 벌어오고 빈둥거리며 노는 주제에 끼니 때마다 밥은 잘도 챙겨 먹는 백수씨에게 화풀이를 한 것이다.

눈물을 글썽이며 먹는 둥 마는 둥 하고 밖에 나와 온종일 빈둥거리다 왔다. 그날 밤 국물에 상처 입은 거시기 기능을 점검해 보려고 각시와 용케도 같이 잠을 잤는데 일은 제대로 치르지도 못하고 잠들고 말았다. 그런데 갑자기 숨이 막혔다. 강도가 들어 목을 조르는 줄 알았다. 고함을 지르고 발버둥 치다가 있는 힘을 다하여 목을 조이던 강도를 가까스로 밀쳐내고 자리에서 번개같이 일어나 전등 스위치를 켜고 보니 강도가 아니고 잠버릇까지 고약한 각시 육중한 장단지가 연약한 백수씨 목에 걸쳐졌던 것이다. 잠결에 강도가 목을 조이는 줄 알았다.

　그 때 백수씨는 불현듯 세탁기 생각을 하였다. 뚱뚱한 몸 탈수시키는 세탁기말이다. 옷을 탈수시키는 것처럼 뚱뚱한 몸을 탈수시키는 기계가 있어 기계 안에 가만히 앉아 있으면 자동으로 씻겨져 탈수되어 나올 것이다. 만약 그런 제품이 개발된다면 각시같이 뚱뚱한 여자들은 세상이 달라져 보일 것이다! 그러한 제품 개발자는 아마 노벨과학상은 따놓는 당상일 것이다. 여자 거시기가 껌 씹는 소리같은 엉뚱한 생각이냐? 할 것이다. 여자 거시기가 껌도 씹지 못할 것이고 설혹 씹는다 해도 소리가 날 수가 없는 말도 안 되는 말같은 말이지만, 언젠가는 그런 제품이 나올 수도 있을 것이다.

　너무 각시를 폄하貶下한다고 하겠지만! 그러나 백수씨의 입장으로선 오늘 같이 무더운 날 잠을 못자고 모기한테 뜯기고 시달리니 스트레스를 받아 답답한 오장육부가 곧 폭발할 것 같은 느낌에 별의별 생각이 다 난 것이다. 올해는 몇 십 년 만에 찾아 온 더위까지 합세하여 목구멍을 틀어막아 이런 일 저런 일로 하여 그야말로 미치고 팔짝팔짝 뛰고 싶은 마음이 한두 번이 아니다. 펄펄 끓는 가마솥 안에 갇혀 있다면 아마 이러한 기분일 것이라고 생각이 든다. 요즘 들어 부쩍 신경질적인 각시를 다독거려주고 신경을 써서 좀 더 세심한 배려를 하겠다고 부아가 가라앉을 즈음 여러번 마음속으로 다짐을 하고 다짐했지만 백수씨는 자신도 모르게 순간적으로 또 이렇게 마음이 흔들린다.

　백수씨는 가슴 아래서 부글부글 끓어 오르는 부아를 참으려 해도 진정이 안 되자 벌떡 일어나 거듭 깊은 숨을 몰아 내쉬고 잰걸음으로 주방으로가 냉장고 문을 왈칵 열고 찬물 한 컵에 각얼음을 너대 개 띄워 벌컥벌컥 마셔 벌렁거리는 가슴을 진정시킨다.

　“내가 빨리 사라지면 좋겠다는 뜻이네!”

　대뜸 고함을 내지르자

　“누가 그렇대, 남자가 쪼잔 하게! 귀에 거슬린 말은 잘도 알아차리고 사사건건 시비를 하지. 말 못하는 새도 늙으면 울음소리가 구슬프다는데 우리

집 영감은 늙어가면서 양기가 밑으로 가는 게 아니라 입으로 가나! 돼지 목
따는 소리를 지르고 있어! 이웃들이 들으면 창피하게.”

말을 끝낸 각시는 백수씨 위아래를 쳐다본다.

“자기가 함부로 한 말들은 생각치도 않고……. 이왕지사 하는 말 공손하
게 말을 하면 어디 덧나나? 아무리 세상이 변했다고 위아래도 없이!”

“부부간에 촌수寸數는 무촌無村이네! 앞뒤가 꽉 막힌 어르신!”

“살갑게 말하면 안 되나? 대대로 내려온 학자 집안에서 그따위로 예의범
절을 배웠어? 삼강오륜三綱五倫도 몰라? 싸가지 없게!”

“싸가지 좋아하네! 삼강은 군위신강君爲臣綱이요. 부위자강父爲子綱이요. 부
위부강夫爲婦綱이니라. 오륜은 부자유친父子有親하이며. 군신유의君臣有義하이
며. 부부유별夫婦有別하이며. 장유유서長幼有序하이며. 붕우유신朋友有信이니라.
그런 것도 모를까봐! 어때 훈장님의 박학다식博學多識함에 또 한 번 깜짝 놀
랐지?”

“어쭈구리. 우리 마나님! 이제 보니 제법이네!”

“아이구, 그동안 뭘 보고 살았을까! 내일 친구들과 삼사三寺 순례갈 거야.
내일 일찍 기침할 거야.”

“기침을 하다니? 당신! 감기가 들었어?”

“무식이 거센 파도를 치는구나! 일어날 기起 잠잘 침寢 내일아침 일찍 일
어난다는 뜻이야. 나보다 더 바보야!”

괜히 삼강오륜을 물어보아 각시의 기만 살려줬다. 허기야 저 건장한 몸에
감기가 들겠냐만! 닭 쫓던 개가 지붕으로 날아간 닭을 쳐다보듯 자기를 멍
하니 바라보는 백수씨를 향해 한마디 하고 도끼눈을 해서 노려본다.

“째려 보기는! 한 대 쥐어박고 싶다는 표정이네?”

“왜이래! 나, 이래봬도 학교 다닐 때 껌 좀 씹은 사람이야. 어디를 아프게
때려줄까?”

“불량 서클에 두목을 했다는 말인데! 동네 소문날까 걱정이네.”

각시가 배구·배드민턴·정구·테니스선수 출신이 아니어서 다행이지!

그런 부부는 싸움이 벌어지면 강 스파이크나 강 스매싱을 하는 식으로 남편의 뺨을……. 한 방이면 기절을 할 것이다! 백수씨는 식탁 의자에 앉으려다 말고 각시 공갈에 주눅 들지 않으려고 가자미눈으로 각시를 바라보며

"누구랑?……그 몸으로 사찰 세 군데를 돌아 다녀?"

세 군데 절을 돌아다닌다는 말에 백수씨는 의아해서 연유를 물었다. 그 소리에 각시의 살기등등한 목소리가 귓속으로 사정없이 파고들었다.

"신경 꺼! 누구라고 가르쳐주면 당신이 우리 친구 중 몇이나 알기나 해? 그리고 막내 대학 합격하라고 축원祝願 불공드리는데 몸 생각할 수 있어? 그리고 내 몸이 어때서?"

"……."

성질나서 급하게 한 말이 마누라의 깊은 자존심을 건드렸지만! '내 몸이 어때서'란 말에 할 말을 잃었다. 세상엔 건드릴 것과 건드리지 않을 것이 있다. 이를테면……. 잠자는 사자 코털과 미친 개가 밥을 먹을 때와 젊은 과부와 젊은 홀아비 거시기란 말이 있는데, 뚱뚱한 몸매를 가진 여성들의 자존심을 건드려서는 안 된다는 것도 포함시켜야 될 것 같다! 백수씨가 부처님 가운데 토막도 아니어서! 화가 치밀어 오르면 자제를 못하고 불쑥불쑥 내뱉는 말이 각시의 화를 돋게 한다.

각시에게 몸매에 대한 언행을 삼가해야 한다는 것을 어느 누구보다 잘 알고 있는데! 부부란 다정한 대화에서도 잘못 의견이 엇갈리면 종종 걷잡을 수 없는 싸움으로 며칠간 대화가 단절되기도 한다. 다윈의 학설에 의하면 남자는 여자의 얼굴보다는 아름다운 몸매에 관심을 더 많이 보인다는 것인데, 젊을 적 몸매와 지금의 몸매를 보면 너무도 서글퍼서다. 각시의 마음은 더 하겠지만! 연애시절엔 각시의 장점만 보았는데 나이가 들수록 단점만 보게 된다. 각시도 마찬가지다!

백수씨는 될 수 있는 한 화를 돋우지 않으려고 각시의 표독스러운 얼굴을 외면하고선 말대꾸를 하지 않는다.

"아이구, 천하에 하나밖에 없는 서백수씨! 개지랄 그만 떨고 빨리 잠이나

퍼질러 자."

  안방 문을 열고 들어가려다 발걸음을 멈추고 번데기같이 주름져 볼품없는 거시기를 내려다보며 각시가 아주 퉁명스레 쏘아붙인다. 백수씨는 각시의 시건방진 말투에 무척 놀랐지만 고개를 들지 않았다. 대단히 거친 말에 주눅이 들어 각시 표정을 자세히 못 보았지만 말투로 보아 각시는 잔뜩 골이 난 목소리다. 각시가 하는 말의 뜻은 이해가 간다.

  "막내 놈이 수능시험을 잘 봐서 일류 대학에 합격하기를 비는 100일 축원 기도를 하러 간다는데 초치는 것도 아니고 밥이나 축내고 빈둥거리며 노는 주제에 감히 세 치 혀를 놀려"란 뜻이다. 각시는 첫째 아들 수능시험 준비 때부터 불교에 빠져들었다.

  종교의 태동은 인간이 영원히 살고 싶다는 염원 때문에 예부터 죽은 이를 추모追慕하여 하늘에다 제사를 지내며 절대자를 찾으면서부터다. 그러다가 자연적으로 생긴 게 토테미즘과 샤머니즘이라는 원시적인 신앙이었다. 대자연의 모든 것엔 생명체인 정령精靈이 있다고 믿는 토테미즘은 우리나라에도 없지 않아 특정한 사물을 터부시禁忌하는 것은 우리 주변에서 얼마든지 볼 수 있는가 하면 샤머니즘의 잔재인 점술행위占術行爲는 지금까지도 사라지기는 커녕 마치 민속예술처럼 공공연히 우리 가까이에서 행하여지고 있다. 그러한 원시적인 신앙이 오늘날과 같은 여러 가지로 모양새를 제대로 갖춘 종교宗敎로 발전하여 온 것이다.

  종교인들의 말에 의하면 기독교인은 죽으면 천당에서 영원히 편히 산다고 한다. 그렇다면 이승이 힘들어서 기독교인이 된 것이 아닌가! 자살이라도 하여 빨리 천당에 가야될 것이며……. 불교인도 이승의 삶이 힘들어 불교를 믿는 게 아닌가. 그렇다면 불교의 끝인 죽어서 이 세상으로 다시 윤회輪廻하여 더 좋은 삶을 살기 위해서는 빨리 죽어야 고생을 덜 하는 것이 아닌가! 라는 백수씨의 생각이다.

  성직자聖職者들은 하나같이 기도하면 무엇이든지 이루어진다고 한다. 평생을 목탁을 두드리며 생을 마감한 성철스님을 비롯한 이 땅의 고승高僧들도, 그러나 죽은 뒤 이 세상으로 윤회되어 보다 나은 삶을 살아가는 사람은 없다. 차라리 이승에서 영원한 영생永生을 해달라고 빌지! 성직자들이 신도들에게 하는 말은 언제나 죄를 이야기하여 공포를 조성하고 헌금獻金을 요구하고 있다. 백수 씨가 보아온 종교인 대다수가 성경을 비롯하여 코란과 불경에 씌여 있는 교리는 신神이 한 말이 아닌 것을 너무도 잘 알기에 교리를 지키지 않았고, 종교를 매개체로 나쁜 짓을 더 많이 하였다. 세상의 모든 종교인이 교리대로 행동을 한다면 이 세상이 바로 그들이 주장하는 천국일 것이다라는 백수씨의 지론이다.

그러한데도 각시는 어리석게도 보이지 않은 손神인 부처의 힘을 빌리면 영재英才가 만들어진다고 착각을 하고 있는 모양이다. 나라에서 영재를 권장하는데 영재의 많은 숫자가 그 숫자만큼 이 나라를 더 부강하게 만들지는 모르지만 상식적으로 생각해 보아도 그렇게 많은 영재가 꼭 필요하다고 생각하지는 않는다는 백수씨의 생각이다. 언론에 소개되어 크나큰 관심을 가졌던 우리나라 수많은 영재들 그들이 성장하여 대다수가 바보가 되어버린 일들이 비일비재하지 않았던가! 그러한데도 각시는 막내 아들을 영재로 만들겠다고 몸도 돌보지 않고 급기야 신神에게 구원을 청하러 간다는 것이다.

영재 한사람이 1만 명을 먹여 살린다는 말이 있어 공감이 가긴 하지만 제2의 IMF라고 하여 살기 어려운 이 시국에 각시 친구 근황까지 꼭 알 필요는 없다. 쓸데없는 것까지 물어 보았다가 잔소리까지 들어 감정이 격해진다고 느낌만으로 어떤 한계를 넘어서는 의심을 하는 것도 또한 지지리도 못난 사내놈 짓이라는 것을 알면서도 울컥하는 성격 때문에 실언을 한 것이다.

말할 엄두도 못 내고 장맛비 맞은 병아리처럼 두 어깨죽지를 측은하게 늘어뜨리고 거실 바닥에 앉아있는 백수씨에게 가자미눈을 해 가지고 꼬나 보면서 아주 의미있는 말을 한다.

"서백수님! 내일이 처서야. 12시 넘으면 그 빈약한 몸이 불쌍하여 물지 않을 것이네! 빨리 퍼질러 잠이나 자."

그렇게 한마디 싸질러하고 하고 안방으로 들어가고는 끝이다. 처서가 되면 날이 추워지니 모기 입이 비틀어져 못 문다고 떠들어대는 뉴스를 들은 모양이다. 남편을 출근시키고 막내 등교하고 나면 잡다한 방송을 보거나 교양프로를 보았을테고 막내와 같이 EBS 교육방송 수능프로를 자주 보아서 시사나 교양을 알고 있겠지만! 자존심을 건드리는 막말을 하여 더욱 화가 나게 만든다. 누구 때문에 남편의 몸이 빈약해 진줄 모르고 하는 말이니 부아가 정수리까지 치밀어 오른다. 지나가는 말일지라도 "여보! 나 내일 아침 일찍 일어나야 해 그만 같이 자자."고 한 번만 더 불렀으면……. 백수씨는 베개를 옆구리에 끼고 눈썹이 휘날리며 곧장 침대로 달려갔을 것이다. 내일 부처님한테 기도하러 가는데 별 짓이야 하지 않겠지만 말이다.

각시는 꼭두새벽부터 설레발을 친다. 밤새도록 들뜬 기분에 잠을 못 자고 뒤치락거리다 거의 뜬눈으로 밤을 지새웠을 것인데! 평소엔 그다지 서두르지 않았는데도 오늘은 유난히 설쳐 된다. 주방을 공연히 오가며 이것저것을 챙기며 부산스럽게 서성거린다. 덜 익은 단호박을 듬성듬성 썰어 넣고 자작하게 조려진 갈치조림과 수북이 쌓아놓은 싱싱한 야채더미와 제법 값이 나가 보이는 해물들과 코끝의 때를 씻겨주는 소갈비 냄새로 주방은 모처럼 풍성해 보인다. 평소엔 두서너 가지 정도로 단조로웠던 식탁 위에 오늘은 제법 싱싱한 찬거리들로 구색을 잘 맞추어 한가득 차 있다. 먹음직스러운 영광굴비 두 마리가 노릇노릇한 빛살을 하고 식탁 중앙에 어깨를 나란히 하고 누어있고 식탁 가장자리에 잡고 펑퍼짐하게 앉아 있는 작은 대나무 소쿠리 속엔 샛서방도 안준다는 계절음식인 자연산 더덕이 하얀 속살은 들어내고 풍만한 다리를 가지런히 하고 소복하게 쌓여져 있어 그 향기가 콧속을 간질이니 콧구멍이 벌름거려져 아침 공복^{空腹} 시장기를 북돋아 입안엔 어느새 군침을 고이게 한다. 있을 건 다 있어야 할 임금님의 밥상이다!

평소 같지않은 풍성한 식탁의 차림으로 보아선 어림짐작하건데 분명 누군가 귀한 손님이 온다는 것을 말해주고 있으나 백수씨는 그러한 소식을 각시와 공유하지 못한지 오래다.

'누가 올까? 아니면 오늘이 누구 생일날인가!'

별의별 온갖 상상의 날개를 펼쳐 보지만 기억은 미로처럼 아득하여 도무지 생각이 떠오르지 않는다.

이 생각 저 생각에 머릿속이 혼란스런 이 때 각시 전화 벨소리가 귀에 거슬리게 들려온다. 각시가 미우니까 전화 벨소리까지 듣기 싫다! 각시전화 벨소리는 "날 좀 보소 날 좀 보소. 동지섣달 꽃 본 듯이 날 좀 보소"로 이어진다. 얼굴이나 몸매와는 노래 가사가 너무도 판이하다. 각시는 전화기를 들고 안방으로 들어가 통화를 한다. 백수씨가 들으면 안되는 중요한 전화인 것 같다! 언제부터인가 각시는 전화기를 들고 방으로 들어가 통화를 하곤 했다. 화난 얼굴로 어떤 때는 심각한 얼굴로 때로는 상기된 얼굴로 벙글거리며 방을 나왔다.

통화를 끝내고 안방에서 나온 각시는 얼굴에 웃음을 머금고 세면실로 들어간다. 오늘따라 백수씨도 모르는 기분 좋은 일이 있는 모양이다. 각시 서두르는 세면소리가 무척 요란하다. 급한 모양이다. 어젯밤 언쟁 끝에 각시가 했던 말이 이제야 생각났다. 막내 놈 수능시험 잘 보라고 백일축원 기도하러 가는 날이라는 것을……. 비대해져 무거운 몸으로 급하게 씻느라고 힘들었던지 세면장 문턱에 잠시 걸터앉아 수건으로 머리를 닦으며 손질을 한다. 옆으로 떡 벌어진 비게 덩어리 몸매! 각시 몸이 세면장 문설주에 꽉 끼인다.

백수 씨도 세면을 해야 하는데 들어갈 틈이 없어 어깨 틈 사이로 발을 들고 넘어가려다 넘어가지 못해 발을 원위치 시키고 머뭇거리자.

"당신! 어디 급하게 갈 곳이 있어?"

"……."

어젯밤과는 다른 눈빛에 다정한 목소리로 묻는다. 어젯밤만 하여도 먹이를 놓고 쟁탈전을 벌이는 하이에나처럼 으르렁 거렸는데! 그래서 부부싸움은 칼로 물 베기란 말이 맞은 것이다. 성난 눈빛이 아닌 온화한 눈으로 바라보며 부드러운 말로 남편 하루일과를 묻는 각시 행동에 백수씨가 감격을 해 머뭇거리는 것을 보고 말을 잇는다.

"나하고 같이 갈려면! 빨리 들어가 씻던지?"

"아니."

"그런데, 지금 씻으려고 해? 오늘 집에 늦게 올지 몰라! 밥상 차려 놨으니 막내하고 시간되면 챙겨 먹고, 채소는 밖에 두면 시들어 못쓰게 되니까! 비 닐봉지로 싸서 냉장고 야채박스 안에 넣어두고 국은 먹고 남으면 쉬니까! 냄비에 쏟아 넣고 한번 푹 끓여 놔? 끓은 뒤 뚜껑 열면 쉴지도 모르니 그대 로 둬."

각시는 상관이 졸병에게 명령을 하달하듯이 지시를 한다.

"우리들끼리 먹으라고?"

"나, 늦었어! 밥 먹을 시간 없어서 그냥 갈게."

"오늘 집에 올 사람 있어?"

"일껏, 절에 간다고 말했는데 당신 까마귀 고기를 먹었어? 아니면 귀 먹 었어? 나도 없는데 누가 오긴 누가 오겠어?"

"오늘따라 진수성찬이여서 나는 귀한 손님 오는 줄 알았네!"

"당신도 그렇고 막내도 공부한다고 체력이 딸린 것 같아 신경을 써서 준 비했으니 먹고 막내 잘 챙겨 보내고 밖에 나가지 않으려면 집 잘 보라고……. 또 말한 것 까먹지 말고?"

그 말을 남기고 각시는 젖은 수건으로 머리를 털면서 안방으로 사라진다.

약간 귀에 거슬린 말이지만, 그래도 다른 날에 비해 적당히 부드러운 말 이다. 그래서 부부인가! 어젯밤만 하여도 무쇠가마솥 뚜껑같은 손으로 따귀 를 갈길 것 같았는데 하룻밤 사이에 신랑 몸생각하여 진수성찬이라니! 괜히 눈가가 젖어들려고 한다.

나이가 들어 갈수록 기억력이 점점 없어져 걱정이다. 그러한 현상이 나타 난 건 몇 년 전부터다. 계약관계 때문에 전화로 급히 만나자는 부동산 중계 업자의 연락을 받고 급하게 차를 타고 가는데 터널 입구에서 교통사고가 나서 교통체증이 되어 약속시간 안에 도달하기가 어려워 전화를 하려고 주머니에서 전화기를 꺼내 버튼을 눌렀는데 불통이다. 바쁜데 덩달아 전화국 기지국까지 고장 났나! 투덜대며 다시 번호를 누르려고 번호판을 보니 전화기가 아니고 TV 리모컨이었다. 그 후로 간혹 머릿속이 깜깜해져 냉장고 문을 열고 무었을 꺼내러 왔는가를 잊어먹어 쓴웃음을 짓기도 했다. 나이가 들자 간혹 기억은 미로 속을 헤매고 따라서 감성도 예민해져가고 있는가하면 때론 이유없는 공포fear로 심신이 불안정하여 요즘엔 자신의 정체성에 혼란을 느끼기도 한다.

밥을 먹고 대략 설거지를 하고 난 뒤 막내를 챙겨 보내고 거실에서 서성거리고 있는데, 각시가 안방에서 만면에 미소를 짓고 나왔다. 나이 들어 몸매는 화장발에 따라주지 못하지만 못난 얼굴상이 아니다.

"진짜, 오늘 어디 안 나갈 거야?"

각시 말이 어젯밤과는 사뭇 다르게 들려왔다. 말소리가 무척이나 부드러워진 것이다. 자식 놈 수능시험 잘 보라고 소원 성취할 수 있게 불공드리려 가는 날이라 그런지, 행동거지와 말조심을 한다. 아침부터 잘못 말실수하여 트러블이라도 나면 공염불이 될 수 있을 테니까!

"현재로선 특별히 갈만한 곳은 없고……."

각시는 그 아름다운 몸매(?)를 거울 앞에서 옆모습을 힐끗 보고 정면으로 비춰 보며 윗옷매무새를 팅팅 부른 떡볶이 가래떡 같은 손가락으로 만지작거리고 나서 빙그레 웃는다. 화장발이 만족한 모양이다!

"절에 갈려면 산길을 가야하는데! 아침밥을 안 먹고 가면 힘들 것인데?"

이렇거나 저렇거나 아무튼 백수씨는 걱정이 됐다. 그 우람한 체구가 신식 걸망 속에 1리터의 녹차 물병까지 넣어가니 걱정을 안 할 수가 없다.

"친구가 김밥을 만들어 온다고 했으니 차안에서 먹으면 돼. 참! 당신 지갑 내나봐."

"뭐! 할라고?"

"바뿐데! 말대답하지 말고 빨리 줘봐."

거실 문을 열고 나가려다 뭔가 생각이 난 듯 발걸음을 멈추고 지갑을 검사하겠다는 각시 말에 여비가 부족하나 싶어! 서부영화 사상 최고의 총격전이 연출되는 "오픈레인저" 영화 주인공인 캐빈 코스터너가 허리춤 권총을 빼는 것보다 더 빠르게 옷걸이에 걸려있는 바지주머니에서 지갑을 빼서 각시에게 가져다줬다. 평상시에 백수씨는 나무늘보처럼 행동 했다. 급하게 다그치는 바람에 번개같은 동작을 한 것이다.

지갑을 열어본 각시는

"비상금이 바닥났네! 품의유지비가 떨어 졌으면 미리미리 말을 해야지."

검사를 끝내고 각시는 등산백을 열고 장지갑에서 돈을 꺼내 백수씨 지갑에다 넣는다. 넷 쌍둥이 신사임당이! ……? 지갑 속으로 들어간다.

오늘 아침 각시 말이 상냥하고 부드러운 목소리다. 만약 천상에 선녀仙女가 있고 천사天使가 있다면 이 아침의 각시 마음을 닮았을 것이다! 아무튼 오늘 아침 분위기는 기분 나이스다. 연애할 땐 장점만 보였는데! 나이 들어 사소한 다툼이 싸움으로 이어지면 서로 간에 단점만 보이게 되어 그것을 시비삼으면 것 잡을 수 없는 싸움이 되기도 했다. 부부간에 살아가면서 서로 간에 좋은 말은 절대로 아끼지 말라던 어머니의 교훈을 잊어먹은 것을 새삼스레 후회를 하곤 하지만 부처가 아니고서야 어찌 인간이 화를 마음대로 다스릴 수 있으랴!

"겁나게 고마워! 잘 다녀와. 조심하고?"

미우네 고우네! 때론 아옹다옹 다투기도 하지만 남편 품의유지비에 쓰라고 20만 원의 거금을 빈 지갑에 채워주는 각시가 고맙기도 했다. 이러한 각시가 동방의 예의지국 대한민국에 얼마나 있을까. 가늠해보기도 한다. 백수 씨에겐 이런 일은 늘상 있는 일이다. 대대로 내려온 학자 집안 자손은 뭔가 다르긴 다르다.

각시를 보내고 나니 집안이 휑하게 보였다. 연 사흘 내내 폭우가 내리다 그치다 반복을 하다가 오늘 새벽녘에서야 비로소 개인 것이다. 각시에겐 집을 잘 보겠다고 일단 약속을 했지만 비 때문에 외출을 못하여 친구들의 소

식이 궁금하다. 특히 고스톱 멤버들이 더더욱 보고 싶다. 사내놈 꼴불견 중
엔

"돈을 세면서 숫자를 따라 고개 끄덕이는 모습을 보고 자기도 같이 따라
머리를 끄덕 이는 놈!"

"돈이 없어 사먹지도 못하고 남이 맛있는 음식 먹는 것 보고 먹고 싶어 곁
에서 꼴깍꼴깍 침 넘기는 놈!"

"고스톱 판에서 돈 떨어져 같이하지도 못하고 뒤에서 구경하는 놈!"

세상에서 제일 불쌍한 놈이라 한다. 이러한 짓을 방지하기 위해 각시의
품의유지비가 공급되지만 돈 세는 사람을 구경한다고 한 푼 줄 것도 아니고
밥 먹는 것 구경한다고 밥을 사줄 사람 없지만 돈 놓고 돈 먹는 화투판 뒷전
에는 개평이란 것이 있어 개평 돈을 모아 술이나 음식을 사먹어 굶주린 배
를 채울 수 있어 백수씨 같은 백수는 화투판이나 기웃거릴 수밖에 없다. 화
투판같이 시간 잘 가는 곳은 없다. 담배를 피우지 않는 곳이라면 더더욱 좋
다.

화투판이나 둘러볼 요량으로 외출을 하기 위해 한참 머리를 감고 있을 때
초인종 소리가 울렸다. 여느 때와는 달리 벨소리가 무척이나 신경을 날카롭
게 하고 불길한 느낌으로 귓전을 때렸다. 참으로 이상한 일이었다. 보편적
인 가정들에서 수시로 있을 수 있는 일상적인 일들이겠지만! 어쩐지 오늘따
라 무척이나 섬뜩하게 느껴진다. 백수씨는 머리를 감기를 잠시 멈추고 출입
문 쪽으로 귀를 곧추세우고 벨소리가 그치기를 기다렸다. 아침 일찍 찾아올
사람이라곤 없다. 기껏해야 세탁소 아저씨나 야쿠르트 배달부 아줌마 아니
면 교회 신도들일 것이다. 그들은 늘상 오며가며 세탁물이 있으면 달라거나
야쿠르트를 받지 않겠느냐? 교회에 나와 지은 죄 참회하여 천당에 같이 가
자 하면서 초인종을 누르곤 했다. 그런데 이상스럽게도 소리는 바로 멈출
기미를 보이지 않았다. 아니 끝나면 반복해서 다시 누른다. 그들이라면 한
두 번의 시도만으로도 물러가는 게 다반사였다.

백수씨는 무엇에 쫓기듯 머리에 남은 샴푸 거품을 부랴부랴 대충 헹궈내

고는 수건으로 물기를 털어 내면서 인터폰 앞으로 쪼르르 다가갔다. 인터폰 모니터 속에는 세탁소 아저씨도 야쿠르트 아줌마도 교회신도도 아닌 다른 모자를 깊게 눌러쓴 누군가가 얼굴을 렌즈에 바짝 붙인 채 노려보고 있었다. 화면에 나타난 얼굴은 뜻밖에도 '고스톱' 멤버 정외식 씨였다. 백수씨보다 다섯살 연상인 그는 건설업을 하는데 성격이 두루뭉수리한 탓에 그의 사무실에 자주 모여서 화투를 치곤했다. 훤칠한 그는 머리 정수리가 산사태가 나서 빛나리라고 놀려 가발을 하지 않을 때는 대머리를 감추기 위해 벙거지를 깊게 쓰고 다닌다. 백수씨는 현관문을 열고 그를 맞이한다.

"아니, 이른 아침에?"

반가와 하면서도 놀라워하며 연유를 묻는 백수씨를 외면하고 그는 안방 쪽을 기웃거리며

"있냐?"

각시가 있느냐? 란 뜻이다.

"형님! 전화로 하면 되지 아침 일찍 마누라가 있고 없는 것이 문제가 아니니 빨리 들어오시죠."

백수씨는 겁이 덜컥 났다. 전화로 안 될 일이라면 분명 중요한 일일 것이다! 무쇠가마솥뚜껑보고 놀란 가슴이 자라 등을 보고 놀란다라는 말이 이러한 것을 두고 하는 말인 것 같다. 무슨 일일까 궁금해 하는 백수씨의 시선은 아랑곳않고 턱을 들어 안방을 가리키며 눈을 찡긋한다. 놀라서 '각시가 방에 있느냐?'란 그의 물음에 대답을 아직 못했는데 재차 물은 것이다. "마누라는 삼사三寺순례 간다고 아침 일찍 나가고 없는데 사전에 통고도 없이 어인 일이요?"

방안을 두리번거리던 그는 백수씨의 말을 듣고 안심했다는 듯이 벽에 걸린 가족사진에 시선을 두고

"그럼 잘됐다! 오늘 좋은 일 있으니 날 따라가자."

"아니, 밑도 끝도 없이 어디를 가는데 전화로 하면 될 것을 아침 일찍 집에까지 찾아와서 자세한 행선지도 밝히지도 않은 채 무턱대고 가자고 재촉

합니까?”

백수씨의 말에 그는 음흉한 웃음을 지으며 곁으로와 오른손으로 어깨를 툭치며 상기된 목소리로

“전라도 여수로 관광을 가기로 했는데 갑자기 두 사람이 못가게 되어 짝이 모자라서 곤란하게 됐으니 네가 대신 가서 기쁨조^{playmate, 놀이 친구}가 되어 주어야겠다.”

“…….”

뜬금없는 그의 제안에 백수 씨는 대답을 못하고 머뭇거린다.

“왜? 싫으냐? 돈은 한 푼도 안 내도 된다. 두 사람 다 경비는 냈는데 가정사에 급한 일이 있어 못가서 그러니 그들 대타로 그냥 불알 두 쪽만 달랑 차고 가면 된다.”

“기쁨조란 무슨 뜻이요?”

“아이구, 이런 쑥맥! 묻지마 관광도 모르냐? 짝이 되어 적당히 놀다오면 된다. 너, 마누라도 묻지마 관광을 갔을지도 몰라!”

“들어보긴 많이 들어 봤지만 처음이라서……. 설마 우리 마누라가 어디가 좋다고 그런 관광을 가겠소? 막내 수능 시험 때문에 지금 정신이 없소!”

“야! 봐라. 열 길 물 속은 알아도 한 길 사람 속은 모른다는 속담이 있다. 말대답하지 말고 갈려면 빨리빨리 서둘러야.”

외식씨가 아침 일찍 백수씨를 찾아 온 것은 친구들이 단풍놀이 묻지마 관광을 가기 위해 여자 16명 남자 16명 짝을 맞추었는데, 남자가 두 사람이 급한 일이 생겨서 가지 못하게 되자 짝이 부족하여 그들 대신 역할을 해달라고 의향을 알아보러 온 것이다. 뒤에 안 일이지만 한 지역에서 평일날 사람을 많이 모집하기란 쉬운 일이 아니라 했다. 백수씨 입장에선 각시가 없어 천만다행이었다. 하기야 각시가 있었더라도 적당한 핑계대고 갔을 것이다. 짝이 없으면 계획을 추진한 사람이 혼나기 때문에 짝을 채운다고 하였다.

연일 비가 내려 밖으로 나가지 못해 온몸에 좀이 쑤시던 중이였는데 잘된 일이다. 마누라도 없고 하여 하루 종일 시간 보낼 곳이 마땅치 않았는데 잘

된 일이다. 다른 한편으론 묻지마 관광이 궁금하였는데 선거철도 아니고 경비 부담 없이 가는 관광에다 처음 보는 이성과 동행한다니 적당히 할 일이 없는 백수로서는 모처럼 호박이 넝쿨째 곳간으로 들어 온 것이다. 돈도 안 내고 남을 대신해 간다는 것이 꺼림칙하지만 일단 따라가기로 하고 형을 먼저 보냈다. 뜻하지 않게 처음 보는 여자들의 기쁨조가 돼 주기로 작정하고 들뜬 마음으로 설레발을 치며 각시가 일러 준 순서대로 서둘러 식탁과 부엌 살림살이를^{housekeeping} 깨끗이 정리하고는 실내 공기 환기되라고 거실 창 덧문을 활짝 열어놓고 집을 나왔다.

고개를 들어 하늘을 보니 하늘은 금새 바다에서 건져 올린 빛깔이다. 연사흘 내내 많이 낮아졌던 하늘은……. 어제의 하늘보다 끝이 어디인지 가늠할 수 없을 정도로 훨씬 더 높아 보인다. 그 높은 하늘을 향해 흰 실크 살풀이 천이라도 드높이 휘둘리면 하늘이 면도날에 베이듯 갈라져 물을 뿜어 낼 것이고 쏟아져 내린 차갑고 날카로운 물줄기는 정수리를 관통해 발등을 적실 것 같은 겁나게 상쾌한 날이다! 떠돌아다니던 마파람이 힘들었나! 앞산 소나무 숲에서 잠시앉아 가쁜 숨을 가다듬은 뒤 솔향기를 한가득 안고 달려와 공해에 찌든 코끝 때를 씻어주며 어린 곡식을 살찌우고 있다. 구름 때문에 제 힘을 전혀 발휘 못했던 햇살이 밤새 원기를 회복하고 축축해진 오늘 대지를 말리고 달구기 위해 앞산 봉우리에서 떠올라 혀를 날름거리니 갈매 빛^{심록색, 深綠色} 줄기넝쿨에 검붉은 장미꽃이 만개하여 뒤덮인 집 담을 넘어 오려고 작은 숨고르기를 하고 있다.

하늘에서 눈길을 거두자 연파랑 수많은 작은 동그라미가 혼란스레 아른거린다. 갑작스러운 비문증^{飛門症, 노화현상}에 잠시 눈을 감았다 떠보았다. 온 세상에 가득한 햇살……. 연사흘 동안 간사한 여우처럼 오락가락하던 비 끝이라 자못 경건하기까지 하다! 그 햇살은 지난 태풍에 텃밭에 쓰러져 있는 상처난 고추나무 가지를 어루만짐에도 소홀함이 없다. 몇 일만에 보는 햇살이 이렇게 고마울 수가 없다. 각시도 불공드리려고 날을 운좋게 잘 잡은 것 같다. 관상대 직원들 자존심 상하게 하필 그들의 야유회 가는 날에 하늘이 심술이라도 부린 것같이 장대같은 비가 내리듯 온종일 비가 내려 삼사 순례 길에 지장이 있으면 어떡하나 밤샘 걱정도 했다. 부처님이 도우셨나 보다! 남무관세음보살! 백수 씨는 두루두루 만신교인萬神敎人이다. 죽어도 걱정이 없다. 마누라가 절에 가자고 하면 천지간天地間의 신神이란 신을 모두 믿는다. 죽으면 내 마음대로 골라서 좋은 곳에 찾아갈 수 있으니 걱정하지 말라고 큰소리쳤다.

이런 저런 오만잡생각을 하며 도착한 곳은 남해고속도로 나들목이다. 앞서간 외식이 형이 빨리 오라 손짓한다. 잰걸음으로 버스 앞에 당도하니 관광버스는 입을 크게 벌리고 빨리 들어오기를 기다리고 있었다. 무엇엔가 홀린 듯이 어둑한 버스 안으로 들어갔다.

안쪽 좌석에 목을 내밀고 앉아있는 호기심으로 가득한 여자들의 수십 개의 반짝이는 눈동자가 백수씨를 기다리고 있었다. 이 고장 사람이 아닌 처음 보는 얼굴들이다. 모두들 때 빼고 광을 내고 왔는지! 여러 가지 화장품 냄새가 코끝을 심하게 자극하였다. 여자들이 안쪽의자를 점령한 것으로 보니 타지에서 온 모양이다. 인원 점검을 끝마친 외식이 형이 밖에서 쭈그리고 앉아 열심히 담배를 피우던 몇몇 남자들을 향해 "출발한다. 빨리 타라" 고함을 지르자 피우던 담배 불을 황급히 끄고 승차한다. 인원 점검이 끝나고 버스가 서서히 나들목 공터를 미끄러져 나가 둔중한 기계 파열음과 함께 고속도로에서 제 속력을 내자 남자 쪽 가이드인 외식이 형이 마이크를 잡고 통로 중앙에서 인사말을 시작했다.

"반갑습니다. 일찍 온다고 아침 식사도 못하고 오셨을 텐데! 오늘 하루 같이할 파트너를 정한 다음 준비해 온 음식으로 간단한 식사를 하기로 합시다. 오늘 여러분의 중매를 해줄 정외식이라고 합니다. 공사판에서 막일을 하고 있습니다. 오늘 상대방은 젊은 여성들이어서 기분 좋습니다. 우리 쪽도 경로당 입학하려면 족히 30년은 있어야 하는 혈기왕성한 장년들이어서 건드리면 폭발할 화약같은 남자들입니다. 잘못 건드리면 폭발할 수 있으니 오늘 하루만 조심조심 다루고 놀아야 할 것입니다. 경로당 자원 봉사하러 온 것으로 착각하지 마시기를 바랍니다."

외식이 형의 인사말이 끝나자 새치름하게 앉아 있던 여자들이 손뼉을 치며 웃는다. 뒤이어 여자 쪽 가이드가 나왔다.

"반갑습니다, 저희는 부산 남산동과 일부는 부곡동에서 왔습니다. 개인적인 인사는 파트너를 정하면서 알려주겠습니다. 아니 파트너가 되면 자연 알 것입니다."

간단한 인사말을 끝내고 여자 쪽 가이드는 검정 비닐봉지를 들고 버스 통로에서서 말을 이었다.

"남자 분들은 소지하고 있는 물건 중에 어떠한 것도 좋으니 하나씩 이 봉지 안에 넣어 주길 바랍니다."

그녀는 말을 끝내고 앞쪽부터 비닐봉지 입구를 크게 벌여 물건을 걷어 왔다. 이렇든지 저렇든지 백수 씨는 그들이 하는 대로 지켜보며 따라주었다. 여자가이드는 백수씨 앞에서 걸음을 멈추고 몸을 돌려 앞을 가로막는다. 뒤쪽에서 여자들이 백수씨가 비닐봉지 안에 넣는 물건을 볼 수 없게 가린 것이다. 백수씨는 잠바 속 주머니에서 만년필을 꺼내 비닐봉지 안에 넣었다. 16명의 남자 물건이 검정비닐 봉지 안에 있다. 걷힌 물건을 들고 여자 가이드는 외식이 형을 불러 통로에 나란히 섰다.

"이 비닐봉지 안에 로또복권이 들어있습니다. 한 사람씩 나와서 한 개씩 꺼내서 당첨된 물건 주인과 오늘 하루동안 파트너가 되어 즐거운 시간이 되길 바랍니다. 평생 데리고 살 짝이 아니니 잘못 선택되어도 억울해 하지 마시길 바랍니다."

뒤쪽에서 여자들이 차례로 나와 봉지 안에서 물건을 꺼내들면 외식이 형이 물건 주인을 확인하여 여자와 짝을 지어 앉아 있게 했다.

"야, 젊은 아가씨 오늘 큰 수지 맞았다! 차 키를 두 개씩 가지고 다닌 걸보니 억수로 부자인 모양입니다. 이게 롤스로이 키인가! 자가용 비행기 킨가! 그도 아니면 팬츠 킨가!"

"야! 일마야, 지금 세상에도 정조대를 입고 다니는 여자들이 있느냐? 팬티 키를 가지고 다니게?"

누군가 응수를 했건만 외식이 형은 들은 척도 않고 키 고리를 오른손 엄지와 검지로 잡고 무당이 방울 흔들듯 살랑살랑 흔들어 보인다. 그 소리에 의자에 앉아있던 여자들이 몸을 반쯤 세우고 목을 내밀고 키를 바라보며 당첨된 여자를 부러워하는 눈으로 일제히 바라본다.

"아, 이거 대단히 죄송합니다. 제가 잘못 안 것 같습니다. BMW 키는 아닌 것 같고! 체어맨 키인가! ……그것도 아니네!"

말을 끝낸 외식이 형은 버스 앞 창문 쪽으로가 키를 살펴보고 나서 뒤돌아 눈을 비비고난 뒤

"밝은 곳에서 보니! 하나는 경운기 키고 하나는 오토바이 키네! 아가씨! 어쩔까요? 오늘 로또복권에 당첨인 줄 알았다가 황이어서 좋다가 말았네!"

외식이 형의 농담에 버스 안은 웃음으로 가득하다.

이분은 면장님, 이분은 시의원, 이분은 대기업 회장, 동창회, 향우회, 심지어 동심계회장님 등등 대다수 사장님이나 회장님이다. 모두 짝을 맞추어 보니 남자 하나가 부족했다. 여자 쪽의 가이드가 짝이 없는 것이다. 뒤에 안 일이지만 여자 가이드는 묻지를 마세요. 관광객만 모집하는 전문 모집책이었다. 양쪽 일행 중에 서로 아는 사람이 몇 사람 있었으며 남자 쪽에 두 사람은 여자 쪽 가이드와도 서로 알고 있었고 세 번이나 함께한 사람도 있었다. 남자들은 모두 60~65세이며 백수씨만 56세로 제일 어린 영계다. 여자들은 40~50세 중반인데 부산 2개 동에서 모집책이 모아 온 것이다. 그 중에서 백수씨만 특별히 나이가 소개됐는데 소개가 끝나자,

"형부 우리 언니 끝내줍니다."

백수씨가 목을 빼고 소리가 나는 쪽을 바라보니 앞쪽에서 예쁜 여자가 의자 사이에서 엉거주춤 서서 손을 흔들며 웃는다. 같은 동에서 온 일행인 모양인데 백수씨의 파트너가 자기보다 연상인 모양이다. 여자들의 시선이 모두 백수씨에게 쏠렸다. 백수씨는 자세를 고쳐 앉으며 "이런 모임은 처음이

라 혹 실수가 있더라도 이해 해 달라.”고 파트너에게 말했다. 그녀는 입가에 웃음을 흘리며 자기도 백수씨와 같다고 했다. 이렇게 겉치레 인사라도 해야지 서먹서먹한 감정이 없어질 것 같았다. 백수씨 예감이 적중했다. 내숭을 떨고 앉아 있는 파트너에 대한 궁금한 것이 무척이나 많아 연사질을 해 보려 하였지만 오늘 관광 목적의 주제처럼 일체 상대방 신상에 관한 질문을 피하고 그들 말처럼 신나게 오늘 하루만큼은 아무런 격식 없이 미친 듯이 놀고 헤어지기로 했다.

웃고 떠들며 박수치기를 10여분 파트너가 모두 정해져 합석이 이루어지자 외식이 형이 검정 비닐봉지를 한 개씩 의자 뒤 컵 걸이에 걸어 쓰레기를 담을 수 있도록 한 뒤 이어서 김밥과 음료수 과일들이 배급됐고 삶은 돼지고기가 술안주로 스티로폼 케이스에 수북이 나뉘어 지고 나서 여자 가이드가 각자의 취향에 따라 맥주나 소주를 연신 종이컵에 따라주었다. 두 사람의 손발이 척척 맞아 일사천리로 모든 일들이 척척 진행되었다.

여자들은 이러한 분위기에 익숙지 않은 백수씨에게 수차례 술을 권하여 마지못해 병아리 눈물만큼 먹고 잔을 내밀었다. 맹하니 앉아 파트너의 기분을 못 맞추는 백수씨의 얼굴을 본 외식이 형은 가자미눈을 하고선 마이크를 잡고 방송을 한다.

“아! 아! 잠시 공지 사항을 알려 드리겠습니다. 다름이 아니라 우리 막내인 서백수는 술만 취하면 아무 곳에서나 옷을 벗어버리는 버릇이 있으니 술은 절대로 많이 권하지 마시기 바랍니다. 앞전에도 술에 취해 빨개 벗고 요강 비우려 뛰어나가는 바람에 교통경찰이 출동되고 휴게소가 한바탕 난리가 났습니다. 제가 번개같이 버스 창문 커튼을 뜯어 가지고 달려가 아래 거시기를 가려서 소동은 진정 됐지만 오늘은 그런 불상사를 막기 위하여 미리 말씀을 드리니 절대 술을 권하지 마십시오.”

차내 방송이 끝나자 여자들이 ‘까르르’ 웃더니 갑자기 버스 안이 술렁거렸다. 아마도 이름 때문일 것이다.

농담을 한 것을 진담으로 알아듣고 모두들 관음증uoyeltyism, 觀淫症이 있나!

옷 벗는 모습을 보려는지 여자들은 야시시한 미소를 지으며 집중적으로 백수씨에게 술을 권하였다. 잘못하는 술을 들뜬 기분에 권하는 대로 먹고 취하여 농담이 진담처럼 되어 행여 실수라도 할까봐! 사양을 하니,

"남자가 술도 못합니까?"

하고선 옆자리 파트너는 날 보란 듯 소주잔을 연거푸 비운다. 대다수 소주를 먹었다. 외식 형의 설명에 따르면 "맥주를 먹으면 요강단지^{소변}를 비우려고 휴게소에 자주 들려야 하기 때문에 흥이 깨진다."는 논리다.

백수씨도 술은 좋아하는 편이 아니었다. 술을 등에 지고가라하면 못가도 먹고 가라 하면 즐거워할 아버지 때문에 어머니가 곧잘 술주정하는 아버지와 자주 다툼을 하여서다. 어려서 그런 일을 자주 봐 마음에 상처를 입은 백수씨는 자주 있는 술자석에선 예의상 입가심할 정도로 먹어 주는 양이다.

몇 개월 전 길을 가는데 처음 보는 곱사하게 생긴 아가씨가 다가와 대선주조 영업부에서 나왔는데 새로 나온 '즐거워 예'란 상표가 붙은 소주 두 병을 선전용으로 공짜로 나눠 줘서 집으로 가져 왔다. 하는 일들이 잘 안 풀려 기분이 별로였는데, 때마침 각시는 마실을 가고 없어 그들의 주장대로 즐거워지는가 싶어 단숨에 한 병을 비웠다. 정신이 알딸딸했다. 나머지 한 병도 먹어치웠다. 효과는 바로 나타나기 시작했다. 소주상표처럼 기분이 좋아 즐거워졌다. 16.2% +16.2%이니 기분이 32.4%로가 되었으니! 즐거워가 두 배로 업 되었다. 태어나 처음으로 과음을 하였으니 그 기분 술 먹는 사람은 알만한 일 아닌가! 그것으로 그치면 될 일을 술을 먹으면 술이 술을 먹는다고!

각시가 애지중지하는……. 명절 때 선물로 들어온 양주를 모아 진열해두는 양주장에서 살아생전 박정희대통령이 즐겨먹었다는 시바스리갈^{Chivas. Regal-Chivas-Brothers} 양주43%를 꺼내어 STOLOVAYA-VODKA 50%를 양주 희석제로 착각하고 섞어 반 병쯤 마셨을까! 폭탄주가 아니고 핵 폭탄주를 마신 셈이다. 이젠 정신이 아리아리 해지고 기억이 몽롱해지며 비지땀이 흐르면서 온몸이 더워지기 시작 했다. 옷을 홀랑 벗고 목욕탕에서 찬물로 사워를

하고 나왔지만, 정신을 가늠하기 힘들었다. 발가벗은 채 거실 바닥에 그대로 큰 대자로 누었다. 더워서 옷을 입을 엄두도 못했다. 천정이 빙글빙글 돌았다. 너무나 어지러워 엎드렸더니? 이젠 방바닥^{지구, district}이 돌았다. 그대로 정신을 잃어버렸다. 백수씨가 잠에서 깨어난 것은 새벽녘 동네병원이었다. 태어나 처음으로 갈릴레오 갈릴레이^{Galileo Galilei, 1564~1642}가 주장했던 지동설^{地動說}과 교황청이 주장했던 천동설^{天動說}을 한꺼번에 체험한 것이다. 곧 60이 가까운 생을 살았지만 하늘이 돌고 땅이 도는 미세한 느낌도 못 받았는데 폭주를 하고선 체험한 것이다.

이탈리아의 수학 · 천문 · 물리학자인 갈릴레오 갈릴레이의 1633년 6월 22일은 종교재판에 회부되어 교황청의 압력으로 인해 지동설을 철회한 날이다. 『종신 금고형』을 받은 그는 재판장을 나오면서 "그래도 지구는 돈다"는 유명한 말을 남겼다. 판결을 내린 몇 개월 후 천동설을 믿었던 로마 교황청이 종교재판에 대해 재검토한 결과 과오를 인정했던 사건이다. 눈이 어두운 백수씨가 안경을 벗어 두고 폭주를 하는 바람에 상표를 인식 못하고 RUSSIAN-VODKA^{러시아 보드카}에 시바스리갈 양주를 타서 마셨느니 그 위력은 주당들이 알 것이다.

1979년 10월 26일 금요일 오후 7시 41분 국민들이 궁금해 하는 궁정동 안가. "각하, 이따위 버러지 같은 놈^{차지철}을 데리고 정치를 하니 올바로 되겠습니까? 너 이 새끼 차지철. 죽일 놈!" 말을 끝낸 김재규 중앙정보부장이 차지철 경호실장을 쏘았다. "무슨 짓이야! 김 부장!" 박정희 대통령이 호통을 쳤다. "각하, 정치를 좀 대국적으로 하십시오." 김재규는 박 대통령에게 총을 쐈다. 이로써 대한민국의 독재정권은 역사 속으로 사라진 것이다. 그것도 술좌석에서……

박정희 전 대통령도 시바스리갈 양주를 무척이나 좋아 했는데. 시바스리갈을 먹는 술 자석에서 시발 놈의 경호대장 차지철이가 "각하! 부산에 탱크 몇 대 내려 보내서 데모하는 학생과 시민을 몇 백명 깔아뭉개면 잘 해결될 것입니다"라는 이 말에 중앙정보부장 김재규의 비위를 건드려, 화가 난 김재규 시발 놈이 대통령과 차지철에게⋯⋯. 시발 놈들 때문에 국민을 죽이는 대사건이 터질 것이라는 예감에 의해 두 사람을 현장에서 권총으로 죽이는 사건이 터진 것이다. 김재규가 충신인가 역적인가는 후대 역사가가 평할 것이다.

여하튼 시발 놈과 시발 글자의 술은 불행을 낳는 것인가! 백수씨는 술로서 나름대로 좋은 경험한 것은 보람이 있으나 각시의 꾸지람은 지금도 잊을 수가 없다. 그 후로 술을 더 자제하게 된 것이다.

이 사건이 알려지게 된 이유는 각시가 친구네에서 수다를 떨고 해거름이 다되어 집에 오면서 친구를 데리고 왔던 것이다. 거실 문을 열고 들어서자 술 냄새가 진동을 하고 여러 개의 술병들이 널브러져 있는 가운데 벌거벗은 채 어둑한 거실 바닥에 엎어져 꼼작도 안하고 있는 남편을 본 각시는 자살을 한 줄 알았다는 것이다. OECD국가 중에 자살률이 제일 많은⋯⋯. 하루 평균 42명이라는 대한민국이니 그럴 만했다. 뒤따라 들어오던 친구는 기암을 할 정도로 놀랐다는 것이다. 친구 말로는 요새 하는 일이 잘 안 풀려 어려워하고 있다는 말을 들었기에 자살을 한 것으로 착각했고 벌거벗은 친구 남편을 보고 두 배로 깜짝 놀랐다는 것이다. 각시가 급히 옷을 입히고 있을 때 자살하기 위해 음독한 것으로 착각한 각시 친구가 119에 다급하게 신고를 하는 바람에 119 구조대가 출동까지 하여 그 사건이 소문이 나서 "백수는 술 먹으면 옷을 벗어버린다"란 말이 퍼져 나갔다.

백수씨의 지동설 인정과 전라로 뻗어버린 변명이 재미있어⋯⋯. 모두가 입 가벼운 각시의 친구에 의해서 동아일보 "휴지통"과 지방신문을 비롯한, 마을 노랑 신문에 가십으로 보도된 사건기사 때문이다. 하룻밤 병원에서 포도당링거주사를 맞고 아침에 퇴원을 하는 백수씨에게 "인제 정신이 좀 듭니까?"라는 의사의 질문에 "지금도 하늘이 돌고 땅도 약간씩 돌아 정신이 어리버리 합니다"하고 병원을 나섰다. 이 사건으로 백수씨의 지론은 사람의 몸에 아흔 아홉 가지로 해로운 술이라고 하지만 딱 한 가지 좋은 것은 김영삼 대통령의 말투인 겡상도 말로 "억수로 기분이 즐거워 예"라는 것이다.

　몇 잔의 잔술에 얼굴이 붉어진 파트너는 예의의 경계선을 무너뜨리고 그동안 백수씨의 궁금증을 털어 놓았다. 다 큰 두 아이가 있고 남편은 공무원이라 하였다. 친목간모임에서 친구의 남편에게서 들었는데 남편도 1년에 주기적으로 이러한 관광을 간다하여 자기도 궁금하여 처음 나왔는데 기분이 좋다고 하였다. 남편에게는 삼사三寺 불공을 드리려 간다하고 왔다며 관광코스로 거치는 곳의 절 3곳 이름을 가르쳐 달라 하였다. 순천 송광사와 선암사 그리고 구례 화엄사를 적어 건네주었다. 각시처럼 남편에게 삼사순례를 간다하고 오늘 여행에 동행한 모양이었다. 백수씨도 예의상 간단한 가정사를 알려주었다.

　뒤에 안 일인데 서로 전화번호를 주고받고 연락을 하여 불륜으로 이어지는 것을 보았다. 이러한 짝짓기는 서양의 스와핑 문화에서 변질된 것이다. 종종 곤란한 사건이 터지기도 한다는 것이다. 버스를 타고 보니 동생 마누라와 마주치기도 하고 또는 형수가 버스에 타더라는 것이다. 충분이 있을 수 있는 일이다. 백수씨는 파트너가 연락처를 알려 주었지만, 그럴 필요성이 없어 귀담아 듣지 않았다.

　그러는 사이에 나누어진 음식봉지가 쓰레기봉투에 들어가고 술잔이 자주 오가는 가운데 잔잔한 음악이 흘렀다. 그러자 누군가 "기사님! 음악 퍼득 기리까이 시키시소."라는 말이 떨어지자 스피커에서 '징'하는 하울링을 남기는가 싶더니 경쾌하고 빠른 템포의 트로트경음악소리가 귓전을 때렸다. 때를 같이해 의자에서 한두 명씩 짝지어 일어나 통로에 나와서 음악에 맞추어 몸을 흔든다. 그러자 약속이나 한 듯이 여기저기서 여자는 남자를 남자는 여자를 일으켜 통로 밖으로 끌어내어 짝지끼리 마주보고 춤을 추기 시작했다. 정중동의 특별한 춤사위 같은 것은 필요 없어 보였다. 빠른 템포면 빠르게 느린 템포면 느리게 손을 잡고 몸에 꽉 끼어 잘 벗어지지 않는 청바지를 벗듯 몸을 좌우로 흔들어 내렸다.

　관광버스를 타본 모든 사람이 경험한 바와 같이 그야말로 춤추기 위해 태어난 사람들 같았다. 그들의 말에 의하면 이렇게 춤추고 고성을 내질러 노

래를 부르고 즐겨야 노는 것 같아 스트레스가 싹 풀린다는데 비좁고 시끄러
운 이 광란의 장을 방해하고 저지할 자 있겠는가! 덩치 큰 버스 몸체가 좌우
로 위아래로 흔들거리고 금속성을 내는 경음악에 버스바닥이 쿵쾅거리도록
발놀림과 광란의 몸짓, 시금털털한 술과 음식냄새에 믹서된 화장품 냄새와
역겨운 땀 냄새 그러한 것들이 우리의 관광놀이 문화이다. 대다수는 볼썽사
나운 것으로 생각하겠지만! 그 장에 있으면 나이 들어 수치스러운^{ashamed} 행
동은 자제해야 되겠지만…….

그들과 함께 휩쓸려야 하는 게 우리네 미덕이 아닌가 싶어 백수씨도 통로
로 나와 음악에 몸을 실었다. 대한민국 막춤이란 그저 음악에 따라 흐느적
거리거나 발바닥에 가시가 박힌 곰 걸음처럼 뒤뚱거리거나 침팬지같이 양
손을 늘어뜨리고 앞뒤로 흔들면 막춤의 기본이 되는 것이 아니던가! 그러한
행동을 보고 백수씨의 파트너도 통로로 나섰다.

비좁은 통로에는 제대로 서있기 조차 힘들고 흔들리는 차체 때문에 중심
잡기가 힘들어 궁둥이를 의자에 밀착시켜 서있거나 아니면 상대방의 몸에
의존할 수밖에 없는 아주 비좁은 공간이 되어 버스가 조금만 흔들려도 앞
사람을 끌어안아야 중심을 잡을 수가 있었다. 어떤 이는 은연 중 그것을 즐
기려고 버스가 흔들리기를 기다렸다가 생 밀크 저장창고가 깨질 정도로 꼭
끌어안는 사람들도 있었다. 여자들은 멋적어 하면서도 상대방의 손을 떼어
내지 않고 그대로 받아 드렸다. 허기야 이런 곳이 아니면 난생 처음 보는 남
녀가 자기 마음 대로 안아 볼 수 있겠는가! 죽기 아니면 살기로 살기 아니면
죽기로 작정하고 춤추고 노래하고 환타스틱^{fqntostic}한 황홀경^{恍惚瓊}을 맛보려
는 듯 껴안아보고 서로 간에 애무^{愛撫, petting}해 주기를 자청한 무리들 같았다.

그 비좁은 통로를 오가며 의자에 앉아있는 사람에게는 어김없이 술잔이
건네졌다. 힘들어 잠시 의자에 머쓱하게 앉아있던 백수씨도 조금씩 나누어
마신 술에 취기가 돌았다. 다시 붙잡혀 나가 어울렸다. 막춤을 춘 것이 아니
라 그저 흔들리는 버스에 몸을 허락하며 30여분이 지나서야 자리에 앉을 수
가 있었다. 파트너도 부리나케 좇아와 백수씨 곁에 앉았다.

가쁜 숨을 고르는 순간 파트너는 오른손을 뻗어 백수씨 왼쪽 어깨위에 얹어 놓고 머리카락을 만지작거렸다. 뜨악했지만 백수씨도 파트너의 손을 더듬어 잡았다. 파트너는 가만가만 손을 어루만지더니 백수씨의 행동이 시뜻한지 손을 얌전히 거두어 들였다. 그녀는 백수씨가 박력이 있는 남자로 느껴지지가 않은 모양이다.

그녀는 술에 취했는지 이내 잠에 골아 떨어져 버렸다. 잘 됐다 싶었는데 그녀의 동료들에 의해 몇 번이나 이끌려 나가 어울려야 했다.

파트너와 짝 맞추기 시간과 식사시간 휴게소에서 잠깐의 휴식을 합하여 30여분 빼고 2시간 반 동안을 계속 춤을 추다보니 어느새 여수 돌산대교 밑 주차장에 도착하여 중식을 하기 위하여 식당으로 들어갔다. 직사각형 방에 여러 개 상을 잇대어 자리를 마련하고 상위에는 임금님 수랏상에 버금 갈 정도의 진수성찬이 차러 있었다. 부부처럼 각자의 파트너와 짝을 지어 앉아 술이 가득한 잔을 들고 소리쳐 "위하여"를 한 다음 들이키고 식사를 했다. 백수씨 파트너가 상추 잎 위에 깻잎을 포개고 초장을 듬뿍 찍은 회를 소복이 얹어 싸서 입에 넣어준다. 시뜻하여 사양을 하다가 받아먹자 잠시 쉬지도 않고 비좁은 버스 안에서 과격한 운동을 해 배가 고픈지 게걸스럽게 먹던 다른 파트너도 덩달아 같은 행동을 한다. 지나가는 사람이 보았다면 금실이 좋은 부부인줄 알았을 것이다.

백수씨가 각시에게 이러한 호사를 받아본 지가 다섯 손가락 안에 꼽을 정도도 안 된다. 각시가 이렇게 위해 준다면 감격해 잘 씹어 넘기지도 못했을 것이다. 반대로 각시에게 자신이 하고 있는 행동을 했다면 각시는 감격해 인생의 액기스가 정열로 환원된 행복한 눈물방울이 떨어 졌을텐데! 그 동안 각시와 춤을 추고 노래를 함께 못했을까? 자기만이 아닌 여기의 모든 사람이 남편에게 아내에게 서로가 밥상에 마주보고 앉아 자주 인생을 의논하지 못했을 것이다. 그래서 다른 이성과 놀러온 것이 아닌가! 이런 저런 생각에 불현듯 각시 얼굴이 떠올라 백수씨도 모르게 나온 눈물 한 방울이 눈 가장자리에서 멈추려다 이내 볼을 타고 흘러 내렸다. 연거푸 음식을 권하는 파트너에게 들킬까봐 슬그머니 나와 버렸다. 각시와 같이 왔더라면……. 그동안 각시에게 잘 해주지 못한 것이 미안하였다.

식사를 끝내고 여수 앞 바다를 한 바퀴 도는데 2시간이 소요되는 유람선을 타고 관광을 하기로 했는데 약간의 시비가 있었다. 유람선 관광요금이 일인당 1만원인데 개인적으로 부담해야 한다는 말에 여성 쪽에서 남자들이 비굴하다며 불만을 터트린 것이다. 그들이 "경로당 자원 봉사하러 온 것도 아니다 양쪽 모집책이 일을 시시부지하게 해서 일어난 것이니 책임이 있다."는 강력한 항의에 남자들이 부담을 하기로 하고 넘어가는가 싶었는데! 짝이 없는 여자 가이드가 또 다시 시비를 건 것이다. 마주보며 붉으락푸르락 도깨눈으로 눈겨룸을 하고 대지르던 두 모집책은 짝을 못 채운 남자 쪽이 잘못이니 외식이 형이 부담하기로 하고 소란은 일단락 돼 유람선에 승선하였다.

유람선을 타고 여수 앞 바다 관광에 들떠있던 기분을 출항 5분도 안돼서 대한민국 막춤은 망가뜨려 버렸다. 300여명이 탈 수 있을 것 같은 유람선엔 이들 외에 두 개의 단체 관광객과 동승하게 됐다. 화려한 몸치장을 하고 승선한 팀은 백수씨의 일행보다 약간 낮은 연배인 것 같았고 다른 한 팀은 나름대로 멋을 부렸으나 몰골이나 옷차림으로 보아 농촌에서 온 것 같았다! 유람선은 1층은 기관실이고 2층은 노래방과 춤을 추는 무대가 있고 그에 따라 자그마한 매점도 있다.

갑판장이 유람선 구조를 알려 주고 난 뒤 무대조명을 켜고 노래방기기를 플레이시키니 홀 중앙에서 오색 조명등이 돌며 약간 빠른 템포 음악이 흘러나오자 기다렸단 듯이 그들은 드넓은 유람선 폴로 안에서 둘씩 짝을 지어 나와 손을 잡았다 놓아주었다 하면서 몸이 낚시 바늘에 끼어있는 지렁이같이 비비꼬이다가 멈춰서 앞으로 끌어안아 오른손을 잡고 역으로 돌려 뒤로 보냈다가 다시 끌어 당겨 왼쪽 허리를 껴안고 앞으로 서너 걸음 뒤로 서너 걸음하고선 손을 머리 위로 올려 다시 역으로 빙그르르 돌리는 몸짓을 수없이 반복한다. 유람선 승선요금 다툼으로 인하여 서로가 서먹하였던 마음은 어느덧 사라지고 모두가 자유분방한 모습이 돼 어울러졌다. 더러는 그 비좁은 통로에서 빙그르르 돌아 앞으로 갔다 궁둥이를 위아래로 씰룩거리고선 뒤로 서너 걸음 하고 난 뒤 또다시 빙그르르 돌아 궁둥이를 위아래로 씰룩거리고선 앞으로 서너 걸음을 끊임없이 반복하고 있다. 번쩍거리는 조명 불빛과 거리 덕분에 궁핍은 가려지고 화사함만 돋보이는 원색의 넥타이와 귀걸이 불빛에 번쩍거렸다.

적당히 날씬한 중년 여인의 모습! 흰색 천 바탕에 원색 장미꽃 무늬 천에 30미리 정도! 직선 잔주름을 넣어서 만든 실크치마폭이 아침나절 나팔꽃잎처럼 펼쳐지다 옆 사람과 부딪쳐서 석양에 시들어지는 꽃송이처럼 오므라든다. 밀폐된 공간에서 울려 퍼지는 경음악소리는 광란狂亂의 장을 만들어 댔다. 시간이 흐를수록 수십 개의 가락이 뒤엉킨 무질서disorder 난장판이 연속으로 이어지는 가운데 그들의 목덜미에서 목걸이가 치렁거리고 귓불에선 귀걸이가 하늘거리고 휘젓는 손목에서 팔찌가 반짝거려…….

온갖 장신구들이 어지러이 현란한 조명등 불빛을 받아 되쏘아 내리고 무대 중앙에서 번쩍거리는 사이키 조명 불빛 속에 광란의 몸짓이 뒤엉켜진 가운데 괴성이 흘러나온다. 지옥불 속이 있다면 이런 광경일 것 같다! 흐르는 음악은 서로간의 경계선을 뛰어넘어 트럼펫이 아코디언을 찢고 쿵쾅대는 드럼소리가 기타소리를 짓밟고 신神내림 굿을 하는 무당이 방울을 흔드는 것 같이 탬버린을 흔들어 그 소리가 색소폰 소리와 아귀다툼을 하고 마이크를 잡고 흘러나오는 디스코 곡에 따라 합창을 하고 있는, 정말로 자기 마음대로 못생긴 여자의 절규scram에 가까운 음치 목소리가 백수씨의 귀를 능욕하고 있다!

그러한 가운데 춤에 달인인 사람이 있다. 빨간 티에 꽉 낀 청바지를 입고서 라면 머리모양을 한 50세를 넘긴 듯한 여자 모습이다. 청정바다 속 돌 위에 뿌리를 내리고서 물결 따라 하늘거리는 미역 줄기같이 서서 다리를 약간 구부렸다 펴기를 끝없이 반복하며 두 손을 가슴 쪽으로 모으고 상하로 교체

돌리고 있다. 어떻게 보면 비포장도로를 달리는 차안에 고정된 스프링 위에 서서 억지 춤을 추는 꼭두각시 인형 같은 모습이다. 영화 토요일 밤 열기 주제곡 비지스의 디스코 음악에 따라 현란한 몸짓으로 열연하는 주인공 토니의 춤이 무색할 정도의 열기다. 1시간여 동안 한 발자국도 옮기지도 않는 끈질긴 인내력과 무아지경에 도취되어 춤추는 저 여인은 누구에게서 저런 유치한 춤을 사사師事받았을까? 그 모습에 홀린 듯이 바라보며 깊은 생각에 잠겨 있는 백수씨에게 외식이 형이 다가와 종이컵에 술을 한가득 따르면서

"어떠냐? 오늘 화끈하게 놀다가는 거야 일어나라. 토방마루에 던져놓은 꾸어다놓은 보리자루같이 맥없이 앉아있지 말고 신나게 파트너하고 놀아라. 데리고 살 것도 아니고 알았냐? 내 말 귀넘어듣지 마라. 누가 아냐! 너, 마누라도 지금쯤 땀 빼느라고 지금쯤 비좁은 버스 안에서 춤을 춰 사우나 탕 속 신세 일지!"

머쓱하게 앉아 있는 백수씨가 여간 신경이 쓰이는 모양인지 침을 튀기면서 큰 소리로 열변을 하고 외식이 형은 궁둥이를 과붓집 바람난 수캐처럼 무리지어 홀을 도는 여자들 뒤를 따라 엉덩이를 앞뒤^{말이 거시기하는 모습로} 깐작거리며 무리 속으로 휩쓸려 사라진다. 깡마른 체구는 겨릅대같아 빗줄기 사이로 다닌다 해서 화투장 비광이라는 별명이 붙은 백수씨가 저 광란의 장소에 비집고 들어갈 틈이 없어 잠시 앉아 구경하고 있는 것을 보고 외식이 형은 땀이 범벅이 된 얼굴에 미소를 지며 손을 잡아 통로로 끌어당긴다. 여기가 바로 숨겨진 비밀 홀 막춤원조 디스코텍 대한민국이고 트로트왕국에 지르박 코리아이며 블루스 무도장이다. 뭇 시선도 하나도 중요치 않았으며 가식도 필요없는 오픈된 댄스가 시작되었다.

외식이 형이 없었더라면 돌부처로 굳어버렸을 텐데 그의 손에 이끌려 백수씨도 무엇엔가 홀린 듯 그들의 세계로 빨려 들어갔다. 어떤 환영도 어떤 냉대도 없다. 백수씨도 곧 그들에게 휩쓸려 한 무리가 됐다. 그리고 서서히 이방인으로 환원돼 갔다. 오른발을 까치발을 하여 가속페달을 밟듯 하고 멈춰 역순으로 왼발을 발의 움직임에 따라 손도 덩달아 상하로 흐늘거렸다.

아니 그냥 서서 있어도 고속으로 돌진하는 유람선 머리에 겁 없이 달려든 작은 파수波首가 산산이 깨어지고 그 충격에 흔들려 요동치는 선체 때문에 춤을 추는 것 같이 흐늘거려 졌다. 뜨거운 조명 불빛과 사람의 열기에 등줄기에서 땀이 흥건히 흘러내렸다.

발목이 시큰거리고 어깨에 통증이 느껴질 무렵. "앵～"하고 사이렌 소리가 길게 울렸다. 그들은 순식간에 통로에 구부려 숨거나 엉거주춤 서거나 의자에 앉아서 밖을 내다본다. 그들의 민첩한 동작을 보니 민방위 교육 성과가 훌륭히 나타난 셈이다! 이내 경음악도 멈췄다. 3층 간판에서 항해사가 신호를 한 것이다. 멀리 단속을 나온 해양 경찰 경비정이 보인 모양이다.

그러기를 5분여 정도 지났을까! 이내 배 안은 평화가 되찾아들었다. 장내가 정리되고 디스코 음악에 맞춰 가수 이은하 밤차 노래할 때의 댄스인 천장을 향하여 빈총을 쏘듯……. 하늘 찌르기를 하는 것처럼! 3명의 몸짓 모습과 조명의 열기 때문에 땀에 젖어 번들거리는 얼굴로 춤을 추는 열 두어 쌍의 사람들과 손을 내밀고 무리지어 춤을 추는 대여섯 명의 사람들……. 머리가 반백이 된 중늙은이 여럿이 원을 만들어 서로 손을 잡고 동시에 전진하고 동시에 후퇴한다. 먼 옛날 초등학교 시절 운동회 날 강강술래를 하던 모습과 흡사하다.

아침나절엔 구두 위에서 놀던 똥파리 부부가 춤을 추다가 미끄러져 낙상落傷 할 정도로 잘 닦이어진 구두코가 갯벌 흙이 더덕더덕 묻어 사나운 개입처럼 상처투성이가 됐고 뒤축이 잘려나간 가지 꽁지처럼 닳아빠진 여인들 구두 굽과 스텝을 잘못 밟아 상대에게 밟혀 더러워진 흰 운동화! 늙어서 관광을 와 힘이 없어 같이 놀아주지 못하고 무대 밖으로 밀려나 있는 저들은 어느 곳에서 온 농사꾼인가. 각기 무리를 지어서 노는 모습을 너절히 앉아서 그들의 몸짓을 지켜보는 것도 백수씨로서는 지독히 슬픈 일이었다. 아니 환갑이 갓 지난 중늙은이들이 젊은 여자들에게 힘이 달려 같이 어울리지 못하고 다른 팀의 젊은 남자들의 무리에 휩쓸려 자유분방自由奔放하게 춤을 추는 파트너를 지켜보는 그들이 더 처량하게 보였다.

트로트가 끝나고 잔잔한 블루스가 흘렀다. 그러자 이내 홀 분위기가 부드러워졌다. 화사한 옷을 입고 양손을 마주잡고 홀 중앙으로 미끄러지듯이 나온 유난히 눈에 튀는 중년의 두 팀은…… "싸모님! 어젯밤 외로웠습니까? 오늘 밤은 제가 책임지겠습니다."의 대명사로 유명한 남도南都 제비인가! 그들은 까다로운 오디선도 완벽을 위한 리허설도 필요치 않아 보였다. 그들은 마샤 그래이험을 데려와 안무를 맡기면 오 캘커타의 군무群舞장면 정도는 한나절이 안 돼서 깔끔하게 시연해 낼 듯 모두가 무아지경이 돼 춤에 몰두해 있을 뿐이다. 블루스가 흐를 때마다 앞서 나와 "이것이 블루스 춤이다"란 것을 시범으로 보여주는 듯하였다.

남자들은 유럽의 황실 무도회장에 옮겨놔도 어색하지 않을 정중함으로 파트너를 능숙하게 이끌고 있으며 여자들은 콧대 높은 공작 백작 부인들이 부러워 할 정도로 화사하고 우아한 몸짓으로 남자들의 리드에 잘 따르고 있다! 너덧 장씩 한 묶음에 파는 싸구려 스카프에 다 낡아버려 실이 허였게 드러나 쓰레기장에 버려야할 것 같은! 듬성듬성 구멍이 난 청바지도, 올이 굵게 뜯겨 나간 팬티스타킹에 구리빛 얼굴에 저승꽃 검버섯이 곰삭는 살갗도, 그들을 방해하지 못하고 형편없는 음향 기기에서 흘러나오는 음악도, 플로어 바닥에 깔려 수많은 발굽에 짓이겨진 노란 비닐장판도, 그들과 어울리지 못하고 의자에 앉거나 팔짱을 끼고 서서 멀건이 쳐다만 보는 관광 관객들도, 그들의 품위를 손상시키기엔 역부족으로 보인 반면 락카페나 나이트클럽에서 흔히 보는 치근덕거리며 아무에게나 춤을 추자고 청하는 무례함도 보이지 않고 볼썽사납게 하는 천박스런 포옹도 없다. 다시 바뀐 트로트……. 쿵～짝. 쿵～짝. 꿍～짜자 쿵～작, 네 박자로 연신 숨가쁘게 넘어가던 트로트 메들리 허리가 느닷없이 잘리고. 걸걸한 전라도 사투리 사내 음성이 하울링되어 배안에 울려 퍼진다.

"어쩌요? 푸짐하게 잘들 놀았지라? 어쩌 깨라. 시간이 다 됐는디. 밖에 나가면 마파람이 땀난 등거리를 시원하게 해 주끄이요! 다음에도 오시면 우리 유람선을 애용해주시면 합니다. 내년에 또 봅시다."

2시간 여 유람선 관광 끝을 알리는 소리였다.

일부 사람들은 손에는 돌산 갓김치, 멸치액젓, 반찬을 만들 마른 건어물들을 사들고 비릿한 갯바람을 뒤로하고 아쉬운 듯 유람선을 다시 한 번 뒤돌아보고선 버스에 몸을 실었다. 이제 편안히 집에 가는 일만 남았다 생각했는데 그것은 백수씨의 생각이었다. 무려 4시간 반을 춤을 췄는데 아직도 여자들은 몸이 풀리지 않는 모양이다. 버스 승차 계단을 올라오면서 다리가 아파 힘들어 괴로워하던 남자들이 걱정된다. 집으로 돌아가는 길에도 관광버스 속은 관광을 떠날 때의 재생 화면을 보고 있는 것 같았다. 옆 사람과 대화 시간도 없이 비좁은 공간 속에서 장시간 쿵쾅거리는 음악소리와 흥에 겨워 질러대는 환희소리에 백수씨 귀는 이명 현상으로 난청이 되어 옆 사람과의 대화를 할 수가 없다.

그 때였다. 휴대폰 벨이 울렸다. 그러나 받을 수가 없다. 각시 전화면 큰일이기 때문이다. 막내아들 시험 잘 보게 해달라고 부처님께 공들이러 갔는데 쿵쾅거리는 음악소리가 휴대폰을 타고 들린다면 생각만 해도 끔찍한 일이다. 진주 남강 휴게소에 차가 멈춰 섰다. 백수씨는 부리나케 달려 나가 휴게소 간이의자에 앉자 각시에게 전화를 걸었다.

들려오는 쉰? 목소리는…….

"여보! 나야, 전화 빨리 안 받고 뭐~했어?"

늦은 전화에 약간 질책하듯 각시 목소리와 함께 전화기에서 흘러나온 쿵쾅거리는 음악소리가 들린다. 각시가 탄 버스에서도……!!!

백수씨는 휴게소 광장 이동식 만물상회에서 유람선에서 사용한 것과 똑같은 종합 메들리가 들어있는 카세트테이프를 사서 주머니 넣고 씩 웃으면서 각시 얼굴을 떠올렸다. 드럼통같이 곡선이 없는 각시 몸매!

서백수씨!……. 그러나 가정의 평화를 위해 가끔 각시와 춤을 춰.

해피가 우리 집에 온지도 벌써 3년이 되었다. 처음 나하고 대면할 때는 손수건으로 포장을 하면 쏙 감싸안을 정도로 아주 작았다. 처음 키워보는 애완견이고 어린 강아지라고 우유를 먹였더니 설사를 하여 병원에 가서 주사를 맞추고 간신히 살렸다. 하루는 술 취한 사람처럼 중심을 잃고 비틀거리더니 시간이 흐를수록 입술이 새파래지면서 정신을 못 차리고 아무 곳에서나 이리 쿵 저리 쿵하고 부딪혀 또 병원에 가려고 각시와 차를 타고 시내 곳곳을 누볐지만 늦은 시간이라 가축병원은 일과가 끝나 일반 종합병원에 찾아가 치료를 부탁하자 "가축은 절대로 볼 수 없다면서 가축병원도 당번이 있으니 그곳으로 가라"하여 어딘지 몰라 119에 물으니 자세히 가르쳐 주어 찾아 갔더니, 목에 뭔가 걸려서 숨을 쉬지 못하는데 조금만 늦었어도 살리지 못했을 거라며 진공청소기같은 기계를 목구멍에 넣어 흡입시켜 이물질을 꺼내 살려냈다. 가축병원도 당번이 있는 줄 처음 알았다. 애완동물을 키우는 사람이 많은 모양이다. 이렇게 애완견 초보자를 골탕을 먹이던 해피는 하루도 사고를 안치는 날이 없었다. 제일 큰 골치 거리가 변과 소변을 가리지 못한 것이다.

변은 하루에 한 번이면 되지만 소변은 수놈이라 영역 표시를 한답시고 새로 본 물건은 빼놓지 않고 다리를 들고 갈기는 것이다. 제일 거북스러운 것은 각시가 자기보곤 엄마라 하고 날더러 아빠라고 해피에게 가르치는 것이 여간 찜찜했다. 내가 개 아빠라니! 그러나 아빠란 말도 시간이 흐르자 익숙해 졌다. 6개월이 지나자 변은 베란다 깔판에서 하게 가르쳐 길들여졌으나, 소변은 베란다에서도 하지만 간혹 거실과 방에서도 하는 것이다. 침대보도 몇 번을 빨았는지 수도 헤아리지 못할 정도다. 소변 냄새 때문에 말이 아니었다. 할 수 없어 20만원을 들여 중성 수술을 해주었다. 그러나 효과는 미미했다. 아주 어렸을 때 해야 하는데 너무 큰 뒤에 해서 약간의 효과만 있다는 것이다. 버리고 싶었지만 그러지 못했던 것은 정이 들어서다. 밖에 갔다 들어오면 반가워 꼬리를 흔들며 요즘 유행하는 비보이B-boy들이 추는 춤동작을 하면서 데굴데굴 구른다. 그 모습을 보면 미웠던 마음이 싹 가신다.

작고한 김대중 전 대통령 일화가 생각난다. 치와와를 키웠다고 한다. 털이 많이 빠지는 치와와를 이희호 여사는 별로 달갑지 않게 생각하고 키우고 있지만 학대는 하지 않았다고 한다. 두 분 다 기독교인이다. 어느 날 열려진 대문 사이로 집을 나가버려 애견이 집을 나간 사실을 전화를 드렸더니 국회서 바로 집으로 달려 왔더란 것이다. 결국은 잃어버렸다고 하였다. 얼마나 걱정이 되었으면 국회서 황급히 달려왔을까! 이렇듯 애완견을 키우다보면 가족같다.

해피가 집에 오기 전에는 보신탕도 먹었는데 우리 식구가 된 뒤부턴 보신탕도 먹지 않고 있다. 그것만이 아니다. 어느 날 점심을 먹으려 김해시에서 유명한 한우고기 전문점으로 가다가 골목길에서 개 중탕하는 집 앞을 지나게 됐다. 적당히 고약한 인상을 가진 남자와 자기 마음대로 못생긴 여자가 차에서 개 목덜미를 잡아 끌어내리는 것을 목격하게 됐다. 차에는 다섯 마리 개가 있었는데, 세 마리는 누가 봐도 애완견이었고 두 마리는 늙어서 힘이 없고 바짝 마른 도사견이었다. 누구네 집에서 수년 동안 가족과 재산을 지켜주었을텐데! 고이 묻어주지는 못할지언정 약제용으로 팔다니! 너무나 마음이 아팠다. 눈치를 챘을까! 차에서 내리지 않으려고 몸부림 치는 것을 보고 가슴이 먹먹해왔다. 애완견 세 마리는 목덜미를 잡힌 채 아무 반항도 못하고 작업장으로 들어갔다. 갑자기 멀미 현상이 나타나더니 등에 땀이 주르르 흘러 내렸다. 30여분을 꼼작 않고 도로변 그늘에서 앉아 있다가 밥 먹기를 포기하고 결국 집으로 돌아와야 했다. 도저히 먹을 수가 없었다. 그들은 내가 가게 간판을 가자미눈이 되어 지켜보는 동안 숨을 거두었을 것이다! 몇 날을 그 생각이 떠올라 잠을 설치기도 했다. 날이 갈수록 이렇게 마음이 약해지기 시작한 것이다.

우리나라에 애완동물을 키우는 가구가 500만 가구 정도인데 한 해 버려지는 반려동물伴侶動物이 8만여 마리라고 한다. 신고 안 된 것을 합하면 80만 마리는 될 것이라고 한다. 유기동물보호소로 들어온 이들은 열흘 안에 주인이 나타나지 않으면 입양되거나 안락사된다고 한다. 반려동물을 키우는 인구가 1000만 명이 넘어가는 반면, 의식은 좀처럼 나아지지 않는 현실이다. 필요에 따라 물건을 사듯 생명을 사고, 이용하고, 버리는 인간의 이기심이 서글프다.

이젠 밥에서부터 간식은 내가 거의 도맡아 주고 있다. 간식도 7～8가지는 기본이다. 그런데 사료나 간식이 사람 음식보다 몇 배나 비싸다. 각시와 여행이라도 가면 개 호텔에 보내기도 한다. 그 또한 경비가 만만치 않다. 나는 목욕탕서 이발을 하면 8천원인데 일마는 3만 5천원이다.

요사이는 양말이 들어 있는 함에 영역표시를 하고 내 가방에도 간혹 한다. 양말을 신거나 가방을 들면 내가 출타하는 것을 알기에 밉다고 그러한 것 같다. 집에 들어오면 현관 입구에서 어김없이 양말을 벗긴다. 벗긴 뒤 양말을 물고선 사정없이 흔들어 버린다. 각시는 고전 무용을 하는데, 옷방 문만 열렸다하면 비싼 무용복에 번개같이 다리를 들고 소변을 갈기는 것이다. 고함을 치면 질겁하지만 다리를 들었다하면 아무리 고함을 쳐도 고개를 돌려 빤히 바라보면서 볼 일을 다 보고 만다.

배가 고프면 킹킹거리며 나에게 다가와 꼬리를 흔든다. 모른 채 하고 TV를 보고 있으면 소파에 놓여 있는 리모컨을 앞발로 할퀸다. 그것도 이미 소변을 갈겨 기능이 절반은 작동되지 않은 것인데 TV 그만 보고 밥이나 간식을 달란 것이다. 자리에서 빨리 안 일어나면 밥그릇이 있는 곳으로 그대로 뛰어가 앞발로 그릇을 두드린 뒤 나를 쳐다본다. 그래도 모른 채 하면 세 번 정도 두드리다 반응이 없으면 밥그릇을 물고 와서 내 앞에 던지듯 내동댕이친다. 그럴 때면 "엄마에게 허락 받아와"하면 마누라 앞에 가서 킹킹거린다. "해피 맘마주세요"란 소리를 듣고 달려와서 리모컨을 앞발로 다시 두드린다. "손"하면 앞발을 교차로 주고 나서 뽀뽀를 한 뒤 바닥에 내려가 나를 빤히 바라보며 엎드려있다. 비만이란 소릴 들은 뒤부턴 밥 주라는 허락을 받고 오라고 해피에게 말하면 각시는 "안 돼! 하루 세 끼를 꼬박꼬박 챙겨먹는 개가 어디 있어."라고 소리는 치는 것에 불만인지 각시가 있는 방에 들어갔다가 허락도 안 받고 허락받은 것처럼 슬며시 그냥 나온다. 엄마 방에 들어가 허락을 받은 것처럼 나에게 거짓행동을 하는 것이다.

말을 안들을 때 한 대 쥐어박고 싶어도 너무나 사람 말을 잘 알아들어 슬쩍 겁이 나기도해 그만둔다. 사료에 육포나 통조림을 섞어 주는데 양을 적게 주면 먹지를 않는다. 생선은 절대로 주지 않고 육고기를 주는데 '사람 음식을 먹으면 병이 온다'하여 별도로 기름기를 제거하고 삶아서 준다. 양념을 한 고기는 물에 씻어준다. 그럴 때는 각시 모르게 주는데 들키면 난리법석이다. "병이 걸리면 당신이 책임지라"는 것이다. 설마 내가 해피 빨리 죽게 하려고 그럴까!

각시가 화장을 하면 시무룩해져 침대 밑으로 숨어버리거나 거실 소파 밑에 엎드려 버린다. 각시가 "갔다 올테니 집 잘 봐" 인사해도 들은 채 만 채다. 이젠 해피의 그러한 행동이 정이 들어 각시가 갖다버리자고 하여도 이젠 내가 말릴 것이다. 각시가 더 예뻐하지만! 나는 길을 가다가 애완견을 데리고 다닌 사람을 보면 유심히 얼굴을 쳐다보거나 뒤돌아본다. 아무리 보아도 착한 사람일 것 같아서다! 내가 키워보니 마음이 착하지 못하면 절대로……. 절대로 키우지 못할 것이라고 생각하기 때문이다!

털을 깎아주려고 애견미용실에 갔더니 "너무 잘 먹여 비만이라며 체중감량을 해야 한다"는 것이다. 그럴 것이다! 내가 먹는 육고기국 고기 덩어리

2/3는 각시 모르게 해피에게 먹였으니! 각시는 모두 당신 책임이라고 잔소리에 또 잔소리다. "해피가 먼저 죽으면 화장을 하여 두었다가 내가 죽으면 옆에 같이 묻어주고, 만약에 내가 먼저 죽은 뒤……. 해피가 죽으면 내 묘 옆에 묻어주라"고 각시에게 말하였더니 배꼽을 잡고 웃었다. 심신산골에 혼자 무덤 속에 있으면 무섭고 쓸쓸하기도 할 것 아닌가! 살아서나 죽어서나 우리 집 경비대장이기에…….

　나는 1948년 11월 6일 생이다. 1966년 11월 16일 18세 어린 나이에 군에 입대하는 마을 형을 배웅하기 위해 따라 갔다가 논산훈련소까지 동행하여 그곳에서 덜컥 자원입대를 해버렸다. 논산에서 기초 훈련을 끝내고 최전방 소총 중대서 행정요원으로 근무 중 우리나라가 미국과 함께 월남전에 참전으로 휴전선 경계부대 분대장 결원이 생기자 당시 강원도 원주에 있는 육군 제일군 하사관학교에 강제 차출당하여 입교하게 되었다.

　전쟁터에서는 최말단 지휘자인 하사^{분대장}가 저격수 목표물이여서 제일 먼저 분대장을 저격하여 죽임으로 최전방에 있는 경계부대 분대장을 월남에 강제로 차출하여 보충 시키는 바람에 막상 경계가 중요한 휴전선의 경계부대에 분대장 결원이 생겨 고등학교 다니다가 입대하였거나, 고졸 이상은 무조건 하사관 학교에 강제입교를 시킨 것이다. 난 그 힘든 육군 부사관 학교를 졸업 후 휴전선경계사단 소총소대 분대장으로 GOP근무 중 1968년 1월 21일 김신조^{북한특수부대}일당이 박대통령을 시해할 목적으로 남파된 사건이 벌어지자 화가 잔득 난 박정희대통령은 당하지만 말고 우리도 똑같은 부대를 만들어 김일성 목을 따오라 하여 최초로 만들어진 테러부대에 또다시 강제 창출되어 북파공작원 중 최고 악질부대인 테러부대 훈련을 받는 과정 중 적진에 침투해서 경비견을 소리 나지 않게 잡는 방법을 배우는 과정에 일어난 이야기를 적은 것이다. 이러한 악질부대인 북파공작원 침투조원이었던 내가 개를 사랑하게 될 줄이야!

　당시는 휴전선에 철조망 울타리가 없을 때여서 우리 군이나 북한군이나 마음만 먹으면 휴전선을 넘나들든 때이다. 1965년 7월 청용부대와 맹호부대원을 합한 1개 사단병력인 2만 2천명의 전투병이 파견된다. 국회와 국민은 전투병 파병을 반대했다. 그러자 미국은 서부전선에 있는 미 7사단과 2사단을 빼내겠다고 하여 할 수 없이 파견을 하게 되었다. 미군이 없으면 김일성이가 바로 남침을 했을 것이다. 미군이 월남전에 개입되어 있어 당시엔 두 개의 전쟁을 못할 것이라는 북한은 남한이 먼저 북침을 할 수 있도록 유도하기 위해 계속 무장 간첩을 내려 보냈다. 한국전쟁 때 먼저 남침을 하여 유엔군의 참전으로 실패를 했기 때문에 북침을 유도차원에서 육상과 해상으로 무장간첩을 남파했다. 그들과 같은 일을 하기 위해 북파공작원 중 최고 악질부대인 테러부대가 창설된 것이다.

서울 MBC초대석에 초대되어 장원재 박사와 북파공작원들의 특수훈련내용과 침투하여 테러를 가하는 임무수행 과정을 대담하는 방송 중 프로담당 강동석 PD가 온몸에 소름이 끼칠 정도로 오싹 하였다는 훈련내용인 커다란 물웅덩이를 만들어 놓고 그곳에 똥과 물을 반반씩 섞은 곳에 잠수하는 교육이 있는데……. 교육생들이 똥이 둥둥 떠다니는 물속에 들어가지 않으려 하자 픽업트럭에 휘발유 1드럼을 운반해 와서 웅덩이에 쏟아 넣고 불을 지르는 바람에 불에 타지 않으려고 똥물 속에 20초 이상 잠수를 하는 교육을 1주일간에 인간 이하의 대접받으며 교육을 끝내고 교육 중 제일 힘든 생식을 비롯한 산악훈련과 적지에 침투 임무수행 때 적 초소 경비견을 소리 나지 않게 처치하는 고난도 교육을 하달 받기 위해 잠시 쉬는 시간이었다.

욕쟁이 최 일병이 우리 소대 말썽꾸러기 임 일병에게
"뜨뜨무리한 구덜막에 대가리 눕히고 싶은디. 임 일병 니가 교육계에 후딱 가서 오늘 훈련 먼가 알아보고 오너라! 내는 하루 훈련 안 했으면 하는데 말이다."
"긍께 말이여, 하늘 씬다구가 꾸꾸리 무리 허이 용심이 난 씨엄씨 얼굴짝 같아야! 아무래도 오늘은 비가 올랑갑다. 온몸 삭신이 욱신욱신 거린 거 봉께. 오늘 같은 날 애호박에다 전고지 썰어 넣고 땡초 듬성듬성 썰어 뿌려서 부처리 부쳐 갖고 동동주 쫙 한 잔 걸치고 자면 끝내 줄끄인디! 와따 요새 산악 훈련 했다고 늙은 이 형님도 솔찮이 힘들어 부러야…… 젊은 놈이 땅 짐 지고 누워서 날 굿이 하지 말거라.”

“글마 자석 무당 집안이냐? 사설이 너무 길다. 성이가 가따오라 카면 퍼 뜩 갔다 온나. 성가시게 내무반 통로를 왔다리 갔다리 하지를 말고.”

“어머! 저 아그가 형님이라고 그냐? 엄니 뱃속에 든 형도 있다냐? 내가 너 보다 50일 앞서 태어났웅께, 나가 형님이지! 식전부터 심부름을 시키냐? 참 말로 뿔따구 나불게 만든마이. 나도 동상 니를 보살핀다고 힘든 당께 그냐?”

“절마가 성이가 심부름 시키면 퍼득 갔다 오지는 않고 주둥바리 앵종강 거리기는!”

“어머나 세상 얄궂다. 참말로이! 아니꼽고 메스껍고 더러워도 늙은 이 성 님이 알아보고 올랑께 쪼매만 해골 누피고 있어라.”

유난스럽게 워커를 슬리퍼처럼 신고 끌고 가듯이 질질 끌면서 교육계로 훈련 과정을 알려고 간 임 일병이 한참 후에서야 손에 종이 몇 장을 들고 들 어오면서

“워머! 느그미 떡을 할 것 거짓말도 아니고 참말로 웃기는 군대랑께! 도둑 질도 가르쳐 줄랑 감마이!”

“일마야! 밑도 끝도 없이 먼데 그라노? 우짜든 이 핑게 저 핑게 대지 말고 퍼뜩 이리 가와 바라.”

“오늘 교육일정표를 지금 읽어 본께, 닭이며 돼지 등 가축을 주인 모르게 잡아오라는 작전 명령 인디! 가축 도둑질하다 잡혀 가지고 남한산성 육군 교도소에 가서 싸그리 열 손가락으로 피아노치고^{지문 찍고} 별을 달고 나오게 생겼써야! 닭장^{육군 교도소속}에 들어가면 장교도 고참도 통하지 않고 허벌나 게 뚜두러 맞는다 글든디, 군대생활 오랫동안 해 볼 일이네. 북파됐을 때 써 먹을 수 있다 글든디 조교 말로는……. 작전 명령서는 제비 뽑아 갖고 하라 고 했는디……. 어쩔까이?”

"어주리 떠주리 반피같은 놈! 일 것 심부름 시켜 놓으니 작전명령서나 들고 오냐? 어쨌건 명령서 이리도."

"무슨 섭섭한 말씀을 그렇게 허냐? 겁나불게 잼지 것 다야! 교관님과 조교 새끼들 대갈빡 하나는 백과사전 같아야! 놀부 놈 대갈박을 몇 개나 찜해 먹었나, 어찌꼬롬 못된 짓거리만 골라서 골탕을 먹이려고 하는지 모르것서야! 니가 가자않은 게 천만다행으로 생각해거라. 최 일병 안 그냐이?"

"저 육실헐 놈! 아가리에 지퍼를 달아버릴 가 보다. 새북부터 젊은 성이 느긋하게 잠도 못 자게 보탄지침^{어쩌다 한 번씩 하는 양반들의 기침}이나 하고 시계불알처럼 내무반 통로를 왔다리 갔다리 하면서 똥가루 휘날리고 꾸룽 냄새 잔뜩 풍기더니 우짤라고 그런 명령서 갖고 오노? 일마가 혹을 붙여 오는 구만!"

"니가 심부름 시켜서 이 성님이 다리품 팔아 갖고 왔는디. 멀라고 화를 내뿌냐? 작전 명령서 읽어 보니 영판 잼지 것 다야!"

"절마 자석 야시여우 두룽박을 썼나? 새갈머리 없는 자석 어리바리하긴!"

"최 일병! 그것이 지금 먼 소리랑가?"

"그것이 시방 먼 소린지 모른 감마이! 이 젊고 똑똑한 형님이 갤차주야 쓰것 구마이."

최 일병을 임 일병의 전라도 사투리를 써서 약을 올린다.

"야시 두룽박을 썼나! 어리바리 하긴."

이 말은 서부 경남지역에서 쓰는 욕이지만 여간 재미난 게 아니다.

"벌새 뒤집어 날아가는 소리", "원, 새가 모로 날아가는 소리", "말 같잖은 소리"라고만 하면 꾸중 뿐이지만 "새가 뒤집어 날아가는 소리"라면 익살 반 꾸중 반이다. "귀신 제사 밥 먹는 소리", "귀신 볍씨 까먹는 소리", "여자 니노지가 껌 씹는 소리"등은 소리아닌 소리. 설혹 그런 일이 벌어지더라도 소리가 들리지 않을 것이다. 다시 설명하자면 말같지 않은 소리를 하지 말라는 뜻이다. 여자 거시기가 껌을 씹지 못할 것이고 설혹 씹는다 쳐도 껌 씹는 소리가 나겠는가? 들리는 말에 의하면 동남아 유흥지 퇴폐업소에선 여자 거시기로 바나나를 자르고 맥주병 마개를 딴다고 하지만……. 최 일병은 누가 실없이 웃으면 "일마야! 날아가는 기러기 보잠지를 보았냐?" 물었다. 위에 열거한 욕들은 최 일병과 임 일병의 단골 메뉴 욕이다. 이러한 욕쯤이면 '홍욕'이다. 반면 "야시 두룽박" 욕은 고솜한 욕이다. 욕이 후추나 소태라면 거기다 깨소금 고명을 얹은 거나 같은 욕이다.

여우는 새로 만들 무덤을 곧잘 파 뒤집는다. 송장을 뜯어먹기 위해서다. 그래서 여우 피해를 막기 위한 방편을 써서 사람들은 새 무덤을 만들어야 했다. 관을 묻고 해서만 되는 게 아니다. 봉분 여기 저기 구멍을 뚫어 뽀족한 여우 주둥이 하나 비집어 들어가고도 조금 여유가 있을 만한 외구멍 뚫어 큰 두룽 박을 몇 개씩 묻어 둔다. 구멍이 바깥을 향하게 해서…….

여우 놈들은 봉분을 파헤치되 좁은 굴을 뚫듯 하면서 주둥이와 머리로 밀고 들어간다고 했다. 많이 약은 짐승이라서 대갈빡 밀기나 다를 게 없이 파고드는 셈이다. 그러나 왜소한 여우가 힘겹지 않을 수 없다. 파고 헤집고 하다가 외구멍 하나를 발견한다. 이게 웬 떡이냐고 주둥이를 힘껏 디밀어 본다. 뽀족한 끝이 할랑하게 들어간다.

"옳지 이젠 됐구나!"

그러면서 교활한 여우 놈은 코를 들이민다. 눈이 들어가고 마침내 대갈빡까지 디밀자 흙이 쏟아진다. 까짓것 눈에 흙이 조금 들어갔기로 그게 무슨 대수가. 이제 먹을 시체가 지척인데! 다급하게 대갈빡을 들이민다. 기어코 바가지 속에 푹 빠진 대갈통. 아니 이게 웬일인가. 지름길이 공짜로 나 있기에 주둥아리부터 박아 넣은 것인데 앞이 안 보이는 먹 방이다니…….

"시방 눈에 흙이 들어가서 그러나!"

눈을 수없이 깜박이며 대갈빡을 좌우로 심하게 흔들어 본다.

"흙이 다 떨어진 것 같은데! 어머머! 왜 이래!" 그래도 먹 방이다. 구멍 곁이 하필이면 머리를 타고 내려와서는 목덜미가 홈통에 병뚜껑처럼 박혔으니 이젠 정말이지 바가지 속 대갈빡을 빼도 박도 못한다.

"아이구! 오매요……. 아이큐가 제법 괜찮은 여우가…… 이기 무신 망신
에 창피이고!"

두룽박 속에 들어간 대갈빡이를 빼지도 박지도 못한 김일성이다.

"워머 어쩌까이. 미치겠네!"

앞으로 전진도 못하고 주춤주춤 뒷걸음질한다. 몸은 무덤 속을 빠져 나온
모양인데 하나도 보이는 게 없다. 캄캄절벽이다. 대갈빡에 박힌 두룽박을
앞다리로 긁어 보지만 그 따위 여자들 투정부리는 꼴로야 까딱도 않는 바가
지! 동물들 수술하고 목에 둘러진 깔때기 형상이니 어찌 빼겠는가. 헌데 오
메 얄궂다. 이건 또 무슨 소리야? 아까까지만 해도 암시랑통 안했는데 "멍
멍" 점점 크게 들려오는 소리는 사냥개 소리다. 뭐야 시방? 그것만이 아니
다. 우~우 떼거리로 소리를 대지르며 왕창 몰려드는 것은 사람들이다. 가
던 날이 장날인가! 느거미 떠그랄, 복날 잡혀 먹힐 개까지 지랄 염병을 떠느
냐? 잘못 하다간 개에게 잡혀 죽겠다. 아이큐가 상당한 천하의 여우가 개에
게 잡힐 수는 없다. 꼬리에 불붙은 개처럼 냅다 뛴다. 하지만 뭐가 보여야지
방향을 잡고 뛰고 도망을 가지. 한참동안 뛰고 뺑뺑이를 돌다가 드디어 어
지럽다. 지가 무슨 발레를 하는 무용수야? 아니기 때문에 그래서 쓰러진다.
간신히 일어났지만 중심이 영 안 잡힌다. 그래서 어리둥절하다.

"짜슥 어리바리 하긴!"

이런 변덕스런 사연을 "야시 두룽박 썼나! 넋이 나가긴."

이런 욕이 생겨났다고 전해져 있다고 하니 그 약아 빠진 여우를 속여먹은
재미와 쾌감도 심심찮게 적지 않은 것이다라는 이야기를 끝내고서

"좆도 모르면서 불알보고 탱자. 탱자 해야! 임 일병 알겠나?"

최 일병 주특기 이빨 사이 침 대포를 쏜다.

각 조별로 추첨하여 작전 명령서에 기록된 대로 하면 된다. 내무반에 앉
아 입대 전 마을에서 서리 해먹던 이야기를 하던 중 교관과 조교들이 보는
앞에서 각 내무반 분대장들이 추첨을 하였다. 우리 내무반은 닭과 개, 돼지

를 가져오는 명령서다.

닭 잡는 서리와 돼지 잡는 서리는 해 보았지만 개가 문제다. 전방지역에는 개를 묶어 두고 기르지 않기 때문이다. 영내 개들이 있지만 군견이다. 세 가지 작전 문서를 각기 하기 쉬운 것으로 바꿔치기 하였다.

우리 조는 하필 개를 잡아오는 작전이다. 우리가 북파되어 작전 시 적초소를 지키는 경비견들을 소리 없이 처치하는 교육훈련이다. 모두 중요한 훈련이지만! 청력과 시력을 비롯하여 냄새를 맡는 능력이 사람의 수십 배에 이른다하니 꼭 필요한 교육이다. 점심식사를 하고 비상식량 하루치를 타고 작전에 임하게 되었다. 다음 날 12시 까지 귀대하되 작전 중 발각되면 보너스로 기분 좋은? 오작교 훈련 하루 더하고, 성공하면 춘천 시내로 가서 영화 구경을 하기로 정해졌다는 것이다. 내무반 말썽꾸러기들이 많이 속해 있는 우리 분대는 똥물 샤워를 해야 될 모양이다. 하필 개라니 총으로 쏘고 단도를 던져서 잡는다면 간단하지만 그것은 훈련이 아니라는 것이 난감하다. 개별 분대작전이어서 각기 출발하였다.

"하필 개가 우리한테 걸려서 작전 성공은 어려울 것 같은 께! 분대장님! 그냥 내무반에서 해골이나 식히며 편하게 쉽시다. 어찌꼬롬 주인에게 들키지 않고 잡을 것이요?"

임 일병은 실패할 작전인데 힘들게 돌아다닐 필요 없이 내무반에서 휴식이나 취하자는 것이다. 모두 떠나는데 내무반에서 어슬렁거리자 스님^{김 일병}을 만나려 왔던 취사반장이 우리 분대 사정 이야기를 듣고 간단하게 잡을 수 있는 방법을 가르쳐 줄 테니 PX에 가서 소고기 통조림 두통만 사 오라고 하였다. 한 통은 자기 것이고 한 통은 개 미끼로 사용하면 된다는 것이다. 소고기 덩어리를 미끼로 던져주어서 가까이 오면 잡는 방법이다. 듣고 보니 아주 간단하였다. 약속은 약속이고 하여 통조림을 취사반장에게 한 개를 주고 영내를 제일 늦게 빠져 나왔다. 개가 있는 집을 찾아 소고기를 던져서 유인하여 울대를 잘라버리면 짖지도 못하고 죽을 것이다. 계곡으로 숨어들어 가죽을 벗기던가. 털을 불로 태우던가 하면 된다. 부 분대장 유 하사가 한

통 가지고 모자랄 것 같아 소고기 통조림을 PX에 가서 재고품 전부를 사 가지고 왔다. 남으면 먹으면 될 것이기 때문에 걱정 없다는 것이다.

모든 준비를 끝내고 우리 분대는 홀가분한 마음으로 개 짖는 소리를 듣기 위해 마을에 들어서면서부터 큰 소리로 떠들면서 대문을 발로 차기도 하였다. 몇 집에 개가 있었으나 주인이 있어 실행에 옮기지 못하고 오후 내내 다람쥐 쳇바퀴 돌듯이 돌아다녔다. 주간에 작전은 도저히 할 수가 없음을 알고 야간에 하기로 하였다. 비상식량을 먹어 치우고 밤이 되길 기다렸다. 밤이면 쉬울 거라고 생각한 것이 오히려 어려웠다. 낮에는 개가 우리를 보아도 짖지를 않았는데 밤이 되자 마을 어귀에만 들어서도 합창을 하였다. 주간에는 군인들을 하도 많이 보아서 잘 짖지를 않았는데 밤에는 인기척만 하여도 죽는 소리처럼 시끄럽게 울어대서 어떻게 손을 써 볼 수가 없었다.

고기만 받아먹고는 가까이 오지 않는 것이다. 화가 많이 난 임 일병이 단도를 던졌는데 '깽' 하며 개는 도망을 가버린다. 칼을 분명히 맞았으나 밤이라 급소를 빗나가 맞은 것이다. 어디로 도망갔는지 모른다.

개가 도망가 버린 쪽을 보니 사람들이 웅성거린다. 우리는 그 마을을 포기하고 이웃마을로 이동하였으나 그곳 역시 마찬가지다. 개의 귀가 그렇게 밝은 줄 처음 알았다. 개 눈은 야간에 귀신을 볼 수 있다고 하였다. 그래서 밤에 먼 산을 보고 또는 하늘을 보고 짖는다고 하였다. 그것이 사실인지 냄새하면 개코 아닌가? 눈도 밝고 귀도 밝고 야간 작전은 도저히 안 되니 포기해야 한다는 결론을 내렸다. 분대원들이 냄새 맡은 것, 귀신도 보는 눈깔, 눈깔 돌아가는 소리도 듣는다는게 개라는 이야기를 들은 최 일병이,

"님스 짜가님스 짜가 ←반대로 읽으면→ 가짜스님. 동국대 불문과를 나온 대원을 최 일병이 붙여 준 별명 너! 취사반장 보거든 몰 캐라! 글마 때문에 이 고생한다 아이가⋯⋯. 팔피이 같은 놈 소고기 통조림 한 추럭 가득 싫고 와도 개 잡기는 틀린 기라! 숭악스럽게 개들이 고기만 받아 쳐 묵고 따라 나오지 않는 기라 우짤 깁니까?"

그 동안 통조림을 열다섯 개나 소비해 버렸다.

“긍께 말이여. 빙신쪼다 같은 취사반장 말을 믿은 울들이 잘못이제! 소두 방 뚜껑 운전수가 개를 잡아 봤것냐 이 말이여 시방! 무단이시 그 아그 말 듣고 허벌나게 뺑뺑이만 돌아 부러 갖고 히마리도 없고 다리만 아파 죽겄는 디⋯⋯. 모두 골빡을 싸매고 연구를 좀 해보더라고.”

“엥여러 자석 니는 엄뚠 짓 잘 한기라! 칼 던져서 개만 다 쫓고 대검 잊어 묵고⋯⋯. 무기를 잊어먹었으니 전쟁터라면 니는 죽은 목숨인기라! 최고 정예인 우리 분대가 이기 무신 망신살이고!”

“개새끼가 칼을 가지고 도망갔으니 난쟁이 똥자루만한 2,4종계 글마가 또 지랄병 안 할 란가 모르겠네!”

칼을 맞고 도망가 버린 개 때문에 대검을 잊어 먹은 임 일병은 이래저래 속이 상한모양이다. 하루 종일 행군하여도 불평 없이 견디던 분대원들이 온 갖 불평을 하기 시작하였다. 헐렁하게 작전을 끝내고 휴식을 하려 하였는데 개를 유인도 제대로 못해 보고 미끼만 절단난 것이 분대원들을 더 피로케 만든 것이다.

“땀이 나서 젖트랑과 사타구니에서 초아재비^{시큼한} 냄새가 난다. 어그정 거리고 다닐게 아니라 진지를 구축해 놓고 연구를 해보는 것이 훨씬 빠를 것 같으니 계곡으로 들어갑시다. 배도 고프고 주점 부리할 것이나 사 가지 고 갑시다.”

최 일병 말처럼 무작정 돌아다니기도 힘드니 잠자리 진지를 구축하는 게 우선 일 것 같아 민가 근처 작은 계곡으로 들어갔다. 취사반장 말처럼 아주 쉽게 될 줄 알고 서둘러 나온 것이 큰 낭패다. 단독 군장을 하고 왔기 때문 에 잠자리가 문제였다. 계곡 바위 틈에다 침엽수 가지를 잘라 수북이 깔고 ‘ㄷ’자형 진지를 구축하였다. 9명이 기대어 잘 수 있는 공간을 마련하고 밤 을 세고 날이 밝은 즉시 실행하여야 한다. 일부 분대 조원들은 부대에서 멀 리 떨어진 곳까지 이동하여 무기를 써서 잡아오자고 하였지만 밤에 무작정 이동할 수가 없어 자고 난 뒤 생각해 보기로 하였다. 분대원들 몸에서 최 일 병 말처럼 식초냄새가 났지만 이내 잠이 들어 버렸다. 부대 주변에서 우리를 가리켜 멧돼지 부대라고 불렀는데 실제로 멧돼지처럼 되어 가고 있다. 검게 그을린 얼굴 깡마른 체구 두 눈에는 광채가 빛났다. 강아지처럼 포개고 웅크리고 앉아 잠을 자고 나니 온 몸이 쑤시고 아파 왔다.

"분대장님! 개 잡는 것 쉬운 법 알았시유. 남무관세음보살."

김 일병이다. 밤 사이에 개 잡는 법을 생각해낸 모양이다. 어찌나 엉뚱한 짓을 하는지 도무지 속마음을 알 수가 없다. 어떻게 보면 진짜 불자같고 다른 쪽으로 생각하면 팀에서 이탈하려는 것 같아 임 일병 말처럼 속마음은 생소나무 가지를 때고 있는 굴뚝이다. 말을 무척 아끼는 대원이었는데 아침 일찍 나를 따로 불러서 이야기하는 것을 보니 믿을 만한 정보다.

"그래 어떻게 잡으면 되는데?"

밤새 잠이 깊이 들지 않았다. 임 일병은

"그까짓 것 인분 통 매까문^{목욕}것 8일 동안 하였으니 하루 더 해버립시다."
하였지만 생각만 해도 인분냄새에 온몸이 근질거렸다. 특수부대원이 작전을 안 할 수 없기 때문에 출동하기로 한 것이다.

김 일병은 충청도 서산 바닷가 큰 마을에서 출생하여 성장하였다고 하였다. 동네에서 개구쟁이 짓이란 짓은 안 해본 것이 없었는데 하루는 친구들과 낚시를 하러 선착장으로 가서 깔개를 펴고 술판을 진탕하게 벌이고 낚시를 하였는데 제법 입심이 있어 낚싯대 세 대를 놓고 하였단다. 미끼 갈아주기가 바쁠 정도로 고기가 물어 정신이 없어 고기를 낚시에서 빼지 않고 다른 낚싯대에 물린 고기를 낚아채고 바늘에서 고기를 떼어내는데 앞전 낚싯대가 움직이어 대어가 물었구나 하고 당기는데도 끄떡도 안 하여 일어서서 당겼더니 고기가 물린 것이 아니라 주막거리 똥개가 낚시 하여둔 고기를 덥석 먹어버린 것이다. 바빠서 낚아만 두고 잊어 버렸던 것인데 선착장에 어슬렁거리며 산책 나와서 낚시질 구경하다가 김 일병이 낚아 둔 낚시를 빼지 않은 고기를 먹었으니 위장까지 낚시가 들어가 버린 것이다. 개가 도망가려는데 낚싯대를 잡고 있으니 짖지도 신음소리도 못하고 개가 끌려오더라는 것이다. 낚시와 낚싯줄이 개 뱃속에 들어가 낚시가 위장에 박혀 꼼짝없이 딸려 와서 개를 잡았다고 하였다.

이야기를 끝내고 김 일병은,

"기어중죄금일참회綺語重罪今日懺悔 발림 말한 죄업을 오늘 참회합니다. 남무관세음보살, 분대장 처사님 저는 오늘 아무 말 안 했습니다."

김 일병은 자기가 가르쳐 준 것이 아니니 분대장이 생각해 낸 것이라는 뜻이다. 참으로 괴팍한 대원이다. 출가한 이유를 묻자 남무관세음보살만 되풀이하였기 때문에 사연을 알 수가 없었는데 훈련이 끝난 뒤 첫 침투작전 임무 받기 전 김 일병 고향에서 같이 자란 친구를 PX에서 만나 자세한 이야기를 들을 수 있었다.

근간 학교에서 하교하면 또래 친구들과 어울려 다니며 말썽을 부리는 아들의 버릇을 고치려고 노력해 보았지만 커 갈수록 더 큰 사고만 쳐서 점을 쳤더니 "팔자가 사나워서 그러하니 양부모를 만들어 주던지 미륵불에다 팔아라."하여 이러지도 저러지도 못하고 동네서 못된 짓을 밥 먹듯이 하는 아들 어머니가 절에 팔았다고 하였다절에 파는 것은 돈을 받고 파는 것이 아니라 팔자가 세니 부처에게 공들이는 불자가 되는 것을 절에 파는 것이라고 함. 양어머니를 두거나 불자가 되는 것 중 하나를 택하게 되었다. 처음에 양어머니를 만들어 주었는데 크나큰 사고를 친 것이다. 친구들과 어울려 다녔는데 하루는 내기 시합이 벌어졌다.

당시만 하여도 여자들은 팬티를 입지 않고 고쟁이파자마 같은 옷인데 밑이 배꼽 쪽에서부터 뒤쪽 허리까지 타 개진 옷, 앉아서 옷을 내리지 않고 고쟁이를 양쪽으로 당겨서 볼일 보는 아주 간편한 옷 입고 대청마루에서 동네 여자들이 여름에 시원하여 낮잠을 곧잘 자곤 하였다. 천장을 보고 누우면 여자 밑천이 다 보인다. 이 마을 개구쟁이 아이들이 학교를 파한 후 모여서 시합을, 여자 거시기에다 미꾸라지를 집어넣으면 대장을 삼는다고 하여 김 일병이 대장이 되고 싶어 미꾸라지를 갖다넣었는데 하필 양어머니한테 넣어 버린 것이다. 미꾸라지는 잡기 힘든데 어떻게 넣을 수 있냐고 반문하자 대청마루는 높이가 1.4m정도여서 사람이 누워 있으면 꼬마들은 대청마루에 올라가서 보기 전에는 누가 자는지 모른다. 세 사람이 자고 있었는데 아주 무더운 여름이라 더워서 다리를 벌리고 잔 것이다. 친구가 호박잎에다 미꾸라지미꾸라지는 호박잎에 싸서 잡으면 미끄러지지 않고 잡힌다. 몸통 중간을 잡고 여자 거시기 입구에다 대고 밀어 넣으니 미끄러운 미꾸라지가 거시기 속으로 들어간 것이다. 미꾸라지는 뒤로 후퇴가 되지 않는다. 깊은 잠 속에 양어머니는 처음에는 기분이 좋아서 옆 친구가 손가락 장난 하는 줄 알았는데 너무 흥분이 되어 괴성을 지르자 옆 두 친구가 일어나 모든 사실이 밝혀진 것이다. 동네에 난리가 난 것이다. 하필이면 양어머니 거시기에 미꾸라지를 집어넣은 것이다. 동네 개구쟁이 대장은 되었지만 크나큰 사고를 친 것이다.

다행히도 거시기 안에 미꾸라지는 다리를 벌리고 손가락으로 후벼 나왔지만 동네 꼬마들의 말을 듣고 아들놈의 행패인 것을 알아차린 어머니가 사고뭉치 아들을 때리려고 하자 집 뒤 도토리나무로 원숭이처럼 올라가 버린 것이다. 하루 이틀도 아니고 매일 사고만 치는 아들 버릇을 잡으려고 어머니는 톱으로 나무를 베기 시작하였다. 나무를 오를 수 없어 할 수없이 나무를 베기로 작정을 한 것이다. 뒤뜰에 상수리나무가 아들놈 도피처였다. 사고치고 올 때면 어머니는 회초리를 들고 아들 종아리를 때렸는데 처음에는 고분고분 맞았다. 매의 강도가 높아지자 도토리가 달려 있는 큰 나무로 올라가 매를 피했다. 아무리 개구쟁이 짓을 해도 아들이다. 나무에서 떨어질까 봐 분을 가라 앉혔다. 대나무로 또는 나무 작대기로 나무에 앉아 있는 아들을 내려오라고 위협도 해 보았다. 그럴 때면 철없는 아들은 도토리를 따서 어머니한테 던져서 나무 근처에도 못 오게 하였다. 그러나 너무나 큰 일을 저지른 아들 버릇을 고치기 위해서 아예 나무를 절단 해 버리기로 작심을 하고 톱으로 나무밑동을 베기 시작한 것이다.

나무에 있는 아들는 다급하여 잠지를 꺼내 오줌을 갈겨 보았지만 어머니는 나무 밑둥치에다 톱질을 계속하니 이번에는 바지를 벗고 똥을 누기 시작하였다. 나무 위에서 떨어지는 똥을 피한 뒤 울면서 톱질하는 어머니를 본 친구는 다급하여 뛰어 내려 도망칠 자세를 취하자 이를 지켜본 아버지가 말렸다. 나무에서 뛰어내리면 큰일이기 때문이다. 나무에서 비껴서 멀리 떨어져야 내려온다는 아들 때문에 모두 도토리나무에서 멀리 물러나 구경을 하였다.

"나가 미꾸라지만 니노지 곁에 갖다 대고 있었지 집어넣은 것이 아니다. 구멍이 있으니까 미꾸라지가 들어간 것이제! 나만 때리려 한다."

소리치며 잽싸게 나무를 타고 땅으로 내려온 아들은 방어하기 위하여 지게 작대기를 들고 도망쳤다. 아버지가 뒤따라가자 마을 어귀에 있는 당산 넓은 공터까지 도망쳐 나온 것이다. 더 이상 도망가기 힘들었든지 당산 마당에 지게 작대기로 자기 주위를 빙 돌려 원을 그려 놓은 뒤

"이 줄친 경계선 안으로 어느 누구이든 날 잡으려고 들어온 놈은 내 아들 놈이다. 정말로 내 아들 놈이다!"

동그라미를 그려 놓고 한가운데서 땀을 펄펄 흘리면 자기를 잡으려 들어오는 사람은 자기 아들 놈이란 말에 잡으려왔던 아버지도 기가 차서 망연자실한다. 동네 사람이 많이 지켜보는 앞에서 소리치니 들어갈 수도 없다. 아무려면 경계선 안으로 들어서면 아들놈이라는 고함치는 모습을 본 구경꾼들도 기가 찰 노릇이다. 아버지가 경계선을 넘으면 아들과 아버지는 동네 놀림감이 되기 때문에 경계선 밖에서 맹랑스런 아들을 지켜보는 수밖에 없었다. 그때였다. 시주 받으려 다니던 스님이 이 광경을 목격한 것이다. 스님은 주변 사람들에게 눈앞에 벌어지고 있는 이야기를 듣고 껄껄 웃으면서 목탁을 두드리며,

"동자님! 제가 동자님의 아들입니다."

경계선 안으로 들어가 가사장삼으로 친구를 끌어안은 것이다.

김 일병은 대성통곡을 하면서

"중님 잘못했어요. 다시는 나쁜 짓 안 할께요. 중님 아버지."

"스님이라 해야지요. 중이라 하지 마세요."

스님은 어깨를 다독이며 타이른 것이다.

"이 자석! 못된 놈, 죽일 놈, 집에서 나가라."

미운 오리 새끼^{The ugly duckling}로 취급되어 욕설만 듣다가 높임말로 자기를

끌어 안는 스님한테 감복하여 그 날 밤으로 스님을 따라서 입산하였다가 학교 때문에 6개월 만에 하산하였는데 성격이 많이 바뀌었지만 제 버릇 개한테 못 주듯이 심한 장난은 자제했지만 친구들과 잘 어울려 다녔다고 하였다. 서울에 있는 동국대학교 불문과에 다니다가 입대 때 같이 입대하여 21사단에 배속 받았다는 것이다.

그러한 사연을 김 일병 친구한테서 듣고 이해를 할 수 있었다. 여성 거시기에 미꾸라지가 들어가는 이야기는 서유기 책 속에 내용이 들어있다. 손오공이 마녀들인 줄 모르고 목욕탕에 들어가 미녀들과 혼탕을 하던 중 들통이 나 미꾸라지로 변하자 그것을 알아차린 여자들이 잡으려하자 미꾸라지로 변하여 마녀들 거시기 속에 들어가는 대목이 나온다. 다급한 상황에서 자기 주위에 동그라미 경계선을 그리고 경계선을 넘어 들어온 자는 자기 아들 놈이라고 고래고래 소리를 쳐서 경고를 하였다는 것에 순간 판단이 천재적이라는데 놀랐다.

"둘이 아침부터 꼬롬하게 사바사바 핸 것 본께로 무슨 작당을 핸 것 같은디! 나 좀 갤차 주면 안 되께라?"

최 일병과 임 일병이 눈을 부비며 다가오자 김 일병은 나를 보고 상하 입술을 내밀고 오른손 검지를 입술에 갖다 대면서 눈을 꿈벅이더니 자리를 피해버린다. 두 놈한테 입도 뻥긋도 하지 말라는 뜻이다.

"분대장님 어찌 꺼이요? 날은 밝아 부럿제, 시간은 흘러 가제, 개는 못 잡았제, 체면이 말이 아니요! 무슨 생각이라도 났서라?"

"글마 자석 싱겁 떨기는!"

"분대장님! 어제 탁베이 생각이 나서 저쪽 까꾸막 아래쪽으로 정찰을 하였는디 외진 곳에 있는 느와 집안에서 개 짖는 소리가 낫십니다! 오늘 그곳을 작전처로 삼아 끝냅시다. 아침 먹고 나면 일터로 나가는 것을 보아서 끝장을 냅시다."

"알겠다. 작전처는 그 곳에서 하기로 하고 너희들은 아침 먹고 양구 읍내로 나가 낚시 바늘 중간 것이나 큰 것을 열 개씩 사고 너희 둘이 힘껏 당겨도 끊어지지 않는 낚시 줄을 사오너라!"

적당히 어리바리한 표정으로 나를 바라보며

"낚시 줄과 낚시 바늘은 멋헌데 쓸라고 그라요?"

"묻지 말고 경비 줄 테니 빨리 사와라."

"아! 근디 겡심낚시줄은 몇 발이나 사면 되것서라?"

"일마자석, 끝도 없이 이바구 하몬 우짜노?"

"워매 미치고 폴짝 뛰겄네! 궁금한게 글제이."

"남이 말할 때 여름 핫바지에 좆 대가리 불거지듯이 톡톡 불거지지 말거라 그거 같이 우사스러운거 없다. 네놈 주둥빡에서 질문이 거미 똥구녕에서 줄 나오듯이 하노! 몽창시리 사오면 될 것 아이가! 논산훈련소 흑 바가지조교들이 입만 벙긋하면 하는 말도 잊어 먹었냐? 군대는 조오지 대갈 뻬이로 밤송이 까라면 까고 여군들은 니노지로 침상 못 빼라면 빼야지를 가르쳐 주어 알고 있다. 아이가? 분대장님이 시키면 시킨대로 해야지 우짤끼고 일마야, 과부 집 수개처럼 말썽만 부리더니 어제도 오늘도 우리가 하는 작전은 개같은 날이다!"

"완마! 최 일병 니는 해필이면 나를 과부 집 수개에다 비교해부냐?"

"일마야! 시끄럽데이."

임 일병이 도끼눈을 해가지고 노려보자

"퍼뜩 가서 사와 보자, 개는 천지갈인깨! 분대장님 명령이다. 아이가."

그 말을 듣고 살기등등하던 임 일병이 화를 누그러뜨리고 왼쪽 엄지손가락으로 오른 쪽 코를 누르고 팽 하고 코를 푼 뒤

"개도 못 잡을 꺼이고……. 긍께 소양강에 가서 고기 잡자 이말 이구나! 폴새 그렇게 계획을 했어야지. 어제 하루 종일 비싼 소고기만 동네 개들한테 퍼 먹여 갖고 원기를 돋운 개들이 더 크게 쳐 우는 바람에 개 서리를 못 하고 붕알만 요령소리 나게 댕겼당께! 우리 동네서는 개 도둑은 개만도 못한 놈이라 글든다……. 니기미 떡을 할 사회에서도 못해본 개 도둑질을 갤차주고이! 군대 가면 사람 되가지고 나온다 글던디 울들이 허는 지껄리를

보문 전부 거짓말이제이?”

“일마야! 우리가 누고, 군인이다! 군인! 일마야! 사람도 아닌 군인이라 안 카나?”

“나는 말이다. 그런 전설이고 설화를 모룽께 더는 말 시키지 말더라고.”

“음~맘마! 무식이 파도를 친마이. 그런 말도 모른 것 봉께로! 군인하고 민간인하고 길을 가봐라 ‘군인 하고 사람하고 가는 것 보았냐’고 물을 것이다. 그래서 군인은 사람이 아니고 군인이다. 알았냐?”

“시끄럽다. 글마 사설이 길기는! 분대장님 둘이 퍼뜩 갔다 오겠슴니더. 어저께 홀롱게^{올가미} 만들어가지고 개 잘 다니는 길목에다가 설치하였으면 어젯밤 몇 마리 홀컸을 것인데 무단시 다리품만 팔았어아!”

최 일병이 투덜거리는 임 일병 옷소매를 잡아끌고선 언덕 아래로 바지런히 내려간다. 두 사람은 티격태격 하면서 갔다 올 것이다.

아침을 먹고 나니 7시가 조금 지났다. 최 일병이 말해 준 곳에 가니 외딴 곳에 너와집이 한 채가 있었다. 그런데 집 대문 기둥 곁에 세워진 장대에 빨간 천과 청색 천이 깃발처럼 어지럽게 펄럭이고 있다. 무당 집 깃발이다. 그 집 앞에서 기다렸다. 낚시 줄을 사러갔던 최 일병과 임 일병은 아직 오지 않는다. 기다리기를 2시간, 대문 밖에 개가 보였다.

두 마리다. 휘파람을 불자 꼬리를 살래살래 흔들더니 달려온다. 이제 됐다 싶었는데 멈추더니 ‘컹컹’ 두어 번 짖어 댄다. 남아 있던 소고기를 던졌다. 두 마리가 서로 먼저 먹으려고 으르렁 그렸다. 조금씩 뒤쪽으로 던져 우리 쪽으로 유인하였는데 가던 날이 장날이라고 하필 그 때 집 대문 밖에 주인이 나왔다. 굿을 하러 가는지 남자는 북을 등에 지고 여자는 검은 보자기를 들고 도로 쪽으로 걸어간다. 늙은 여자 하나가 대문 밖에서 이들을 지켜보고 있다가 들어간다. 개도 따라 들어가 보이지 않는다.

한 시간 정도 지났을까, 개 두 마리가 대문 밖에 나타나 인기척을 느꼈는지 우리 쪽을 보고 짖어 휘파람을 불자 뛰어오다가 멈춘다. 어제도 목격했지만 개들은 우리들과 일정한 간격을 두고 그 이상 다가오지 않는다. 개사냥을 나온 것을 아는 것처럼! 대원들은 여러 가지 소리를 하여 유인했지만 꼬리만 흔들지 가까이 오지 않는다. 더 가까이 다가오게 하려고 소고기를 던지려는 순간 꼬마 두 명이 책보를 가로지기로 메고 집을 나오더니 "버꾸, 버꾸"하고 부르자 개들이 방향을 바꾸어 꼬마들한테 가버린다. 꼬마들 따라 가버리면 낭패다. 아니나 다를까 우려했던 대로 등교하는 꼬마들을 따라 가버린다.

그때서야 최 일병과 임 일병이 낚시와 낚시 줄을 사 왔다. 언제 돌아올 줄 모르는 개를 기다리며 개를 낚을 준비를 하였다. 낚시를 채낚기용으로 만들 었다. 낚시 바늘을 ┼자 방향으로 하여 4개씩 한 묶음으로 단단히 묶고 줄 을 50여 미터로 연결하였다. 소고기 덩어리 속에 낚시를 숨기고 개가 나타 나기를 기다렸다.

개를 낚시질한다고 하자 모두들 적당히 어리바리한 얼굴을 하고 있다.

"와따메! 분대장님! 머리빡이 뭘라고 그렇게 좋아 뿌요? 어제 생각했으면 지금쯤 내무반에서 해골 눕히고 있을 꺼인디. 짤짤이 하여 찐도 솔찬히 땄 을 꺼인디요 이. 어저께는 생각이 잠시 외출 가버렸다가 밤사이 귀대한 모 양인디! 나는 물고기나 잡아 매운탕이나 해서 묵을랑갑다! 생각했는디 말이 요 이. 개를 낚시 하듯 낚아 부러라? 배꼽이 피난 갈 일이네 참말로이."

"분대장은 아무나 하나 일마야! 우리들 목숨을 책임지고 있는데. 아침 나 절에 님스짜가와 사발공론 하더니! 낚시 작전을 우리는 모른 기라."

임 일병은 분대장 머리빡이 좋다고 계속 지껄인다. 나는 김 일병을 쳐다 봤다. 김 일병은 고개를 도리질하고 손을 모아 합장을 한다. 입도 뻥긋하지 말라는 뜻이다. 뻥긋했다가는 임 일병 놀림감이 하나 더 늘어난다.

다른 사람 같으면 대그빡, 대갈통 하지만 분대장이라서 머리빡이라고 하 면서 천재니 백과사전이니 사설을 늘어놓는다. 10시경이 되니 아이들을 따 라 나섰던 개 두 마리가 돌아왔다. 집으로 들어가려다 우리 쪽을 보고 꼬리 를 살래살래 흔든다. '아까 먹었던 고기 안 주느냐?'는 뜻인 것 같다. 임 일 병이 휘파람을 신호로 보내자 화답을 하듯이 꼬리를 흔든다.

“워리! 워리.”

최 일병이 큰소리로 불러보지만, 개들은 누구네 똥개 이름이야! 하는 식으로 멀거니 처다 보기만 할뿐 거리를 두고 경계를 하고 있다.

“어리바리한 놈! 워리가 머고?”

“애가! 버~엉신 육갑허고 자빠졌네 시방! 대한민국 개 작명소에 가서 이름을 지어 달라 하면 워리 아니면 버꾸다라는 대한민국 똥개 이름도 모르냐?”

“어리바리한 놈! 워리는 전라도 표준말이고, 강원도 표준말로 개 이름을 지었을 것 아니냐? 얼빵한 놈아! 지 이름이 아니니까 오지를 않는 거지!”

“너 말인 즉슨 서울말이 표준말이 아니고 자기 지역 말이 표준말이다. 그 말이제?”

“두말하면 잔소리고 세 번하면 숨이 가프다! 이제야 기특하게 성이 말을 알아듣는 구나!”

“아무튼 똥개라고 시퍼 봤더니, 똥개치고 대그빡이 솔찮이 영리함마! 고기만 날름날름 받아먹고 도망가고 말이여! 저것은 한방 땡겨 부렀으면 쓰것그마이. 참말로 나 성질 돋가 뿐마! 분대장님! 어쩌깨라 비싼 소고기만 축내지 말고 한방 골통에다 땡겨 뿌께라? 아니면 개 허파를 쏴버리면 될 것 아닙니까? 이럴 줄 알았으면 소음기를 가져온 것인데 느거미 떠거럴 똥개가 약을 올리고…… . 미치고 폴짝 뛰겠네!”

임 일병은 소음소염기를 장착한 M14 저격용 총을 겨누고 쏘는 시늉을 한다. 입으로 “탕” 하더니 가스 반동에 의해 오른쪽 어깨가 뒤로 움직이는 것처럼 총구를 위로 살짝 치켜든다. 저격용 총으로 사격을 한다면 특수부대 저격병은 1600미터까지의 고정 목표물을 명중시킬 수 있다. 사람도 허파를 쏘거나 칼로 허파를 찌르면 너무 아파 소리를 못 지르고 죽는다는 교육을 받았기 때문에 허파를 쏘아버리겠다는 것이다.

“적진에 가서도 그렇게 할 것이냐? 무기로 사용할 것 같으면 진즉 하였지. 어찌되거나 일단 한번 낚시로 낚아보자.”

나는 소고기를 개들에게 던졌다. 참새가 방앗간을 그냥 지나칠 수 없듯이 개들은 아까 먹어 본 소고기를 못 잊어 죽을지도 모르고 달려와 덥석 물고 간다. 한 개를 던졌기 때문에 둘이서 서로 먹으려고 다툰다. 이때다. 낚시 바늘이 들어 있는 미끼를 던졌다. 서로 먼저 먹으려고 다투고 있던 개 중 먹이를 차지하지 못한 개가 번개같이 달려온다. 이때를 놓치지 않고 최 일병이 줄을 살짝 당기자 미끼가 4m정도 끌려온다. 막 입으로 물려는 순간 그 맛있는 고기 덩이가 도망간다. 그러기를 세 차례, 거리는 점점 좁아진다. 20m 거리 낚시 줄 당기는 것을 멈추자 도망가던 고기가 멈춘 것이다.

약이 바짝 오른 개는 있는 힘을 다하여 달려와 미끼를 물고 도망간다. 먼저 고기를 독차지한 개가 그사이 먹어 치우고 따라가 그것마저 뺏으려고 달려들자 미끼를 물고 가던 개는 고깃덩이를 뺏기지 않으려고 씹지도 않고 통째로 삼켜 버린 것이다. 그때를 놓치지 않고 줄을 낚아챘다. 그 순간 채낚기용 낚시 바늘 네 개가 개 위장에 박혔을 것이다. 줄을 천천히 당기니 따라오지 않으려고 발버둥 친다. 그러나 낚시 바늘이 위장에 박혔고 낚시 줄이 목에 걸려 울지도 못하고 끙끙거리며 딸려 왔다. 남아 있던 개 한 마리도 미끼를 던져 잡아끌어 당겼다. 고추장 먹은 개구리처럼 발광을 하고 도망치려 낚시 줄을 씹어 보지만 끊어지지 않자 공중으로 뛴다. 철사 줄도 끊을 수 있지만 너무 아파서 낚시 줄도 못 끊는 것 같다. 몸부림치며 안 끌려오려고 발버둥을 치지만 그럴수록 개는 아플 것이다! 부부 개인지 부녀인지 오누이인지 알 수 없지만 암수 두 마리다.

집에서는 노인 혼자 있을 것이고 우리는 개를 끌고 산 계곡으로 들어갔다. 멀리서 보면 군견을 데리고 정찰하는 모습으로 보일 것이다. 개 눈에는 고통을 참느라고 눈물이 고였다. 너무나 잔인한 방법이다. 교육 훈련을 할 때는 잊어버리지만 끝내고 휴식을 취할 때면 그러한 일들이 떠올라 심란하게 만들었다. 이 세상에 태어난 뒤 처음으로 개가 짖는 것이 아니라 눈물을 흘리는 것을 그때 보았다. 도랑물이 흐르는 계곡에 들어서자 최 일병이 개 울대를 단도로 잘라 버렸다. 순식간에 두 마리 개를 처치해 버린 최 일병은 코를 ‘팽’ 하고 풀더니 손에 묻은 코를 개털에 닦고서 임 일병을 찾는다.

“일마가 일은 안 하고 어디 갔노?”

“누구 말이냐?”

“임 일병 말이다. 글마 자석 귀가 시력이 없나! 누구 말이냐고 묻기는?”

임 일병이 가죽을 잘 벗겼다. 그래서 최 일병은 임 일병을 찾는 것이다.

“똥 누러 가는가. 저쪽 까꾸막 고바이 쪽으로 가더라.”

“자석 양구에 가서 몰래 사문 것 없는데! 머심아 자석이 아무데나 볼일 보면 되지 불각시리 산속으로 들어가면 누가 아나. 코뚜레를 해서 끌고 다니던지 해야지 일마를 우물가에 둔 아이처럼 걱정을 해야 하니!”

대원들은 대검으로 가죽을 벗기고 내장을 드러낸 다음 부위별로 절단하여 야전 가방에 담으니 세 개가 가득 찼다. 귀대를 하려는데 임 일병이 오지 않는다. 부대로 혼자 갔을 것으로 생각하고 출발하였다. 개 주인한테는 여간 미안한 게 아니었다. 한 마리만 잡아도 되는데 한 마리 가지고는 부대원들 회식을 할 수 없다고 최 일병이 끝까지 대원들을 설득하여 두 마리다 잡은 것이다. 부부 개이든 오누이 개이든 간에 같이 죽었으니 어쩌면 잘 된지도 모른다는 위안이 아닌 위안을 삼고 출발하였다. 맨 뒤쪽에서 배고픈 짐승처럼 어기적거리며 따라오는 김 일병님을 쳐다보니 눈가에 눈물이 고여 있었다. 뒤를 돌아보며 발걸음을 멈추자,

“분대장님! 쓸개가 없는교? 노루처럼 자꾸 뒤를 돌아보게!”

노루는 쓸개가 없다고 한다. 그래서 사냥꾼에게 쫓기면서도 멍청히 서서 뒤를 돌아본다고 한다. 최 일병 말이 원인이 되었는지 몰라도! 제대 후 나는 급성 담낭염이 걸려 쓸개 제거 수술을 하여 지금은 없다.

김 일병은 자기 때문에 죽은 두 마리 개 명복을 빌어주는지 고개를 숙이고 따라 오고 있다. 내가 후미로 가서 어깨를 두들기자

“분대장님! 먼저 귀대하십시오. 볼일 좀 보고 갈렵니다.”

“무슨 일인데 그러나?”

나는 걱정이 되었다. 혹시 죄책감에 탈영이라도 하면 내 입장이 난감해

진다. 고향으로 가면 그도 다행이나 만약 월북을 한다면 큰일이다. 당시 월북자들이 더러 있었다. 소령이 월북하여 원산 가무극장에서 영웅 대접을 받으며 환영식을 하는 장면을 칼라로 인쇄하여 비무장 지대에 뿌려져 있는 삐라를 본 적이 있기 때문이다. 만약 우리 대원 중 월북을 한다면 사고 당하지 않으면 몇 십 분이면 월북할 수 있기 때문이다.
_{지뢰 지대를 알고 있어}

"제가 개 잡는 법을 가르쳐 주어서 죽었으니 설라무네! 불쌍하여 묻어 주고 오고 싶네유."

김 일병님은 두 마리 개가죽과 꼬리 발목을 묻어 주고 싶어 시간을 달라는 것이다. 어찌 보면 진짜 스님 같기도 한데 무엇 때문에 입대하였는지 궁금하였다. 눈에 눈물이 고여 있는데 그냥 귀대 하였다간 밤에 한바탕 소동이 일어날까 봐 1시간 안에 마치고 귀대하라고 그의 청을 들어 주었다.

작전 중 개인행동을 할 수 없으나 분대장 권한으로 시간을 주었다. 일단은 단독작전 명령이 떨어지면 분대장 권한이다. 말단 소총부대 지휘자는 전쟁 시 엄청난 권한을 갖는다. 직결 처분권이 있어 대통령도 국방장관도 별을 단 장군도 재판 없이 자기 부하를 죽일 수 없지만, 분대장인 하사는 3명까지 현장에서 사살할 수 있는 권한인 즉결처분권이 있다.

장군·령관·위관·하사관 중 어깨에 푸른 견장을 단 지휘자에게 주어지는 것인데 국군통수권자인 대통령령이다. 부대에 들어오니 한바탕 난리를 치렀다고 하였다. 개 도살현장에서 이탈한 임 일병이 취사반장에게

"개 잡는 법을 잘못 가르쳐 주어 소고기 통조림 15개를 없앴고 허벌나게 다리품만 팔았으니 통조림 30개를 변상하라."

떼를 써서 한바탕 소란을 피웠다는 것이다. 나는 임 일병을 불러서 개인행동을 한 것에 대한 벌을 내렸다.

"김 일병을 절대로 약을 올리지 말고 시비도 걸지 말라."

"알았습니다."

대답은 명확히 하였지만 그게 지켜질지 의문이다. 임 일병은 장난치는 것을 밥 먹듯이 하고 농담 잘 하는 것은 타고난 것인지도 모른다. 20년을 넘게

해온 습관을 하루 아침에 바꾸기는 어려울 것이다.

돼지잡이를 갔던 4분대 조 하사는 처음 해보는 서리라고 하여 내가 자세히 가르쳐 주었는데 쉽게 작전은 하였으나 털을 제거하는데 애로사항이 많아 저녁에 물을 끓여서 취사반에서 처리하기로 하여 간단하게 작전을 끝내고 목욕탕에 가고 없었다.

돼지서리도 무척이나 힘들다. 돼지 먹따는 소리라는 말이 있듯이 잘못하여 울기라도 하면 걷잡을 수가 없다. 돼지를 잡으려면 볏짚을 태운 재(滓)가루를 W백 속에 반쯤 채운 뒤 돼지를 밀어 넣어 버리면 가루가 코와 입으로 들어가 질식해 버린다. 신속하게 하여야 성공할 수 있지 잘못 집어넣으면 안 된다. 너무 큰 돼지를 잡으려 했다간 100%실패한다. 반쯤 채운 잿가루가 든 자루를 벌리고 고깃덩어리를 넣어 두면 자루 안에 돼지가 꿀꿀거리면서 먹을 것을 찾아 들어간다. 돼지는 발이나 귀, 꼬리를 잡지 않으면 울지 않는다. 자루 안에 들어가면 뒤에서 사정없이 밀어 넣고서 W백 입구를 단단하게 묶어 버리면 크게 울어도 소리가 적다. 조 하사 분대는 시골출신 대원이 없어 자세히 가르쳐 주었는데 민가에 가서 한 마리만 잡아왔다.

4분대는 싱겁게 작전이 끝났고 우리 분대 작전은 너무 살벌하였으며 2분대 닭 잡은 이야기는 교관이나 조교도 배꼽을 잡고 웃겼다. 2분대는 부대 인사계가 살고 있는 집을 택하였다. 2분대 이야기를 정리해보면 분대원 중 일요일 외출을 나갔는데 취사반 짬밥을 가져가 닭을 키우는 인사계 심부름을 하게 되었다. 모처럼 외출이라 때빼고 광내고 폼 잡고 양구 읍내 가는 길에 생긴 일이라고 했다. 이곳에 차출되긴 전 휴가 갔다가 귀대할 때 시간이 남아있어서 시간도 보낼 겸 다방에 들어가 찐하게 놀았던 아가씨를 만나러 가는 날 짬밥 배달하는 차에 동승한 것이다. 지프차에다 짬밥 통을 다섯 개나 싣고 1주일 만에 인사계가 집으로 가는 길에 동승한 것이다. 비포장 도로여서 차가 들썩일 때마다 짬밥국물이 통에서 흘러 넘쳐서 옷에 튀기는 것이었다. 시큼털털한 냄새가 나는 짬밥 국물을 몇 날 모아 두어서 부패된 것이다. 인사계집에 도착하여 운전병과 같이 내려서 옷에 묻은 걸 털어내고 물수건으로 닦고 하였지만 짬밥 썩은 냄새는 군복에 스며있었다. 모처럼 칼날처럼 세운 바지 주름살은 지렁이처럼 구부러져 체면이 말이 아니게 되었다.

　기차나 버스로 혼자 여행할 때 자리가 많이 비어 있는데도 늙어빠진 할망구가 옆에 앉은 꼴이 되어 버린 것이다. 어여쁜 아가씨가 앉으면 얼마나 기분 째진 일인가? 여자들도 혼자 여행 때 옆자리에 담배 뻑뻑 피우는 늙은이가 앉아 있으면 김이 샐 것이다! 아무튼 어렵게 허가받은 외출이었기 때문에 귀대할 수도 없어 투덜거리며 간 것이다. 다행히 옷은 가는 중에 말라서 다방에 들어가서 앉으니 옥수수 공장 정문입은 활짝 열려재껴 열고 날라리 보지 같은 레지가 웃으며 곁에 앉고 앞쪽에 주인 마담이 앉아 물장사 하려고 오두방정을 떨며 주방에 일하는 늙은 아줌마 주방장까지 불러서 옆자리에 앉게 하여 주문을 받아 김도 새고 하여 커피를 시켰단다.

　히히덕 거리고 몸을 부대끼면서 아양을 떨며 다방 종업원이 코 평수를 좁혔다 넓혔다 하더니 오른손 엄지와 검지로 코를 쥐고 막으면서 "방귀 뀌었느냐?"고 물어 온 것이다. 마침 커피가 배달되어서 숟가락으로 설탕을 녹이는 중이었다. "김새게 방귀는 무슨 방귀냐 말이여? …… 썩은 짬밥 냄새지!"

　전후 사정이야기한 것이 이상하게 꼬이게 된 것이다. 그 동안 훈련도 힘들고 하였는데 모처럼 외출이어서 보드라운 삭신도 만져 본지 오래되어 아침 일찍 세수 하고 면도 깎고 식사 묵고 외출증 받으러 행정반에 갔다가 인사계를 만나 차를 얻어 타게 된 사연과 짬밥 국물이 넘쳐서 옷을 버렸다는 이야기를 하던 중에 이제 막 뜨거운 커피를 마시고 있던 늙은 배불뚝이 물장수 공장, 공장장 아줌마가 웃다가 커피를 품은 것이다. 주방장과 정면으로 앉아 있었기 때문에 뜨거운 커피가 얼굴에 물총 쏘듯이 날라 왔다. 일부는 입안으로까지 들어온 것이다.

　"엄매! 뜨거워라."

　자리에서 벌떡 일어나려다 탁자를 건드려 탁자 위에 뜨거운 커피까지 쏟은 것이다. 보릿고개 시절 죽그릇 들고 가다가 넘어져서 죽사발 깨고 뜨거운 죽에 보지 데이고, 깨진 그릇에 다치고, 죽 못 먹고, 배고프고, 일 저질렀다고 욕 소리 듣는 꼴이 된 것이다.

"오늘 재수에 옴 올랐다. 젊은 마담이나 다방 레지가 그랬으면 얼마나 좋은 일이냐? 키스도 하고 침 물도 쪽쪽 빨아서 서로 먹는디. 옥수수공장을 보니 잘 익은 노란 강냉이_{닦지 않은 이빨}가 보인기라. 강냉이를 씻은 커피가 입으로 들어왔으니 관상대 직원들 봄놀이 가는 날 해필 장대비가 억수같이 내린 꼴이 되어 버린 것이여!"

보드라운 삭신 한 번 만지려고 갔다가 배불뚝이 다방 주방장 늙은 여자 옥수수 공장을 커피로 이빨을 씻은 구정물이 된 물벼락에다 한 모금 마시고 오는 길에서 인사계 골탕 먹일 생각을 하면서 바람 부는 신작로를 걸어오면서 길에 깔려 있는 자갈을 인사계 머리로 생각하면서 발길질하였더니 양구 들판 똥파리 제비족이 전부 몰려와서 바람 난 똥파리가 워카 코에서 블루스를 춤추다가 미끄러져 뇌진탕을 일으킬 만큼 침 뱉어 광을 냈던 워카 콧잔등이 사나운 개 주둥이처럼 상처투성이가 되어 2.4종계 하고 한바탕 입씨름까지 했다고 했다.

"새 워카로 교환해 달라고……."

운수 좋은 년은 넘어져도 가지 밭에서 넘어지고 재수 없는 년은 넘어져도 꼭 자갈밭에 넘어진다고 하지 않았던가. CQB_{근접전투} 교육 때 교관이 머피장난이 어쩌고저쩌고 하더니 자기한테 머피법칙이 장난을 쳤나! 하고 언제인가 화풀이 할 거다. 그 말을 머릿속에 각인시켰는데 닭잡이 작전 명령이 떨어져 인사계 집을 택한 것이다. 새벽 3시에 인사계 집에 들어가니 다행히 개는 키우지 않아 작전은 쉽게 이루어졌다. 그래도 살캥이 같은 인사계가 작전 중 오줌이라도 갈기려 나오면 실패할 수 있으니 바지게 작대기_{지게를 세워 두기 위해 쓰는 Y자형 나무}를 인사계 방문 시건 쪽에 받쳐 두었다.

닭서리야 5~60 나이 정도면 당시 농촌에 살고 있었다면 한두 번은 해 보았을 것이다. 시골 닭장은 장방형이다. 좁고 길다. 닭장 문을 열어 놓고 안쪽부터 작대기로 닭을 살살 때리면서 밀면 닭은 양보심이 많아 동료가 비좁아서 미는 줄 알고 점점 밖으로 밀려나온다. 땅에서 30cm정도에 나무판자를 걸쳐두어서 그 위에 앉아 잠을 자기 때문에 옆에서 움직이면 밀려서 문밖으로 기어 나온다. 닭을 잡을 때는 목을 잡음과 동시에 날개 밑의 겨드랑에 손을 넣어 날개를 잡아야 한다. 목을 잡는 것은 울지 못하게 하기 위해서고 날개를 잡는 것은 퍼덕거리지 못하게 하기 위해서다. 무려 12마리를 잡아 버린 것이다.

W백에 넣어 가지고 소양강 가로 나와 날이 새기를 기다렸다가 날이 밝자 털을 뽑기 시작하였다. 지금은 끓는 물로 털을 제거하지만 털을 뽑는 것으로 밖에 할 수 없었다. 1개 분대가 12마리 닭의 털을 뽑고 난 뒤에 강변에 홍수 때 떠내려 와서 말라있는 나뭇가지들 주워 모아 불을 지펴, 가는 잔털을 불에 끄슬러 태우고 강물에 씻기 위하여 물가로 옮기어 씻던 중 W백 속에 기절하였다가 털을 뜯겨 발개 벗기고 뜨거운 불에 찜질하고 차가운 강물에 들어가니 그때까지 죽지 않고 기절한 닭 몇 마리가 정신이 들어 깨어난 것이다!

닭을 잡을 때 목을 비틀어 날개 밑에 넣어 5분 이상 있어야 숨을 거두는데 대략 기절만 시켜 W백 속에 넣어 왔으니 닭이 깨어난 것이다. 두 마리는 강 안쪽으로 도망가고 세 마리는 모래밭을 달리는데 목을 비틀 때 목이 꺾어져서 머리통은 서쪽을 보고 있고 몸통은 북쪽으로 달리니 얼마나 웃기는 일인가! 마치 게가 옆으로 기어가듯 닭들이 나체바람으로 모래사장에서 방향 감각을 잃고 도망갔다는 이야기를 듣고 웃는 바람에 이야기가 중단되어 버렸다.

발가벗은 나체 닭이 머리는 서쪽보고 몸통은 북쪽을 향해 스트리킹을 하는 상상을 해 보라? 두 마리는 수영을 하다가……. 강 가운데서 익사를 해 버리고……? 게걸음으로 세 마리가 방향 감각을 잃고 서로 부딪히고 넘어지면서 육계肉鷄 가 삼십육계 줄행랑 하고 있었으니!

뒷날 인사계가 알았지만 특수부대 교육과정이고 하여 무마되었다. 부대에서 변상조치가 있었거나 취사반에서 밥하고 남는 쌀 한 가마를 슬쩍 했거나! 그래서 인사계 쌀 도둑놈 노래가 있지 않는가? 민가에 피해를 주는 것보다 그 쪽이 맘 편하다. 인사계로서는 심증은 가지만 물증이 없기 때문에 아니다 할 수 있지만! 취사반원들 입에 자물통 채울 수 없기 때문에 내가 뒷날 모두 말해 버렸다. 민가 쪽도 특수 교육의 한 과목에서 벌어진 일이라고 말해주고 변상을 해 주었을 것이다. 최대한 민가에 피해를 안 주려고 노력하는 국군이다.

웃고 떠들고 소란을 피우는데 PX장이 와서 기웃거린다. 임 일병이 PX장을 만나서 말을 주고 받더니 따라간다. 시간이 1시가 넘었다. 우리들이 늦게 오는 바람에 식사가 늦어 우리 분대가 잡아 온 무당 집 두 마리 보신탕이다. 막 배식을 끝내고 먹으려는데 임 일병이 뛰어오더니 "동작 그만!"하고 소리를 친다.

"절마자석 간 덩어리가 부어서 배 밖으로 불거져 나왔나! 성이가 밥 먹으려는데 씨잘 대가리 없이 쎄도가지를 나불 거리노?"

"그것 아니고!"

"안이고 바깥이고 퍼뜩 말하거라. 일마야, 초랭이 방정떨 듯 지랄하지 말고!"

최 일병 말을 무시해 버리고 임 일병이

"분대장님 솔찮이 큰일 났서라! 우리 분대 보충병 받아야 쓰것서라!"

"갑자기 무슨 소리야! 오지랖 그만 떨고 천천히 이야기해라."

"저기 말이지라. 님스짜가 그 아그아요. PX에서 출가해 부렀당께 글지라이! 그 아그가요, 대글빡을 백코 쳐 부렀당께요. 그것만이 아니지라! 쥐약을 먹었으라. 갑자기 W백을 등짐지고 고향 앞으로 빠이빠이 해 뿌면! 인원 보충 받아야 쓰것지라?"

임 일병 말은 요약하면 님스짜가^{김 일병}는 머리가 그 동안 깍지 않아서 장발이었는데 면도칼로 밀어서 민머리를 만들고 혼자서 PX에 와서 술을 사 먹은 것이다. 경월소주^{강원도 지역에서 생산}를 먹고 있어 PX장이 궁금하여 무슨 일 때문에 그러는가를 알려고 내무반을 찾아온 것인데 PX장 이야기를 듣고 임 일병이 동행하여 가서 보고 온 것이다. 큰 일은 큰 일이다. 임 일병이 쥐약을 먹었다고 하는 바람에 내무반이 술렁거렸다. 김 일병이 막걸리도 아니고 소주를 먹었으니 빗대어 하는 말이 쥐약이라고 과대 표현을 한 것이다.

"절마자석 불각시리 쥐약 먹었단 소리에 내 간이 철버덕 널쳐 졌다가 이제야 올라 온데이! 에라 빌어 묵을 놈아! 그만 촐싹거리지 말고 밥이나 쳐무라, 얼라 자석 얼빵하기는!"

임 일병을 나무라면서 스푼을 사정없이 던진다. 밥 스푼을 번개같이 피하고 땅에 떨어진 스푼에다 침을 뱉어 버린다. 그때 광이 번쩍번쩍 나는 머리를 하고 낮술을 먹어 얼굴까지 벌개져서 김 일병이 점잖게 들어오더니 침상 끝에서 무릎 자세로 앉아 잠깐 기도를 하더니 그대로 벌렁 드러누워 버린다. 그 꼴을 보고 최 일병이

"퍼덕 일나라. 침상 끝에 무슨 송장이고! 중놈이 고기 맛을 알면 절에 빈대가 씨가 마르고 머리빡에 파리가 못 앉는다 카던데 술맛을 보았으니 강원도 월경소주공장 잘도 돌 것이다! 낮술 먹고 취하면 '지 아부지 지 어무이도 몰라본다' 카던데 스님이 낮술 먹고 취했으니 고참도 분대장도 모르것다 이 말 아이가. 송장처럼 벌러덩 드러눕기는!"

최 일병이 소리치고 욕을 하건 말건 알아듣지 못할 말을 하며 한 번 뒤척이더니 거친 숨만 쉰다.

"부처님이 이 사실을 알고 기암을 할 일이다. 하늘에서 내려다 보고 있으니! 싸게 일어나서 속풀이 해라. 늦게 먹으면 왕건이 없고 맹 국물만 남는다. 내는 분명 널 깨운다."

도끼눈을 가지고 노려보고 있던 최 일병이

"임 일병! 절마 밥 묵고 자라 캐라? 모처럼 맛있는 보신탕을 먹는데 송장을 곁에 두고 먹을 수 없데이."

그러자 임 일병이

"조, 최, 강가 성질 개좆같다."하면서 최 일병에게 다가 가다가 나하고 눈

이 마주친 임 일병은 입을 손바닥으로 막는 시늉을 한다. 내가 모른 채하자

"조, 최, 강 씨 성질 더럽게 급하다 글든마, 최 일병아! 스님이 맴이 쪼매 아파서 그런디 그냐? 경월소주가 여자들 맨스 국물로 만든 술이냐? 더럽게 소주공장 사장이 이 말 들었으면 어쩌까이. 장례 치룬다고 최 일병 너 시체 담을 관을 사가지고 올 것이다!"

성격 급한 최 일병이 경월소주를 월경소주라 한 것이다.

"시끄럽다! 일마야, 앵종강거리기는 저 아구지를 바알로 집어빌라……. 볼태이를 그냥…… 이 팔피이 같은 놈아!"

"좆 퉁소 불고 있네. 시방! 경월소주공장이 춘천에 있다. 쪼다야! 지가 나보다 훨씬 더 많이 바보면서! 나를 보고 얼빵하다고 한단 말이여."

투덜거리면서 임 일병이 베개를 꺼내 김 일병 머리 밑에 넣어 준다.

자기 때문에 죽은 개 흔적을 묻어주고 오면서 이발소에 들러 삭발하고 PX에 가서 한 잔 한 모양이다. 불교에서는 개를 영물로 생각하고 특히 살생을 삼가는데 특수부대원으로 만들어 가는 교육 프로그램에 이러한 일들이 종교를 믿는 대원들은 갈등이 많았을 것이다. 내 마음 같아서는 탈락시키고 싶은데 본인이 끝까지 견디겠다고 하였다. 불심으로 견디는지 도무지 감을 잡을 수 없다. 최 일병은 종교인들의 속마음도 모르고 김 일병을 공격했지만 김 일병은 술에 곯아 떨어져 버렸다. 임 일병이 통로를 어슬렁거리면서 식사하는 대원들 국그릇을 점검을 한다.

"일마가 정신 상그랍게, 시계 붕알 추같이! 뭘라고 왔다리 갔다리 하노?"

듣는 척도 안하고 자기가 들고 있는 스푼으로 대원들 국그릇에다 집어넣어 검사한다.

"더러버 죽겠네! 지놈 입속에 들어간 숫가락을 여기저기 휘젓고 다니면서 똥 가루까지 날리고 다니기는……. 쓸데없는 오지랖 그만 떨고 식사 안 하려면 좀 앉자 있어라."

대원들이 나무라자

"좆 피리 불고 있네. 시방! 소두방 뚜껑 운전수 요것이 고기를 쌔배 갔나!

왕건이가 없고, 멀국 아니여!”

투덜거리더니 밖으로 나가 버린다. 삼분이 지났을까 임 일병 손에 미식기 국그릇 스텐으로 만든 미제 그릇를 하나 들고 내무반 침상에 내려놓는다. 잠시 후 취사반장이 양 옷소매를 걷어 부치고 손에는 국자를 든 채 얼굴에는 잔뜩 골이 난 표정을 하고 내무반에 들어와 삐딱하게 서서 임 일병을 도끼눈으로 본다.

“니기미 씨팔 놈 행가라보기는 멀라고 행가라보냐? 사팔뜨기될 라고! 나가 거짓말만 했는가 말이여……. 되지 않는 개폼잡고 서있지 말고 국그릇을 들여다보란 말이여! 2내무반 국은 왕건이가 많고 우리 내무반 국은 똥개들이 장화를 신고 100미터경주를 했나 어째서 똑같은 솥에서 우리 내무반 국은 건대기가 없는 멀국이냔? 이 말을 핼라고 널 데불고 왔웅께로, 햄말 있으면 싸게 싸게 해보더라고. 우리 내무반 국솥을……. 똥개 두 마리가 뜨거워서 장화를 신고 건너뛰었나! 어르신 말씀이제?”

임 일병 말을 듣고 대원들이 우르르 몰려가서 2내무반에서 가져 온 국그릇을 본다. 확연히 우리 내무반에 배식된 국보다 고기가 많이 들어 있다.

“취사반 일마들 숭악하데이! 그라모 고기를 감춘 것이 아니고 쑥구렁이 같은 취사반장 절마가 임 일병이 깽판 부렸다고 우리 분대가 억수로 고생하여 잡아 온 개를 끓인 보신탕에 고기를 덜 주고 용심을 부렸다. 이 뜻이 아이가! 짜석 두루뭉술하게 넘어가면 될 것을 남우세스럽게 사나자석이 그게 뭐고?”

“……”

“취사반장 절마 소가지 파이다! 사나자석이 임 일병 성이가 조금 나무랬다고, 아이고 오매 대가빠리 피도 안 마른기 곤조 핀다 이거 아이가?”

“긍께 나가 시방 따지는 이 말인즉슨 그 말 아니냐? 그리고 성은 무슨 성님이라고 하냐? 나는 폴세오래 전부터 저런 소갈마리 없는 동생 둔 적 없다.”

“말끝마다 앵조가린 대갈삐이를 짤라서 장군 마거리장군마거리, 오줌마거리는 똥 장군에서 똥물이 넘치지 않게 짚으로 만든 나팔형 마개 할 끼다.”

취사반장은 곤혹스러운 얼굴을 하고 있다. 임 일병은 자기 비위를 거슬린 자는 언제 어느 때고 각오를 단단히 하고 있어라했다. 차라리 사타구니 불알 밑에 밤송이를 달고 다니는 꼴이 될 것이다라고 엄포를 하였다. 취사반장이 최 일병한테 "미안하다"고 하자 소란은 일단락되었다. 개 잡는 법 잘못 가르쳐 주었다고 임 일병과 취사반장 말다툼 때문에 저질러진 일이다. 운전수 맘대로 하더니 임 일병 말처럼 솥뚜껑 운전수 맘대로 배식을 한 것이다. 말썽만 부리는 것 같으면서도 대원들을 생각하는 것은 임 일병만한 대원은 없다.

"아무리 글캐도 몽창시리 왕건이를 2내무반에만 주다니! 얼나가 투정 부린 것도 아니고, 취사반장 니는 소가지가 파이다! 내보고 괴팍스럽다고 조, 최, 강 씨 아닌 임꺽정 임 씨 니는 와 그리 뿔뚝 성질 이고? 갈수록 절마가 패액시러워지니 내는 걱정인기라! 취사반장 글마를 계속 치근거리며 약을 올린 게 이런 사단이 난 기라!"

임 일병만 포악해지는 것이 아니라 모든 대원들이 포악해졌다. 취사반장과 다툼이 잦았던 임 일병은 최 일병과 합세한 싸움을 하여 무릎을 꿇게 하였다. 그 후로부터 식사 배식은 공평하게 이루어진 것이다.

칼자루 쥔 놈이 왕이다. 밥 배식은 주걱 가진 취사반장 좆 꼴린 데로다. 큰소리쳤던 솥뚜껑 운전수는 잘못했다고 화해를 한 것이다. 임 일병은 보신탕을 끝까지 먹지 않았다. 기분 나쁘다는 것이다. 이유야 그럴싸하다. 다리 품 팔아 어렵게 잡아 온 개탕을 멀건 국만 주었기 때문에 기분이 나쁘다 하였지만 이유는 딴 곳에 있었다. 무당 집 개 여서다. 개를 잡아먹고 개 도둑질 한 놈은 개보다 훨씬 못하여 임꺽정 후손이고 전라도 낙안 읍성 성주였던 임경업 장군 후손이기 때문에 그런 소리는 들을 수 없다는 것이다.

원래부터 속에 감추고 사는 성격이 아니어서 몇 날이 지난 뒤 들통이 났다. 무당이 개가 없어진 것을 알고 무당이 씻김굿을 하여서 벌을 내릴까봐 밤새 잠도 못 잤다고 했다. 그리고 개 잡을 때 혼자 개인행동을 하여 부대에 먼저 들어와 취사반장한테 깽판 부린 것은 개인행동하여 분대장에게 기압 받을 것을 미리 예견하고 선수를 친 것도 있지만, 직접 개가죽을 벗기는 것을 피하기 위해서 그랬노라고 실토했다. 씻김굿이란 망자의 좋지 못했던 기억을 깨끗이 씻어내 좀 더 수월하게 저승을 갈 수 있게 돕는 일인데 괜스레 겁을 먹은 모양이었다!

"깐딱 잘못했으면 취사반장과 디잽이가[끌어않고 싸움] 벌어질 번하였습니다. 괜찮은디! 개장국만 못 먹어 애두러[아까워] 죽것습디다."라고 고백하는 임 일병을 보니 거친 반면에 순진한 구석이 있구나 하는 생각이 들었다.

"니는 청상과부 집 수캐처럼 말썽만 부리지 말고 다니지 말거라!"

최 일병이 나무라면

"냅둬야!" 하고 받아넘기는 속이 후더분한 대원이다.

"나도 부시오! 냅또 뿔제 그랬냐? 무담시 열을 내고 그랬샀냐?"

사사건건 참견은 임 일병 성격 탓인 것이다.

"애기 보잠지에 붙은 밥을 떼어먹지? 거지 똥~옹 구멍에 걸려 있는 콩나물을 빼어 먹지? 문둥이 코에 마늘을 빼어 먹지? 뒤집어 날아가는 기러기 보잠지를 보았나? 니노지가 껌 씹는 소리하지 말거라!"

임 일병 음담패설 주요 목록이다. 통박 굴리는데 자기 따라 갈 사람 없다고 자랑이다. 콩 볶아 먹는 데는 시어머니가 최고라나 며느리보다 많이 볶아 보았기 때문이란다. 자기가 거의 해 본 해꼬지이기 때문에 자기 말을 들으면 자다가 떡을 얻어먹을 수 있다고 앞장서기를 좋아했다.

"팔피이 같은 놈, 떡 좋아하네! 니 때문에 멀국 먹는 것 알잖나? 잘 먹고 죽은 귀신은 얼굴 때깔이 좋다는 말 들어 봤제? 우리 내무반 아그들 잘 먹이려고 이 젊은 형님이 취사반장을 손 좀 봐 좋잖아!"

미꾸라지처럼 교묘히 빠져나가는 수법으로 책임회피를 하였다.

훈련도 어느덧 막바지에 접어들었다. 그리고 어렴풋이나마 우리들의 임무가 무엇인지 알게 되었다.

휴전선 일대에서 추진하고 있는 철책선 공사를 북괴는 아주 못마땅하게 여겨 공사가 완성되기 전에 잦은 도발을 일으켜 공사를 방해했다. 1968년 4

월부터 작업을 시작 하였는데 이 공사는 1969년 말까지 완공시키라는 명령이었다. 박정희 대통령의 의지대로 철책선 공사가 끝나면 공중을 나는 새나 남북으로 왕래할 뿐 어느 누구도 왕래하지 못한다. 그래서 그들은 그 전에 결단 내려 남침의 구실을 찾아 공격적인 행동을 시작한 것이다. 그러나 우리의 형편은 전쟁을 치를 여력이 없다. 미군은 월남전의 수렁에 빠져 허우적거리지, 우리도 2개 사단이라는 많은 병력을 월남전에 투입하였으니 북한군의 남침에 어떤 구실이라도 줄 수 없었기 때문이다.

한국전쟁만 해도 그랬다. 그네들은 우리가 북침했기 때문에 전쟁이 일어났다고 지금도 주장하고 있다. 그런 그들이 우리를 자꾸 건드려 반응을 떠보려는 것이지만, 우리 쪽에서 보면 너무나 성가시다. 잦은 도발을 감행해 시계불량 제거작전1968년 3월부터 휴전선 철조망작업 시작, 4월부터 고엽제가 살포됨에 지친 병사들을 기습 공격하여 더욱 피곤하게 만들었다. 지휘관들은 불안에 떨어야했다. 언제 당할지 모르기 때문이다. 그들의 특수부대가 우리 측 초소에 침투하여 화염방사기로 1개 소대를 불태워 죽이기도 했다. 당시에 근무한 예비역은 알고 있겠지만! 그러한 사고가 나면 전우신문에도 보도되지 않았다. 가족에겐 안전사고로 통보 처리 해 버렸다. 군정 때 있었던 이야기다. 지금의 시대 같으면 어림도 없는 일이다.

사건은 수없이 터져 병사들도 불안하여 작업능률이 떨어졌다. 이 사실이 상급부대로 보고되어 결국 박대통령이 알게 된 것이다. 그렇잖아도 1968년 1월 21일 김신조 북한 특수부대가 청와대를 폭파하고 박정희를 죽이려 왔다가 실패한 사건이 있어 화가 난 박정희는 당하지만 말고 우리도 북한 특수부대와 똑같은 임무를 하는 부대를 만들어 당한 만큼 보복을 하라는 지시로 1968년 4월에 테러부대가 창설된 것이다. 그들이 전면전을 유도하는 술책에 말려들지 않으면서 효과적인 대응책은 우리도 게릴라 부대를 창설하여 보복전을 갖기에 이른 것이 바로 그때 우리들의 임무였던 것이다.

훈련시작 두 달이 되어 우리는 작전에 투입되었다. 그렇다고 당장에 북파되어 적의 초소를 습격하는 것이 아닌 간접작전으로 낮에는 5분대기조로 돌발사건에 대비하였고, 밤이면 적의 침투가 예상되는 지역을 설정하여 야간 매복근무를 하였다. 5분대기조란 적의 도발이 있을 때 즉각 대응하는 대기조가 각 부대마다 조직되어 있었다. 그들이 하는 일은 사태 발생 5분 안에 출동이 가능하게끔 완전군장을 꾸려놓고 무조건 대기하는 것이 임무였다. 대개 1개 소대가 그 임무를 맡는다.

훈련의 막바지가 극기 훈련이다. 8일간 산악지대를 돌며 자급자족으로 먹는 걸 해결해야 한단다. 말하자면 산에서 먹을 수 있는 건 뭐든지 다 먹어 생명을 지켜야 한다. 미리 귀뜸 해 주었기에 약간의 건조식품을 비상용으로 감추었다. 산악에 투입되면 우리는 산에서 먹을 수 있는 게 무엇인지를 배우게 된다. 뱀, 개구리 등은 그 전에도 야산에서 먹어본 경험이 있는 병사는 많다. 그러나 불을 사용하지 못하기 때문에 날 것으로 먹는 이른바 생식이다. 산에 사는 작은 동물에는 다람쥐 청설모에 토끼 등이 있고 심지어는 박쥐도 잡아먹는 요령도 배운다. 버섯 등 독이 있는 식물과 없는 식물을 구분할 줄도 알아야 되고 나무뿌리나 풀뿌리도 골라서 먹어야 한단다. 독버섯 가려내는 요령은 버섯을 절단하였을 때 질기지 않고 엿 토막처럼 절단되면 먹지 말아야 한다. 독버섯이기 때문이다.

출발 전에 군견을 동원한 개인 휴대품검사에서 비상식량이 들통 나 몽땅 빼앗겨버렸다. 얼마나 대원들을 다 잡으려고 군견까지 동원시킨 걸 보니 앞날이 참으로 걱정스럽다.

출발에 앞서 분대를 편성했다. 분대단위로 8일 동안 산속에서 살아야 된다. 어디선가 헬리콥터의 로터소리가 요란하게 들려온다. 모두 고개를 들어 소리 나는 곳을 올려다보니 CH-462 시나이트가 접근해왔다.

"극기 훈련 가는데 웬 수송용 헬기냐?"

"갑자기 저것들이 왜 오는 거야? 헬기 오는걸 보니 깊은 계곡에 널쳐버리려고 그라는 것 아니어!"

"아마도, 우릴 배웅하려고 별사단장이 뜬 모양이다."

서로 돌아보며 수근거린다. 헬기가 연병장의 우리 옆에 착륙하자 교관이 지시한다.

"자, 모두 분대별로 탑승한다. 실시."

얼마나 험악하고 인적 없는 산악에 떨어뜨려 놓으려고 헬기를 동원하나? 도보로 올라가게 하지 않으니 이걸 감사하다고 해야 되나 아니면 깊은 산에 보내니 얄밉다고 해야 되나? 파견된 수송기에 나누어서 전원이 탑승하자 헬기는 우리를 태우고 이륙하였다. 상공에서 내려다보니 소양강 물결이 넘실거린다. 교관이 확성기로 소리 지른다.

"여러분은 지금부터 랜딩훈련을 한다. 랜딩의 요령은 이렇고 저렇고."

말인즉 쉽다. 랜딩훈련이야 유격훈련 때 수십 번 해보았다. 엉덩방아 찧고 아니면 물구덩이에 처박히고 요즘 TV학생들 극기 훈련 때 보여주어 일반 국민들도 알고 있는 훈련과목이지만 TV에서 보는 것으로 착각해서는 안 된다. 우리는 실제 현장 훈련이어서 그때그때 개개인의 판단에 알아서 행동해야 한다. 헬기가 저공비행에 저속으로 모래밭이나 낮은 물 위로 비행할 때 뛰어내리면 된다. 마치 항공기가 착륙할 때 랜딩기어가 천천히 아래로 나오듯 우리 몸이 나오면 된다. 위에서 볼 때는 백사장이 바로 아래라 아주 쉬워 보였으나 막상 차례가 되니 아래가 아득하게 멀다. 뛰어내리려는 순간 헬기의 진동 탓인지 몸의 중심을 못 잡아 비틀거리는 나를 뒤에 서 있던 교관이 부축해 주는가. 했는데 사정없이 발로 엉덩이를 차 버린다. 지금 우리는 적지에 투입되고 있다. 언제 적의 대공포가 날라올 지 모르는데 꾸물거릴 틈이 없다. 신속히 병사들을 지상에 내려두고 헬기는 적지를 벗어나야 된다.

조종사가 3군단에 배속되어있는 항공대인데 조종사는 흑인 하사관이고 통역관으로는 우리 측 장교가 타고 있다. 덩치가 엄청나게 큰 하사관이다. 자대 근무 때 중대본부 인사계와 첫 대면 때 나의 작은 키를 보고 "큰 양놈 고추길이 정도로 작은 키로 M1총을 어떻게 매고 훈련을 받았느냐?"고 놀려 댔는데, 정말로 덩치가 큰 흑인 하사관이었다. 아무리 고도를 낮춰라. 소리쳐도 껌만 질경질경 씹어 댈 뿐 들은 척도 하지 않는다. 미군이라 말이 통하지 않아 교관이 더 낮게 비행해 달라고 손짓과 발짓을 해도 통하지 않았다.

우리는 랜딩의 공포를 다같이 경험했다. 물 속에 처박히고 모래밭에 떨어질 때 자세를 잘못하여 다리를 접질러 절뚝거리고 너무 낮게 헬리콥터가 떠서 날개 바람에 물보라와 모래먼지에 눈을 못 떠서 착지지점을 잘못 잡아 떨어진 대원 위에 겹치기로 떨어져 코피 터지고 모래사장은 아수라장이 되었지만 낙오자 없이 전대원이 모두 내리자 각 분대별로 신속하게 집합하여 다음 장소로 이동했다.

전방 도로에 가상 적이 나타났다. 대항군 깃발을 단 군 부대의 구급차였다. 구급차 안에 비상식량이 있는데 그걸 탈취하여 8일간 생존투쟁하면서 하루 한 끼씩 먹을 식량을 확보하라는 명령이 떨어져 우르르 떼거리로 몰려가서 도로에 올라갔지만 차량은 엿 먹으란 듯이! 우리 곁을 쌩하고 지나쳐 저만치 앞서 가버렸다. 그건 시나리오 상 나타난 차량이지만 우리의 랜딩작전에 시간이 좀 걸려 타이밍이 맞지 않았다. 우리 몫이 되어야 할 식량을 싣고 멀리 달아나는 차를 잡을 재주는 없다.

"저 10호 닷지 차에 위생병 글마 타고 있제?"

"나가 아냐? 니가 아냐? 양코쟁이가 헬리콥터를 높은 곳에서 세워 뿐께 얼렁 못 내려 와갖고 시간을 못 맞추어서 보급차량이 사정없이 달바 빼뿐디! 나가 시방 발바닥에 바람개비를 단 것도 아니고 번개를 고아 먹은 것도 아닌데, 어찌꼬롬 잡을 꺼이냐?"

"글마 자석 사설이 너무 길다! 임 일병 너가 잘보^{한쪽 다리가 짧아서 절뚝거리며 다리를 저는 사람} 짓을 해서 늦은 것 아니가? 내가 단디 해라 안 카드나?"

"나가 잘못 헌거 아니랑께 그러네! 양코쟁이 아그가 공중에서 서 뿐께 어찌꼬롬 랜딩 허것 드냐? 내려다 본께 아래가 간잔지름 허드라고, 나가 말이여 안 내리고 있승께 통역관이 양코쟁이하고 사바사바 해갔고 쬐깐이 내려와서 얼릉 뛰었는디 재수가 옴 붙었나! 하필이면 모래를 퍼낸 허방^{웅덩이}에 떨어져 다리를 접질러 불어 찐따처럼 쩔뚝 거렸제! 니가 싸게 가서 10호차 잡았으면 되얏제! 안 그냐?”

“애앤타 자석 실력 없는 무당도 아니고 사설이 와 그리 기노? 퍼뜩 가자. 식량 확보를 못해 우이할꼬 걱정이 태산이다!”

“최 일병 니는 만만한 게 홍어 조오지라 글드니 사사건건 나한테 띵깡을 놓나 느기미 떡을 할! 지들 좆 꼴린 데로 달바 빼는디! 나가 어찌꼬롬 잡을 꺼냐? 성이가 이바구 하는데 일마가 간띠가 부었나! 말대꾸하기는……. 내 말은 담박질 잘 치는 니가 잡제, 어디 있다가 시방 와갔고 그냔 말이여. 좌우당간 똑같이 잘못 해 것이여!”

“강 하사님 위생병 글마 지뢰사고 때 총 맞아 죽을 뻔 했긴데! 글마를 강 하사님이 박 일병이 겨누고 있는 기관단총을 발로 차서 살려 준긴데 절마자석 생명은인 모르고 식량 싣고 토사이 까면 본데 없는 행우지죠?”

“랜딩작전을 일찍 하여 작전지역에 제 시간에 도착하였어도 식량탈취는 못하였을 것이다! 그래서 생존투쟁 훈련이다.”

“그거 봐라, 분대장님 말을 들어 본께이 나가 잘못한 것이 하나도 아니제?”

“아이고 오메, 우짤꼬 내는 밥맛이 없어 얼 요구 하고 왔는데 벌써 뱃속이 허덕부리 하다.”

차는 벌써 저만큼 흙먼지를 일으키고 우리 시야에서 멀어지고 있다. 그 광경을 보면서 우리는 입맛을 다시며 다음 작전으로 들어갈 수밖에 없었다.

지도에 표시된 지점을 통과하면서 분대간과도 교신하고 상황실과도 교신했다. 또 우리가 침투할 예상지역 관할 부대에 연락하여 우리를 무장공비로 오인하여 교전하는 일이 없도록 보안조치도 취했다. 우리의 모습은 공비와 다름없다. 원래 그것이 우리의 임무 아니던가. 그 대신 아군이 식별하기 좋게 노란 띠를 팔에 감고 다녔다.

우리가 나아가는 산세는 너무 가파르고 험준했다. 완전군장은 우거진 숲에서는 행군에 방해가 되어 우리를 짜증나게 했다. 그렇다고 도로로 갈 형편이 아니다. 우리가 가는 코스는 교관과 조교들이 사전 답사를 하여 확정했을 것이다. 작전 명령서에 기재된 대로 좌표를 찾아 정찰하면 목표물인

지형지물이 그대로 들어맞는다. 어디에 뭘 찾으라 하면 그 자리에 분명히 있어 헤맬 필요는 없었다. 행군은 야간에도 계속되었다. 잠자는 시간은 밤 11시부터 새벽 3시까지 4시간을 주지만 잠을 잘 준비 등 자질구레한 일에 매달리다 보면 세 시간 정도 수면을 취할 수 있다.

극기 훈련 3일째, 배는 고프지, 잠은 모자라지 머릿속이 안개가 낀 것처럼 정신이 멍하다. 기초훈련 때 생식훈련을 받아 뱀도 잡고 개구리도 잡았지만 막상 허기져 눈앞이 어질어질한 판에 그놈들이 날 잡아 잡수 하고 나타나지 않으니 쫄쫄 굶으며 이동해야 되었다. 때는 초가을이다. 산악지대는 가을이라고 해도 기온이 낮다. 으실으실 추워지면 무엇이든 먹어야 추위를 견디어 낼 수 있다 이동 중에 먹을 것을 찾아 땅만 보고 가다가 무슨 열매라도 눈에 띄면 누가 볼세라 재빨리 따먹었다. 산굽이를 돌다보니 건너편 산세가 좀 편편하다. 쌍안경으로 그 곳을 관찰해 보니 옥수수 밭이 있다. 살았다. 설령 민폐를 끼치더라도 할 수 없다. 우리가 허기져 죽을 판국이다. 밤을 기다려 밭으로 갔다. 옥수수껍질을 뒤집어보니 북쪽 산간지역이라 아직 알이 차지 않았다. 알갱이들이 갓난아기 이빨처럼 앙징스럽다. 입에서 군침이 돈다. 껍질만 남기고 통 체로 먹었다. 속대도 말랑말랑하여 먹기 좋았고 옥수수 특유의 맛보다 더 달콤했다. 돌아오는 길에 밭두렁에 심어져 있는 들깨 입도 서리하여 배낭 속에 간수하였다.

잠을 자고 일어나니 아랫배가 아리하게 아파온다. 염려하였던 배탈이 드디어 찾아 온 것이다. 설사를 하는지 소변을 보는지 구분가지 않을 만큼 물을 쏟았다. 그리고 소화되지 않은 옥수수 속대도 배설했다. 설사는 훈련 중 계속 발목을 잡는다. 더 심하면 탈수현상을 일으켜 졸도할지도 모른다. 그래도 열심히 이동하였다. 비록 군데군데 오염을 시켰지만 말이다. 지금 생각해도 그때의 일에 쓴 웃음이 난다.

5일째, 침투 5일 만에 뱀 두 마리를 잡았다. 분대원들이 오랜만에 고기 맛을 본다. 기초훈련 때 먹어봐서 알지만 생식을 하면 비릿한 냄새가 너무 역겨워 구토가 나올 지경이다. 그러나 이번에는 다르다. 분대원들의 눈빛마

저 달라보였다. 뱀가죽을 벗긴 후 대검으로 회치듯 수 없이 두들겨 말 그대로 난도질을 해주어야 뼈가 잘게 부서진다. 먹기 좋게 토막을 내어 찡 박아 두었던 깻잎에 싸서 먹었다. 깻잎의 독특한 향 때문에 비릿한 맛이 한결 덜하다. 그걸 경험 삼아 야생 더덕뿌리나 줄기나 당귀를 눈에 띄는 대로 확보해 두고 다람쥐든 청설모든 잡히는 데로 가죽을 분리하여 섞어먹었다. 특히 야생 당귀뿌리는 쌉싸래하지만 뒷맛이 달콤하여 인기가 높았다.

밤이면 옷깃을 파고드는 냉기가 제법 날카롭다. 그래도 워낙 피곤하니 잠은 잘 잔다. 제일 견디기 힘든 것은 씻지 못한다는 것이다. 생식을 하고 양치질을 못하면 이빨 사이에 낀 음식물 찌꺼기를 제거하지 못하여 입안에서 온갖 냄새가 난다. 깊고 높은 산중이라 물 보기가 힘든 탓이다. 산간 고지대를 벗어나 계곡으로 밤이 되면 이동하여 침엽수 가지를 절단하여 수북이 쌓아서 바람막이를 하고 대원들이 잠을 자지만 온몸에서 땀 냄새 입 냄새로 서로 등을 돌리고서 잠들었다. 치약이나 비누를 사용하면 냄새가 사방에 퍼져 적 군견에게 우리 존재가 노출되기 때문에 물이 있어도 사용을 못한다.

우리의 작전구역 상공에 헬기가 날아왔다. 우리가 생식할 것을 확보하지 못할 경우 딱 한번 비상식량을 투입해 주는 헬기다. 그 헬기가 우리 구역을 그냥 통과하는 어처구니없는 사건이 일어났다. 각자 그늘을 찾아 잠깐 동안 낮잠을 잤는데 보급 헬기가 지나간 것이다. 잠자는 동안 건전지가 소모된다고 P6 무전기를 꺼버린 모양이다. 서로가 책임을 전가했지만 사또가 지나간 뒤 나팔 분 격이 되었다. 옥신각신한다고 떠난 헬기가 다시 와 줄 리 없다.

할 수 없이 먹을거리가 그래도 좀 있을만한 양지쪽만 골라서 이동하였다. 아무래도 음지보다는 양지에 먹을 수 있는 식물성과 햇볕을 좋아하는 산짐승이 많기 때문이다. 양지에는 잡목이 많이 자란다. 잡목은 도토리나무가 많다. 도토리 열매에서 싹이 트면 가운데는 순이 나오고 아래에 고환을 닮은 씨앗이 두개 붙어 있다. 맛은 덤덤하지만 쓰지 않아 먹기에는 좋지만 양이 적다. 낮에 고지를 점령하고 밤에 계곡을 타고 내려와 바위 틈새에다 야간 비트를 구축하고 잠이 들었다. 고지 근처에서 잠을 자야하지만 추위와 배고파서 잠이 들지 않아 날이 새면 정상을 향하여 오르고 날이 어두워지면 추위를 피할 수 있는 계곡을 찾아다니느라고 지칠 대로 지쳐버렸다.

쌀 한 톨 입에 못 넘긴 지 벌써 4일째 접어들었다. 깜박 잠이 들었는데 옆구리를 툭툭 친다. 실눈을 떠보니 최 일병이다.

"잠 안자고 왜 그러나?"

그러자 최 일병은 입에다 오른손 검지손가락을 입 중앙에 세우고 왼손으로 계곡 아래쪽을 가리킨다. 하늘엔 초승달이 떠 있으나 침엽수로 하늘을 가려 계곡은 코를 베어 먹어도 모를 정도로 칠흑 같은 밤인데 새파란 불빛이 두 개가 보였다. 휴전선 안쪽을 넘어 들어와 있기 때문에 총을 사용할 수 없어 대검을 뽑아 들었다.

"강 하사님! 시그럭불_{인, 燐, 도깨비불} 아닙니까?"

최 일병은 겁에 질려 있는 목소리다. 나는 미신을 진짜 믿지 않는데 최 일병이 떨리는 소리로 말을 하니 온몸에 오싹 소름이 끼쳤다. 또한 북방한계선을 넘어 와 있기 때문에 잘못하여 대원들이 놀라서 사격을 하면 곤란하다.

최 일병도 대검을 꺼내들면서 곁에 있는 동료를 발로 차서 깨운다. 최 일병 발길질에 잠이 깬 대원들이 투덜거리며 일어나 앉는다. 그러자 파란 두 개의 불빛이 좌우로 움직이더니 우리들을 향하여 오고 있다. 잔뜩 겁을 먹고 한 마디씩하고 있는데 파란 불이 투덜거리며 일어서는 김 일병에게 번개같이 날아와서 붙은 것이다. 깜짝 놀란 김 일병이 중심을 잃고 넘어진다. 아니 넘어진 것이 아니라 파란불이 시커먼 물체였는데 김 일병을 덮친 것이다.

우리는 산짐승이 덮치는 줄 알고 깜짝 놀랐으나 알고 보니 선글라스를 쓰고 다니는 교관이 키우고 있는 개였다. 군견을 만들려고 항시 교육장에 데리고 다녔다. 불자 노릇을 하고 있는 김 일병이 통조림이며 짬밥 등을 먹여서 아주 친하였는데 생존훈련 때 교관이 데리고 온 모양이다. 밤이여서 목소리와 냄새를 맡은 쫑_{세파트 이름}이 평상시 귀여워하고 고기 등을 주어 친해진 김 일병의 목소리와 냄새를 맡고서 달려들어 앞발로 끌어안은 것인데 검정색이었고 밤이여서 쫑의 몸은 안보이고 야간에 발광되는 짐승의 눈빛만 보였기 때문에 깜짝 놀란 것이다. 세퍼트 큰 덩치가 달려들자 중심을 잃어 넘어진 것이다. 쫑은 넘어진 김 일병을 혀로 핥으면서 반갑다고 꼬리를 흔들며 낑낑거린다. 김 일병도 "쫑! 쫑!" 하면서 끌어안는다.

교육계 앞 내무반 입구에 앉아 있는 쫑을 보고 최 일병은 곁눈질 하면서 입맛을 다시며 "개장국 생각이 절로 난다"고 하였다. 모두 곤한 잠에서 깨어서 투덜거렸지만 쫑을 보고 반가워했다. 그 반가움도 잠시 동안이었다.

"춥기는 추운 모양이네! 쫑 저것도 붕알이 오그라들어서 붕알 부딪히는 소리가 안 나서 오는 소리도 못 들어 놀랬당께."

분위기를 바꾼다.

"그건 글고, 강 하사님, 어쩌께라?"

임 일병이 밑도 끝도 없이 어떻게 할 거냐고 묻는다. 임 일병 말뜻을 모르고

"무엇을 말이냐?"

내가 되묻자 임 일병은 내 귀에다 대고 "쫑을 어찌 할 것이냐 고요?" 작은 소리로 묻는다. 잡아먹자는 뜻이다. 허나 쫑을 보살피는 김 일병이 있는데 어림 반 푼 어치도 없는 이야기다.

"보도시^{간신히} 잠들었는데."

"절마 코고는 소리에 잠이 깨서 앞을 보니 헛것이 보인기라, 도깨비인 줄 알았는데 불각시리 쫑이 나타나, 내는 간신 했시몬 간 널칠 뻔 했다 아이가!"

"니는 말이여! 도깨비불도 모르고 개 눈깔 불도 모르냐 말이여? 밤이면 모든 짐승은 눈에서 빛이 나는 거여 도깨비가 얼마나 무서운디! 이 첩첩 산 골짜기에 혼자서 멀라고 있느냐 말이여?"

"절마자석 말하는 꼬라지 하고는."

"도깨비가 무서운께 산중에 있제! 내무반에 있것냐?"

"절마자석 성이 말귀를 못 알아듣기는 씨잘 대가리 없는 소리집어치우고."

"최 일병 너 쪼가이 싸게 싸게 이쪽으로 언능 와봐라."

임 일병이 최 일병을 데리고 가더니 둘이서 한동안 이야기를 나누고 나에게 다가온다.

"강 하사님! 임 일병 절마가 쫑을 된장 양님 바르자 카는데 우짜면 되것심니꺼?"

임 일병이 쫑을 잡아먹자고 최 일병과 의논한 모양이다. 4일 동안 곡기가 안 들어갔고 일부 대원은 생 옥수수 먹은 것 때문에 설사를 하여 뱃속이 텅 비어 있을 것이다. 분대장인 내 허락만 떨어지면 쫑을 잡아먹겠다는 뜻이다.

나 역시 옥수수 때문에 탈진된 상태다. 망설이고 있는데 다시 임 일병과 의논하고 내게 다가와서,

"강 하사님! 임 일병 절마가 간띠가 부었는가! 지딜끼리 사발공론을 하더니 강 하사님이 허락 안 해도 영양보충 하려면 쫑을 골로 보낸다고 떽갈을 쓰는데 님스짜가 절마가 걱정은 되는디! 제가 책임질 테니 허락해 주시소."

김 일병을 책임지고 설득하겠다는 뜻이다! 가파른 산악을 매일 타면서 영양보충을 하지 못해 나 역시 거의 탈진상태에 이르곤 했다.

"강 하사님도 얼굴 보면 형편없이 영 안 됐심니더! 얼나들 얼굴도 핏기가 없어 누르팅팅 합니더! 모두 개장국 한 투가리 하면 얼굴에 윤기가 자르르 흐를 낀데요! 퍼뜩 허락해주이소. 영리한 쫑이 눈치 채고 토사이 까면 어짤 낍니껴? 모두 못 먹어서 메가리가 하나도 없습니더!"

메밀묵처럼 대원들이 흐늘흐늘 힘이 없어 보인다면서 쫑이 교관한테 가버리기 전에 빨리 잡자는 것이다

"너희들 밤인데 잘 처리할 수 있느냐?"

"염려는 숫처녀 속저고리 옷고름 매듯이 꽉 붙들어 매고 잠시만 기다리소."

허락도 떨어지지 않았는데 쫑을 끌어안고 장난치고 있는 김 일병만 빼고 작전회의를 한다. 작전을 끝낸 대원들이 두 패로 나뉘어져서 김 일병과 장난치고 있는 개에게

"쫑! 쫑!" 쫑을 부르며 다가가서 최 일병이 김 일병의 입을 손으로 막고 임

일병은 뒤에서 끌어안는다. 동시에 박 이병과 나머지 대원이 번개같은 동작으로 쫑을 끌어안고 대검으로 쫑 목을 깊이 찔러 울대를 절단 해 버린다.

짐승이나 사람이나 성대를 절단해 버리면 비명을 지를 수 없기 때문이다. 북파침투 작전처에 적의 보초나 동초를 제거할 때는 성대를 날카로운 칼로 단 한 번에 절단해 버리거나 허파를 찔러 버린다. 그렇게 하면 절대로 살릴 수 없는 치명적인 부상이 되어 죽는다. 허파를 찔러버리면 너무 아파서 비명 한 번 지르지 못한 채 숨을 거둔다.

도망치려는 쫑을 끌어안은 박 이병 몸에는 반쯤 절단된 쫑 목에서 쏟아진 피로 얼굴을 비롯한 온 몸에도 범벅이 되어서 섬뜩했다. 박 이병 품에서 빠져나가려고 쫑은 네발을 허공을 달리는 것처럼 마지막 몸부림을 쳤다.

한순간에 일어난 일이다. 이 광경을 보고 입이 틀어 막힌 김 일병이 최 일병 엄지와 검지 사이를 물어 버린다. 얼마나 세게 물어 버렸는지 "아이구야" 하는 비명과 함께 벌떡 일어서서 김 일병 멱살을 잡고 번개같이 박치기를 해버린다. 임 일병이 뒤에서 껴안고 있는 자세여서 피하지도 못하고 최 일병의 박치기를 당한 김 일병이 '허~억' 비명을 지르며 쓰러진다.

"일마 자슥이 미친게이가! 패액시럽게 물긴 어디를 무노. 문디 자석! 니 개가? 대갈빼이에 뜨거운 오줌을 갈겨 버릴끼다."

얼마나 세게 물어버렸던지 최 일병은 손을 달달 떤다. 어지간히 아픈 모양이다. 콧바람을 씩씩 불며 화를 참던 최 일병은 손을 움켜쥐고 뒤로 벌렁 드러누워 버린다.

쫑은 울대가 절단되어 소리도 못 내고 꿈틀거리다 숨을 거두었다. 일단은 큰 사고를 친 것이다. 너무나 갑작스런 일이라 김 일병은 말도 못하고 한쪽 구석에 가서 흐느끼고 있다. 그동안 돌봐온 정도 있고 불자는 특히 개를 귀히 여기며 개고기도 먹지 않는다. 대원들의 번개같은 동작에 어안이 벙벙한 모습이다. 도둑질 작전 때도 자기가 개 잡는 법을 가르쳐 주어서 소고기를 미끼로 하여 무당집 개를 최 일병 혼자 두 마리를 번개같이 절단한 것을 김 일병은 보았기 때문에 체념을 했다. 정이 들었던 개를 대원들이 합심하여 죽였으니 어쩔 도리가 없는 것이다.

밤이라 어떻게 처리할 수 없어 날이 새면 처리하기로 하였다. 여간 찝찝하고 불안했다. 개 특유의 누린내와 비릿한 피 냄새가 코끝을 자극한다. 죽은 개이지만 시체는 시체다. 곁에 두고 자려고 하니 무섭기도 했고 피 냄새를 맡고 산짐승이라도 올까봐 잠을 못 자고 날 샘을 하였다.

날이 밝아지자 대원들은 대검으로 쫑 가죽을 벗겨서 땅에다 묻어 주고 부위별로 절단하여 짊어지고 아침 일찍 고지를 오르기 시작하여 남방한계선을 넘어 왔다. 고지는 쌀쌀하지만 허기가 져서 온몸에 땀이 젖어 버렸다. 무전 교신이 와서 쫑을 찾는다고 하였다. 겁이 덜컥 났다. 쫑을 보지 못했다는 응답을 하였다. 교관이 우리 조를 뒤따라오는 것 같은 생각 때문에 우리는 작전지역을 벗어나서 무전기를 꺼버렸다.

개고기를 처리할 장소를 찾기 위해 산을 하나 더 넘어 바람이 작전지역 반대로 불 때까지 기다렸다가 마른 나뭇가지에 불을 지피고 연기가 나지 않도록 조심하여 고기를 굽기 시작하였다. 정말 오랜만에 고기냄새에 대원들 얼굴에 화색이 돌기 시작하였다. 김 일병은 한쪽 구석에서 무릎사이에다 머리를 처박고 앉아 있다. 고기가 어느 정도 익자, 대검으로 절단하여 먹기 시작했다. 잘 익지 않아 피가 떨어지는 고기를 먹는 대원들 모습은 무슨 흡혈귀처럼 보여 섬뜩했다. 겉은 익고 안쪽 고기는 덜 익었는데도 먹었으니 입가에 피가 묻어 검게 그을린 얼굴과 하얀 이빨과 대조되어 영화에 나오는 식인들 같아 보였다.

김 일병은 무당집 개를 잡아서 보신탕을 하였을 때 술을 먹고 잠들어 버렸는데 지금은 생존투쟁훈련이다. 모든 교육을 종합하는 훈련이기도 한다. 시간이 남아 돌때면 쫑을 데리고 취사반에 가서 밥을 먹였고 PX에 데리고 가서 통조림을 사주곤 하여 어지간히 정들었을 것이다.

최 일병이 열심히 고기를 굽다가 한쪽 구석에서 웅크리고 앉아 하늘만 쳐다보고 앉아 있는 김 일병을 보고,

"오지게 푸지다! 스님! 퍼득 와서 먹어라. 느까 오면 손해 본다. 먹어야 염

불할 것 아니가? 전국에 있는 사찰에 가서 불상을 하번 봐라. 불상을 보면 모두가 몸보신을 잘해서 볼때기에 피둥피둥 살이 쪘고! 이마빡엔 개기름이 자르르 흐르며 배때기는 뭘 잘 묵어 임신 육개월이다. 배고프면 수행이고 나발이고 말짱 황이다. 남자여서 다행이지 여자라면! 어찌 쪼까 이상할 것 아니가? 나무관세음보살 한마디하고 먹으면 모든 게 용서가 되는 게 불교 교리 아이가! 정찰견으로 훈련을 받았으니 죽어서 저승에 가 부처님 집 경비견으로 채용될지도 모를 일이고 아니면 윤회輪回 프로그램에 의해 인간으로 태어날지! 그러면 서로가 좋은 것 아니냐?”

“내비도 부러라. 니 말처럼 대한민국에 있는 절간에 가보면 못 먹어서 바짝 마른 불상은 한 개도 없더라! 보신탕 먹어도 암시랑통 않을 것인데! 빼고 있네, 배고프면 지만 손해지 니가 손해 보냐?”

“자, 고집부리지 말고 빨리 먹자. 아직도 3일이나 남았다. 너! 풀뿌리 나무 열매 먹고 견딜 수 없으니 빨리 오너라! 명령이다.”

명령이란 말에 박 이병을 도끼눈으로 바라보았다. 박 이병이 쫑을 도망치지 못하게 끌어안았기 때문일 것이다! 박 이병이 대원중에 나이가 제일 많았다.

“여호와의 증인” 신도여서 살육을 반대하는 교리 때문에 집총執銃을 하는 군인이 될 수 없다는 신념으로 기피와 연기 신청으로 35세가 되자 병무청에서 강제 입영통지를 받고 군문에 들어 온 것이다. 월남전 참전으로 병력자원이 부족하여서 당시엔 36세 된 신병도 있었다. 지금도 “양심적 병역거부자”가 년 700명 정도 된다고 한다. 박 이병은 고학력자여서 특수임무종사자 교육에 강제로 차출 되었다.

김 일병은 어정거리며 와서 박 이병과 거리를 두고 앉는다. 나는 그냥 스님이라고 불러주었다. 어찌하였던 간에 그는 염불을 외우고 불교관에도 충실히 다녔다. 특수훈련을 받은 대원들 중 나하고 제일 가까운 연륜 차이가 네 살 차이였기 때문에 열 살 이상과 스님만 경어를 써주곤 하였다. 막상 작전 시는 명령조로 하대를 하였다.

그는 주머니 속에서 비닐 백을 끄집어내더니 주변에 있는 칙 넝쿨 잎을 따서 바닥에 놓고 비닐 백을 개봉한다. 라면스프였다. 당시 군용 라면은 한 봉지에 다섯 개씩 들어 있고 스프는 별도로 포장되어 공급되었는데 라면스프는 모든 양념이 되어 있다. 개고기 불고기를 찍어서 먹으니 간이 맞고 매운맛에 개 특유의 냄새도 없애주었다. 군견까지 동원하여 비상식량은 수색하였지만 김 일병은 용케도 감추고 온 것이다. 쫑 밥 때문에 취사반 출입을 자주했는데 얻은 모양이다. 그 광경을 보던 최 일병 한마디 한다.

"스님께서 언제부터 파계승 된 거여? 우리 속담에 수염이 석 자라도 먹어야 양반이라고 안 카드나? 굶어 죽으면 양반이고 나발이고 필요 없는 기라! 사흘 굶은 개 눈에는 문둥이도 안 보인다. 안 카드나? 우린 무려 6일을 굶은 기라!"

"그것뿐이다요? 갓을 쓴 양반도 3일을 굶으면 남의 집 담장을 넘어간다는 속담이 있는데요!"

"어쩌꺼이냐? 너 개도 아닌께 먹고 기운 차래야제! 그 고약한 나이방 쓴 교관 개니께 걱정 허덜덜 말고 입 꼭 다물어 뿌면 똥 돼야 뿌럿는디 지가 점쟁이에다 당골래무당도 아닌디 어찌고롬 범인을 찾아 낼 것이냐?"

"그려그려! 쫑이 훈련이 너무나도 고달파서 북쪽으로 월북해 가버린 모양이요! 며칠 지나면 개 잃어버린 사람 찾아가라고 김일성이 지시로 '남조선에 개도 먹을 것이 없어 지상 천국인 북조선으로 넘어 왔지만, 인도적 차원에서 남쪽으로 보낸다'고 대남 방송도 할 것이고 삐라에 대문짝만하게 쫑 사진이 찍혀 날라 올지 모르겠으니 쪼매만 기다려 봅시더? 글면 될 것 인께! 그렇게 내가 교관을 잘 이해시키면 될 것이니까. 고민하면 모처럼 보신하려고 먹은 고기 언친께! 꼭꼭 잘 씹어 먹고 고지를 몇 번 오르락내리락 거리면서 퍼득 소화 시켜 똥 싸버리면 될 것 아니가?"

허기가 져서 눈이 꿩하고 설사하여 탈수 직전 대원들을 모처럼 불개고기에다 더덕을 구어 먹고 모처럼 포식을 하였다. 야전삽으로 땅을 깊이 파고 흔적을 모아 넣고 묻고서 무전기를 켜고 교육일정표에 나온 지표를 찾기 위하여 서둘러 고개를 내려 왔다.

생식훈련 기간이지만 마른나무에다 불을 붙이면 연기가 나지 않는다. 조금 나는 연기는 모자를 벗어 부채질하면 연기가 흩어져서 침엽수 사이로 빠져나가니 감지할 수 없다. 멀리 떨어져 왔고 작전 반대 방향으로 바람이 부니 군견도 냄새를 맡지 못하였기 때문에 우리 분대원이 발설하지 않으면 아무도 모를 것이다.

악질 교관 애견에다 대원들은 복수를 한 것이다. 훈련 중 땀 한 방울이 실전에서는 열 방울 피를 대신한다고 하지만 그동안 받아온 인권유린 훈련은 교관과 조교에게 악 감정이 먼저였다.

악질 교관이 아끼는 개가 아니더라도 우리는 잡아먹어야 했다. 개고기를 먹어서인지 그날 밤은 잠도 잘 왔고 속 쓰림도 사라지고 설사병도 없어진 것이다. 최 일병 말처럼 잘 먹고 죽은 귀신은 얼굴 때깔이 좋다고 하였는데 그동안 탈수 현상에 영양 보충을 한 것이다. 그러나 반나절만 산을 타고 작전을 하다보면 뱃가죽은 등짝에 붙은 것처럼 허기가 져서 야생동물을 잡아서 배를 채워야 했다. 총기를 사용하면 간단하지만 총기 사용은 금지되었기 때문에 먹을 것을 구하기 위하여 두 배나 어려운 작전을 해야 했다. 우리는 8부 능선에서만 활동해야 하지만 먹을 것이 많지 않아 야간에는 들판 쪽으로 나가 농산물을 구해 먹을 수밖에 없었고 날이 밝으면 다시 8부 능선을 타야 되었다. 그렇게 하려면 체력소모가 더 많지만 어쩔 수 없었다. 낮에는 연대의 수색 중대원들이 우리의 대항군으로 나와서 정찰을 하기 때문이다.

7일째, 굶주림의 한계가 온다. 우리 몸에 있는 영양소는 모두 소모되어 모두의 얼굴에 눈은 푹 들어갔고 광대뼈가 유난히 도드라져 보인다. 먹는 음식물들이 영양소도 별로 없고 단백질 성분도 모자라는 부실한 편이라 현기증도 가끔 난다. 앞에서 가던 대원이 우리에게 정지 신호를 보낸다. 조용하라고 쉿 신호를 보내온다. 모두 긴장했다. 그 대원은 우리를 소리 없이 집합시킨다. 살그머니 다가가서 보니 이게 웬 복이냐? 똬리를 튼 뱀이 열 마리나 모여 있다. 아직 동면할 시기는 아니지만 열량 소모를 방지하기 위해 한 곳에 모여 있었던 모양이다. 몽땅 잡아서 다섯 마리는 옹기종기 둘러앉아 생식하고 나머지 다섯 마리는 비상용으로 보관했다. 든든한 고단백질의 뱀이 우리에게 생기를 불어 넣어준다.

우리는 다시 행군 대형을 유지하고 가상 적진을 향해 침투를 계속하다가 다른 조를 만났다. 모두 반갑다고 손을 흔들고 악수를 했다. 그들은 우리보다 생기가 더 있다.

"아니 그 조는 따시고 배불러 보여, 어데서 큰 상 받았나베."

"너희 조는 비상 식량 확보 못했지? 자 이거 받아라."

그들이 우리에게 주는 박스 안에는 고추장에 말린 밥도 있다. 생존투쟁교육이 거의 끝나가자 냄새나는 반찬도 주는 모양이다. 말린 밥은 반합에 넣고 물을 부어 가지고 다니면 밥알이 물에 불리어져 밥이 되는데 끈기가 없다.

각 분대는 P6무전기주파수가 동일하기 때문에 다른 분대 교신 내용을 도청할 수 있다. 교관과 조교 팀은 등에 지고 다니는 P10무전기여서 감청지역이 넓기 때문이다. 그래서 작전을 하면서 우리 조의 무선교신도 같이 듣는다. 헬기와 교신할 때에도 우리 조는 헬기와 교신하지 않았다는 것을 알고 남겨둔 것이란다. 그걸 남겼다면 그들도 배가 고플텐데 하지만 내일이면 작전이 끝난다. 부대에 가면 특식이 기다리고 있으니 하루쯤 먹는 것이 부실해도 충분히 견디어 낼 수 있다며 우리에게 준다는 것이다. 참으로 어려울 때 전우애가 정말 아름답다. 헬기에서 투하 해주는 음식량은 부대원의 하루 치 분량이다. 우리가 보관했던 뱀을 주었더니 고추장에 찍어 맛있게 먹는다. 우리도 말린 밥을 나누어 먹으며 그동안의 고생도 오늘 하루 밤만 잘 보내면 끝난다고 즐거워했다.

"타인을 죽이는 행위를 막기 위해 생명을 바치지 않고 팔짱을 끼고 있었다면 그것은 바로 나 자신의 죄다. 그러한 일이 벌어진 뒤에도 아직 내가 살아 있다는 것은 씻을 수 없는 죄가 되어 나를 뒤덮는다."

철학자 야스피스 말을 되새기며 다시 작전에 들어갔다. 이제부터는 각 조별로 이동하여 최종 집결지에 흩어졌던 전 대원이 모일 것이다. 멧돼지 특수부대 훈련과정은 역사상 어떤 영화나 연속극, 드라마, 소설책 등에서도 접하지 못한 인권유린 현장기록이다. 그 엄청난 교육 훈련을 이겨낸 테러부대 요원들은 국가와 국민이 원한다면 초개와 같이 목숨을 버릴 수 있는 대한민국 특수정예부대원으로 근무하고 제대한다. 때로는 작전에 실패하여 목숨을 잃고 이름 모를 고지에서 비목하나 없이 흙으로 돌아가 찬 비바람을 또는 이슬을 맞고 누워 있다. 당시 휴전선에선 많은 침투작전을 하여 적진에서 죽고 또는 성공하여 공을 세워도 미8군에 전시작전권이 있기 때문에 훈장이 없다. 휴전상태인데 우리가 침략을 했을 때 미국이 정전위반을 하였다고 불이익을 주기 때문이다. 그래서 성공하더라도 대간첩작전공로표창 한 장씩을 보상받고 제대한다. 시위를 벌였던 대한민국특수임무종사자소속 회원들의 절규를 이해할 수 있을 것이다. 지금도 전시 작전권이 미국에 있다.

  80명이 이 혹독한 교육을 끝내고 나니 42명이 최종 남았다. 9명씩 4개조로 나누자 6명 남아 유격조로 편성 시켰다. 독도법을 잘하는 내가 침투조로 지원을 하였다. 나는 5형제여서 침투작전 실패로 죽게 되어도 형제가 많으니 걱정은 던다는 생각으로 제일 먼저 침투하기로 하였다.

  작전이 시작되면 침투 1주일 전부터 정찰조가 우리가 침투할 지역을 미리 정찰하여 지뢰를 전부 제거한다. 휴전선 일대에 200만 발의 지뢰가 매설되어 지구상에서 가장 많다고 한다. 우리가 침투하여 습격할 북한 초소를 관측조가 관측을 하여 병력 이동사항을 매일 체크한다. 유격조는 침투할 북한초소에서 멀리 떨어져 있는 초소 양쪽 앞에서 야간 사격을 하여 지치게 만든다. 그러면 경계가 느슨해지기 마련이다. 그때 침투조가 침투를 하여 적초소를 초토화 시키고 넘어온다. 이러한 각 조의 치밀한 작전에 의해 테러를 해야 성공한다. 편성이 끝나자, 늙어 임무를 끝낸 정찰견을 소양강변에 데리고 가서 침투조가 만들어 보관하고 있는 싸이나청산가리-독약앰풀을 만들어 지니고 있다. 큰 부상이나 사로 잡혔을 때 삼켜 자살용를 먹였다. 쇠고기 통조림 속에 독약이 들어 있는 줄 모르고 게걸스럽게 고기 덩어리를 먹은 개는 이내 입에 노란색 거품을 흘리며 발톱에서 피가 나도록 땅을 파다가 수차례 경련을 한 뒤 죽어갔다. 그 모습을 보고 나도 모르게 흘린 눈물을 소양강변을 떠돌던 칼바람이 이내 훔쳐 달아났다. 우리도 작전에 실패하면 저렇게 죽을 것이다.

1968년 8월 14일 19시 30분 적 912GP 김일성고지를 향해 우리 쪽 310GP 앞에서 나는 8명의 부하를 데리고 군사분계선을 넘었다. 2일간의 적의 동태를 면밀히 살핀 후 17일 밤 11시 적 GP에 18발의 수류탄과 유탄발사기에서 토해낸 20발 총류탄을 비롯하여 AK47자동소총, M14저격용, M16소총탄에 의해 불바다가 되었다. 같은 민족끼리 벌어진 서글픈 복수전에는 선과 악의 경계선도 없었다. 그 작전을 성공리 끝내고 휴식 중 나는 이승복 사건 때문에 다시 한 번 침투작전을 지원하여 적 중대본부를 기습 타격하여 더 큰 피해를 주었다.

나의 작전 명령에 희생된 그들에게 이승의 삶이 끝나는 날까지 용서를 빌며 살아갈 것이다. 어쨌거나 당한 자나 피해를 주는 자나 남과 북의 최고의 통치자의 정치적인 희생물이었다! 세상에서 제일 무서운 게 무어냐? 물으면, 사자니, 귀신이니, 조폭이니, 강도니 개인에 따라 천차만별이겠지만! 나는 테러부대요원이라 생각한다. 세계의 경찰이라고 자처하는 미국도 테러를 가하는 자에게는 당한다. 9.11 테러를 당한 것을 보아도 알 것이다. 지금도 세계도처에서 테러는 끊임없이 일어나고 있다. 너 죽이고 나 죽는다는 사람에게는 어떻게 막을 도리가 없다. 이런 부대 출신이 애견 아빠라니 개가 웃을 일 아닌가!

견벽청야堅壁淸野

"각중에 글마들이 우리 어무이에게 총을 쏜 기라. 빨갱이 소탕하여 편하게 살게 해 줄 토벌대가 왔다고 좋아하며 어무이는 숨카논 양석을 가져와 음석을 해 주었는데, 탁베이 묵고 곤대만대가 된 채 죄 없는 마을 사람들에게 총을 쏜 것을 보고, 죄 없는 사람들에게 총을 쏘는 것은 잘못한다고 머라 캔 것 가지고, 토벌대 일마들이 우리 어무이에게 총을 쏜기라. 말 못하는 짐승도 먹이를 준 사람의 손은 물지 않는다 카는데, 우리 어무이 생목숨 죽여 놓고 느까 잘못 했다카면 무슨 소용있는교? 후재까지 에민 소리만 하고! 또 글마 새끼들 아홉 살 된 여동생 삼단 같은 머리를 움켜잡고 옆 텃밭으로 끌고 가서, 총을 '팡!'하고 쏘아 내 여동생을 죽인기라. 아이고, 그 생각하몬 억장이 무너질라 안 카나! 내는 마, 떼뜸질죽어서 땅에 묻히는 것 당하기 전엔 잊을 수가 없는 기라."

한민족은 근세에 들어 일본의 침략과 동족상잔의 비극인 한국전쟁 등 두 차례의 비극을 감수해야만 했던 크나큰 오점을 남겼다. 지리산변의 양민 학살은 1948년 제주도 4.3폭동 사건 때 벌써 잉태되고 있었다. '지리산의 포성'이라는 산청 지역 전사에 따르면 48년 2월 7일 경남 밀양읍 조선모직 종업원 130명이 총파업을 시도했다. 이때 경찰과 우익 청년 단체는 이 회사 종업원들과 투석전을 벌인 끝에 종업원 130여명을 체포, 이들을 모두 좌익으로 몰아버린 사건이 발생했다. 이로부터 대한민국 내에는 좌익 군부 세력이 표면화되기 시작한 것이다. 산청 양민 학살사건의 발단 또한 당시 사회의 가장 큰 이슈였던 노동 운동에서부터 기인된 것으로 볼 수 있다. 때를 같이 해 제주도에 좌익 세력인 남로당부가 설치 됐다. 당시 미군정 당국은 일반 집단 집회 활동을 전면 금지하고 있었다.

제주도 4.3폭동사건은 1948년 4월 3일을 기해서 제주도 전역에 걸쳐서 남조선 노동당 계열의 좌익분자들이 일으킨 대폭동이었다. 8.15광복 직후의 혼란기를 틈타 서울 중심으로 조직을 확장시키던 남조선 노동당은 김달삼金達三·이호제李昊濟를 중심으로 제주도에도 그 지하조직을 펴기 시작하였다. 제주도민의 총인구는 광복 전까지 15만여 명에 지나지 않았으나 광복이 되자 국내외에서 수많은 사람들이 돌아와 갑절인 30여만 명으로 급증하였다. 제주도로 돌아온 사람들 가운데에는 일본·만주·중국 등지에서 종군한 바 있는 수많은 수의 좌익 세력이 포함되어 있었으며 이들은 좁은 섬 안에서 지연과 혈연관계를 이용하여 제주도민을 좌익사상에 빠져들게 하였다. 따라서 중앙의 행정과 치안 기능이 효과적으로 미치기 어려운 외딴 섬 제주도는 얼마 안 되어 도민의 80퍼센트나 좌경화가 되었다.

남조선 노동당 전남 위원회 산하에 이른 바 합동노조·농민위원회·민주애국청년동맹·민주여당위원회·민주애국청년동맹·민주여성위원회가 조직되었고 제주 지구당 총책 김달삼 휘하에 제주도지사는 인민투쟁위원장, 제주읍장은 부위원장, 각 면장들은 면투쟁위원장들로 암약하였다. 또한 이에 병행하여 조직된 제주도민 해방군은 이덕구李德九를 사령관으로 하여 각 면에 중대 단위를 편성하였는데, 무장한 병력이 500여 명이었고, 이에 동조한 자가 1,000여 명을 합쳐 총인원 1,500여 명을 규합시킨 것이다. 이들은 일본군이 숨겨놓은 무기와 탄약을 찾아내어 무장을 갖춘 다음, 팔로군 출신으로 부터 유격전 훈련을 받고 있어서 그 세력이 경찰에 필적할 정도로 강해졌다.

팔로군은 1948년 9월 한국 임시정부 안에 우익당인 한독당·국민당·조선 혁명당의 요구 아래 한국광복군이 창설되어 조선의용대를 한국광복군으로 개편하여 군사위원회에 예속시켰다. 좌익 쪽에는 중국 공산당의 지원 아래 있던 연안파延安派가 조직한 조선의용군, 배후에 중국 공산당과 8로군八路軍이 있었는데, 좌우익을 망라하고 항일 투쟁을 하였다. 당시 두 단체는 중국에서의 한국 독립운동을 중국의 항일운동과 밀접한 관계 속에서 전개되었다. 그러나 일본의 투항이 너무 빨리 이루어지고 종전 후 한반도에 주둔하고 있던 미국 점령 사령관 하지Hodge.J.R가 한국광복군은 즉시 해산하고 귀국해야 한다는 규정에 따르도록 요구하여 한국광복군은 해산된 채 귀국하였으며 조선 의용군도 개인 자격으로 귀국함으로써 귀국 이후의 국군으로 전환할 수 있는 기회를 잃고 말았다.

당시 제주도에 주둔하고 있던 국방 경비대 제9연대 안에는 선무 조직들이 파고들어 부대 전체를 암암리에 적화시킴으로써 부전승不戰勝을 꾀하였으며, 연대 내의 조직책은 중대장 문상길文相吉 대위로서 김달삼·이덕구와 접선을 계속 하는 가운데 불순분자들을 포섭해 나가고 있었다.

이렇게 좌익 세력이 활개를 칠 수 있었던 것은 일제 강점 말기에 지하로 숨어들었던 좌익계 활동 사람들과 함께 당시 "미군정청이 결사의 자유를 보장한다"고 해서 너무나 완만하고 미지근하게 정책을 수행하였고, 초기에는 공산당까지 합법화시킨 데다가 경찰력이 약해서 그들의 파괴 활동을 미처 막지 못했기 때문이었다. 엎친 데 덮친 격으로 1946연 여름에는 콜레라가 돌아 제주도민 3~4 백여 명이 죽은데다가 흉년까지 겹쳐 좌익계 민심 교란 술책이 잘 먹혀들었다. 이에 좌익 쪽이 1947년 3.1절 기념식에 참석하였던 도민들을 부추켜 경찰과 맞서게 하여 10명이 죽고 8명이 다친 사건이 일어났었다. 또한 그 해 가을에 백미 공출 반대, 세금 안내기 등의 운동이 번지기 시작했다. 이듬해인 1948년 2월과 3월에는 5.10총선거를 방해하려는 좌익계의 시위와 폭동으로 전국이 소란한 가운데 특히 제주도에서는 그 기세가 격렬했다. 이러한 악화 일로의 치안 상태를 회복하기 위하여 경찰과 서북청년단이 투입되었으나, 관민을 이간시키려는 남조선 노동당 일파의 책동에 말려들어 도민들은 오히려 폭도화 되었다.

이를 진압하기 위하여 충청남도와 전라남도의 기동 경찰대가 다시 투입되자 4월 3일 새벽 2시를 기하여 각 면 단위로 조직된 무장 자위대를 비롯하여 남조선 노동당 외곽 단체를 총동원한 3천명의 무장·비무장 세력에 의하여 무장 봉기가 발생하였다. 이들은 도내 15개 경찰지서 중 14개를 급습하여 무기를 탈취하는 한편, 관공서·경찰관사·서북청년단 숙소 등을 급습하고 미리 작성한 숙청 명단에 따라 우익 인사와 관리들을 인민재판에 회부하여 처형하는 등의 행동을 취하면서 일시에 제주도 전체를 마비시켜 버렸다.

당시 이들은 남한의 단독 선거를 결사적으로 반대하고 조국의 통일 독립과 완전한 민족 해방을 위하여 일어섰음을 표방하면서 인민의 편에 서서 반미 구국 통일전선을 형성할 것을 선언하였다. 이에 미군정청은 각 도의 경찰서에서 1개 중대씩 차출하여 모두 8개 중대 규모의 경찰병력 1,700여 명을 제주도로 투입하였다.

한편, 국방경비대 총사령부는 5월 초 새로 편성된 제11연대를 투입하는 동시에 제9연대를 이에 통합하여 토벌 작전을 개시하였다. 그러나 폭도들의 지하 조직은 이미 뿌리가 깊게 박혀 있었고 심지어는 그 프락치가 부대까지 뻗쳐 있어 6월 18일 제11연대장 박진경朴珍景 대령이 부하 장교에게 피살되는 사건이 발생하였다. 7월 11일, 제11연대는 수원으로 철수하고, 제9연대가 재편성되어 토벌 작전을 인수하였다. 그 해 10월이 되자 러시아의 '10월 혁명'을 기념한다 하여 다시 폭도들의 봉기가 발생, 이들을 진압하기 위하여 전남 여수에 주둔하고 있던 제14연대가 출동하였으나, 도중에서 역시 적색분자들에 의하여 여수·순천반란사건으로까지 확대되기에 이르렀다.

국방부는 제주도 경비사령부를 설치하여 제9연대와 경찰 및 해군의 합동 작전을 개시하였으며, 12월말 제9연대는 다시 대전으로 이동하고 새로이 제2연대가 토벌 임무를 이어받아, 이듬해인 1949년 3월에는 제주도 경비사령부를 강화하여 제주도 지구 전투사령부를 설치하였다. 이때부터 군관민 혼성 부대를 편성하여 공비 토벌작전에 박차를 가하였으며, 비상계엄령을 선포하여 주민의 활동을 극도로 제한하는 등 경비망을 확대 강화해 나가면서 적극적인 토벌작전이 전개되었다.

1949년 5월에 이르러 극소수 잔당을 제외하고는 대부분 소탕되었으나, 제주 4.3 사건으로 입은 피해는 무려 1만여 명의 이재민과 4~5만여 명의 사상자가 발생하였다. 이 사건과 연계하여 발생된 여수·순천반란사건은 1948년 10월 20일 전라남도 여수에 주둔하고 있던 국군 제14연대에서 좌익 계열의 장병들이 일으킨 사건으로 그 배경은 1948년 대한민국 정부 수립을 전후하여 공산 분자들이 이를 저지하고자 온갖 수단으로 방해공작을 폈다.

1948년 4월 3일, 제주도 폭동 사건이 일어나자, 국군과 경찰은 합동으로 진압 작전을 펴던 중 증원군이 필요하여 여수에 주둔하고 있던 제14연대에서 약 3천여 명을 제주도로 파견키로 하였다. 그런데 제14연대에는 공산당 지하 조직이 침투하여 있었으며 이들은 소련 혁명 기념일을 전후하여 무력 혁명을 일으키려는 음모를 그 동안 추진해 왔었다. 이 과정에서 오동기吳東起 소령 등이 이른 바 혁명 의용군 사건에 관련되어 체포되었다. 부대 안의 지하조직에 대한 검거 선풍이 한층 강화된 것을 우려한 좌익 극렬분자들은 김지회金智會 중위, 홍순석洪淳錫 중위, 지창수池昌洙 상사 등을 중심으로 행동의 기회를 엿보고 있었다. 그러나 때마침 제주도 폭동의 진압을 위하여 제14연대의 1개 대대가 출동 명령을 받게 되자 그 준비로 부대 전체가 바쁜 틈을 이용하여 무장 폭동을 일으키게 되었다.

1948년 10월 19일 저녁 8시경, 작전 투입 대대의 출항 시간을 1시간 가량 앞두고 승선 준비에 정신이 없을 때, 연대 인사계인 지창수 상사는 조직 핵심인원 약 40명으로 하여금 무기고와 탄약고를 점령하게 하는 한편, 비상

나팔을 불어 부대 전 병력을 연병장에 집결시켰다. 그런 다음 지창수 상사는 다음과 같이 병사들을 선동했다. "지금 경찰이 우리를 공격해 오고 있다. 경찰을 타도하자. 우리는 동족상잔의 제주도 출동을 절대로 반대한다. 지금 북조선 인민 해방군이 남조선 해방을 위하여 38선을 넘어 남진해 오고 있다. 우리는 이 시간부터 북진하는 인민 해방군이 된다."이렇게 선동을 개시하자 병사들의 대부분은 삽시간에 군중 심리에 휩쓸려 폭도로 돌변해 버린 것이다.

광복 직후부터 국방 경비대와 경찰 사이의 빈번한 마찰로 말미암아 병사들은 일반적으로 경찰에 대하여 별로 좋지 않은 인상을 가지고 있었던 상황이었으므로 경찰을 타도하자는 선동에 상당한 성과를 거둔 것이다. 게다가 이에 반대의사를 나타내던 병사들 중 3명이 현장에서 총살당하자 동조하지 않을 수 없게 된 것이다. 약 2,500명의 반란군은 무기와 탄약을 가지고 20일 자정 여수 시내로 침공하여 경찰서를 점령한 다음, 동족 살육을 자행하기 시작하였다. 다음날 아침 9시경에는 모든 관공서와 은행 등 요소를 비롯하여 여수 시내 전역이 반란군에 의하여 장악되었다. 이렇게 되자 그때까지 정체를 숨기고 있던 좌익 계열의 민간인과 학생들까지 반란군에 합세하여 사건은 더욱 확대되었다.

반란군은 6량의 열차에 편승하여 순천으로 이동하였다. 당시 순천에는 같은 연대 예하의 2개 중대가 홍순석 지휘 아래 배치되어 있었는데, 이들 역시 이내 반란군에 가담하였다. 한편, 전라남도 경찰국은 순천 경찰서 관내인 의암 지서에 전투 지휘소를 설치하고, 반란군의 진출을 막아내기 위하여 23명의 경찰 병력을 투입하였다. 이때 광주에 주둔하고 있던 제4연대의 1개 중대병력도 반란군을 진압하기 위하여 순천으로 출동하였으나 불순분자들이 장교를 사살한 다음 반란군에 합세하여 사태는 더욱 악화되었다. 20일 오후 순천 경찰서를 유린하고 순천 시내를 장악한 반란군은 곳곳에 적기赤旗를 내걸고 공산주의 사상에 감염된 남녀 학생과 민간인 동조자들을 앞세워 군인·공무원·일반 시민들 중 지식기반층을 닥치는 대로 잡아다가 인민재판에 넘긴 다음 무자비한 살육 만행을 저지르기 시작하였다.

10월 21일, 육군 총사령부는 반란군 전투 사령부를 광주에 설치하고, 제2여단과 제5여단 예하의 제3·제4·제6·제12·제15연대 등을 투입하여 순천시 외곽 지역을 봉쇄하고 포위망을 압축하기 시작했다. 대통령은 22일 여수 순천 지구에 계엄령을 선포하는 한편, 국방부 장관이 반란군에 대한 최후통첩으로서 투항을 권고하는 내용의 전단을 공중 살포하고 선무 방송을 하였다. 이 날 오전 작전부대는 순천시가로 진입, 소탕 작전을 벌여 저녁 무렵에는 시가 전지역을 탈환하였다. 다음날, 순천 시가는 작전 부대로 메워졌으며, 장갑부대와 경찰도 들어와 삼엄한 분위기 속에서 치안이 점차 회복되었다. 또한 일부 작전 부대는 보성·벌교·광양 등 주변 지역으로 진격하여 반란군 잔당을 몰아내는 동시에, 포위망을 벗어나 소백산맥으로 달아나는 상당수의 반란군을 추격하기 시작하였다.

광주에 있던 전투 사령부가 순천으로 옮겨오면서 최종 목표인 여수를 탈환하기 위한 공격을 할 때, 해군은 충무호를 비롯한 7척의 경비정은 배치하여 여수항을 봉쇄하였고, 부산에서 출동한 제5연대 1개 대대 병력은 이들 함정 위에서 상륙하였다.

쫓기던 반란군은 시내 곳곳에 불을 질렀고 그들의 꾐에 빠진 상당수 분별 없는 여학생들은 PPSH-41식 소총으로 저항하는가 하면 더러는 물을 주겠다고 진압 부대 병사들을 유인하여 권총으로 사살하는 경우도 있었다. 그러나 시가지를 뒤덮은 초연 속에서 작전 부대의 병사들이 모습을 드러내자 지하에 숨어 공포에 떨고 있던 시민들이 달려 나와 만세를 부르며 열렬이 환영하는 가운데 여수 일원은 저녁 무렵에 완전히 수복되었다.

포위망을 벗어난 반란군 1천여 명은 김지휘·홍순석 등의 지휘 아래 덕유산 일대로 숨어 들어가 계속적인 저항을 꾀하였다. 그러나 국군은 추격을 늦추지 않고 산악 험지에 따라 들어가 수색과 토벌을 계속하였다. 이듬해인 1949년 4월, 김지휘·홍순석 두 사람은 작전 부대에 의하여 사살되었고, 1950년 2월에는 그 추종자들이 대부분이 소탕되어 호남 지구에 내려졌던 계엄령은 해제되었다.

이 사건의 계기로 국군은 세 차례에 걸친 대대적인 속군작업에 착수하여 국방경비시대 이래 내부로 침투해 있던 좌익 계열의 화근을 뽑고, 멸공 구국의 전열을 새로이 가다듬게 되었다. 그 때 소탕 과정에서 교묘히 달아난 잔당들이 지리산으로 숨어들어 한국전이 발발하자 김지휘에게서 배웠던 유격전을 시작하여 지리산야^{智異山野}를 피로 물들게 한 빨치산 잔당이 된 것이다.

지리산 양민학살사건은 제주 4.3사건이 잉태하여 여순 반란사건으로 이어졌고, 그 잔당 일부가 지리산으로 숨어들어 한국전으로 인하여 유격전을 벌이자 그들을 소탕하러 나선 국군 토벌대가 저질렀던 사건을 말한다.

1951년 2월 초 지리산 자락에 살고 있던 우리 국민은 빨치산과 국군에 의하여 양쪽으로 시달림을 받았다. 그리고 빨치산들에게 시달림을 받고 있는 주민들의 고통을 덜어주고자 출동하였던 국군 토벌대는 적군인 빨치산보다도 더 많은 선량한 민간인을 살상하여 빨갱이보다 더한 민족의 적이 되어 버렸다. 그때 희생자 대부분은 평범한 민간인이었다. 당시 학살당한 사람들의 연령을 보면 15세 이하의 어린이가 전체 절반이었고, 노인이 7퍼센트 정도이었으며 나머진 힘없는 여자들이었다. 희생자 대부분이 연약한 어린이·노인·여자들로서 이는 전쟁이나 빨치산과는 무관한 평범한 민간인이었다는 사실을 말해 준다.

이 사건은 국군에 의해 의도적으로 자행된 무고한 민간인 학살이라는 사실이 명백하다. 또한 학살도 인간으로서 차마 할 수 없는 아주 잔인한 방법으로 이루어졌다는 사실로 주목된다. 주민들은 죄목도 없이 재판은커녕 최소한의 소명 절차조차 이루어지지 않은 채 아주 잔인한 방법으로 학살당하였다. 뿐만 아니라 대부분 주민들은 "곧 큰 전투가 시작될 것이다. 작전이 끝나면 되니까 며칠간 피난 갔다 오면 수복이 될 것이다"라는 군인들의 말에 속아 죽음의 순간까지도 자신들이 죽는다는 사실과 죽는 이유를 모르고 있었다.

또한 국군 토벌대는 주민들을 모아놓고 집단 사격 내지 인간 타깃으로 사용하였고, M1소총 실탄으로 몇 사람을 관통시켜 죽일 수 있는가를 실험하는가 하면, 앞사람을 꼭 껴안게 한 다음 인마 살상용으로 금지되어 있는 철갑탄으로 뒤에서 사격을 하여, 총알 하나로 9명을 관통시켜 죽이는 야만적인 짓을 한 것이다.

하늘에 묻는 짓 그만 두어라. 전쟁의 피해자는 늘 무고한 사람들이다. 행위는 항상 결과를 동반한다. 전쟁은 선善과 악惡의 대결이다. 허나 결국은 선으로 하였던 전쟁도 악의 편으로 돌아선다. 바로 그것이 전쟁광기戰爭狂氣이다. 그래서 흔히들 우리나라 역사를 수난과 시련의 역사라고 한다.

경남 산청을 휩쓴 피바람

1951년 1월 27일 경남 산청군 관내 지리산 끝자락 가현 부락 쪽에서 고룡재를 향하여 30대 젊은 여인이 등에 어린아이를 업고 무엇엔가 쫓기듯이 바쁜 걸음을 재촉하고 있었다. 산골마을이어서 곳곳마을에서 새벽을 알리는 닭울음소리가 들려왔다. 여인은 목에 숨이 가득 차듯 가쁜 숨을 몰아쉬며 비포장 자갈길을 거의 뛰다시피 걸어가고 있다. 계곡 사이 실개천에서 형성된 실안개가 자욱하게 깔린 새벽녘이라 먼 거리 사물은 식별하기가 어려웠다. 사나운 산짐승 늑대가 낮에도 출몰하고 멧돼지가 떼거리로 몰려다녀 남정네들도 혼자 다니기에 무서운 곳인데 여자 혼자서 이른 새벽에 길을 재촉하는 것은 말 못할 급한 사정이 있는 듯했다.

여인이 숨이 목에 차도록 헐떡거리며 고룡재 입구에 거의 다다를 무렵 여인의 앞을 가로막는 검은 두 물체의 출현에 여인은 소스라치듯 놀라 손에 들었던 무명 보자기 보따리를 땅에 떨어뜨렸다. 길을 막고 선 검은 물체는 공비들이었다. 손에는 PPSH－41[일명 따발총, 중공제] 을 들었고 다른 한 명은 시모노프 소총[중공제]을 들고 있었다. 등에는 봇짐을 하나씩 지고 있다 깨나 무거운 듯 어깨가 쳐져 있었다. 두 공비는 여인의 양쪽에 서서 한 손에 총을 들고 한 손은 여인의 손을 잡고 길 아래 논으로 끌고 갔다. 여인의 얼굴은 사색이 되어 반항 한 번 못하고 끌려가고 있다.

산골 다랑이 논은 겨울 거문가리를 해두었고 논 가운데는 두엄을 모아 두었다. 두엄 앞에 이르자 공비들은 발걸음을 멈추고 여인에게 앉으라고 했다. 그제서야 여인은 설날이 되어 친정에 가는 길이라고 '살려주세요!' 하며 무릎을 꿇고 애원을 했다. 등에 업힌 아이는 깊은 잠에 들었는지 미동도 하지 않았다. 공비 한 명이 시모노프 총 끝으로 여인의 젖가슴을 헤집자 여인은 자지러질 듯 놀랬다. 다른 공비가 여인의 저고리 옷고름을 풀어 제낀다. 처음 여인은 반항하듯 몸을 비틀어 보지만 이내 체념했다. 등에 업힌 아기 때문이었다. 이들이 하는 대로 따라준다면 아이는 죽이지 않을 것 같았서였다. 공비들이 지리산으로 숨어 든지 몇 개월이 되었지만 죄 없는 부녀자와 노인과 어린 아이는 죽이지 않았기 때문이다. 이들의 요구를 순순히 들어주면 목숨을 부지할 수 있었기 때문이다. 이른 아침 인적이 거의 없는 깊은 산골이기 때문에 보는 사람도 없고 하니 미친개한테 물린 셈치고 그들이 하는 대로 몸을 맡길 수밖에 별도리가 없다는 판단을 한 모양이었다. 여인은 두엄 위에서 비스듬히 누어 다리를 펴니 고쟁이가 벌어져 여인의 속살이 그대로 드러났다. 귀밑머리 마주 푼 뒤로 남정네 앞에서 다리를 벌리고 드러누운 것은 처음이다. 부끄러워서 여인은 눈을 감고 입술을 깨물었다.

이들의 하는 행동을 지켜보는 눈이 있었으니 다름 아닌 공비 토벌에 나선 국군 9연대 3대대 병력이었다. 지리산으로 숨어든 공비들이 양민을 괴롭히고 치안을 맡고 있는 경찰지서를 습격하고 있다는 정보가 있자 그들을 섬멸하고자 매촌리에서 출발한 후발대 병력이다. 1월 26일 선발대로 나선 국군 토벌대가 가현佳峴마을 근처에서 순찰도중 공비들의 기습을 받아 6명이 희생당하여 본대가 작전을 나섰는데 고룡재에서 이들을 발견한 것이다.

"아니 저것들 봐라. 이 추운데 빠구리를 하고 있다니. 정신이 헷가닥한 새끼들 아니여!"

"겁도 없는 놈들이구만!"

"글씨 말이여."

"두 놈이 교대로 계매를 붙을 모양이여!"

"분대장님 어떻게 할까요?"

분대원이 분대장에게 물어보지만 분대장 역시 난감했다. 자칫 잘못하였다간 여인과 어린 아기가 위험하다. 거리는 400m 이상 떨어져 있는 거리다.

이들은 공냉식 LMG 중기관총과 수냉식 HMC 중기관총을 고개 중턱에 설치하고 적을 기다리고 있던 빨치산 소탕작전에 파견된 토벌대의 기동타격대 요원들이다. 상부에서는 순찰 도중 6명의 희생자를 냈다는 보고를 받고 분위기가 어수선한 때였다. 중대본부에 상황 보고를 하니 즉시 작전을 하라는 지시가 떨어졌다. 전시 때는 분대장인 말단 지휘자가 단독작전을 할 수 있으나 민간인 여인과 어린 아기가 있기 때문에 중대에 보고했던 것이다. 잠시 후면 광란의 잔치가 벌어질 터인데 살을 가를 것 같은 동지섣달 추위를 아랑곳하지 않고 육체의 향연이 벌어지고 있었다. 작전명령이 떨어졌다.

"공비는 생포하라 아군은 단 한 명도 희생시키지 말라."

"첫 번째 작전이 실패할 경우 모두 사살하라."

"절대로 놓쳐서는 안 된다."

명령에 따라서 LMG 중기관총 총구가 논 가운데 두엄에서 벌어지는 육체의 향연 장면을 향하여 겨누어졌다. 1월의 지리산에는 흰눈으로 도배한 설국의 풍광이다. 그 아름다운 설경 속에 죽이고 죽는 공포에 떨고 있는 전쟁터의 병사들의 동공은 표적을 향해 멈춰버렸다. 대치 미학이라고나 할까?

곧 광란의 잔치는 시작될 것인데 지리산은 말이 없다. 갈 길을 잃은 매서운 칼바람이 억새풀 사이를 헤집고 지날 때마다 귀신 신음소리처럼 들려와 을씨년스럽게 했다. 그 음산한 분위기의 침묵 속에 새벽의 공기를 깨고 '공격개시' 소리에 병사들의 행동은 본능처럼 움직인다.

‘탕’, ‘탕’ 연속으로 콩을 볶는 듯이 들리는 기관총 소리는 천근만근 같은 침묵의 숨소리조차 실종된 태고의 적막감은…….

그 긴장감을 깨고 총소리는 뇌성벽력처럼 찢어진다. 바람을 가르는 M1총 소리, 악마의 불을 토하고 ‘칭’하고 튀어 나오는 탄창 클립소리, 마대를 찢는 듯 독특한 LMG와 HMC 중기관총 소리가 잠든 명산지리 산골짜기를 갈기갈기 찢으며 흔들어 깨웠다. 고요함 속에 갈가리 흩어지는 광란의 불빛에 멈춰 섰던 심장이 다시 고동쳤다. 파괴의 본능을 자극하는 총탄소리 뒤에 산골짜기에는 초연이 자욱하다. LMG 기관총에서 발사되는 예광탄은 곡선을 그리며 시뻘건 탄착지점이 논 가운데 두엄 위에서 잔치를 벌이는 곳에 포물선을 그리며 쏟아졌다. 천둥소리 같은 총소리에 놀라 도망치는 빨치산 공비 한 명이 계단식 논두렁은 오르려다 움찔하더니 미끄러져 논바닥에 나뒹굴고 한 명은 논도랑을 뛰어 넘으려다 기관총 집중 사격을 받고 논고랑에 거꾸로 쳐 박혔다. 두엄 위에 누워 있던 여인의 몸은 몇 번인가 꿈틀대다가 조용해졌다.

광란의 잔치가 끝나자 3명의 병사가 ‘옆구리 총’ 자세를 하고서 조심스럽게 논 가운데로 가서 확인했다. 여인의 몸은 기관총에 집중사격을 받아 벌집처럼 되었고 백일도 안 됐을 것 같은 아기는 형체를 알아 볼 수 없을 정도로 총알이 지나갔다. 내년 농사를 위해 거문가리 해둔 갈게 사이로 두엄을 타고 내린 피가 건물과 합쳐져 붉다 못해 새까만 물이 되어 살얼음 밑으로 흘러내린다. 공비 한 명은 머리통이 떨어져 나가 논고랑에 뒹굴고 있다. 다른 한 명의 공비에게 ‘겨누어 총’을 하고 다가간 토벌대 병사는

“이 개자식 아기 엄마를 강간을 하다니 갈가리 찢어 죽일 놈!”

병사가 얼굴을 군화발로 사정없이 발길질을 했다.

고통을 느끼는지 안 느끼는지 공비의 얼굴엔 표정이 없다. 거친 숨을 내쉴 때마다 검붉은 피가 아래 복부를 관통한 곳에서 비누거품처럼 나왔다.

그럴 때마다 역겨운 피비린내가 코끝을 자극했다. 얼굴을 보니 깡말랐지만 15세 전후의 아주 앳된 얼굴이었다. 천인공노할 괴뢰 집단은 어린 학생

까지 동원하여 동족을 죽이는 현장까지 투입시킨 것이다.

어린 공비는 말 한마디 못하고 동공이 흐려지면서 눈이 감기고 이내 머리가 힘없이 젖혀지는가 싶더니 숨을 거두었다.

"분대장님! 이놈들 빠구리한 것이 아닌 것 같은데요?"

M1총을 어깨에 가로지기로 멘 괴팍스럽게 생긴 한 병사가 말하자 분대장 역시 고개를 끄덕였다. 병사의 말처럼 어린 공비 둘은 여인을 강간한 것이 아니라 토벌대가 투입되면서부터 그 동안 산골 마을에서 강탈해서 먹었던 주·부식이 차단되면서부터 며칠 먹지를 못하여 꼭두새벽에 마을에 몰래 들어와서 닭을 잡아가던 길에 여인을 만난 것이다. 공비들은 아기 엄마인 여인의 젖을 빨아먹은 것인데 400여 미터 먼 거리에서 관측해 보니 강간하는 것처럼 보였던 것이다.

토벌대는 충분히 거리를 좁혀서 작전을 할 수 있었으나 LMG중기관총을 이동하는데 불편하며 한정의 HMC 중기관총은 수냉식 이어서 더욱 불편했던 것이다. 원거리 사격에서는 기관총의 화력이야만 목표물을 일시에 강타할 수 있으며 또한 삼각대 위에 장착하여 사격할 경우 1,000m 거리의 목표물도 타격할 수 있는 무지막지한 화기이기 때문이다.

더구나 두 명이어서 정찰조로 착각했던 것이다. 정찰조 뒤에는 본대가 있기 때문에 부하들 희생을 막기 위하여 먼 거리에서 작전을 한 것이었다.

어린 공비들이 젖을 먹었을 것이라고 판단할 수 있었던 것은 여인의 아래 속옷은 입혀진 그대로이고 두 공비들 바지도 입혀진 채였다. 젖을 강제로 먹었다고 확신할 수 있는 것이었던 여인의 상의가 반쯤 벗겨진 상태에서 두 개의 커다란 유방이 노출되어 있기 때문이었다. 젖먹이 어린아이 어머니였기 때문이다. 참으로 아이러니한 일이 벌어진 것이다. 꿈 속을 헤매던 천진난만한 아기는 꿈속처럼 하늘나라로 갔고 며칠 뒤 친정에서 부모형제를 만나 설을 쇠려던 여인은 적에게 보호를 받아야할 국민의 군대 국군의 총에 맞아 죽어갔다. 인민을 해방하여야 한다는 감언이설에 속아 동원된 어린 공비 역시 배고픔을 참지 못하여 젖 한 통 먹으려다 어디서 날아오는지도 모른 총탄에 맞아 저승행이 되어 버리고 만 것이다.

국군 토벌대는 시체를 논 가운데 두엄 위에 모았다. 내년 벼농사에 거름으로 쓸 볏단과 생솔가지를 대검으로 잘라서 시체 위에 수북하게 덮은 다음 불을 붙이고 난 뒤 노획한 두 정의 총을 들고 학살의 현장을 떠났다.

이것이 지리산 양민 학살의 숨겨진 첫 비극이다. 이 부대가 이동하는 주변 마을은 폐허가 되어 버렸다. 인간 사냥이 시작된 것이다. 마녀 사냥처럼……

매촌리梅村里에서 9연대 3대대 병력이 구정인 설을 보내고 이동하면서 가현, 점촌, 자혜, 주상, 화계에서 화산으로 갈라지고 서주까지 지나면서 살육과 마을을 방화하여 초토화시켜 버린 사건의 서곡이 이곳에서부터 시작되었다.

"내사! 개진머리가 와서 사랑채 구덜막에서 이불은 덮고 대갈빼이만 내놓고 있었는데 권총을 겨누고 방으로 들어선 장교가 군화발로 낯짝을 뽈을 차듯이 차면서 '빨리 나오지 않으면 곧 전투가 벌어져 총에 맞아 죽을 수 있으니 빨리 마을 공터 묵정밭으로 나오라' 하고 갔지만 아무리 생각해봐도 장교하는 행동이 곤대만대 된 채로 어눌한 말과 괴팍한 행동을 하여 산으로 피신하여 살아난기라."

당시 살아난 피해자 증언이다.

"그렇다면 토벌대 장교가 술이 많이 취한 상태였습니까?"

"하모! 하모!"

"아침부터 말입니까?"

"글타 카이! 간신 했시몬 구덜막에서 골로 갈삐했다 카이. 산으로 도망쳐 숨어 있었는데 벅신벅신하던 동네가 갑자기 조용하여 산 삐알을 내려와 집에 도착하니 아무도 없는 기라. 마을 앞 카도에 있는 점빵 집 마당 앞쪽으로 갔더니 까꾸막 쪽에서 벅신벅신하여 쳐다보니 마을사람들이 전부 있는 기라. 토벌대 글마들이 볼까봐 점방 집 뒷깐으로 가서 똥 쌀 때 궁둥이 보이지 말라고 커튼처럼 쳐놓은 겨릅대로 엮어 만든 끄적데이 사이에서 숨어 보니까 갈가리 해둔 밭에 사람을 줄을 지어 세워두고 뒤에서 총을 쏘는데 댕구소리대포소리가 나서 주저앉았다가 일어나서 보니 밭에 사람들이 쓰러져 있는데 열 명은 되고 그 옆에 줄에는 4~5명 되더라 카이! 뒤에 안 일이지만 한 줄은 M1총으로 쏴 죽였고, 옆줄은 카빈총을 쏴 죽였다는데, 몇 명씩 총알이 사람을 뚫고 지나가는 것을 실험하였다 카데."

"그 말이 정말입니까?"

"선생! 선생은 거짓말만 하고 다니는교? 내는 선생한테 가납사니 짓 하기 싫소, 달구치지 마소!"

"……"

도끼눈을 하고 나를 노려본다.

"아니 하도 기가 막혀서 하는 말입니다."

"뒤에서 계속 총을 쏘대니 안 죽을라고 밭 가새머리로 도망치뿌지만, 사람이 총알보다 빠를 수 있는교? 산 삐알 까꾸막 쪽 고바이를 오르려다 기관총알을 맞고 굴러 떨어져 차례대로 고랑에 차곡차곡 쌓여져서 네발 뻗고 깨고리가 죽은 것처럼 늘비한 기라"

그렇다면 토벌대는 적에게도 사용되지 않은 철갑탄을 사용하였다면 이들은 적군도 아니고 흔히들 말하는 지옥의 악마들이었다. "뒤돌아보면 죽인다."

위협사격을 하여 일렬종대로 서 있는 양민들을 향하여 등 뒤에서 정조준으로 발사하며, 납탄은 몇 사람을 관통, 철갑탄은 몇 사람 관통, 카빈탄은 몇 사람 관통하여 죽는가 하는 총기 성능 실험을 하였다는 것이다. 그 뿐만 아니라 학살한 후 시체를 그대로 방치하거나 기름을 뿌려 소각하였다 한다. 이들이 한 짓을 미루어 보아 최소한의 인권조차도 그들의 머릿속에는 존재하지 않았음이 틀림없었다. 국군이 민간인을 대량 학살하다니! 오늘날 상식으로는 도저히 이해할 수 없는 이러한 일이 어떻게 일어날 수 있었을까?

전후 세대들은 무슨 소설같은 이야기인가 할 것이다. 허나 소설이 아니다. 행여 내가 소설가여서 소설이겠지 하는 독자도 있을 것이다. 소설이 아니고 역사의 한 페이지다. 지울 수 없는 더러운 역사가 국군에 의해 저질러졌다. 씻을 수 없는 우리의 오욕의 역사가 60여 년 전 이 땅에서 이루어졌다. 우리는 그 동안 평화와 인권의 기초를 튼튼하게 하려면 민주주의를 통해서만 쌓여진다는 사실로 알고 있다. 민주국가를 표방한 우리는 아직까지도 양민학살사건을 매듭짓지 못하고 있다. 피해자와 가해자가 엄연히 이 땅위에 살고 있다.

우리의 역사를 되돌아 볼 때 조선시대에도 민간인을 집단 학살하는 예는 있었다. 민간인에 대한 집단 학살은 과거 일본군에 의해서 처음 자행되었다. 일본 제국주의가 우리 민족을 침략하면서 의병이나 3.1운동 그리고 을사보호조약 때 독립군을 탄압하고자 민간인에 대한 무차별 대량 학살을 자행하였다. 해방 후 민간인에 대한 무차별 대량 학살은 일본군이 우리 민족에게 했던 짓을 그대로 따라한 것이다. 따라서 일본군이 우리 민족을 인간으로 취급하지 않았기 때문에 대량 학살을 한 것과 마찬가지로 당시 국군 토벌대도 분명 우리 국민을 나라의 주인으로 인정하지 않았기 때문에 일어난 비극이라고 단정할 수밖에 없다.

작전 지역 내에 있는 모든 사람을 총살하고 모든 집은 불태워 버려라.

견벽청야 작전 명령 비극의 피해자 증언을 들어본 뒤 내가 다시 1년을 더 찾아다녀 3명의 가해자 증언을 어렵게 녹취한 것을 기록한 것이다.

'탕, 탕, 탕. 따르르륵, 탕탕!'
M1 소총과 카빈소총, 중기관총, 경기관총이 불을 뿜어냈다. 고요하던 지리산 골짜기 평화로운 마을 설빔으로 예쁘게 차려입은 선량한 사람들을 향

하여 '갑자기' 군인들이 총을 쏘기 시작하였다. 사람들은 비명을 지르며 가을걷이 끝난 전답에서 메뚜기 떼처럼 이리 뛰고 저리 뛰고 비명을 지르며 쓰러져 갔다. 군인들은 사격을 끝낸 후 시체를 모아 나무로 덮고 기름을 부은 다음 불을 질렀다.

"나는 무서워서 꼼짝 못하고 죽은 듯이 엎드려 있었지요. 그때 나는 도랑물 속에 있어서 살아남을 수 있었습니다. 동네 앞 묵정밭 곡식을 심지 않고 잡초가 우거져 있는 상태의 버린 밭에서 말타기 놀이 하던 친구들은 군인들이 오니까 총을 보려고 모두 달려갔지요. 그때 총은 아이들에게는 신기하였거든요. 눈이 초롱초롱한 아이들에게 어떻게 총을 쏠 수 있을까요? 얼마나 놀랬는지 바지에다 오줌을 쌌을라고요! 군인들이 돌아가고 나서도 한참 동안 겁에 질려 꼼짝도 못하고 그 자리에 있다가 나와 보니 마을 사람들이 전부 죽었더라고요. 그때는 어른들은 설이어서 명주바지에 흰 두루마기를 입었는데 총에 맞아 흘린 피가 멀리서 보니까 상여 꽃송이 같더라니까요! 문종이로 만든 꽃 상여 꽃말이지요."

우리는 백의민족이다. 나도 어렸을 때 설날에는 흰옷을 입었던 기억이 난다. 어르신들은 모두 흰 두루마기에 흰 명주옷 아니면 무명옷을 입었다. 설빔차림으로 모여든 사람들에게 무지막지하게 기관총과 소총을 쏴서 죽였으니 그렇게 보였을 것이다.

"당시는 정월 초에서부터 대보름까지 명절이었지요."

"그때 생각만 하면 군인들을 다 때려잡고 도로 바닥에 혀를 박고 죽이고 싶은 심정이요."

"어르신 토벌대가 무지막지하게 늙은이에서 부녀자, 갓난아기까지 전부 사살하였다는 것은 도저히 이해가 가지 않습니다."

"메라 카는교? 내가 애맨소리 하는 줄 아는교? 이 녘은 그 당시 상황을 모르니 하는 소리요. 토벌대 일마들이 빨치산 절마들보다 느까 온기라. 먼저 온 빨치산이 죽인다 카는데 협조 안 할 수가 있는교? 농갈라 준 양석을 등짐 지고 보급대가 되어 산에 갔다 온 것인데 통비자라고 죽인기라. 느까 온 국군이 잘못 아닌교?”

“그것이야 다 아는 사실이지요. 남부군 김지희 글마가 이끄는 빨치산이 지리산으로 숨어들어 유격활동 주무대가 관공서를 습격하여 피해를 주고 치안을 어지럽히자 토벌대가 빨치산을 토벌할 목적으로 파견된 것 아닙니까?”

“하모! 하모! 글마들이 빨갱이를 소탕해야 할 것인데, 생판 죄 없는 사람을 모지락스럽게 죽인 게 잘못인기라 강선생은 재야 사학자라 카면서 것도 모르는 것처럼 하니 내는 지금 억수로 기분 나뿐 기라.”

“피해자 증언을 들어보면 인간의 탈을 쓰고 그러한 행동을 할 수 있다는 것이 납득이 안 가서 하는 소리이지. 어르신 말을 부정하는 것은 아닙니다.”

“글카면 내가 조작베이 한 말이다 그런 뜻인교? 토벌대 일마들 하는 행우지 보문 기도 안찬 기라 인간의 탈을 쓰고서 글쿠나 씸둑스러불라고.”

“토벌대도 부모 형제들이 있는데 부역과 관련이 없는 늙은이와 힘없는 부녀자까지 죽였다는데 피해자들이 일부는 너무 과장해서 말하지 않았는가 하는 생각이 들어서입니다.…!”

“글라카면 말 시키지 말고 퍼득 가소. 쌔도가지 아프게 하지 말고. 살똥스럽은 글마들이 부역자들 가족을 가려낸다고 마을 어른들을 족대기질^{남이} 못 견디도록하는 것을 몬 보았으면 씨잘 대가리 없이 앵종가리지 마소?”

“죄송합니다. 어르신.”

“토벌대 글마들이 우리 부럭데이 이마빼이에다 총을 쏜 기라. 숨골에 정통으로 맞어야 거꾸러질 낀데 총알을 빗맞은 부럭데이 황소가 귀퉁이에 땅강생이가 들어간 것처럼 날뛰니 말목에 묶어둔 끄내끼가 끊어져서 산으로 토사이 깐기라. 그러자 글마들 가당치도 않은 짓을 하더라 카이! 억수로 골이 났는가 미치게이가 된 것처럼 개지랄한기라.”

소를 잡으려다 소머리 급소를 잘못 쏴서 산으로 도망가 버리자 토벌대는 마을에 있는 모든 가축을 닥치는 대로 잡아서 잔치를 벌인 뒤 술에 취하여 난동을 벌였다고 하였다.

"걔네들요! 동네 가축을 지들 마음대로 잡아서 묵고, 구정 명절 때인지라 집집마다 탁베이가 있었는데! 돼지고기에다 걸대 짐치를 걸쳐서 배불뚝이가 되도록 처먹고 일마들이 곤대만대가 되어서 토벌대 한 놈이 시부지이 나가서 아무도 살지 않은 오둠페이에서 잠이 들었다가 밤까지 자는 바람에 빨갱한테 당한기라! 탁베이 많이 처먹고 깊은 잠이 들어 당한기라!"

"양민들의 식량을 수탈하여 잔치를 하고 이동하면서 인원 파악도 안 하였던가 보죠?"

"글마들이 탁베이 많이 처먹고 동네 여자들 반반한 사람 골라 남의 집 안방 구덜막에서 개지랄 떨고 아적절까지 디비져 잔 뒤 깨비는 얼나들에게 아름작거리더니 날이 밝자 가악중에 오구탕 치면서 미친게이가 되어 마을 사람들을 죽인기라!"

"설마 그럴 리가?"

"메라 카노! 지금 내가한 말이 조작베이 말이다, 이 말인교?"

"죄송합니다. 저는 적과 대치하고 있는 전쟁터에서 수복지역 주민들의 가축을 잡아서 술과 먹고 부녀자를 강제로 성폭행까지 하는 군대가 어떻게 나라를 지키겠습니까? 그래서 해 보는 소리이니 너무 노여워 마십시오."

"낮에는 글마들이 얼씬도 안 하고 있으니 토벌대 일마들이 지랄 떤 기라 안 카나?"

어지간이 화가 많이 난 모양이다. 입에서 안주와 침이 섞인 파편이 나의 얼굴에 사정없이 날아들었다.

"알겠습니다. 화 푸시고 제 잔 받으십시오."

즐겨하지 않은 수주를 단숨에 비우고 잔을 내밀자,

"와 이련교? 내는 지금 억수로 기분 나빠 안 묵는다 안 카나! ……보소! 강 선생이 그런 식으로 조사 할라카면 엄뜬 짓 할 줄 내는 모르요!"

"죄송합니다. 군대를 갔다 온 저로서는 도저히 이해가 안가는 사건이어서 실수를 했습니다."

"글쟁이라 그라나, 느물거리며 달구치는 말이 보기와 드다르러 밑천 동나것소! 내는 뺑덩니에다 눈까풀에 쥐젖난 토벌대 일등 중사를 잊을 수 없데이. 글마 소갈머리가 글쿠나 모지락 스러불까……. 강 선생은 글마들 행우지를 몬 바서 함부로 이바구 하는기라. 에멘소리 할라 카거들랑 입에 작크나 채우소.”

도끼눈으로 나를 노려보더니 주먹을 쥐고 일어날 자세를 취했다.

“정말 죄송합니다.”

“이보소, 강 선생! 내는 쌍달가지가 이럭캐도 그때 일어난 일은 조작베이 안 하요.”

“알겠습니다. 한 잔 더 드시고 당시에 벌어졌던 상황을 얘기 해 주십시오. 한 자도 빠뜨리지 않고 쓰겠습니다. 정말입니다. 죄송합니다.”

두 손을 잡고 정중하게 사과를 하자 노기가 가라앉은 모양이다. 입가에 묻은 오물을 닦은 뒤 자세를 고쳐 앉으면서,

“참말로 강 선생 미얄시럽데이! 글 쓰는 사람이 아니면 그냥.”

하더니 한쪽 손으로 내 다리를 툭 친다.

“……”

“앵꼬바도 젊은 사람이 참으소!”

그동안 만나본 증언자 모두는 “국군이 그럴 수가 있습니까?” 하는 나의 반문에 화를 벌컥 냈다.

“당신같이 믿으려 하지 않았기 때문에 제대로 된 양민학살 진상이 밝혀지지 않은 것이오.”라고 하면서 화를 벌컥 냈다.

“술은 인제 얼 요구되었으니 그만 주소. 나도 미안하오! 내는 뿔뚝 성질이 그때 그 일 당한 뒤로부터 길들여진 기라. 좋은 일 한다 카는데, 내도 미안하요! 간신 했시몬 그때 내는 몽달귀신 될 뻔 한기라. 그때 죽을 낀데 살아남아서서 험한 꼴 억수로 많이 보고 산기라! 당시엔 이웃 간에 조금만 앙심이 있어도 빨치산 협조자라고 거짓 고발을 하여 민심이 흉흉했고, 머슴에게 간부직 완장을 주어 주인을 보도연맹원이라고 고해 바쳐서 가족이 멸족하는 일이 벌어지기도 했는기라. 당시에 ‘무식한 놈이 완장차면 살인한다’

는 유행어가 떠돌아 다녔지. 나도 머슴을 두고 있었지만 심성이 착한 아이라 그런 꼴은 다행히 면할 수 있었는 기라!"

"그래서 살아 있는 게 좋은 것 아닙니까? 어르신이 살아 계시기에 진상도 정확하게 밝힐 수 있고, 말씀하신 기록을 남겨두면 후대에 이 기록을 보고 다시는 이 땅에 그러한 비극이 일어나지 않도록 예방할 수 있을 것이니 얼마나 우리 역사로 보아서 어르신이 중요한 분입니까!"

"당시 현장을 목격하지 못한 강 선생 입장에서 보문 세갈머리 없는 등시이 할배로 볼지는 몰라도 내가 한 말들이 후재 조작베이 말은 아니구나 할 거요!"

"어르신! 그 동안 양민학살사건을 다룬 자료들이 중구난방으로 기록된 것이 많이 있었지만! 제가 쓰는 이 글이 마지막 기록이라고 생각하고 어느 한쪽으로도 치우치지 않게 쓰겠습니다."

노인의 얼굴에는 세월의 흔적인 수많은 주름살들이 삶의 곤곤함을 말해주고 있다. 담배를 입에 문 노인은 한을 토해 내듯이 연기를 허공에 품은 뒤, 이야기를 계속한다.

"토벌대 일마들이 뒤넘스럽게 쎄도가지를 놀리는 것 보면 기도 안 찬 기라. 처음에는 공손하게 주민들에게 말을 하여 믿게 하고 글마들을 따라서 동구나무가 있는 마을 공터에 모이면, 가악중에 썸둑시럽게 말을 하는 기라. 인간들이 글캐도 고약할까! 발 걸음도 단지 걸음으로 가는 할배, 할망구와 애엘양거리는 갓난이들이 부역을 했겠는교? 그라고 공비하고 내통한 것도 아닌데 그 호불애비 자슥들이 살려 달라고 무릎 끓고 파리 손을 해 가지고 애걸복걸 빌어도 '흥' 하고 코똥만 끼고 무지막스리 총을 쏜 기라. 글마들 손목데이 뻬가지를 도치로 자르고 싶어도 힘이 있나. 내는 그때 생각만 하면 가슴이 벌렁벌렁하여 억장이 무너질라 카는 기라."

"칵……" 하고 가래를 끌어올리더니,

"글마들 쌍판 대가리에다가."

말을 멈추고 한숨을 쉰다.

"양민들을 학살하면서 총기 실험을 하였다고 증언을 하는 사람이 있었는데, 이곳에서는 없었습니까?"

"매촌리에 있던 글마들하고 방곡리 일마들이 왕산 골짜기에 숨어 있는 빨갱이 소탕하려고 득달같이 가면서 왕산 입구에서 밤에 이동 중에 산짐승 잡으려고 파논 허방에 빠진 기라. 빠지면서 놀래 총을 쏴 버렸는데, 총소리에 놀란 매촌리 토벌대 글마들하고 방곡리 일마들하고 싸움이 붙었는데, 글마들이 대갈빼이 처박고 사격을 하였으니 총알이 전부 하늘로 날아간 기라. 그때 하느님 궁둥이에 총알 숫티 맞았을 거기만! ……씰데 없이 총알만 없앤 것 아니가? 빨치산하고 전쟁다운 전쟁도 한 번 못 해 본 허새비인 기라. 글마들이!"

"서로 교전을 하여 총알이 떨어지니 교통이 불편했을 때라 탄약 보급이 제때 이루어지지 않아 양민을 학살하면서 한 줄로 세워 놓고 사격을 하였다는 말 아닙니까?"

"거창에서 그런 일이 있다 카드만! 태까이 잡으려고, 올가미와 큰 짐승 잡으려고 허방을 파서 당시는 그렇게 사냥을 했는데…… 갸들 무슨 창피고. 글마들 깝데기만 군인이지!"

혀를 끌끌 찬다.

함양에서 넘어온 토벌대 일부가 산청군 금서면 방곡리에서 살육을 하고, 거창군으로 이동하면서 그들이 지나는 마을을 폐허로 만들고 말았다. 주민들은 국군이 와서 이제 빨치산에게 시달림을 받지 않겠구나 하고 반겨주었는데, 토벌대는 그들의 작은 희망을 죽음의 골짜기로 내몰고 가서 무참히 사살한 것이다. 이들이 산청에서 저지른 행위는 예고편에 불과했다. 국군 토벌대는 거창에서 본격적으로 악의 본성을 드러내 나라를 지킬 군대가 적을 무찌르지 못하고 순진한 국민을 죽인 것이다. 인마 살상용 NATO탄납이 들어간 탄환을 사용해야 하는데, 화력 실험한답시고 연약한 사람들을 잡아다 앉혀 놓고 고개를 숙이게 한 뒤 차량이나 탱크·장갑차·비행기 등에 사용하는 철갑탄을 사용하여 살상한 것이다. 죽은 시체를 끌어 모을 때 M1소총탄을 사격하여 사살한 줄에서는 8~9명씩 총알이 뚫고 간 자리가 똑같았다고 한다. 카빈 소총탄을 쏴서 사살한 줄에서는 4~5명이 죽었다고 하였다. 이 얼마나 천인공로할 일인가!

"탕! 탕! 탕! 따르르륵, 탕탕!"

M1소총과 카빈소총·중기관총·경기관총이 일시에 불을 뿜어냈다. 고요하던 지리산 골짜기 평화로운 마을에 설빔으로 차려입은 선량한 사람들을 향하여 '갑자기' 군인들이 총을 쏘기 시작하였다. 사람들은 비명을 지르며 가을걷이가 끝난 전답에서 메뚜기 떼처럼 이리 뛰고 저리 뛰어 다니며 비명을 지르며 쓰러져 갔다. 그들은 사격을 끝낸 후 시체를 끌어 모아 나무로 덮고 기름을 부은 다음 불을 질렀다. 군인들이 마을로 들어오자 어린아이들은 마을 공터로 모여들었다. 그 당시 총은 아이들에게는 신기하였을 것이다. 눈이 초롱초롱한 아이들에게 어떻게 총을 쏠 수 있었을까! 그때 생각만 하면 군인들을 다 때려잡고 도로 바닥에 혀를 박고 죽이고 싶은 심정이라는 서 씨의 증언이다.

"어르신, 앞서 증언하신 분에게 들었습니다만, 토벌대가 무지막지하게 늙은이에서 부녀자와 갓난아기까지 모두 사살하였다는 것은 도저히 이해가 가지 않습니다."

"메라 카는교? 내가 지금 예맨 소리하는 줄 아는교? 이 녘은 그 당시 상황을 모르니 하는 소리요. 토벌대 일마들이 빨치산 절마들보다 느까 온 기라. 먼저 온 빨치산이 협조 안 하면 총을 쏴 죽인다 카는데, 언놈의 배떼기에 철판 깔았는교? 협조 안 할 수가 없는 기라. 농갈라 준 양석을 등짐 지고 보급대가 되어 죽을 고생을 하여 산에 갔다 온 것이데 통비자라고 죽인기라. 모든 것이 느까 온 국군이 잘못 아닌교?"

"그것이야 다 아는 사실이지요. 여순 반란 사건을 일으켜 국방 경비대에 사살 당한 김지휘가 이끌었던 남부군 잔당인 빨치산이 지리산으로 숨어들어 유격 활동을 했는데, 그들의 주무대가 관공서를 습격하고 주민의 피해를 주어 치안을 어지럽히자 토벌대가 빨치산을 토벌할 목적으로 파견되면서 일러난 사건 아닙니까?"

"하모! 하모! 글카지만, 글마들이 빨갱이만 소탕한 것이 아니라, 생판 죄 없는 사람을 모지락스럽게 죽인 게 잘못인기라. 강선생은 재야 사학자라 카면서 모르는 것처럼 말하니 내는 지금 억수로 기분이 나뿐 거라!"

"피해자 증언을 들어보면 인간의 탈을 쓰고 그러한 행동을 할 수 있다는 것이 납득이 안 가니까 하는 소리지. 어르신 말을 전적으로 부정하는 것이 절대 아닙니다."

"글카면 내가 조작베이 한 말이다 그런 뜻인교? 토벌대 일마들이 하는 행우지 보문 기도 안찬 기라, 인간들이 글쿠나 씸둑스러불라고……."

"토벌대도 부모 형제 일가친척들이 있는데! 부역과 관련이 없는 늙은이와 힘이 약한 부녀자를 비롯하여 어린이들까지 죽였다고 하는데, 제가 생각하기로 원한에 사무친 피해자들이 일부는 너무 과장해서 말하지 않았는가! 하는 생각이 들어서입니다."

"글카 생각하몬 말 시키지 말고 퍼득 가소. 쌔도가지 아프게 하지 말고. 살똥스럽은 글마들이 부역자 가족을 가려낸다고 마을 어른들을 족대기질 하는 것을 몬 봤으면 앵종가리지 마소."

"……"

"멀끄럼이 보기는……. 보소! 선생! 우리 오촌 아재가 우녁 장사하고 돌아다니다가 설을 보내기 위하여 쩌짜 까꾸막 카도를 내려오면서 보니 고바이마다 토벌대가 기관총을 설치하는 것을 보고 무서워서 응달소리를 하면서 오는데, 토벌대 한 명이 집까지 따라와서 등짐 지고 온 보따리에 식구들 주려고 사온 선물 보따리를 검사해 보고 통째로 가져 갈려하여 시비가 붙었는데, 우녁 장사 몇 개월하고 설날 얼나들 선물로 주려고 사온 것이니 못 가져간다고 우기자 총을 겨누면서 전부 주지 않으면 죽이겠다고 하여 밤이라 어둡재 급하기는 급하여 뒷간으로 도망을 쳤더니 다행히 총을 쏘지 않고 설팍을 나가는 것을 보고, 베틀 위에 있는 도토마리를 들고 시부지이 뒤따라가 뒤비져 부러라 하고 이망빼이를 치자 깨꼬리처럼 뻗어버려서 고환을 차니 사타구니를 잡고서 오뉴월에 학질 걸린 놈처럼 달달 떨다가 기암을 하는 것을 보고 '오메야! 토벌대를 죽였으니 살아남기는 인제 틀렸구나'하고 산 삐알로 도망을 쳤다가 산에서 하룻밤을 꼬박 뜬눈으로 지새우고 늦게 잠이 들었다가 총소리에 놀라 내려오지도 못하고 3일 동안 산 속에서 숨어 지내다가 조용하여 마을에 내려와 보니 이상하게도 인기척이 없어 용캐도 살아 있는 점방 하는 할머니한테 물어보니 얼마나 놀랐는지 말을 못하고 벌벌 떨기만 하더라요. 처음엔 모두 피난간줄 알았는데……. 우리 아재가 죽인 토벌대 때문인지 이튿날 마을 사람을 몰살했다고 하드라요."

"그 어르신이 도토마리로 때려죽인 토벌대 사건 때문일 수도 있겠네요?"

"아재는 글카 생각했겠지요."

"아재 가족들은 어떻게 되었습니까?"

"후우재 밝혀졌지만, 아재 마누라는 얼나들을 데리고 친정에 가서 설을 세려고 하였는데, 토벌대가 그 곳까지 찾아가서 처가집 식구까지 죽였다 캅디다. 토벌대원이 아재 집에서 죽었기 때문에 조사를 하여 친정에 가 있는 가족을 찾아 싸그리 죽인기라. 아재가 토벌대를 죽여 화가 난 토벌대가 가족을 비롯하여 마을 사람들까지 죽게 했다는 죄책감 때문에 아재는 탁베이만 마시면 엄뚠 짓만 하고 다녀 용캐도 살아있는 마을 사람들이 미친개이라고 하요."

"현재 그 어른은 어떻게 지내고 있죠? 가족도 없이 혼자 사는가요?"

"뿔뚝 성질에다 세갈머리도 없고 탁베이만 먹었다하면 미얄시런 짓 하지 누가 같이 살라 하겠소. 날구지만 하면 남의 집에 시부지이 들어가 해꾸지나 하고 다녀 정신 병원에 가두고 하였는데, 동네 사람들이 그래도 불쌍하다고 오갈 데 없는 정지 담사리하고 억지로 짝을 맞추어 주었는데, 아들 하나 낳아서 길러주고 여편네는 서방질하다가 야밤 도주해버려 인자는 혼자요."

"지금 어디에 계십니까?"

"자기 때문에 마을 사람과 가족이 몰살당했다고 생각하는 사람이니 반

미친개이가 된 것인데! 한 곳에 오래 붙어 있지도 못하고 어중이떠중이가 되어 절간에서 잔심부름이나 해주며 밥이나 얻어먹고 살았는데, 역마살이 끼었는가 한 곳에 오랫동안 붙어 있지를 못하고 거렁뱅이 짓이나 하고 다녔다 카데요. 지금 80인데 떠돌이 생활에 얻은 병으로 행려병자 취급하여 스님이 불쌍한 인생 거두어 요양원에 입원시켜 떠돌이 때보다 편하게 지낸다고 캅디다만 차라리 일찍 죽는 것이 낫지 참말로 무순 악의 업보를 타고 태어나 죽음보다 못한 세월을 살고 있는지!”

말을 끝낸 노인의 눈에 이슬방울보다 더 적은 눈물방울이 맺었다.

함양서 만행을 저지른 토벌대 이동은 함양군과 거창군의 경계지역 금서면 방곡리, 주상리 등 12개리를 돌면서 공포의 도가니를 만들고 금서면 가현부락부터 살육 잔치를 벌였다. 토벌대는 경남 일원 지리산 주변 함양군, 산청군, 거창군 등의 지역을 돌면서 도리깨로 알곡식을 타작하듯 마을 곳곳을 쑥대밭으로 만들고 이동하면서 순진무구한 양민을 학살하고 선조적 때부터 살아온 주거지마저 불태워 버린 만행을 저지른 것이다. 그들은 인간으로서 최소한 지켜야 할 도덕이란 단어를 모른 무식한 자들로 채워진 집단이었다.

함양－산청－거창 등의 지역에서 광란의 살육잔치는 히틀러가 유태인에게 저질렀던 행위보다 더한 살인 행위였다.

“어떻게 살아났는지를 모릅니다. 어린 여동생 2명을 데리고 시체더미가 쌓여있는 논두렁에 서서 울고 있으니까 군인 2명이 다가왔습니다. 그중 1명이 이년들 죽여 버리자며 총구를 우리에게 들이대자 나머지 한 명이 ‘놔둬라 이것들은 오늘 밤 호랑이 밥거리다’며 순간적인 은전이라도 베풀 듯 함께 가버렸습니다. 이 한 많은 세상을 살아오면서 지금도 호랑이 밥이라며 우리를 죽이지 않고 그냥 가버린 그 군인이 증오스러워 견딜 수가 없습니다. 왜 그때 우리를 죽이지 않고 살려줘 이렇게 원통하고 서러운 세상을 살게 하는지 모르겠습니다.”

이 사건은 사람으로서 경험할 수 없는 대참살이었다. 산청 양민학살 사건의 생존자 이 여인_{당시8세}의 증언처럼 당시 피의 참극은 말로 형용할 수가 없다. 이 여인은 산청군 금서면 가현부락에 거주하다 새벽녘에 들이닥친 학살대에게 어머니와 할머니를 잃고 세 자매가 뿔뿔이 흩어져 오늘까지 한 많은 50년의 세월을 지내왔다.

1951년 2월 8일. 설날 떡국을 끓여먹고 있던 방곡마을 주민들은 2km쯤 떨어진 윗마을 가현에서 들려온 천지가 찢어질 것 같은 수많은 총소리에 놀라 모두들 숟가락을 놓고 말았다. 모두가 공포에 질린 눈으로 서로 마주 쳐다볼 뿐이었다. 1분쯤 계속된 총성은 평상시 때 듣던 산발적인 것이 아니었다. 마치 지축을 뒤흔드는 소리가 한꺼번에 터져 나온 것이었다.

마을 사람들은 밥을 먹다말고 모두 집 밖으로 나와 가현 쪽을 바라보았다 무슨 일이 있었는지는 모르지만 시꺼먼 연기가 마을 전체를 뒤덮고 있었다.

"빨치산이다!"

"아니 국군이다!"

누구의 소행인가를 따지다가 마을 사람들은 모두 섬뜩한 기분에 잠겼다.

빨치산의 은신처를 없애기 위해 마을 전체를 불태우고 마을 주민들을 다른 곳으로 이주시키는 일명 소개 작전을 전라도 지방에서 했다는 소리를 여러번 들은 적이 있었다. 그러나 이 지역에서 마을이 불타면서 수백 발의 총성이 들린 것은 이번이 처음이었다. 방곡마을 사람들은 너나할 것 없이 불안한 마음으로 웅성거리기 시작했다. 집집마다 할머니, 할아버지 그리고 아기를 등에 업은 아낙네들은 남정네들의 등을 떠밀며 "빨리 도망쳐라."고 성화를 부렸다. 총으로 쏘아 죽일 사람이 있다면 건장한 남정네들이지 결코 연약한 노인이나 아낙들은 아닐 것이라는 당연하고 평범한 생각에서였다. 이렇게 해서 방곡마을 남정네들은 아침을 먹다말고 산 속으로 몸을 숨겼다. 장상렬 씨도 그때 도망친 사람 중의 한 사람이다. 떡국을 끓여 먹다 말고 장씨는 도망을 치며 아내 서씨에게

"저녁 때 산에서 내려 올 테니 그리 알아라."

말하고 황급히 몸을 피해 집 뒤 울타리를 뛰어 넘어 산비탈 쪽으로 달려 갔다. 그것이 사랑하는 아내 서씨와의 마지막 이별 순간이었다.

밤이 되자 마을에는 군데군데 불빛이 보였다. 도깨비불 같았다. 집 대들 보 같은 큰 목재들이 늦게까지 타고 있었기 때문이다. 추워서 살아남은 사람들이 불을 끄지도 않고 주변에 옹기종기모여 있었기 때문이다. 장씨가 한밤중에 산에서 내려오니 온 마을은 쑥대밭이었다. 장씨의 집은 물론 마을 전체가 불타버렸다. 마침 산에서 먼저 내려온 마을 사람을 만나니 온 마을 사람들이 아랫논에서 숨져있다는 것이었다. 그리고 장씨의 아버지는 다랑이 논두렁에 숨져있다고 했다.

"아랫논의 논두렁에 아버지와 동생 2명이 숨져있고 어머니와 아내는 윗 논에서 나란히 죽어 있었습니다."

저녁에 산에서 내려오면 당연히 사랑하는 아내와 부모형제를 만날 줄 알았던 장씨는 일가족의 몰살을 지켜본 순간 넋을 잃고 말았다. 당시 방곡마을에는 72가구가 살고 있었다. 윗마을 가현, 아랫마을 점촌, 자혜 등과 더불어 인심 좋은 부자마을이었고 인근에서 가장 큰 마을이었다. 방곡마을은 지리산 산골마을 중에서 그런대로 논과 밭이 많은 풍성한 마을이었다. 마을 옆에는 항상 마르지 않는 샘물과 개울이 흐르고 그 개울을 따라 산골마을에 서는 보기 드문 논밭이 펼쳐져 있다.

방곡사람들은 이 논밭을 끔찍이 아꼈다. 마을 앞에 열 마지기 남짓한 논은 이 마을의 희망이었고 생명선이었다. 논이 없어 1년 열두 달 고구마나 감자뿌리만 먹어야 하는 인근 마을 사람들과는 달리 방곡 사람들은 논 덕분으로 쌀밥을 먹어 볼 수가 있었기 때문이었다. 이 마을 사람들은 그들이 끔찍이 아끼던 이 논에서 몰살을 당했다. 남자들은 아랫논에서 그리고 여자들은 윗논에서 학살을 당했다. 대부분이 할아버지, 할머니들이었고 젊은 남자들이 모두 몸을 숨기고 난 후라 아낙들과 젖먹이 어린애들 뿐이었다. 남녀노소 1백 80명이 이곳에서 죽었다. 일가족 8명이 모두가 숨지고 기적으로 살아난 이갑수 여인_{산청군 금서면} 당시 10살이었다.

"집에서 늦은 아침밥을 먹고 있는데 군인들이 들이닥치며 마을 앞 논에 서 간담회가 있으니 모두 모이라고 했습니다."

마침 이 여인의 집에는 설날이라고 출가한 언니가 놀러와 있었다. 군인들 이 갑자기 들이닥쳐 마을사람들을 논바닥에 앉히면서 집에 있는 중요한 물 건을 모두 가져 나오라고 소리쳐 이 여인은 언니가 시댁에서 가져온 옷가지 들을 챙기려 다시 집으로 들어갔다.

"그 순간 군인들이 집집마다 불을 지르기 시작했습니다. 우리 집에 불을 붙이는 순간 언니가 옷가지들을 챙기려 집으로 뛰어들었습니다. 그리고 몇 분 후 언니는 옷을 챙기는 도중에 집안에서 군인의 총에 맞아죽었습니다. 그 때 언니는 옷 보따리를 꼭 안고 있었습니다."

군인들은 이렇게 끔찍한 광경을 보고 있던 마을사람들을 남자들은 아랫 논에 여자들은 윗논으로 끌고 갔다.

"할아버지, 아버지 그리고 예닐곱된 남동생 두 명이 아랫논으로 끌려갔 고 할머니, 젖먹이 동생을 안은 어머니 그리고 나는 윗논에 있었습니다."

아랫논으로 남자들을 끌고 간 군인들은 '군대에 갈 사람 나오라'고 소리 쳤다. 그러나 대부분 나이든 늙은이와 어린애들 뿐이라 한 사람도 나오지 않았다.

"갑자기 천지가 진동하는 소리가 났습니다. 그리고 마을남자들이 모두 쓰러졌습니다."

군인들은 가족들이 보는 앞에서 마을 남자들을 무참히 살상한 후 다시 여 인들에게로 왔다.

"남자들을 죽이고 난 후 두말도 없이 여인들을 앞산을 보고 앉게 한 후 또 총질을 했습니다."

여기서 이 여인은 할머니와 채 돌도 지나지 않은 젖먹이 동생 그리고 동 생을 안은 어머니와 함께 총격을 당했으나 천운으로 다리에 관통상을 입고 살아났다. 친정에 설 차례를 지내려고 온 언니, 젖먹이 동생, 한창 개구쟁이 짓을 하던 두 남동생 등 일가족 8명을 한꺼번에 잃어버리고 기적적으로 살아난 이 여인은 지금까지 한 많고 서러운 62년 세월을 인근 화계리에서 돌부리처럼 살고 있었다.

당시 방곡마을의 생존자들은 가현마을 생존자들과는 달리 특별한 증언을 하고 있다. 일가족 4명이 몰살당하고 두 다리가 절단된 채 살아났던 오중식씨는 당시 9살로 군인들이 수류탄을 던졌다고 분명히 증언하고 있다. 그리고 몇몇 사람이 불에 타 죽어가고 있는 것을 목격했다고 진술했다. 훗날 밝혀질 이야기지만 허씨의 증언이 확실하다면 군인들은 애당초 대량학살을 계획하고 수류탄을 휴대해왔던 것으로 추측된다.

갓난애와 어린애들, 그리고 아녀자와 늙은이에게 수류탄을 던진 국민의 군대. 국민의 생명을 지키라고 국민들이 사준 대량살상용 수류탄을 갓난애들과 어린애들에게 던졌다면 이것은 단순한 살생행위와는 엄격히 다른 가공할 일이다. 대량살상을 미리 염두에 두고 수류탄 투척허가를 받았을 것이고 애당초 마을주민 단 1명도 살려두지 않을 것이라는 계산이 깔려 있었을 것이다. 방곡학살 당시 생존자들은 똑같은 증언한다. 당시 1백 80명의 양민들 중 어린애들이 절반을 차지하고 있었다. 젖먹이를 안고 있다가 아기는 죽고 자신은 두 손가락을 잘린 김분달 여인은 분명히 어린애들이 1백 명은 넘었다고 주장한다. 설 명절이라 친척집에 놀러온 어린애들이 많았기 때문에 방곡마을에 살고 있던 어린애들보다는 실제 학살당한 숫자가 훨씬 더 많았을 것이라는 게 생존자들의 추측이다.

당시 16살이던 허용이씨는,

"아침에 빨리 도망가라는 어머니의 말씀을 듣고는 산으로 피신했습니다. 저녁 무렵 산에서 내려오니 어머니와 어머니가 안고 있던 두 살 난 여동생이 윗논에 무참히 나뒹굴고 있었고 아버님은 복부에 관통상을 입고 아랫논에 쓰러져 있었습니다."

허씨의 아버지는 그때 총상으로 26년간을 병상에서 신음하다 지난 78년 한 많은 이 세상을 등지고 말았다. 오중식씨, 김분달씨, 그리고 이갑수씨 등은 학살현장에서 살아난 기적적인 생존자들이다. 이들 3명 외에도 당시 생존자들은 자신의 쓰라린 악몽을 되씹으며 이름 모를 곳에서 처절한 생을 영위하고 있을 것이다.

"이 불명예를 우리의 후손에 물려줄 수는 없습니다. 통분에 쌓인 이야기를 전염시킬 수 없습니다. 이제 거짓 역사를 지우고 아직도 안주하지 못하는 설움에 겨운 유족들을 넉넉한 자유의 땅에 서게 해야 합니다. 또한 지금껏 구천을 떠도는 원혼들을 위로하고 눈물의 잔이 아닌 사랑의 잔을 따를 수 있도록 해야 하며 그렇게 함이 우리 유족들의 의무요 민주화의 대로에 선 우리 모두의 의무라고 생각하기에……"

이는 산청학살 당시 희생당한 유족들의 마음인 동심계에서 각계에 보낸 청원서의 일부이다. 동심계는 학살사건이 있은 지 2년 후인 1953년 유족들이 하나둘씩 모여 연락을 하며 자연적으로 만들어진 친목계이다. 처음엔 서로 연락도 되지 않았다. 그리고 연락을 할 수도 없었다. 자신들을 무참하게 살상한 정부의 무시무시한 짓밟음이 다시 닥칠지 그 누구도 몰랐기 때문이다. 살아있는 듯 죽은 듯 당국의 눈을 피해 살아야만 했던 당시의 세파였다. 아무튼 이유없이 전 가족이 몰살당하고 또 자신이 직접 총상을 당하고도 이들은 그동안 긴 한숨 소리조차 내지 못하고 숨어 다녔다. 자칫 잘못하면 빨갱이 협조자로 몰릴 것이 뻔했다. 어떤 이는 너무 무지해서 그럴 수밖에 없었다고 말을 하지만 실상 이들은 우리의 "버려진 자식"이었고 아무 죄도 없이 밝은 태양을 피해 다녀야만 했던 죄인 아닌 죄인 신세였던 것이다. 이러한 상황에서 그들은 친목계 형태의 동심계를 조직, 1년에 한 번 곡우 날 참살의 현장 방곡리에 모여 소리 없는 울음을 울고 있었던 것이다.

전상근씨의 고향은 산청군 금서면 방곡리. 학살사건 당시 전씨는 16세로 1년 전에 결혼, 아랫마을 주상리에 신방을 차리고 있었다. 설날을 맞은 전씨는 부모님과 형님 내외분 그리고 조카 5명이 살고 있는 고향 방곡으로 설 쇠러 와 있었다.

"아침 떡국을 먹고 있는데 윗마을인 가현에서 총소리가 요란하게 났습니다. 그때 아버님께서 저더러 주상으로 빨리 내려가라고 독촉했습니다."

전씨는 부친의 권유로 마침 자신의 신변을 걱정하던 어머님, 아내와 함께 주상으로 내려갔다. 전씨가 주상으로 내려온 후 방곡에 남아있던 전씨의 일가족은 결국 몰살을 당했다. 그 당시 숨진 사람은 전씨의 아버지와 형수 그리고 어린 조카 5명 등을 합하여 7명이었다. 방곡에서 일가족을 잃은 전 씨의 불행은 그것으로 그치지 않았다.

산청학살 사건은 당시 정부와 군 당국이 강압으로 외부에 알려질 수 없었다. 그러다가 1960년 4.19가 발발하면서 산청사건은 조금씩 알려지기 시작했다. 특히 산청군 출신 도의원 문치재씨^{사망}는 한 많은 영혼과 유가족들의 명예회복 및 보상을 위해 도의회에서 산청사건을 정식 발의했다가 5.16 군사 혁명 후 이 사건으로 투옥 당하는 수난을 겪었다. 이 사건 이후 유족들은 겨울철의 개구리 마냥 겨울잠을 자야만 했다. 아무 소리도 할 수 없었다. 도의원이 잡혀가는 마당에 힘없고 무지한 유족들은 입 한번 뻥긋 할 수조차 없었다. 그저 부초 마냥 외톨이로 이곳저곳을 떠돌아다니며 질긴 목숨을 부지했을 뿐이었다.

다행히 60년의 4.19의거는 유족들에게 새로운 전기를 마련해 주었다. 민주화와 자유를 부르짖은 젊은이들은 산청골짜기에도 봄바람을 불게 해 60년께부터 누가 먼저랄 것도 없이 매년 하루 곡우 날 방곡마을에 모여들었다. 처음 몇 년간은 남자들이 대부분이었다. 남자들은 대부분 피신을 해 목숨을 부지했고 집에 남은 부인과 아이들은 거의 목숨을 잃었기 때문이었다. 이렇게 해서 탄생한 것이 동심계였다. 아직 유족회라는 이름도 붙이지 못하고 회원명부도 없다. 그래도 이들은 요즘 들어 희망에 부풀어있다. 6.29선언 이후 소위 민주화바람 때문이다. 거창 유족들이 숱한 고난을 겪으면서도 세인들의 주목을 받고 있는 것을 이들은 알고 있다. 비록 그동안 이유없이 숨어 다니고 쉬쉬했지만 세상이 민주화바람으로 치닫고 있어 억울하게 숨진 유족들이 가만히 앉아 있을 수만은 없었던 것이다. 각계에 탄원서를 보내고 부산 산청 등지를 중심으로 향우회라는 이름으로 모였다.

"광주사건에 대한 명예회복과 유족보상도 이미 해결됐습니다. 그러나 정작 광주사건보다 더 억울하고 원통하게 숨져간 우리 가족들의 원혼은 누가 달래줍니까?”

전상근씨는 산청사건은 엄격하게 광주의거와 다르다고 못 박는다.

“광주사람들은 반정부투쟁을 하고 데모를 하고 독재정권에 도전했습니다. 그러나 산청사람들은 데모도 투쟁도 그리고 저항도 하지 않았습니다. 이들은 시키면 시키는 대로 일하고 따라 다녔을 뿐입니다.”

전씨는 산청의 죽음은 총을 들고 독재세력에 대항하다 숨져간 광주의 그 것과는 너무도 그리고 엄격하게 다르다고 주장하고 있다. 정의와 법은 모두에게 공평할 줄 알았는데 힘없고 돈 없는 자에게는 이 땅의 법과 정의는 무용지물이었다고 울분을 토했다. 광주의 죽음이 혁명전사의 죽음이라면 산청의 죽음은 순수한 양민의 죽음이라는 것이다. 그리고 양민이라 하기에도 앳된 어린이들 젖먹이들의 죽음이라는 것이다. 인근 거창 학살 사건이 매스컴 등에서 대대적으로 부각되는 동안에도 1951년 2월 8일 산청 양민학살 사건에 대해서는 세인의 관심조차 없었다. 10여 시간 동안 수많은 양민이 개탄 없이 사라졌지만 국민의 군대에게 무차별 죽임을 당한 이 사건이 그동안 알려지지 않았던 까닭은 생존자가 거의 없었기 때문이었다. 또 있다손 치더라도 너무나 무지하고 가난에 찌들어 모두들 입을 다물고 세상을 원망하는 속만 태웠기 때문이다. 그런 참극을 모면한 피해자들이 하나둘씩 고향에 관심을 갖기 시작한 것은 민주화 물결을 타고 인근 거창사건이 부각되면서부터이다.

거창 학살사건 당사자들은 합동묘를 마련했다. 이로 인해 똑같은 장소에 같이 모일 수가 있었다. 그러나 산청의 피해자들은 학살당한 시체들이 산돼지와 미친개들에 의해 마구 찢겨지고 짓이겨지고 없어졌기 때문에 묘를 만들 수도 없어 자연히 같이 모일 기회도 없었다는 것이다.

거창사건이 부각되면서 이들은 힘을 얻기 시작했다. 자신들의 억울함을 후세에라도 알려야 되겠다는 생각을 했다. 이심전심으로 매년 곡우 날 학살의 현장이며 고향 땅인 산청군 방곡리에 모이고 있다. 산청읍에서도 포장길을 1시간 남짓 달려야 나타나는 지리산 자락의 방곡리는 옛날에는 호랑이가 나타났다는 말이 어울리리만큼 험준한 산자락에 자리 잡고 있다.

10여 가구나 될까 화전민이 살고 있는 곳이라고 표현해야 옳을 만큼 늙은 가옥잔해들의 모습과 함께 마을은 쥐 죽은 듯 고요하기만 했다. 때마침 산에서 내려오는 촌노에게 마을사람들의 행방을 물었다. 산 계곡 자락에 모여 있는 현지 주민과 고향을 떠났던 피해자들은 40여 명 정도. 그동안 그들이 겪었던 한과 눈물의 세월만큼 그들의 표정은 무표정이었고 할 말이 너무 많아 말문을 열지 못했다. 인근 오부면 양촌리에 살면서도 50여 년 동안 한 번도 고향을 찾지 않다가 이 날 처음으로 학살의 현장을 찾아온 허중식씨 그는 당시의 상흔으로 두 발목이 모두 잘려 나간 채 통한의 50여 년의 세월을 휠체어가 아니면 기동할 수 없는 1급 장애인이 되어 지내온 생존자이다.

"당시 9살이었지요. 윗마을인 가현에서 총소리가 나자 젊은 남자들은 모두 피난을 갔습니다. 마을엔 할아버지, 할머니, 아낙들과 어린애들뿐이었습니다. 그런데 군인들이 이른 아침 들이닥치면서 좌담회가 있으니 집안의 쓸 만한 물건들을 들고 마을 앞 논두렁으로 모이라고 했지요. 마을 주민들을 강제로 끌어낸 군인들은 남자와 여자를 갈라 세우고 남자들을 아랫논으로 모이게 한 후 먼 산 쪽으로 보라고 하더니 갑자기 콩 볶을 때 나는 소리처럼 요란한 총소리가 났습니다."

당시 겁에 질려 엉겁결에 논바닥에 엎드려 있었던 어린 허씨가 땅거미가 지고도 한참 있다가 눈을 떠보니 윗논과 아랫논 주위는 온통 피투성이가 된 시체들로 깔려있었다. 어떤 시체는 형체를 알아볼 수 없을 정도로 떨어진 삼베조각처럼 산산조각이 나 있었다. 학살사건 후 허씨는 기적적으로 생존하기는 했으나 허씨의 어머니, 누나, 동생 2명 등 일가족은 몰살됐다. 허씨는 총에 맞아 두 발목이 잘려 나갔고 총알이 옆구리를 관통, 죽음 직전까지 놓였었다.

방곡리 참살 때 허씨와 함께 기적적으로 생존한 김분달 여인은,

"군인들이 아낙네들 보는 앞에서 남자들을 먼저 죽였습니다. 그 다음 군인들은 여자들 쪽으로 와 앞산을 보고 앉으라고 했습니다. 이제 죽었구나 싶었지요. 마침 내가 안고 있던 5살 먹은 딸애를 품고 앞으로 엎드렸습니다. 그런데 총소리가 나더니 딸애를 감싸 안고 있는 내 손가락이 잘려나가고 총알이 내 딸의 머리를 관통했습니다."

당시 22살로 새댁이었던 곽 여인은 방곡리 학살로 시어머니, 시아버지와 5살짜리 딸애를 모두 잃고 말았다. 그야말로 부초 같은 생활을 계속하다 오갈 데 없어 어쩔 수 없이 그 끔찍한 학살의 현장에서 지금까지 산증인으로 살고 있다. 곽 여인이 가장 안타깝게 생각하는 것은 잃어버린 어린애들이었다며 말을 잇지 못했다. 마침 명절 때라 친척집에 놀러온 애들도 있었다.

"군인들이 총칼을 들이대며 일렬로 줄을 서라니까 무슨 좋은 선물이라도 주는 줄 알고 서로 희희낙락거리며 앞에 서려고 애쓰던 천진난만했던 동네 아이들의 모습들이 아직도 가슴에 찡하게 남아있다"고 술회했다.

물론 그때 서로 앞줄에 서려고 애쓰던 애들까지 모두 학살당했다.

"공비들도 임신한 여인네나 어린애들은 죽이지 않았습니다. 그런데 등신 같은 국민의 군대인 국군이 자신들의 동생 아들딸과 같은 그 천진한 애들까지 무슨 죄가 있다고 총을 겨누고 조준, 학살을 했는지 알 수가 없습니다. 아마도 짐작컨대 그들은 사람이 아닌 짐승이었을 겁니다."

곽 여인의 한 맺힌 절규는 끊일 줄 몰랐다. 희생양들 가운데는 곽분달 여인의 5살 난 딸도 있었고 40년 만에 이곳을 다시 찾은 허중식씨의 어머니, 누나, 동생들의 원혼도 누워있을 것이다. 나라를 지키라고 총을 받았고 적의 심장을 쏘라고 사격술을 배운 그 국민의 군대가 곽분달 여인의 5살 난 딸의 머리를 쏘아 죽였다며 허씨는 분통을 터뜨렸다.

"음력 초이튿날이었습니다. 당시 12살이던 저는 여느 때와 마찬가지로 아침에 눈을 뜨자마자 친구 이순덕의 집으로 놀러갔습니다. 친구 집 텃밭 가에 서있는 감나무에서 깐체이^{까치}가 울어 반가운 손님이 오려나보다 하고 기분이 좋았습니다."

12살의 소녀로 가현학살에서 기적적으로 생존한 박금점 여인은 그때의 상호마을을 이렇게 술회했다.

"아침 7~8시쯤 됐을까. 갑자기 군인들이 까마귀 떼처럼 새까맣게 마을로 들이닥쳤습니다. 그들은 온 마을 사람들을 다 끌고 나와 마을 맨 윗집에 모이게 했습니다. 마침 순덕이 할머니가 그때 90세쯤 돼 다리가 오그라들어 나갈 수 없다고 하자 군인 한 명이 업고서라도 나오라 하여, 친구와 같이 좋은 일이 있는가 싶어 군인들을 따라갔습니다. 마을에 총을 메고 군인들이 많이 오기는 처음이고 아침부터 길조인 까치가 울어서 신이 났지요."

박 여인은 군인들에 끌려 마을사람들이 모여 있는 곳에 가니 어머니, 아버지, 언니도 모두 끌려나와 있었다. 재빨리 엄마 옆에 다가섰다.

"아침 일찍 군인오빠들이 등짐을완전군장을 한 배낭 지고 왔기 때문에 아이들이 설날이라 좋은 선물을 많이 줄 것으로 생각하고 서로 다투며 앞에 먼저 서려고 하였습니다."

얼마나 천진난만한 아이들인가? 얼마 후에 자기들을 죽일 저승사자 같은 토벌대에게 죽임을 당할 줄도 모르고 서로 먼저 선물을 받으려고 새치기를 하면서 앞에 서려고 하였으니…….

"군인들이 마을사람들을 모아 어느 집 장롱에서 끄집어냈는지 모르지만 태극기를 들고 태극기를 그린 사람 앞으로 나오라더군요. 같은 반에 친구인 먼 친척 아재 집 아들이었는데 그때 그 애 부모는 애가 나가면 죽을 줄 알고 애를 자기 집 변소에 숨겼는데 들켜 결국 그 애는 국군의 총에 맞아 죽고 말았습니다."

태극기를 정성을 다해 그린 어린이가 결국 국군의 총에 맞아 죽는 비극의 희생물이 됐다.

"토벌대는 변소에 숨어 있는 소년을 데리고 마을 공터로 끌고 와 장승에다 끄네기로 묶어 두었는데 묶인 손이 아프다고 울자 이웃 어르신이 끄네기를 풀어주었는데 겁에 질려 도망가는 친구를 향해 총을 쐈습니다. 총을 맞은 친구를 그 자리에 꼬꾸라졌습니다. 인간 사냥을 한 토벌대는 끄네기를 풀어준 어르신도 장승에 묶고 총개머리 판으로 때렸습니다. 어르신이 나무라자 토벌대원의 욕설과 곧이어 총소리가 나고 어르신 머리가 힘없이 젖혀졌습니다. 앞쪽 가슴 두 군데서 피가 삐쳐 나오더니 어르신 몸은 미동도 없어졌지요.”

산청대학살의 정의는 어쩌면 이 소년과 노인의 죽음 하나로 상징될 수 있을 것이다. 군인들은 이렇게 공포심을 불어넣어 마을사람들을 모이게 한 후 20m여 떨어진 산 계곡으로 소몰이 하듯이 밀고 갔다. 여기서 그들은 마을사람들을 4열 횡대로 앉힌 후 무차별 살상을 단행했다.

“맨 앞줄에 엄마가 앉고 저는 엄마 무릎에 그리고 다음에는 언니가 앉았습니다. 갑자기 엄마가 나를 꽉 껴안는 동시에 천지가 뒤집히는 총소리가 들려서 귀를 막았습니다. 잠시 후 깨어보니 엄마의 머리는 온데간데없고 몸뚱이만 저를 꽉 껴안고 있더군요.”

박 여인은 여기서 더 이상 말을 잇지 못했다.

12세짜리 막내를 살리려고 온몸으로 총탄을 대신 맞은 박 여인의 어머니. 머리가 달아나고 이미 숨은 끊어졌건만 두 팔은 여전히 막내딸을 움켜주고 놓지 않던 최 여인의 어머니. 이렇게 살아난 박금점 여인은 목이 달아난 어머니를 62년 동안이나 가슴 속에 깊이 품어두고 한 많은 세월을 살아온 것이다. 그리고 그 어머니를 방패로 기적적으로 살아난 12살짜리 박금점 소녀의 한을 누가 풀어줄 수 있을까. 비록 세월은 흘러 62년이 지났건만 박 여인의 가슴에 맺힌 한은 점점 커져만 갈 뿐 사그라들줄을 모르고 있다. 이 엄청난 비극은 박금점 여인에게서 그치지 않는다. 서음전 할머니^{산청군 금서면}도 당시 90여명이 숨진 가현학살에서 살아난 몇 안 되는 생존자이다.

서 할머니는 당시 27세. 바로 아랫마을인 방곡리에서 가현으로 시집을 온 새댁으로 마을사람들로부터 효심이 지극한 착한 새댁으로 칭찬을 받고 있다.

“설날 차례를 모시고 난 다음날 아침 조반 전인기라, 군인들이 새까맣게 몰려와 마을사람들을 전부 계곡에 밀어 넣고 총을 쏘아 생똥이 나오고 소피가 질금거려 오금을 펼 수가 없드라 카이. 남편과 같은 줄에 서 있었는데 남편은 그대로 죽고 저도 죽은 줄만 알았는데 한밤중에 누가 심하게 흔들어 눈을 떠보니 온 삭식이 욱씬거리고 손을 꼼짝 할 수 없는 기라. 불두덩^{음부}도 다쳐서 아질아질하여 다시 군드러진 기라."

서 할머니는 왼쪽 어깨와 오른쪽 팔에 총을 맞았다. 한밤중까지 정신을 못 차리고 있는 서 할머니를 깨운 사람은 가현마을의 이장이었던 왕순구씨^{사망} 왕씨는 마을 남자들과 함께 군인이 오는 것을 보고 산으로 몸을 피했다가 밤중에 자신의 부인을 찾으러 마을로 내려온 것이었다. 그러나 왕씨의 부인은 죽고 말았다. 왕씨는 쌓인 시체를 뒤져 마침 이 할머니를 구한 것이었다. 왕씨는 지붕도 없는 집에서 서 할머니의 상처에 호박을 불에 태워 바르는 등 극진한 간호로 서 할머니의 생명을 구한 것이었다. 그러나 3일 후 혼미를 거듭하던 이 할머니는 위독한 상태에까지 이르렀다. 왕씨는 이 할머니를 산청읍에까지 업고가 병원에 입원시켜 눈물 없이는 볼 수 없는 극진한 간호로 회복시킨 것이었다. 결국 서 할머니는 생명의 은인인 왕씨와 재혼, 오늘까지 방곡리에 살고 있다. 어쩔 수 없는 경제적 환경과 믿을 수 없는 사태에서 이들은 서로 의지하며 살아왔다. 지난 88년 5월 17일 서 할머니는 37년 간 그녀의 뼈를 깎으며 왼쪽 어깨에 박혀있던 총알을 뽑아냈다. 진주 제일병원에서 수술을 받은 그녀의 몸에서 빠져나온 것은 국군토벌대가 쏜 "카빈소총실탄"이었다.

지아비를 잃고 친정 식구 모두를 잃어버린 학살의 현장에서 한 많은 목숨을 이어온 서 할머니는 몸에 박혀 살아온 동안 날이 궂을 때 온몸이 아픈 것보다 가족을 잃고 살아온 세월이 원흉의 총탄보다 더 아팠다고 하였다. 서 할머니는 자신의 몸에서 빠져나온 징그러운 실탄을 보는 순간 당시의 악몽이 되살아나듯 끝없는 오열을 터뜨렸다고 하였다. 90여명의 양민이, 어린애들이, 여인들이, 다리가 오그라들어 걸을 수도 없는 90세의 할머니도 통비분자라는 죄명으로 재판도 없이 학살당했다.

가현 학살사건은 저 끔찍한 거창 양민학살사건의 서곡이었다. 음력 정월 초이틀. 지리산의 겨울은 유난히 추웠다. 젖먹이, 어린애, 아낙들, 노인네들의 시신이 나뒹굴고 있는 가현 산골짜기에 뒤늦게 가족을 찾아온 마을 남정네들과 먼 곳의 친지들은 우선 시신을 묻어야겠다는 생각에 땅을 팠다. 그러나 온 마을을 불 지르고 집집마다 쇠붙이 등 쓸만한 것들을 모조리 군인들이 가져가고 난 후여서 괭이나 삽이 있을 턱이 없었다. 자루없는 삽으로, 괭이로 정월 초순 지리산 자락 꽁꽁 언 땅을 팠던 생존자들의 울음소리는 지리산을 통곡케 했다. 그들은 피눈물을 흘린 것이었다. 남정네들은 자기의 부모와 아내, 자식의 차가운 몸을 쓰다듬으면서 끝없는 오열을 터뜨렸다. 당시 12세이던 박금점 여인은 자신을 살리려고 목이 달아난 목 없는 어머니를 부여잡고 넋을 잃었다.

모질고 여문 땅은 파지지 않았고 얼음 반 흙 반으로 주인 없는 시신들은 한꺼번에 합장됐다. 말이 매장이지 실제는 얼음 흙을 시신들 위에 덮어놓을 정도였다. 봉분도 없는 한 많은 합장묘. 이 억울한 묘소가 지금은 거의 흔적을 찾아볼 수 없이 풍상에 사라졌다. 국민의 군대에게 살상을 당한 시신들은 미친개와 멧돼지들에게 할퀴고 찢기었다.

우씨의 고향은 산청군 금서면 가현마을. 산청학살사건 당시 맨 처음으로 90여명의 양민이 숨진 가현마을이 바로 그의 고향이다. 학살사건이 나던 51년 우씨의 나이는 19세. 18세 때 결혼해 한참 신혼의 단꿈에 젖어있었다. 위로는 부모님 그리고 우씨 부부 아래로 남동생과 함께 우씨 가정은 마을에서도 알아주는 효자 집안이었고 다복했다. 가난했지만 항상 웃음꽃이 피어났고 저녁 무렵이면 밭에서 돌아온 가족들이 오순도순 피우는 이야기꽃에 날 밝는 줄 몰랐다.

이렇게 행복했던 우씨 가정에 칠흑 같은 죽음의 그림자가 드리워지기 시작한 것은 설날을 하루 넘긴 음력 초이튿날. 산골마을이 으례 다 그렇듯이 가현 마을사람들도 최대 명절인 설날의 즐거움과 포근함에 젖어 이튿날은 평일보다 조금씩 늦게 자리에서 일어났다.

"아침 7시께나 됐을 것입니다. 오줌이 마려 자리에서 일어나 밖으로 나오니 멀리 뒷산에서 군인들이 까마귀 떼처럼 새까맣게 내려오고 있었습니다. 놀라서 뒷산으로 도망치려 하니 어머니께서 '저번에 왔던 군인들도 우리에게 친절하게 대해 줬는데 별일이야 있겠느냐?'며 그냥 집에 있으라고 해 불안한 마음으로 집에 있었습니다."

우씨는 내심 군인들이 산에서 내려오는 것을 보고 도망을 치려고 하던 참이었다. 당시 상황을 모르는 지금 우리에게는 혹 우씨나 이미 도망쳤던 마을 남자들이 모두 통비분자 즉 '빨간 물'이 든 사람이 아니었느냐는 의심을 갖게 한다. 그러나 산청 학살 지역에 있었던 모든 생존자들의 공통된 증언은 이와는 전혀 다르다. 그들은 국군이 와도 도망을 쳤고 산에서 빨치산들이 내려와도 도망을 쳤다고 한다.

국군이 오면 온갖 잡 심부름과 짐 등을 그들의 목적지까지 날라주는 부역을 했고 빨치산들이 마을에 들어오면 마을 남자들을 끌고 가기 예사였기에 힘없고 선량한 양민들은 국군이건 경찰이건 빨치산이건 가리지 않고 무조건 산으로 도망을 쳤다. 경찰이나 국군이 마을에 들어오면 "왜 빨치산들이 왔을 때 고구마나 쌀 등을 줬느냐?"며 때리고 족쳤다. 빨치산들은 총칼로 마을 부녀자들을 위협하며 식량을 뺏어 가기 일쑤였다. 결국 경찰의 보호권에서 멀리 벗어나 있는 지리산 골짜기 산골마을 사람들은 경찰이나 국군의 보호도 그리고 빨치산의 보호도 받지 못하는 미운 오리 신세였다.

단지 지리산 골짜기 오지에 살고 있다는 이유 하나만으로 이들은 모든 것으로부터 버림을 받았다. 이들은 '좌익이니', '우익이니' 단어도 모르는 선량한 민초였다. 아니 글을 모르는 문맹인이였을지도 모른다. 산 좋고 물 좋은 오지 산골 공비들이 자주 출몰하는 지역에 살고 있는 이유로 이들은 국군이나 경찰에 두들겨 맞고 빨치산에 쫓겼다. 그리고 사느냐 죽느냐하는 초읽기 인생을 살아야 하는 괴로움을 당했다. 이념이나 사상보다 이들에게 내일의 식량이 중요했고 민주주의나 공산주의보다는 남편이나 처와 자식의 생존이 중요했다. 때문에 이들은 단지 목숨을 부지해야 된다는 본능으로 국군이나 빨치산을 보면 무조건 몸을 숨겼다.

우씨도 그 중의 한 사람이었다. 어머니의 만류로 도망치는 것을 포기한 우씨는 곧 후회를 했다. 낌새가 예사롭지 않았기 때문이었다.

"군인들이 집집마다 돌며 마을 사람들을 끌어낸 후 장롱 속의 무명이나 삼베를 가져 나갔고 소까지 끌고 갔습니다."

우씨의 증언 뿐만 아니라 모든 생존자들은 한결같이 군인들이 집집마다 쓸만한 물건을 다 쓸어가고 가옥은 불태웠다고 주장했다.

우씨는 우씨의 부모 그리고 아내와 동생 등 5명의 가족이 함께 마을사람이 있는 대로 끌려 나갔다. 우씨는

"군인들의 어깨에 붙은 화랑마크가 선명했다."고 증언했다. 9연대 3대대의 견장이었을 것으로 추측된다.

"마을 사람들을 윗집에 모이게 한 다음 일장 연설을 했습니다. 연설요지는 생각나지 않지만 연설을 끝낸 군인들이 마을사람들을 20m쯤 떨어진 골짜기 벼랑으로 끌고 갔습니다."

우씨는 여기서 또 한 번 공포에 떨었다.

"골짜기로 내려가는 벼랑에 이르자 사람들이 벼랑에 떨어지지 않으려고 멈칫멈칫 했습니다. 불과 몇 분 후 자신들이 죽을 목숨이라는 것을 짐작하면서도 10m여 벼랑에 떨어지지 않으려고 발버둥을 쳤습니다. 똑바로 걷지 못한다고 발을 걸어 넘어지게 한 뒤 공을 차듯 발길질을 했습니다."

높은 벼랑 끝에 이르러 마을사람들이 멈칫거리고 내려가지 않으려고 몸부림을 쳤다. 이때 군인들은 여기서 그들의 포악성을 여지없이 드러냈다.

"M1총 개머리판으로 내려치고 대검을 착검한 채 찔러 순식간에 마을 사람들을 골짜기로 밀어 떨어뜨렸습니다. 이 과정에서 어떤 사람은 발목이 부러지고 3, 4명은 죽었으며 아기를 감싸 안은 어떤 아낙네는 팔뼈가 부러지기도 했습니다."

"현장에서 모두를 사살하기 위해서 강제로 끌고 갔군요?"

"골짜기는 아수라장이 됐지요! 부상자와 집에 질려 우는 아이들 살려달라고 애원하는 사람들의 소리로 지옥이 있다면 바로 이러한 장면일 것입니

다! 도살장으로 끌고 가는 소나 돼지도 죽이기 전 까지는 되도록 곱게 대하는 게 상례입니다. 그러나 피에 굶주린 군인들은 아기를 감싸 안은 아낙이 5m 낭떠러지를 못 내려가 멈칫거리자 뒤에서 M1총 개머리판으로 내리쳐 굴러 떨어지게 했습니다. 이렇게 골짜기로 주민들을 몰고 온 다음 4열 횡대로 앉혔습니다.”

우씨의 기억으로는 자신이 속해 있는 줄의 맨 끝에 우씨가 앉고 바로 앞에 우씨의 어머니가 앉았다고 말했다. 갓난아기, 할머니, 할아버지, 새댁 그리고 눈이 올망졸망한 양민들을 4명씩 줄지어 앉힌 군인들 총을 양민에게 겨누었다.

“군인들을 보고 앉아 있던 어머니가 갑자기 뒤로 돌아 나를 껴안았습니다.”

우씨는 그때 어머니가 남긴 말을 잊지 못한다고 했다. 아니 자신을 대신해 죽은 어머니를 죽기 전엔 잊을 수 없다 했다.

“내가 너를 죽이는 구나. 아침에 네가 도망치려할 때 말리지 않았다면 너를 살릴 수 있었을 텐데, 이 미련한 어미가 너를 죽게 만들었구나. 한영아!”

우씨를 붙들고 오열했다.

그 순간 총알을 장전하는 소리가 “철커덕” 했다. 이어 우씨의 어머니는 우씨의 머리를 자신의 다리사이에 파묻으며 온몸으로 우 씨를 감쌌다.

동시에 ‘탕~탕 따르륵’하고 천지를 진동하는 굉음 소리가 났다. 총알이 우박이 쏟아지듯 했다. 5분쯤 계속된 총성이 그치고 우씨가 정신을 차리자 우씨는 자신이 살았다는 것을 알았다. 그러나 자신의 온몸위로 흘러내리는 피. 온몸으로 감싸고 있던 아기와 함께 벼랑으로 굴러 떨어지면서 아기를 놓쳐 버린 아낙은 이마가 찢어지고 눈을 다쳐 얼굴에 피범벅이 되어 앞이 안보여 우는 아기를 찾으려고 비탈을 오르려다 미끄러지기를 반복하다가 기절하였다는 것이다. 어머니는 머리와 등에 총을 맞은 듯 하염없는 붉은 피가 우씨의 온몸을 적시고 있었다. 낭떠러지에서 품고 잇던 아기를 놓쳐 찾으려다 기절하여 깨어난 아낙도 아기도 악마 같은 토벌대 총탄을 맞아

죽어갔다. 우 씨가 몸을 꿈적거리며 일어나려 할 때,

"살아있는 사람들은 모두 일어나라. 살려 주겠다."는 목소리가 들렸다.

"설마 하고 계속 엎드려 있는데 5, 6명이 일어났습니다. 그러나 이어 또 총소리가 났습니다. 살려주겠다는 군인들의 말에 속아 일어섰던 사람들이 다시 총을 맞은 것입니다."

천운으로 우씨는 몸에 상처하나 입지 않고 살아났다. 물론 우씨를 살리려는 어머니의 목숨을 건 희생이 뒤따랐기 때문이었다. 우씨는 학살사건으로 양친을 잃고 기적적으로 함께 살아난 동생 부인과 함께 친척집에서 눈칫밥을 먹으며 전전하다가 부산으로 이주, 20이 넘어서야 겨우 자리를 잡았다. 우씨는 그동안 살아온 과정을 생각도 하기 싫다는 말로 대신했다. 꼬치꼬치 질문을 하자 우씨는 끝내 "당신이 알아서 무엇해."라며 눈물 어린 역정으로 말문을 닫아버렸다.

가현마을의 생존자는 우씨의 말을 빌리자면 얼마 되지 않는다고 했다. 학살현장에 있다가 생존한 그 얼마 되지 않는 사람들은 우씨와 우씨 가족 그리고 이 마을 정음전 할머니와 호랑이 밥으로 남겨진 정점순 여인 등 6명만이 현재까지 생존해 있음이 확인되고 있다. 확인이라는 용어도 무슨 남겨진 서류나 호적초본 등에 의해 증명된 것은 아니다. 단지 당시 살아난 사람들이 지금쯤 살고 있다는 서로의 풍문으로 알고 있을 뿐이다.

지난달 어렵게 만난 우씨와 정점순 여인은 첫인사가 "가현에 살았습니까?"였다. 서로 고향을 등진 지 50년. 당시 8살이던 이 여인과 18살이던 우씨가 50년 만에 만나 서로 얼굴을 알아볼 수 없는 그들의 사이였다. 어디어디에 살던 누구더라는 말이 오가고 서로를 확인한 후 그들은 서로의 얼굴만 쳐다보고 말을 잃었다. 아마도 자신들이 살아온 그 끔찍한 60년 세월을 반추하며 말로 표현하지 못할 반세기의 세월을 원망했을 것이다.

정 여인은 "지금도 그때 살아난 것이 그렇게 원망스러울 수 없다"며 자신의 버려진 생을 원망했다. 2.8학살사건의 역사는 구멍 뚫린 역사로밖에 이해할 수 없다. 이 엄청난 대학살 '양민사냥'의 서곡은 가현에서 90명을 단 1

시간 만에 살상함으로써 끝나버렸다. 부역낙인이 겁나 침묵하고 살아왔었다. 살아남은 자들은 그 세월이 더 힘들었다. 방곡에서 학살을 끝낸 국군 3대대병력이 점촌 마을을 초토화시키고 자혜, 주상, 화계, 화산마을 주민 3백여 명을 이끌고 함양 상주리에 집결, 또 한 번 대량학살을 감행한 것이다.

상주리에 피신해 있던 전씨는 방곡학살을 끝낸 군인들에 의해 다시 서주로 끌려갔다. 서주에서 전씨는 함께 끌려간 어머니, 아내와 함께 극적으로 살아났으나 전씨의 어머니는 상주에서 총상을 입고 14년을 고통스럽게 살다가 목숨을 잃었다. 전씨는 현재 방곡에 살고 있다.

학살사건 당시 방곡은 72가구가 살 정도로 번창했으나 지금은 34가구가 모여 마을을 이루고 있다. 그 34가구 중 학살사건 유족들이 6가구나 포함돼 있다. 방곡에 살고 있는 6가구의 유족들은 지금도 설날만 되면 즐겁기는 커녕 그 옛날을 되뇌게 하는 조상들의 자세로 서글프기 짝이 없다. 아침엔 설날 차례를 지내고 저녁엔 초이튿날 학살 때 숨진 가족들의 제사를 올려야 하기 때문이다. 1년 중의 최대 명절인 설날이 이들에겐 제일 고통스런 날이 되고 있다. 방곡 유족들이 지금도 애타게 찾고 있는 것은 학살 때 몰살당한 일가족들의 유골이다. 학살현장에서 생존했거나 몸을 피했다가 돌아온 유족들은 우선 논바닥을 파서 시신들을 합장했다. 그 당시 생존자들은 가족들의 시신을 일일이 찾아 매장할 경황이 없었기 때문이다. 그 뒤 생존자들 대부분이 한 많은 고향을 등지고 지금까지 돌아오지 않고 있다. 그 중 6가구만이 학살사건이 한참 지나 기억에 잊혀질 무렵 이곳에 속속 들어와 지금까지 살고 있는 것이다.

이정자씨는 당시 8세였다. 이 여인도 방곡학살 현장에서 살아난 기적적인 생존자로 다른 이들과 비슷한 증언을 하고 있다.

"연설을 한다고 마을 사람들을 논에 모이게 했습니다."

이 여인은 군인들이 뭔가에 쫓기듯 급박해 있었으며 신경질적이었다고 회상한다.

"집에 할아버지, 할머니가 계셨는데 조금 꾸물거리자 개머리판으로 등을 후려치며 빨리 안 나가면 쏘아 죽여 버리겠다고 협박했다"고 증언했다.

군인들의 눈에는 핏발이 서 있었으며 집집마다 돌며 소를 끌어내 일단의 군인들이 소를 몰고 마을 아래로 내려가는 것을 이씨 여인은 분명히 보았다고 했다. 이씨의 증언도 역시 다른 이들과 똑같다. 군인들이 마을사람들에게 "쓸 만 한 물건은 모두 가지고 나오라."고 소리친 후 집집마다 불을 질렀다고 한다.

이씨는 어머니, 언니, 할머니와 함께 윗논에 서서 할아버지와 어린 남동생 2명이 아랫논에서 죽는 것을 목격했다고 증언했다.

방곡에서 이씨 여인은 할아버지, 할머니, 어머니, 언니 그리고 어린 동생 2명 등 6명의 가족을 잃었다.

그리고 정 여인도 팔목에 총을 맞아 지금도 궂은 날이면 팔이 떨어져 나가는 고통에 시달리고 있다.

"위령비가 세워지지 않아도 좋습니다. 그리고 우리들의 누명조차 벗겨지지 않아도 좋습니다. 단지 알고 싶은 것은 우리 일가족을 죽인 당사자들은 지금 어느 하늘 아래서 어떻게 살고 있는지 그것이 궁금합니다."

정씨의 눈은 증오로 가득 찼다. 한 마을을 휩쓸고 젖먹이, 어린아이까지 모조리 죽인 학살자들. 그 학살자에 대한 처벌이 자신들의 명예회복보다 더 크고 깊은 것이었다.

그러면 정씨가 그토록 미워한 학살 당사자들은 그 뒤 어떻게 살아왔는가. 11사단 9연대 3대대 병력은 산청에서 5백 29명의 양민을 학살한 후 다시 거창으로 가 이틀 후 7백 19명의 양민을 또다시 학살했다.

그 후 2달 뒤 거창 양민학살 사건이 알려지면서 51년 4월 7일 국회진상조사단이 거창에 파견됐다. 그러나 자신들의 죄상이 알려질 것을 두려워한 학살자들은 공비로 위장, 김종순, 신중목, 김의준 등 조사단 일행에 위협사격을 가해 이들을 도망치게 해 버린 것이다. 결국 위장공비사건은 발각이 되고 내무·법무·국방장관 등 3부장관이 사임했다. 그리고 직접 총격사건에 가담한 학살 당사자들은 무기징역 등 중형을 언도 받았으나 얼마 되지 않아

1, 2년 만에 모두 풀려났다.

학살부대인 11사단 9연대 3대대의 11사단장 최덕신 준장은 저 끔찍한 '견벽청야'라는 작전명령을 내린 장본인이다. 그러나 그는 군대에서 계속 승승장구한 후 소장으로 예편, 미국으로 이민가서 반한 단체의 회원으로 활동하다 사망했다. 9연대장 오익경 중령은 56년 대령으로 예편한 후 역시 미국으로 이민을 갔다. 앞서 지적했듯이 학살극을 직접 지휘한 3대대장 한동석 소령은 9사단을 고급부관 수도사단 군수참모 27사단 부연대장 등을 거쳐 5.16 후 강릉, 원주 시장들을 역임한 후 보사부 서기관까지 지냈다.

두 다리를 잘리고 일가족 전부가 몰살당한 오중식씨, 두 살짜리 젖먹이의 머리가 자신의 품안에서 총알에 부서지는 것을 지켜본 김분달 여인, 이갑수, 전상근, 박금점 그리고 어머니의 가랑이 사이에서 어머니의 죽음을 대신해 살아난 오한영씨의 처절한 삶.

총칼로 양민을 학살한 사람들과 아무 이유 없이 일가족을 몰살당한 유족들의 삶. 이 두 삶의 차이와 명암이 60여 년 세월이 지난 지금까지도 바로잡혀지지 않은 것은 어쩌면 우리 민족만이 안고 있는 수치요, 업보가 아닐 수 없다.

그 후 3년 간 골짜기의 출입도 허락 받지 못한 채 살아남은 유가족들은 기름진 옥토를 버려두고 부모 아내와 사랑하는 자식들의 시신을 꽁꽁 얼어붙은 논밭에 내버려둔 채 안타까워하고만 있었다. 살아남은 양민들이 고향을 등지고 뿔뿔이 떠났다. 고향주변을 맴돌던 그들은 배고픔과 공포와 추위에 떨었다. 2년이 지난 53년께부터 그들은 산을 넘어 감시병들의 눈을 피해 자신들의 논밭으로 숨어 들어가 농사를 짓기 시작했다. 날이 밝을 때 들어가 해가 지기 전에 나와야만 했다. 어두워지면 감시병 숫자가 늘고 이상한 소리나 물체가 보이면 사정없이 총을 쏘아댔기 때문이다. 살아남은 유족들은 자신들의 땅에 농사도 짓지 못하고 거리에 나가 혹은 친척집을 전전하며 눈칫밥을 얻어먹어야만 했다. 죽음을 무릅쓰고 현장으로 뛰어들어 시신을 거둔 몇몇 유족들을 제외하고는 시신이 까마귀밥이 되어도 그냥 둘 수밖에 없었다.

9개 마을 4곳의 살육 현장에서 총에 맞아 부상당한 사람은 33명. 이들 중 몇 남지 않은 생존자 중의 한 사람인 오중식씨산청군 오부면 당시 11세의 삶은 차라리 죽음보다 못한 한 많은 인생이었다. 오씨는 당시 방곡리에서 어머니 그리고 3명의 여형제와 어려운 농촌 생활이었지만 오붓하고 따뜻하게 살고 있었다. 그 날 마을 앞 논바닥에 끌려간 가족들은 토벌군들이 쏘아댄 흉탄에 어머니와 품에 안겨있던 1살 난 여동생을 잃었다. 그의 인생의 길이 완전히 뒤바뀌는 순간이었다.

오씨의 왼쪽 옆구리로 총탄이 관통했다. 발목에도 총알을 맞아 발목이 날아가 버렸다. 허옇게 으스러진 뼈와 살이 한눈에 보였다. 죽은 줄만 알았던 그는 한밤중에 깨어나 움직일 수 없는 몸으로 엄마를 부르며 울부짖고 있었다.

그때 어디서 왔는지 모르고 누구인지도 모르는 군복을 입은 자들이 공비들이 들고 다니는 총을 가지고 나타났다. 그의 옆구리와 발목을 붕대로 감아 응급치료를 해준 뒤 날이 밝기 전 떠나버렸다. 꼼짝할 수 없는 그에게 할머니 한 분이 다리에 총을 맞은 채 절며 다가왔다. 할머니에 이끌려 집으로 간 오씨였다. 당시는 공비든 토벌군이든 닥치는 대로 양식을 약탈해가기 때문에 쌀을 집 뒷간 땅속 장독 속에 숨겨 두고 있었다.

그 할머니는 그 쌀을 꺼내 죽을 쑤어 누워있던 오씨에게 떠서 먹이며 3일간을 지냈다. 4일째 되던 날 삼촌이 숨어들어 왔다. 삼촌은 오씨를 업고 자신의 집이 있는 함양군 유림면으로 데리고 갔다. 막상 그곳으로 갔지만 찢어지게 가난한 살림살이 때문에 병원에 갈 수도 없었고 약마저 엄두도 내지 못했다. 차츰 죽음의 구렁텅이로 빠져들고 있던 오씨를 그의 당숙이 들쳐업고 산청군 생초면에 있는 '배 약국'으로 데려가 사정사정을 해 외상 치료를 받았다. 당시에는 주사약이 귀해 마취도 하지 않은 채 날아간 발목에 박힌 총알을 뽑아내었다. 지금도 오씨는 그때의 소스라치도록 아팠던 기억을 아직도 잊지 못하고 있다. 집으로 돌아와 호박을 태운 재를 상처에 붙이며

1년 간 앓았다. 상처는 거의 완치가 되었으나 절름발이 다리는 어쩔 수가 없었다. 누나와 여동생 등 3명이나 삼촌 집에 얹혀 살다보니 자연히 눈치가 보였다. 당시 15세난 누나는 성장하여 식모살이 하러 떠나버렸다.

여동생 또한 9세의 어린 나이지만 산청군 생초면으로 식모살이를 떠나 행복하고 단란했던 그들 3남매는 또 한 차례 이산의 아픔을 겪어야만 했다.

이들은 졸지에 뿔뿔이 생이별한 것이다. 오씨는 4년 후인 15세 되던 해 삼촌 집을 나와 뒤뚱거리는 걸음으로 혈혈단신 산청군 오부면 양촌리에 도착했다. 15세난 소년에게 먹여주고 재워줄 곳은 아무데도 없다.

집집마다 다니며 사정하기를 여섯 번째, 한 마음씨 좋은 할머니의 허락으로 머슴살이를 시작했다. 새벽 4시부터 일어나 죽도록 일했습니다. 나이가 어리기 때문에 어른보다 두 배로 일해야 밥을 먹을 수 있다고 생각했습니다. 오씨는 이 집 저 집을 다니며 밥만 먹여주고 재워주면 닥치는 대로 뼈가 가루가 되도록 일을 했다. 18세가 되던 해 처음으로 품삯을 받기 시작했다. 1년 세경은 쌀 70되였다. 그는 말할 수 없는 기쁨으로 그 집을 나왔다.

어느 하루도 눈물이 마르지 않았던 오씨. 어린 나이에 너무나 혹독한 삶을 이어온 오씨였다. 총상을 입은 곳이 수시로 재발해 26세가 되던 해 드디어 몸져눕는 신세가 됐다. 그러나 주위의 도움으로 그 해 결혼을 하게 됐다.

푼푼이 모아 두었던 돈으로 논 6백 평을 샀다. 지긋지긋한 머슴살이도 그만두었다. 아픈 몸을 이끌고 운명의 사슬도 잊은 채 부인 백씨와 함께 열심히 일했으나 생활의 어려움은 쉬 풀리지 않았다. 그는 지금도 그때의 악몽을 잊지 못하고 부상의 후유증에 시달리고 있다.

"너무 억울합니다. 11살 철부지인 제가 무슨 잘못이 있습니까?"

어머니와 1살 난 동생 또한 무슨 죄가 있느냐고 반문하는 오씨. 그는 흐르는 눈물을 감당하지 못한 채 넋을 잃고 말았다.

산청읍 옥산리에 살고 있는 송점순 여인^{당시 8세} 또한 가현학살 현장에서 부모를 잃고 언니, 오빠와 함께 3남매가 고아가 되었다. 먼 친척집을 떠돌다 9세의 어린 나이에 남의 집 소꼴머슴으로, 개똥망태를 걸머지며 거름을 주위 모았고 보리밥이라도 배불리 먹으려고 이집 저집으로 전전했다. 당시 논두렁에 서서 공포에 질려 울고 있던 이 여인에게 토벌군은 '총알이 아깝다.' '저년들을 호랑이 밥이 되게 놔두라'는 등 포악하기 짝이 없는 욕설을 퍼부었다. 그 군인들의 얼굴은 지금 보아도 바로 기억할 수도 있다고 했다. "'총 한방만 맞았다며 이 원통하고 피맺힌 한의 세월을 살지 않았을 텐데"라며 이 순간에도 고통스러워하고 있다.

수많은 선량한 양민을 학살하고 어린 아이들을 고아로 남겨 거리로 내몰게 했던 산청 양민학살사건. 그 후 매년 설날 저녁 통곡의 소리가 끊이지 않고 오비유들 골짜기 20여 리 구석구석에 메아리쳤다. 유족은 고향을 떠났다. 그 상처가 되새겨져 멀리멀리 떠나버린 그들. 지금은 방곡리에서 고향을 지키는 6가구만이 그 날의 비운을 간직하며 흙을 갈고 있다. 증언자들은 학살 후 과부와 홀아비가 대부분이었습니다. 더욱이 부모를 잃어버린 고아들이 수두룩했다고 증언했다. 다시는 고향을 찾지 않고 쳐다보지도 않겠다던 그들도 이젠 호호백발이 되어 이곳을 찾고 있다. 유족들은 '우리 대에서 양민학살 진상을 밝혀야 합니다.'라며 산청군 경남도의회 의원이었던 문치재 씨 ^{작고}를 되뇌었다. 그는 4.19이후 도의회에서 산청 양민학살사건의 진상 규명을 요구하다 5.16 군사혁명 후 구속당하고 테러를 당했다고 했다.

"그 누구도 세상이 무서워 감히 말조차 하지 못했습니다. 이젠 백일 하에 진상을 밝혀 민주화로 가야합니다. 우리 국민의 역량을 보여야 합니다."며 유족들은 입을 모으고 있다. 유족들은 '양민학살사건의 진상조사' 학살된 희생자 및 가족들의 명예회복, 각 지역별 위령탑 건립, 정부가 정하는 보상법에 따라 유족들에게 보훈 · 보상할 것을 주장했다. 이 같은 요구는 간단하고도 작은 것이라고 했다.

가현에서 90명, 방곡에서 1백 80명을 차례로 학살한 3대대 병력은 아랫마을 점촌으로 내려가면서 점점 그 광란의 도를 더해간다. 이른바 '한국판 킬링필드'의 중반부요, "몬도가네"의 극치가 시작되는 순간이었다.

점촌은 방곡에서 2km쯤 떨어진 아랫마을. 당시 16가구가 살고 있다. 산청군 금서면 최봉갑씨는 당시 22살이었다. 최씨는 진기부락에 살고 있다가 군인들이 온다는 소리를 듣고 방곡을 거쳐 점촌으로 피난을 가는 길이었다.

"친구 박사무씨와 함께 점촌마을 어귀에 서 있었습니다. 마을로 들어갈까 산으로 올라갈까 망설이고 있는데 방곡에서 군인들이 점촌으로 내려왔습니다." 군인들이 오는 것을 보고 최씨와 친구 박씨는 순간 망설였다.

친구 박사무씨는 우리가 산 속으로 도망치는 것을 군인들이 보면 되레 수상하다고 총질을 할 테니 그냥 이대로 태연히 걸어가자, 우리가 뭐 잘못한 게 있느냐고 말하고 논두렁 위를 계속 걸었다. 그러나 최씨는 "산으로 튀자. 방곡에서 사람 죽었다는 소리 못 들었느냐?"며 산 속으로 도망을 쳤다. 이씨는 한참 산 속으로 도망을 치다 한숨을 돌려 바위 위에 앉아 마을 쪽을 보면서 쌈지를 꺼내 담배를 한 대 말아 피웠다.

점촌마을로 들어가는 길목에는 최씨의 친구 박사무씨가 서 있는 게 보였고 군인들이 박씨 쪽으로 점점 가까이 가고 있었다. 그 순간 '탕~따탕' 하고 고막이 찢어질 듯 여러 발의 총소리와 함께 박씨가 갑자기 그 자리에 풀썩 쓰러졌다. 박씨를 사살한 군인들은 다시 아무 일 없었던 듯이 점촌마을로 들어갔다. "아무 죄 없으니 괜찮다."던 친구가 사살되는 것을 두 눈으로 똑똑히 본 최씨는 혼비백산, 곧바로 깊은 산 속으로 숨어들어 3일 후에야 집이 있는 진기부락으로 돌아왔다.

박사무씨의 죽음을 시작으로 점촌마을의 학살은 시작됐다. 마을에 도착한 군인들은 짚단에 불을 붙여 초가지붕에 불을 지르며 마을사람들을 모두 마을 앞 논바닥에 모이라고 소리쳤다. 마을 사람들은 무조건 불을 지르며 빨리 논바닥으로 모이라는 군인들의 핏발선 독촉에 뭔가 다른 불길한 예감을 느꼈다. 군인들은 조금이라도 늦게 나오는 사람들을 무조건 개머리판으로 내리쳤으며 "안 나오면 이 자리에서 죽여 버리겠다."고 미리 대참살을 예고하기도 했다.

이런 와중에서 당시 40세가량이던 곽정숙 여인은 양팔을 군인들에게 잡힌 채 질질 끌려가면서 사태의 심각성을 파악, "이놈들아, 내 아들을 군대

보낸 죄로 너희들이 나를 죽이려 하느냐.”고 고함을 쳤다. 그 소리를 들은 군인들은 정말이냐고 수차례 확인한 후 곽 여인을 풀어주었다. 점촌 학살에서 살아난 사람은 곽 여인을 비롯해 3명 정도. 생존자들은 부산 마산 등지에 살고 있다고 전해지고 있으나 주소조차 파악되지 않고 있다.

마을 앞 논바닥에 사람들을 모이게 한 군인들은 뭔가에 쫓기듯 바쁜 눈치였다. 기관총을 논바닥에 장치하고 어디엔가 무전연락을 하더니 “빨리 내려가겠다.”는 말을 수차례 반복했다고 한다. 그리고 그들은 한마디 말도 없이 기관총을 난사 대부분 부녀자들인 마을 주민을 싹쓸이 했다. 그때 학살당한 사람은 42명, 이 숫자는 며칠 후 마을에 들어온 이웃사람들이 시체를 매장하면서 확인한 것이 구전으로 내려오고 있다.

‘한국판 킬링필드’의 잔혹함은 군인들의 확인사살에서 ‘캄보디아’의 그것을 훨씬 뛰어넘고 있다. 기관총으로 양민들을 학살한 군인들이 마을 고개를 넘어 아랫마을 상촌으로 내려갈 때 마을 논바닥에선 죽어 가는 신음소리로 산야가 통곡했다. 그 소리가 얼마나 컸으며 처절했을까. 시간에 쫓긴 학살대들이 대량 학살을 목적으로 순식간에 난사한 기관총알은 사망자보다 부상자를 많이 냈다. 때문에 부상자들의 신음소리는 점촌마을을 뒤흔들고도 남았으리라. 그러나 잔혹한 학살대들은 이 신음소리 하나 놓치지 않았다. 고개를 넘어가던 학살대들은 다시 논바닥으로 돌아왔다. “이것들 더럽게 시끄럽게 구네”하면서 다시 부상자들에게 총알을 퍼부었다. 신음을 하며 살려달라고 울부짖는 어린애들에게, 팔이 잘려 나간 아낙네에게, 다리가 잘려나간 할머니 할아버지의 가슴에 이들은 다시 정조준을 해 2차 3차 확인사살을 해댔다.

이들 군인들도 집에 가면 눈매가 초롱한 그만한 동생도 있었을 것이다. 살려 달라고 애걸하는 아낙또래의 어머니 그리고 할머니, 할아버지도 있었을 것이다. 그러나 군인들은 적이 아닌 같은 동포의 가슴에 두 번, 세 번 총질을 한 것이다. 군인들은 저 어린애들과 아주머니, 할머니, 할아버지들이 통비분자가 아니라는 것을 분명히 알고 있었을 것이다. 단지 지리산 자락에 살고 있다는 이유로 이들은 학살을 당했다. 이 사실은 훗날의 사학자나 기록자들보다 분명 군인들 스스로 가장 잘 알고 있었을 것이다.

대부분의 산청 학살사건 생존자들은 분명히 증언하고 있다.

"학살당한 사람 중에 빨갱이는 하나도 없었습니다. 그리고 빨갱이는 모두 달아났습니다. 왜냐면 죄가 있는 빨갱이는 모두 도망을 쳤고 마을에 남아있는 사람들은 모두 자신들이 죄가 없음을 믿고 마을에 남아있었던 사람들입니다." 죄 없는 자신이 설마 무슨 일을 당하랴! 는 당연한 생각이 5백29명의 목숨을 앗아가게 한 것이다.

도정선산청군 금서면 점촌씨는 죄 없는 자신을 믿은 사촌형 도동한씨를 점촌에서 잃었다. 도씨는 당시 9살이었고 아랫마을 상촌에 살고 있었다. 서주 학살사건에서 다시 언급이 되겠지만 도씨의 일가족은 상촌에서 서주까지 끌려가 죽음 일보직전에서 되살아났다. 서주에서 살아나 고향 상촌으로 돌아온 도씨 일가는 윗마을 점촌사람들이 몰살당했다는 소식을 듣고 살을 벌벌 떨었다. 도씨는 아버지 도명석씨를 따라 점촌마을로 올라갔다. 5일 만에 점촌에 가보니까 마을 앞 논바닥에 시체들이 엉겨 붙어 있었고 길가 여기저기에 시체조각들이 흙과 모래에 뒹굴어 흩어져 있었다. 마을 논에 있던 시체들은 1차 총격에서 사망한 사람들이고 길바닥 여기저기에 흩어져있던 시신들은 2차 확인사살 때 숨진 생명체의 최후의 몸부림을 친 흔적이었다.

도씨의 증언에 따르면 이 시신들을 도씨의 아버지 도명석씨, 아들을 군대에 보냈다고 고함을 질러 살아난 김정숙 여인 그리고 여갑준씨 등 3명이 매장했다고 한다. 이때 도씨의 아버지는 '시체가 42구였다'고 분명히 말했다. 도명석씨, 김정숙씨, 여갑준씨 등은 우선 시신들을 마을 앞 개울 건너 양지바른 동산에 합장을 했다. 엄동설한 지리산 자락의 겨울은 유난히 추웠고 팔만한 삽이나 괭이나 남아있을 턱이 없었다. 도씨의 아버지를 비롯한 3명은 여기저기 흩어진 시신들을 우선 모아야겠다는 생각만으로 개울 건너 동산에 시신들을 매정한 것이다.

그 뒤 연고가 있는 시신들은 따로 주인들이 찾아와 묘를 만들었지만 그렇지 않은 시신들은 여태까지 개울 건너 여기저기에 죽은 가축을 묻듯 허술하게 묻혀 졌다. 지금도 점촌 마을 앞의 합장묘에는 20~30기의 시신들이 묻혀져 있다. 여기에 합장된 시신들은 전가족이 몰살해 가문이 없어져 버렸거나 친척이 살아있더라도 아주 먼 친척이 고향을 찾지 않아 연고가 없는 사람들의 시신이었다.

도정선씨는 지난 80년 귀한 손님의 방문을 받았다. 점촌마을에 살다가 전북 임실로 시집을 간 장용순씨가 바로 그녀이다. 장 여인은 출가한 도씨의 누님과는 친한 친구였고 도씨의 아버지와 장 여인의 아버지는 막역한 사이였다. 장 여인은 산청 친정이야기를 까맣게 모르고 있다가 사건이 일어난 지 몇 년 후 친정 점촌마을이 초토화되고 장 여인네 친정식구들이 모두 죽었다는 이야기를 들었다. 장 여인의 심정으로는 단숨에 점촌으로 달려가고 싶었다. 그러나 임실 시댁의 살림살이도 궁색했으며 그만큼 다른 곳에 신경 쓸 여력이 없었다. 아니 그보다 장 여인이 곧바로 고향을 찾지 않은 이유는 자신들이 가족이 한 사람도 남지 않고 몰살했는데 그 끔찍한 친정 고향에서 누구를 만나라는 허공에 찬 심정에서 친정을 찾아가지 않았을 것이다. 그러나 장 여인은 그 후 밤마다 꿈속에서 점촌의 어머니를 보았고 아버지를 만나 부둥켜안고 울었다고 술회했다.

울며불며 30년. 친정가족이 몰살을 당했다는 소식을 들은 지 30여 년이 지난 80년 장 여인은 고향 점촌을 찾았다. 장 여인의 친정집은 이미 형체가 없어지고 빈 집터엔 대나무만 그득했다. 장 여인은 수소문을 한 끝에 학살사건 당시의 생존자 중 유일하게 점촌에 살고 있는 도정선씨를 만난 것이다. 천만다행으로 당시 도씨의 아버지는 평소 안면이 있던 장 여인 일가족의 시신을 따로 마을건너 언덕에 매장을 했다는 사실을 알게 되었다. 도씨는 어릴 적에 언제라도 용순이가 찾아오면 마을 언덕의 매장한 곳을 알려주라는 아버지의 말을 자주 들어왔던 터였다.

장 여인과 도씨는 언덕배기 매장한 곳으로 찾아갔다. 그러나 그곳엔 산사태로 돌더미가 무수히 덮여 있었다. 장 여인과 도씨는 돌더미를 하나하나

들어내고 마침내 장 여인 일가족의 유해를 찾아냈다. 장 여인은 살아있는 아버지, 어머니, 오빠를 만난 것 같은 감회에 젖어 며칠 동안 식음을 전폐했다. 지리산 자락에 묻혀 30여 년을 지내온 일가족의 영혼이 장 여인과 만나 그 모습을 드러낸 것이었으리라. 무엇 때문에 자신의 가족이 몰살을 당했는지도 모르고 오로지 가난과 무지 때문에 속으로만 한을 삼켰던 장 여인은 피를 토하듯 오열했다. 그리고 석유 한 말로 아버지, 어머니, 오빠의 뼈를 화장해 고이 가슴에 품었다. "모시고 갈 곳이 있습니까?"라는 도씨의 물음에 장 여인은 고개를 저었다. 모시고 갈 곳이 없다. 여기가 바로 그들이 태어나고 살던 고향인 것이다. 결국 장 여인은 가족의 뼈를 마을 앞쪽 개울에 뿌리며 한 인간으로서 또한 한 여자로서 경험할 수 없는 한을 삼킨 것이다.

설빔으로 차려입은 아이들의 색동저고리가 국군의 총탄에 붉은 피로 물들었다. 아낙들과 노인들의 하얀 명주비단적삼 또한 유혈이 낭자했다. 머리는 떨어져나가고 몸통만 뒹굴었다. 곳곳엔 팔다리가 찢겨진 채 나뒹굴고 미친개들의 노리갯감이 되어버린 5백여 생령들. 사상 유례를 보기 드문 처참함이란 이루 형용할 수 없었다. 가현방곡 점촌마을을 초토화시키고 무고한 양민들을 잔악무도하게 학살한 토벌군들은 다시 자혜, 화산, 화계, 단상 등 4개 마을에 대한 학살 작전을 전개했다.

당시 방곡에서 부친의 권유로 자혜리 집으로 피난해 목숨을 건진 전상근 씨는 점심을 먹기 위해 떡국 끓일 준비를 하는 순간 군인들이 들이닥쳤다고 했다. 이때 시간은 상오 11시께. 전씨는 그의 어머니와 부인과 함께 서주리로 끌려가 구사일생으로 살아 나왔다. 그러나 그의 어머니는 불행히도 복부에 총상을 당해 평생을 고통스럽게 살다 지난 65년생을 한 많은 생을 마감했다고 한다. 방곡에서 아버지와 형수 조카들을 잃은 전씨는 지금도 한 맺힌 영혼들의 명예회복을 위해 바쁜 농사일을 하면서도 동분서주 각계계층에 산청 양민학살사건의 진상규명운동에 나서고 있다.

또 강정희 씨_{금서면, 당시 11세}는 다음과 같이 증언했다.

"이 두 눈으로 똑똑히 보았습니다. 거동이 불편한 노인이 빨리 집에서 나오라고 독촉하는 군인들의 명령대로 재빨리 빠져나오지 못하자 군인 한 명이 달려들어 개머리판으로 후려 쳐버렸습니다.”

그 군인은 머리가 터져 피범벅이 돼버린 노인을 그대로 질질 끌고 가면서 그 집마저 불을 질러버렸다. 어린 강씨는 그들의 잔악함이 극에 달한 모습을 분명히 목격한 것이다. 강씨는 두려움과 공포로 오랜 세월을 고통 속에 살아왔다. 강씨는 “2월 8일 산청 양민학살은 분명 공비들에 대한 엉뚱한 보복행위였습니다. 빨치산 공비토벌의 전과를 올리기 위한 전시용 학살행위였다.”고 그 사건의 성격을 규정하며 흥분했다.

학살사건이 있기 며칠 전 가현마을 근처에서 국군토벌대가 순찰 도중 공비들의 기습을 받아 5~6명이 희생당한 일이 있었다. 바로 이것에 대한 보복행위란 뜻이었다. 어린 눈에 비쳤던 그 처절하고 한 맺힌 마을사람들의 죽음은 언젠가는 바로 밝혀져야 한다고 결심했던 강씨였다. 그는 지난 86년 금서면 화계리에 사는 곽경덕씨와 함께 농사일도 제쳐둔 채 1개월 동안 유족들을 일일이 만나 그들의 증언을 토대로 수차례에 걸쳐 국회 치안본부 등 각계의 건의서를 올렸다. 그러나 한참 뒤에 치안본부에서 내려온 회신엔 간단하게 ‘통비분자’ 처형이란 답만 있었을 뿐이었다.

오순영금서면 자혜리, 당시 16세씨는 지금도 가슴을 치며 그 같은 회신에 통탄하고 있다. 오씨는 당시에도 이곳에 살았다. 그는 부모님과 할머니 형제 등 7식구와 살고 있었다. 이날 아침 경찰관인 삼촌이 집으로 찾아와 토벌군들이 곧 들이닥칠 것이니 3일간 먹을 양식을 가지고 함양군 유림면 국계리쪽으로 피난을 가라고 일러주고 갔다고 증언했다. 그러나 그의 아버지는 “죄진 게 없으니 떠날 필요가 없다.”고 고집했다. 아니나 다를까 조금 있으려니 국군토벌대가 시뻘겋게 충혈된 눈을 부라리며 마을로 들이닥쳤다. 집집마다 샅샅이 뒤지며

“피난을 떠나야 한다.”고 떠들면서 집안에 사람이 남아 있는데도 불을 질러댔다. 오씨의 식구들도 이불 봇짐과 양식을 등에 걸머진 채 온 식구의 전 재산인 소를 밖으로 끌고 나갔다. 소를 본 군인들은 군침을 흘리며 소를 뺏

기 위해 달려들었다. 그러나 죽기를 각오하고 식구들이 결사적으로 매달리자 그들은 하는 수 없이 죄 없는 소의 등짝을 개머리판으로 후려갈겨 소가 미친 듯이 이리 뛰고 저리 뛰곤 했다. 경찰관을 동생으로 둔 그의 부친도 끝내 서주리 학살현장에서 목숨을 잃었다.

자기 집 소를 뺏으려던 군인들 행동에 불길한 예감이 들어 "싸움을 하지 말라."며 아버지께 매달리던 오씨는 군인들의 억센 발길에 차여 나뒹굴기도 했다. 그 군인들의 얼굴은 오씨의 나이가 들수록 더욱 또렷이 기억되고 있다. 죽기 전 꼭 그들을 찾아 왜 그렇게 해야 했는지 그 이유라도 알고 싶어 하고 있다. 또 그 얼굴을 쳐들고 거리를 활보하며 사는지 오 씨는 확인하기 위해 동분서주하고 있는 것이다. 이리저리 끌려 다니기를 몇 차례 반복하던 그의 부친은 엄천강에서 죽임을 당했다. 일련의 이러한 사태를 어떻게 알았는지 경찰관인 삼촌이 달려와 아버지는 "걱정하지 마라. 우리가 안전하게 모셨다."며 그들을 안심시켰다. 그러나 다음날 아침 청천벽력같은 아버지의 죽음이란 비보에 접한 오씨의 어머니는 졸도했다. 모든 원망의 화살을 삼촌에게 퍼부어졌고 지금까지 오씨는 거의 삼촌과 왕래조차 하지 않고 있다. 혈육에게까지 등을 돌리도록 한 이 짓을 누가 자행했는가. 형제를 원수처럼 보이게 했던 그 날의 현실을 차라리 외면하고 싶다는 오씨의 얼굴은 눈물로 얼룩졌다.

가현, 방곡, 점촌에서 광란의 살육을 거침없이 저지른 양민토벌군들. 이들은 당시 97세대 4백여 명의 주민들이 살고 있는 자혜리 주민들을 단 한 명도 남김없이 끌어내고 가옥 또한 한 채도 남김없이 불태웠다. 마을을 폐허로 만든 군인들은 주민들을 아랫마을 화계리로 내몰았다. 또 다른 1개 분대병력은 화계 이장을 통해 연설을 한다며 집집마다 연락, 마을 빈터에 모이게 했다. 토벌군들은 자혜, 화계, 화산, 단상 등 4개 마을 양민 6백 여명을 몰고 함양군 유림면 서주리 서주다리 밑 넓은 삼각형인 자갈밭으로 데리고 갔다. 그곳엔 유림면 손곡리 주민 1백여 명도 다른 토벌대에 의해 끌려와 있었다.

함양군과 산청군민이 끌려온 이곳에 모인 7백여 명의 양민들은 왜 모였는지 자신들이 죽음과 삶의 귀로에 서 있는지 조차도 모른 채 웅성거리며 양쪽 군민들은 군 경계만 다를 뿐이지 이웃이어서 서로가 새해 인사하기에 바빴다. 그러나 그것도 일순간이었다. 토벌군들은 빙 둘러서 그들을 포위한 채 총을 들이대기 시작했다. 열과 오를 맞춰 돌려 앉힌 채 머리를 무릎에 처박아 눈을 감게 했다. 첫 번째로 40대 장정 30여명을 뽑아 그 엄청난 학살을 감행할 현장으로 끌고 갔다. 양민토벌군들은 삽과 괭이를 그들에게 쥐어 주며

"빨치산 공비들의 습격에 대비, 여러분들을 도우기 위해 진지를 만들어야 한다."며 꽁꽁 얼어붙은 땅을 파게 했다. 또 구덩이를 빨리 파는 사람에게 상으로 쌀 1말을 주겠다고 꾀어 자신들이 묻힐 무덤을 파게 했다. 그들은 선량한 양민들을 능멸하는 엄청난 죄를 범한 것이었다.

주민들은 머리를 무릎에 처박은 채 무슨 영문인지도 모르고 있었다. 학살자들은 양민들에게 서서히 죽음의 굴레를 씌우기 위해 소위 통비분자에 대한 분류작업을 시작하고 있었다.

"지금부터 지적하는 사람은 오른쪽으로 가시오."

소위 계급장을 단 새파란 젊은 장교의 카랑카랑한 목소리였다. 그는 마주잡이 기분대로 사람들을 손가락 하나로 끌어내고 있었다. 당시 현장에 유림 지서장 송호상 씨^{작고}가 있었다. 지서장이 그 장교의 행동에 대해 거세게 항의하자 그 소위는 아버지뻘이나 되는 송씨에게 '건방진 놈!'하면서 권총을 꺼내 권총손잡이로 송씨의 얼굴을 그대로 내리쳐 버렸다. 그래도 계속 항의하자 어쩔 수 없는 듯 분류작업을 일단 멈추었다. 여기 현장에 있었던 유족회 총무 전상근씨는 송씨가 마을 주민들을 살리기 위해 토벌군에게 갖은 고초를 겪으면서도 끝까지 물러서지 않아 많은 양민들이 목숨을 건졌다고 증언했다. 당시 삶과 죽음은 왼쪽과 오른쪽으로 구분돼 본인의 의사나 죄과의 신문도 없이 즉석에서 한 장교의 검지손가락의 지시에 의해 이루어져 지금까지도 두고두고 한을 맺히게 하고 있다. 유족들은 말했다.

"공비는 한 명도 없었습니다. 죄를 지은 자가 어찌 집에 남아 있었겠습니까? 아무 잘못이 없으니 어느 누구에게도 떳떳하다는 우리 부모들을 왜 죽여야 했는지 모릅니다. 천애의 고아가 돼버린 우리는 오갈 데가 없어 이 집 저 집 떠돌아다니며 거지 아닌 거지가 되어 깡통을 들고 밥을 얻어먹었습니다. 세상에 태어난 게 너무나 한스러워 가슴속 깊은 곳곳에 맺혀있는 이 멍울은 죽기 전에 지울 수가 없습니다."며 그들은 통한의 세월을 원망하고 있다.

송씨는 "군인들은 좌우측의 분류를 하면서 나이에 비해 자녀들의 나이가 어린 부모들을 골라 모두 다 죽였다."고 증언했다. 군인들은 분명히 큰아들이 공비로 나가있을 것이라고 지레 짐작하고 있었기 때문이리라. 나이 많은 장녀를 가진 부모, 결혼을 늦게 한 부모들은 군인들의 억지에 의해 죽음의 장소인 오른쪽으로 분류가 되었다고 했다. 결국 송호상씨의 기지로 그 젊은 장교는 하는 수 없이 "군인 경찰가족은 손을 드시오." 하자 송씨의 눈짓을 눈치를 챈 많은 사람들이 재빨리 손을 들고 나와 죽음직전에서 풀려났다. 또한 송씨는 보다 많은 주민들의 생명을 구하기 위해 소변 할 사람 나오라고 했다. 그러자 20여명이 나왔다. 그들을 송씨는 집결장소에서 모퉁이를 돌아 5백여m나 떨어 진 군인들의 시야가 가려진 곳으로 보냈다.

그러나 이들을 살리기 위한 그의 마음도 모른 채 선량하고 착하기만 한 이들은 한 명도 빠지지 않고 그대로 돌아와 죽음의 길로 가고 말았다. 분류작업은 석방과 사형 삶과 죽음 바로 그것이었다. 무고하고도 양순하기만 했던 양민들. 땅만 파서 먹고살던 양민들은 생과 사의 갈림길에서도 혈육과의 영원한 이별을 아쉬워 할 겨를도 없었다. 그들은 곧 피로 물들 엄청강이 내려다보이는 언덕 위 죽음의 구덩이 앞에 줄을 서서 걷기 시작했다. 왼쪽으로 분류된 석방자의 무리 속에 끼어있던 5백여 명의 양민들은 거친 행동과 표독스런 말로 일관하는 토벌대 때문에 걱정스럽고 불안한 마음으로 느릿느릿 발걸음을 옮겼다. 이때 토벌군들은 다시 광기를 나타내기 시작했다. 하늘로 공포를 쏘아대며 미친 듯이 날뛰기 시작했다. 겁을 집어먹은 양민들은 더디게 걷던 발걸음을 개한테 쫓기는 오리 떼처럼 질서 없이 우르르 한 쪽으로 몰려 어른 어린이 할 것 없이 유림면 국계리를 향하여 뛰기 시작했다. 이렇게 달리고 있을 때 토벌군의 1개 분대는 기다란 구덩이의 양쪽에 기관총 1정씩을 설치했다.

양순영씨는 당시를 이렇게 증언했다.

"2km정도 떨어진 봉곡마을에 도착했을 때 콩 볶는 듯한 총소리가 우리들의 귓전을 때렸습니다. 그때까지 정신없이 달리기만 했던 많은 사람들은 모두 그 자리에 우뚝 선 채 주저앉아 버리고 말았습니다."

그러기를 1시간여 후, 울부짖고 땅을 치며 통곡하는 사람들. 그야말로 온 골짜기는 울부짖고 땅을 치며 통곡하는 사람들. 그야말로 온 골짜기는 울음바다였다. 이렇게 구성지고 여울진 통곡의 소리가 이 세상에 또 어디에 있었을까?

서주 학살현장에서 기지로 살아 나온 곽두리 여인, 성장군 유림면 지곡부락 당시 20세. 그는 시아버지, 친정어머니 이씨^{사망당시 45세}와 3개월 된 남동생을 잃었다. 이날 손곡 지곡 부락 양민들은 아침밥으로 설 떡국을 끓여먹고 있었다. 아침 9시께나 되어 유림지서에 근무하는 경찰 20여명이 헐레벌떡 달려왔다. 그들은 집집마다 뛰어다니며 뭔가에 쫓기듯 지금 군인들이 "통비분자 색출을 하기 위해 들이 닥친다."며 마을사람들을 바깥으로 내몰았다. 이유는 마을 사람들이 다치지 않게 하기 위해 서주리로 가서 좌담회를 가져야 한다는 것이었다. 당시 손곡은 80세대, 지곡은 1백 20세대 모두 8백~9백여 명이 살고 있었다. 허나 지금은 총 1백 11세대 4백여 명만이 살고 있다. 이들 경찰은 많은 주민들 중 1백~2백여 명만을 4km 떨어진 죽음의 현장으로 끌고 갔다. 경찰들도 "어쩔 수 없는 국군토벌군의 명령에 의한 것"이었다고 전해지고 있다. 정확한 작전명령이나 지시는 당시 생존 경찰관들이 거의 다 사망해 알 길이 막연하다.

손곡, 지곡 양민들은 아침밥을 먹다말고 죽음의 엄천강변에서 정월 초이튿날의 차가운 바람을 맞으며 마지막 끼니 점심도 굶고 있었다. 겨울 해가

서산마루에 걸릴 때까지 머리를 무릎에 처박은 채 기다리고 있었다. 곽 여인은 아무래도 심상치 않음을 눈치 채고 소변이 보고 싶다고 말했다. 감시병은 들은 채도 하지 않았다. 계속 사정하기를 다섯 번째 그때야 갔다 오라는 허락이 떨어졌다. 이 기회를 틈타 혼자서 모퉁이를 돌아 서주마을로 도망쳤다. 마을에서 안절부절 하고 있을 때 분류작업이 끝난 5백여 명의 양민이 국계 쪽으로 가기 위해 우르르 마을로 몰려왔다. 수많은 사람들 사이에 끼어들어 헤매며 시아버지와 시어머니 그리고 친정어머니와 1살 난 동생을 찾기 위해 혼신의 노력을 다했다. 사람마다 붙들고 물어보기를 수십 번, 그들을 본 사람은 아무도 없었다.

온몸에 힘이 빠진 곽 여인은 떨어지지 않는 발길을 국계리 쪽으로 돌리고 말았다. 곽 여인의 시어머니 정점주 할머니^{당시 44세}는 죽음의 구덩이 안에서 총탄과 수류탄의 세례를 받고도 기적적으로 살아 나온 유일한 생존자이며 산 증인이다. 정씨의 남편인 최택규^{당시 42세}씨를 같은 생매장 현장 옆 구덩이에서 잃었다. 그의 눈물 맺히고 한스러운 삶은 당해보지 않은 이는 알 수가 없다. 정씨는 그 해 겨울은 유난히 추웠다고 했다. 누비옷을 두 벌씩이나 껴입고 뒤뚱뒤뚱 남편의 뒤를 따라 살육의 현장에 도착했다가 한 장교의 가리키는 검지손가락에 의해 죽음의 길인 오른쪽으로 분류된 정 할머니와 남편 최씨. 그들은 죽음의 구덩이에서조차 따로 떨어져 있었다. 서주살육의 구덩이는 둘이었다. 한 곳은 남자, 한 곳은 여자들이 들어갈 곳이었다. 아래 '통비분자' 분류 현장에서도 왜 오른쪽, 왼쪽으로 분류를 하는지 좌담회는 언제 할 것인지 기다리고만 있던 정씨는 구덩이 가에 가서야 비로소 죽음을 직감했다. 구덩이 아래 위쪽에 설치해 놓은 기관총을 보니 군인들이 그곳으로 데리고 간 양민들을 향해 겨누고 있었기 때문이다. 저쪽 편에 서있는 남편을 쳐다보았다. 남편 최씨가 청렴결백한 선비임을 항상 자랑스럽게 생각하고 있던 정씨지만 갓을 쓰고 도포를 차려입고 수염을 기른 채 꼿꼿하게 서있는 남편이 너무나 애처로워 눈물이 절로 흘러내렸다. 다시는 보지도 만나지도 못한다는 안타까움에 감정을 억제할 수가 없었다. 지금 곧 죽는다는

생각에 부끄러움과 체면도 잠시 잊은 채 감시병들 중 눈에 보인 대로,

"우리가 무슨 죄가 있습니까?" 하면서 울며불며 애걸했지만 그들은 더러운 벌레를 쳐다보듯,

"추워죽겠는데 이 개같은 년이 재수 없게 매달린다." 며 발로 걷어차 버렸다. 정씨는 그 순간을 죽어도 잊을 수 없다고 했다. 같은 동포가, 그것도 우리 국군이 지옥 속의 뱀처럼 보였으니 말이다. 아무리 큰 죄를 지은 죄인이라도 그토록 잔인무도할 수가 없었다. 우리들은 아침밥을 먹다말고 나오라는 경찰관들의 부름 때문에 나왔는데 그렇게 할 수 있겠느냐며 반문했다.

발에 차여 구덩이 안으로 떨어진 그는 순간적으로 정신을 잃었다. 단 몇 초의 순간이었다. 정신을 차리고 구덩이를 기어오르는데 사람들이 구덩이 안으로 쏟아지기 시작했다. 구덩이 밑으로 떨어진 정씨. 그의 아래에 두 사람이 깔려있었다. 미안하고 죄송한 생각이 들어 순간적으로 틈을 비집고 구덩이 안에서 구석 쪽으로 기어갔다. 사람들이 넘어져 구덩이 안으로 쏟아질 때 콩 볶는 소리. 천둥과 뇌성 치는 소리가 천지를 뒤흔들기 시작했다. 토벌군들이 기관총을 난사, 구덩이 주변에 서있던 양민들은 고꾸라져 안으로 넘어지고 뛰었으나 총알보다 빠를 수는 없었다. 구덩이 주변 꽁꽁 얼어붙은 논밭엔 수많은 시체가 나뒹굴고 피범벅이 된 명주 비단적삼, 도포, 갓, 아이들의 색동고무신들이 즐비하게 널려져 있었다. 미친 듯이 총을 쏘아대던 군인들은 꿈틀거리는 사람이 별로 보이지 않자 구덩이 안으로 수류탄을 까 넣어 위에 있는 시체는 살이 갈기갈기 찢겨 종이쪽처럼 하늘을 날았다. 검붉은 피가 홍건히 괴었다. 또 군인들은 논밭에 널려있는 시체들을 한곳으로 겹겹이 쌓아올려 휘발유를 뿌리고 불을 질러버렸다. 불쌍한 양민들의 시체는 광견들에 의해 두 번 세 번 죽임을 당하고 말았다.

한밤중이 되어 정씨는 눈을 떴다. 꿈을 꾼 줄만 알았던 그는 살아있었던 것이다. 온몸에 피를 덮어쓴 채 시신들 사이에 끼어 있었다. 구덩이 위에선 계속 붉은 선혈이 밑에 있는 정씨의 머리를 적시고 있었다. 주위가 조용하기를 1시간 여, 시체들의 사이를 비집고 구덩이를 기어 나왔다. 그곳에서부

터 기어서인지 걸어서인지도 모른 채 정신없이 10리 정도 떨어진 집으로 갔다. 방으로 들어 간지 3일 밤낮을 죽은 듯이 잠만 잤다고 했다.

그 날 아침 정씨의 아들 최병철당시 21세씨는 공비든 토벌군이든 오면 부역을 시키기 때문에 아침 경찰들이 들이닥치자 산 속으로 피신해 살아났다. 아들 최씨가 한밤중에 집으로 내려와 보니 그의 아버지는 없고 어머니만 온몸에 피를 뒤집어 쓴 채 누워 있었다고 했다. 누워있는 어머니 정씨의 두툼한 누비솜옷의 왼쪽 어깻죽지엔 수류탄 손잡이안전장치가 현장의 처절한 살상을 말해주듯 끼여 붙어 있었다.

돌아오지 않은 아버지의 시신이라도 찾아와야겠다고 맘먹은 최씨는 결국 친척들의 만류로 가지 못했고 그의 증조부인 최경범 씨사망 당시 60세가 이튿날 그곳으로 가 시신을 거두었다. 시체는 총알을 맞은 채 불에 심하게 끄슬려 얼굴과 옷으로는 도저히 찾을 수가 없었다. 결국 신발이 시신에 신겨있어 아버지의 시체를 찾을 수가 있었다. 너무나 경황이 없고 토벌군에 대한 공포로 근처 길가에 시신을 가매장했다. 최병철씨는 이 순간을 너무 가슴아파하며 하늘의 무심함을 원망하고 있다. 모질고 혹독하기만 한 정월 초이튿날의 매섭고 차가운 엄천강 바람이 이들의 살을 에어내는 순간이었다. 5시간 여 동안 공포와 몸서리치는 두려움에 떨고 있는 2백17명의 양민들은 겨울의 짧은 해가 서산마루에 걸릴 즈음 빨치산이 우글거렸던 지리산자락에서 살았다는 그 죄목만으로 엄천강 물에 피를 쏟아야만 했다.

1848년 10월21일 여수·순천 반란사건을 시작으로 지리산 일대는 세계 유격전 사상 유례가 드문 격렬한 전쟁터로 변하고 말았다. 그 사이에 끼여 있던 불쌍한 양민들은 인간들의 이기심에 찬 이념전쟁의 희생물로 지리산 골짜기에서 짓밟히며 숨져갔다.

대한민국 사람이면 누구나 기다리는 설날, 전쟁 중에 맞이한 설날. 토벌군과 공비들에게 양식을 빼앗겨도 즐겁기만 했던 이 설날에 토벌군들은 가현, 방곡, 점촌마을 양민 3백12명을 학살하고 가옥 1백41채 모두를 불을 질러 버렸다. 토벌군은 또 자혜, 화게, 화산 그리고 함양군 유림면 손곡, 지곡

마을 양민 7백여 명을 유림면 서주다리 밑 삼각자갈밭에 집결시킨 지 불과 5시간여 만에 그들이 규정한 '통비분자' 분류작업을 끝내고 2백17명을 집단 총살시켜 버렸다. 1951년 2월 8일 산청 양민학살사건은 5백29명의 어린아이 부녀자와 노약자들이 10여 시간 만에 죽임을 당하고 33명이 총상을 입은 전대미문의 살육사건이다.

민족적 비극과 참상도 50여 년 동안 망각의 세계로 흘러가고 있지만 한평생 불행한 고통 속에 살아온 부상자들과 유족들은 다시는 이 땅에 광란의 살육이 일어나지 않기를 바란다며 하루 속히 모든 진실이 낱낱이 밝혀져야 할 것이라고 주장하고 있다. 구천에서 호곡하는 영령들을 누가 달래줄 수 있게 될지 알 수가 없다. 대다수 국가의 목표는 삶의 질을 국가 목표로 하고 있다. 삶의 질이란? 따뜻한 정을 나눌 수 있는 사회를 말한다.

토벌대는 경남 일원 지리산 주변인 함양군·산청군·거창군 등의 지역을 돌면서 도리깨로 알곡식 타작하듯 이동하면서 순진무구한 양민을 학살하고, 태고 때부터 살아온 주거지마저 불태워 버린 만행을 저지른 것이다. 그들은 인간으로서 최소한 지켜야 할 도덕이란 단어를 모른 무식한 자들로 채워진 집단이었다.

함양·산청·거창 등의 지역에서 광란의 살육 잔치는 히틀러가 유태인에게 저질러졌던 행위보다 더한 살인 행위였다. 히틀러는 적에게 가한 가혹 행위였지만, 토벌대는 같은 민족에게 저질러진 학살 행위였기 때문이다. 역사와 겨레가 침묵으로 일관하고 있는 지리산 자락에서 저질러진 양민 학살 사건, 아침부터 저녁까지의 대학살, 총성과 아비귀환은 지리산 계곡을 뒤흔들었다. 이유란 양민이 공비와 내통한 '통비분자'로 규정된 데서 비롯됐다. 산청에서 통비자로 몰려 연좌제連坐制죄목을 덧씌워 학살당한 529명 중 남자는 불과 50여 명뿐. 그것도 60~70을 넘긴 고령이 대부분이었고, 나머지는 갓 시집온 새댁과 임산부와 부녀자를 비롯하여 거동도 불편한 병자, 그리고 천인공노할 일은 1백여 명의 어린이까지 끼여 있었다는 점이다. 대항 능력도 노동 능력도 없는 노인과 아낙네들, 그리고 정말 어이없게도 10살 미만

堅壁淸野(견벽청야) | 295

의 어린애들이 과연 그들이 주장하는 통비자^{通匪者}였을까?

증언을 해준 사람들 모두가 증언 중 한동안 말을 멈추곤 했다. 아마도 희미해져가는 기억을 끄집어내려는 듯! 원고를 정리하는 나는 그들의 아픈 기억을 건들려 미안한 마음이고, 고맙다는 말을 꼭 전하고 싶다.

60여 년 전 한국전쟁을 일으켜 무려 400만 명이 살상케 만든 김일성도 그렇고, 가까이는 1970년대 캄보디아 크메르루주^{공산당 서기장 폴 포트}정권 집권 때 국민의 4분의 1인 지식인 170만~200만 명을 학살한 범죄자들은 반성도 참회도 없이 죽었거나 죽어가고 있다. 지금 이 시간에도 세계 도처에서 종교나 독재자들에 의해 지금도 전쟁은 끝나지 않고 있다.

수많은 사람들에게 상처를 안겨준 한국전쟁은 62년 동안이나 휴전 중이다. 가슴에 원한과 분노를 안은 채 반세기 세월을 살아온 죄없이 학살당한 양민 가족, 그리고 전쟁터에서 부상당한 채 아직까지 적정한 보상도 받지 못하고 오늘도 병상에서 죽음을 기다리는 전상자들과 그 가족들에게 이 나라 국민과 정부는 도대체 무엇을 해 주었는가?

반공 이데올로기 속에 빨치산이라고 몰려 학살당한 민간인의 일들, 이를테면 경남 거창·산청·함양·전북남원·전남함평 관내의 지리산 지역 내에서 펼쳐진 빨치산 토벌작전 구역에서 희생된 양민과 경남 창원과 김해지역에서 저질러진 보도연맹원들의 학살사건 등 전국 각지에서 일어난 풀리지 않은 수많은 사건은 이 시대에 살고 있는 우리들이 풀어야 할 숙제인 것이다. "작은 나라여서, 힘이 없어서, 열강들의 틈바구니 속에서 희생당한 우리들만 불쌍한 민족이라고 체념하기에는 너무 억울하다."라는 식으로 매듭을 지어서는 안 될 일이다. 한국전쟁 당시 반공 이데올로기 속에 빨치산^{부역자 및 통비자 포함}이라고 얼마나 많은 사람들이 군경에게 억울하게 개죽음을 당하였던가! 당시에 저질러졌던 민간인 학살에 대한 본격적인 진상 규명 운동이 시작된 지 벌써 5년여가 지났다.

청춘이 백발이 되고 백골이 되어 구천에서 떠돌아 헤맨 지 어언 반세기라는 세월이 흘러 강산이 여섯번이나 바뀌어, 이제 그 흔적조차 찾아보기 힘든 그야말로 형극의 세월이 흘러 버린 것이다. 우리는 이러한 아픈 역사에서 교훈을 찾아야 한다. 전쟁의 폭력을 통하여 자유·평화가 인간이 살아가는 데 정말 소중하다는 사실을 알고 민간인 학살의 끔찍함을 기억함으로써 인권이 얼마나 중요하고 필요한가를 알아야 한다. 거친 땅만 파며 힘겹게 삶을 버텨온 할아버지와 할머니 그리고 어머니 홑치마 폭을 움켜쥔 누이와 동생, 차마 펴지도 못한 고사리 손들이 공포와 광란의 골짜기에서 마대를 찢는 소리를 내는 기관총에서 퍼붓는 탄환에 갈기갈기 찢겨서 단숨에 쓸어 지고 총검에 찔려 죽어간 그 날을……!

그 날에 있었던 슬픈 일들을 우리 모두 잊어서는 안 될 것이다. 좌에서 우로, 우에서 좌로 빗발같이 쏟아지는 총탄을 피해 미친개에게 쫓기는 오리떼처럼 피해 다니다가 죽어간 불쌍한 영혼들을 잊지 말자. 나라를 지키라고 국민이 사준 무기를 가지고 토벌대는 양민을 무참히 학살하였다. 학살사건 당시 MI소총 철갑탄으로 사살하면서, 일렬 종대로 세워 두고 몇 명까지 인체를 뚫고 지나가 살상할 수 있는가를 실험하였다는 가해자의 증언도 들었다. 지축을 흔들고 자욱한 포연과 설운雪雲 속에 피비린내 풍기던 그 싸움이 멋은 지 반 백년 높고 낮은 연봉은 타고 내린 허허 벌판에서 국군에게 죽임 당한 사람들의 부활한 목숨처럼 들꽃들이 피어 있었다. 높은 고봉을 넘나들던 산새들도 삶과 죽음이 교차되던 그 날 그때처럼 산등성이와 골짜기 곳곳을 넘나들며 귀곡성鬼哭聲을 들었을 것이다.

어슴푸레한 실안개에 휘감긴 지리산 연봉 끝자락에 고루 내린 비바람도 눈서리도 숨결이 되고 핏줄이 곧 뼈대가 되어 그 옛날 옛적부터 조상대대 자자손손 이어갈 깊은 슬기와 밝은 마음씨로 이 땅 위에서 살아가는 어진 사람들의 가슴마다 간직한 꿈들을 꽃피우고, 열매 맺게 하여 살아가려 했다. 그런데 바보같은 국군에게 그들은 생죽임을 당하여 이상도 한껏 펼쳐보지 못한 채 지리산 골짜기 원귀가 되어 울부짖으며 60여 년을 홀쩍 넘겼던 것이다.

이 슬픈 역사를 간직한 한이 서린 땅에서 부모 형제 일가친척 다정다감한 이웃을 떠나보내고 가슴에 멍이 든 채 버티어온 유가족들! 그들은 억겁의 모진 세월인 양 반백년을 넘을 동안 지금까지 살아온 것도 구천에서 맴돌 영혼들에게 죄송하고 미안해하고 있었다.

더욱이 유족들은 억울하게 떠나보낸 것도 분하고 원통한데……. "통비자^{빨치산협조자}와 그 가족"라는 더러운 죄목까지 꼬리표를 단 채 황천을 헤매는 그들의 명예 회복을 위해 살고 있다고 하였다. 동지섣달 삭풍이 몰아치면 부모형제 핏줄을 찾는 울부짖는 소리가 지금까지도 귓전에 산울림처럼 남아 들리는 것 같아 가슴이 아프다 했다. 계절마다 달이 비워지기도 하고 채워지기도 하는 것처럼 그 비극의 땅에서 살아남은 자들은 오직 그 일을 운명처럼 받아들였다. 자기 품안에서 혹독한 전쟁을 치렀던 이 전적^{戰跡}의 지리산 자락에 반백년의 기다림의 긴 세월동안 유족들의 한 맺은 슬픈 만가^{輓歌}소리와 억울하게 죽임을 당하여 황천을 떠도는 원혼들의 귀곡성은 아직까지 끝나지 않았다. 유족들은 영욕의 세월과 회안도 투명한 유리벽에 갇혀 장구한 세월을 견디어 왔다. 이제 지리산 양민학살사건은 무심한 세월처럼 거침없이 흘러 언제인가 역사의 뒤안길로 살아질 것이다.

차는 어느덧 88고속도로 IC에 들어서고 있다. 뒤돌아보니 벌써 서산에 지는 해가 지리산 머리를 붉게 물들이고 있다.

일부 국민^{좌파}들 중 한국전쟁^{6.25}을 한반도 내 좌우 대립으로 일어난 것이라고 지금까지 주장하는데! 그런 것이 아니라 특정인에 의해 특정 시점에 특정 목적을 갖고 대단히 면밀하게 계획된 국제전이다. 밝혀진 소련의 기밀문서는 전체주의 국가에서 책임소재를 분명히 하기 위해 방대하면서도 정교하게 작성된 문건이 발견되었는데, 그 문서를 종합하면 김일성이가 제안하고 소련의 스탈린이 승인하는 한편 중국의 마오쩌둥이 도움을 주면서 주도면밀하게 기획된 사건이었다는 기록이 있었다.

평화로운 땅을 지키려면 적보다 훨씬 많은 조직화된 군과 성능이 월등한 무기가 필요하다. 미국의 지성은 우리나라 지성과는 다르다. 미국은 상대방이 총을 가지고 있으면 나도 총을 가져야 평화를 유지할 수 있다고 주장한다. 반면 우리나라 사람은 서로 간에 총을 갖지 않아야 평화가 온다는 보편적인 생각이다. 그 주장은 비현실적이고 환상적이다! 상대방이 총을 버리지 않기 때문에 우리는 그래서 상대방에게 수많은 침략과 약탈당하는 수난의 역사를 부끄럽게 지켜왔는지도 모른다! 전쟁의 후유증은 죽은 자의 고통으로 끝나지 않는다. 살아 남아 있는 사람들에게 그 고통은 이어지기 때문이다! 그래서 이 세상엔 제거되어야할 사람이 있고 그들을 제거하는 사람이 있어야 한다. 그래야 남은 사람이 평화를 누릴 수가 있는 것이다.

소록도 小鹿島

　오늘은 김해문인협회에서 매년 빼먹지 않고 시행하는 봄 문학 여행을 전
남 고흥군 소록도小鹿島로 가기로 한 날이다. 나는 처음으로 가는 지역이여
서 무척이나 들떴다. 1916년 고흥군 소록도에 〈도립 소록도 자혜병원〉을
설립해 강제수용을 시작하여 1935년 조선 나癩예방령을 도입, 강제노역 비
롯하여 단종수술과 생체실험 등 악행을 저지른 곳이다. 또한 1945년에는
병원운영 주도권을 둘러싼 다툼으로 인하여 마을 대표 84명이 학살됐다. 그
러한 비극을 격고 난 뒤 1963년에 한센인 강제수용제도가 폐지되었다. 한
센병나균, 癩菌, Mycobacri-um leprae이란 이 병은 피부와 눈, 손, 발의 감각신경과
운동신경을 침범해 생기는 병을 가지고 있는 환자들을 말한다.

　협회회원과 가족, 그리고 문학을 좋아하는 사람을 한 가득 태운 버스는
동 김해 톨게이트를 벗어나자 기계의 둔중한 소리를 내며 속력을 내기 시
작 했다. 나의 들뜬 마음과는 달리 하늘은 어제보다 많이 낮아져서 오랜만
에 친정에 갔다 빈손으로 오는 며느리를 바라보는 못된…… 시어머니 얼굴
이다! 꾸리무리한 날씨에 가랑비까지 내리기 시작했다. 원한과 피와 눈물이
스민 섬을 탐방하려가는 나에게 들뜨지 말라는 하늘의 경고인 것 같다. 진
주를 지나자 흩뿌리던 비는 그쳤지만, 하늘은 여전 찌뿌둥한 상태다. 차 창
밖으로 손 내밀면 금방이라도 잡힐 듯한 내가 태어난 순천시 별량면 두고리

도홍부락을 번개같이 스쳐지나 거친 숨을 몰아쉬며 4시간여를 달려온 버스
는 소록도 주차장에 도착하였다.

밖으로 나오니 싱그러운 향기와 짭조름한 바닷물 냄새가 도시 공해에 찌
든 코를 간질이며 코끝 때를 시원하게 닦아주었고 초여름 빛이 아슴아슴 소
록도에 숨어들고 있었으며 칭얼거리는 아기를 달래는 엄마의 가슴처럼 넉
넉한 고흥만 바닷물은 소록도를 끌어안고 있어 소록도를 울리는 삶은 잠시
뭍으로 외출중인 바람 때문에 조용했다. 바다는 바다대로 산은 산대로 아름
다운 소록도의 풍광이 시선을 잡았다. 바닷가 산책로를 따라 섬을 둘러보기
위하여 발걸음을 옮기는 곳마다 슬픈 사연이 기록된 간판이 있어 그 곳에
서 생활하고 있는 사람들을 이해하는데 큰 도움이 됐다. 섬의 설명문은……
한 마디로 말해 섬 자체가 슬픔이었다. 얼마나 많은 시간을 거치고 나서야
가족 간에 슬픔을 이겨 냈을까?

산책로 입구에 들어서면서 부터 오른쪽 바다에 서로 간에 손을 잡고 나란
히 떠있는 듯한 두 개의 작은 섬이 산책로 끝을 다할 때까지 나를 유혹誘惑하
였다. 생이별의 마당인 원한怨恨의 넘을 재에서 환골탈태換骨奪胎 후 재회를
언약하고 사랑하는 가족과 헤어지면서 "잘 가라. 또 오너라. 건강하게 계세
요. 또 오겠습니다." 애간장을 녹이는 가족 간에 부탁의 끝으로 각기의 삶
의 길을 떠나면서 두 눈에서 흘렸을 소설가적 상상의 두 방울 눈물로 보였
기 때문이다. 부모 형제가 보고 싶어도 섬에 갇힌 채 뭍으로 가려해도 가지
못해 통한의 눈물을 흘리며 환자들이 우는 소리는 뭍으로 오르려고 몸부림
쳐도 오르지 못해 처절하게 울부짖는 파도소리를 점점 닮아갔을 것이다!

세상과 동떨어진 삶을 사는 사람들이 살고 있는 곳으로 찾아가는 길은 해
변을 따라 이어져 잘 다듬어 그린 풍경화 속으로 들어가는 것 같다. 병동을
지나 완만한 길을 따라 걷다보니 잠시 발걸음을 멈추게 하는 풍경이 펼쳐
졌다. 숲속에 숨어 있던 집들이 들어났다. 나의 발길은 붉은 벽돌로 지은 두
개의 자그마한 늙은 건물입구에 발을 멈췄다. 길 끝에 서 있는 그곳…… 건
물 안으로 들어서자 해부실解剖室과 거세실去勢室로 나뉘어진 바닥엔 환자들

의 고통의 흔적만큼 세월의 때가 켜켜이 묻은 시체 해부대와 단종斷種수술
을 할 때 사용한 나무로 만든 수술대가 옆방에 있고 국방색 천이 낡아 떨어
진 환자나 시체를 옮길 때 사용한 것으로 보이는 들것이 흉한 모습으로 삐
딱하게 벽에 기댄 채 당시의 그 모습 그대로 놓여 있어 불현듯 나의 머릿속
에선 입간판의 슬픈 설명문을 재생한 흑 백 활동사진이 돌기 시작 했다. 이
곳이 바로 악랄한 일본 의사들이 생체실험도 했다는 곳이다. 눈을 들어 벽
면을 바라보니, 일제하 제4대 수호周訪正奉 원장 시절 그의 명령을 거역한 벌
로 감금실에 갇혔다 풀려나면서 단종수술을 받았다는 이동李東씨가 지은 시
詩가 걸려 있었다.

　　그 옛날 나의 사춘기에 꿈꾸던

　　사랑의 꿈은 깨어지고

　　여기 나의 25세 젊음을

　　파열해 가는 수술대 위에서

　　내 청춘을 통곡하며 누워 있노라

　　장래 손자를 보겠다던 어머니의 모습

　　내 수술대 위에서 가물거린다

　　정관을 차단하는 차가운 메스가

　　국부에 닿을 때

　　모래알처럼 번성하라던

　　신의 섭리를 역행하는 메스를 보고

　　지하의 히포크라테스는

　　오늘도 통곡한다.

　차가운 나무 수술대 위에서 손발이 결박된 채 가자미눈이 되어 어둑한 수
술실에서 전기불에 반사되어 번득이는 날카로운 메스를 바라보며 공포에
떨었던 기억을 시詩로 쓴 글을 읽어가는 중 "장래 손자를 보겠다던 어머니

의 모습"에 이르자 갑자기 눈 앞이 흐릿해지면서 나를 숙연케 했다.

지금이야 의학이 발달되어 간단하게 복강경으로 정관 수술을 하지만 당시에는 고환을 제거하는 중성 수술을 했다고 한다. 나무로 만든 수술대는 단종수술할 때 피가 잘 흐르도록 비스듬하게 놓여있는데, 수술대 하부에 흐르는 피를 받을 수 있는 구멍이 뚫려 있어 당시의 수술실의 열악함을 보여주고 있었다. 그 강제의 수술로 어머니의 소망을 이루어주지 못하게 된 이동씨의 슬픈 마음과 손자를 바라던 어머니의 애틋한 마음을 가늠할 수 있는 시 한 편에 눈가가 젖어들고 가슴이 먹먹해짐은 나만이 느끼는 연민憐愍이 아닐 것으로 생각이 든다. 그 수술로 인하여 천륜의 끈을 인의 적으로 잘라버린 것이 아닌가. 수술대에는 시술 당하는 환자들의 피가 스며있을 것이며 벽면에는 마취도 안된 상태서 강제적으로 단종수술을 받으며 참기 힘든 고통과 억울함으로 질러대는 비명소리가 각인돼 있을 것이다! 능소화陵所花처럼 처연悽然하게 떨어진 한 젊은이의 꿈이 좌절됨에 더 애달프다.

깊이 생각하니 머릿속이 멍해져 밖으로 나와 거세실, 단종실 건물과 어깨를 나란히 하고 앉아 있는 감금실로 향했다. 이미 천형天刑을 받고 있는데! 어찌하여 인간이 신의 명을 어기고 또 다른 벌을 내릴 수 있단 말인가. 예부터 한센병은 불치의 병이라 하여 하늘이 내린 벌이라고 전해져 왔다. 병이 더 이상 진행되는 것을 막을 수는 있어도 완치가 어렵다고 한다. 그래서 천형이라고 옛부터 불리어지고 있는 것이다. 다만 환자들은 신체적 장애가 있을 뿐 일반인과 접촉을 해도 감염되지 않는다고 한다.

쉼 호흡으로 가슴을 누르고선 멍한 정신으로 들어간 감금실엔 화장실과 같이 딸린 비좁은 공간 안쪽 벽에 억울함을 호소하는 당시의 환자였던 김정균 씨의 글이 나의 눈에 클로즈업 되었다.

아무 죄가 없어도 불문곡직하고 가두어 놓고

왜 말까지 못하게 하고 어째서 밥도 안 주느냐

억울한 호소는 들을 자가 없으니

무릎 꿇고 주께 호소하기를

주의 말씀에 따라 내가 참아야 될 줄 아옵니다

내가 불신자였다면 이 생명 가치 없을 바에는

분노를 기어코 폭발시킬 것이오나

주로 인해 내가 참아야 될 줄 아옵니다

이 속에서 신경통으로 무지한 고통을 당할 때

하도 괴로워서 이불껍질을 뜯어

목매달아 죽으려 했지만

내 주의 위로하시는 은혜로

참고 살아온 것을 주께 감사하나이다

저희들은 반성문을 쓰라고 날마다 요구받았어도

양심을 속이는 반성문을 쓸 수가 없었노라.

악랄한 일본 의사들에게 인간 이하의 취급을 받으며 감금실에 갇혀서 가타부타 말도 못하고 감내하기 힘든 고통을 겪으면서도 하느님을 믿고 참은 그가 지금껏 살아온 삶을 감사하다는 표현이 정말 아이러니하다. 끝내는 그 역시 단종실斷種室에서 거세祛勢당했거나 아니면 해부실에서 잔혹한 생체실험을 당했을지도! 그래서 지구상에 인간이 제일 악독하다는 것이다. 그것은 그들이 믿는 신(神)들만이 할 수 있는 짓을 인간이 하고 있었던 것이다.

나는 청소년 시기에는 기독교를 믿었다. 그러나 지금은 무교인이다. 나는 1948년 11월 6일 생인데, 1966년 11월 16일에 18세의 어린 나이에 군에 자원입대하여 육군부사관학교를 국군 창설된 후 제일 어린 나이로 졸업하고 세상에서 제일 악질부대인 북파공작원 테러부대에 강제 차출되어 인간으로서 도저히 감내하기 힘들 정도의 특수훈련을 끝내고 침투조 팀장에 임명된 뒤 8명의 부하들을 데리고 북한에 침투하여 테러를 하기 위해 출발선에선 우리들에게 기독교에선 목사가 불교계에선 법사가 와서 테러에 성공하고 모두 돌아와 달라는 기도를 해 주었다. 사람을 죽이려 가는 우리들에게 많이 죽이고 오라니! 그 후로 나는 성직자의 이중 성격을 비난하게 되었다.

종교인들의 말에의 하면 기독교인은 죽으면 천당에서 영원히 편히 산다고 한다. 그렇다면 이승이 힘들어서 기독교인이 된 것이 아닌가. 자살이라도 하여 빨리 천당에 가야될 것이며 불교인도 이승의 삶이 힘들어 불교를 믿는 게 아닌가. 그렇다면 불교의 끝인 죽어서 이 세상으로 다시 윤회輪廻하여 더 좋은 삶을 살기 위해서는 빨리 죽어야 고생을 덜 하는 것이 아닌가! 하는 나의 생각이다. 빨리 죽는 것도 죄라면 할 말이 없다. 종교인의 억지 주장을 누가 말릴 소냐! 인간은 죽음을 피할 수 없다. 인간만이 아니라 이 세상 생물은 언젠가는 꼭 죽는다.

성경과 불경을 비롯하여 코란의 주 내용은 삶의 보편적 가치가 내재된 민중民衆의 소리를 기록한 것이다. 핵심 내용은 인간 사랑이다. 신이 나타나 인간에게 한 말을 기록한 것이 아니라 만물의 영장인 인간이 서로 간에 화합하며 살아가야할 도리를 기록한 것이다. 사랑을 하면 잘못이 있어도 용서가 된다. 그러나 천지가 생성된 후 신은 단 한 번도 나타나지 않았다. 그래서 인간에게 단 한 번도 용서의 근원根源인 사랑을 베풀지 않는 것이다. 그러니까 한마디로 요약하면 천지간에 신은 존재치 않는다는 말이다.

영화 벤허를 보면 야곱의 아들 유다벤허는 친구의 배반으로 집안이 풍지박살이 나고 4년간 노예생활을 하기도 한다. 노예에서 풀러난 유다는 나병에 감염된 뒤 토굴 속에 숨어 살고 있는 어머니와 여동생 만난다. 복수를 결심한 유다는 자신을 배반한 오타비우스 메살라와 서로 간에 목숨을 걸고 전차경기를 하여 승리하지만 예수의 가르침 때문에 결국 메살라를 용서한다. 영화는 예수가 십자가에 못 박혀 죽은 사형장에 갔던 어머니와 여동생의 몸에 예수의 피가 닫자 나병이 즉석에서 완케되는 장면으로 끝난다. 하늘에 정말 예수가 있다면 쏟아지는 비에 피 몇 방울 섞어주면 지구상에 나병은 완전 퇴치될 것인데 멀쩡한 사람들을 죄를 뒤집어 씌어 맨살을 문질러 잘 아물지 않는 상처까지 내는 신들이 나쁘며, 그것을 하늘에서 보고만 있는 예수는 두 배로 더 나쁘다. 진짜로 예수가 신이 되었다면 말이다.

종교religion의 태동은 인간이 영원히 살고 싶다는 염원때문에 예부터 죽은 이를 추모追慕하여 제단祭壇을 쌓고 하늘에다 제사를 지내며 절대자를 찾으면서부터다. 그러다가 자연적으로 생긴 게 토테미즘과 샤머니즘이라는 원시적인 신앙이었다. 대자연의 모든 것엔 생명체인 정령精靈이 있다고 믿는 토테미즘은 우리나라에도 없지 않아, 특정한 사물은 터부시禁忌하는 것은 우리 주변에서 얼마든지 볼 수 있는가 하면, 샤머니즘의 잔재인 점술행위占術行爲는 지금까지도 사라지기 커녕 마치 민속예술처럼 공공연히 우리 가까이에서 행하여지고 있다. 그러한 원시적인 신앙이 오늘날과 같은 여러 가지로 모양새를 제대로 갖춘 종교宗敎로 발전하여 온 것이다.

종교를 크게 삼등분 하여 보면…… 불교는 인생 자체를 고해苦海라 하여 고통의 원인인 번뇌로부터 해탈解脫, 벗어남함으로써 삶이 자유로울 수 있다고 한다. 지금으로 부터 약 2천5백 년 전에 인도 카필타 왕국의 왕자 싯타르타 고타마가 그 창시자創始者다. 그의 사상을 네 가지로 요약하여 보면, 인생의 자체가 바로 괴로움이라는 고苦, 괴로움의 원인으로서 번뇌라고도 하는 집集, 즉 12가지 인연因緣 · 무명無明 · 행行 · 식識 · 명색名色 · 육근六根 · 촉觸 · 수受 · 취取 · 유有 · 생生 · 노사老死 등으로부터 해탈하는 멸滅의 구체적인 방법인 도道인데, 도는 여덟 가지팔정도, 八正道로서 바르게 봄정견, 正見, 생각을 바르게 함정사, 正思, 말을 바르게 함정어, 正語, 행동을 바르게 함정업, 正業, 생활을 바르게 함정명, 正命, 마음을 바르게 가짐정념, 正念, 마음을 바르게 안정시킴정정, 正定, 바르게 노력함정정진, 正精進, 등이다. 그리고 전생前生의 업보에 따라 여섯 가지 지옥地獄, 아귀餓鬼, 축생畜生, 수라修羅, 인간人間, 천상天上의 삶을 거듭한다는 윤회탁생輪廻託生의 교리를 내놓고 있다.

그들의 주장대로 죽어서 나 아닌 다른 사람의 몸으로, 이 세상으로 다시

태어나 이전보다 더 풍요로운 삶을 살고 있는 사람이 있을까? 지금의 시대
엔 중들에게 경어^{敬語, 스님}를 쓰지만 내가 어렸을 땐 시줏돈을 받으려 다니는
중들에겐 하대^{下隊}를 하였다. 물질만능주의가 되버린 이 시대에 죄지은 사
람이 많아서인가 무소유를 주장하는 불교의 가르침은 자본주의 세상에선
어쩐지…… 꺼름하다. 대다수 사찰은 수 억에서 수십 억씩 들여 지은 건물
이며 자연을 훼손하며 풍광 좋은 곳에 들어서 있다. 목탁을 두드린다 해서
돈이 나오는 것도 아니고 부처는 길에서 자고 길에서 수행하며 중생을 가르
쳤다고 했다. 그러한데 요즘 절간에 가보면 고급 대형 고급승용차가…….

  이슬람교^{회교 또는 회회교}는 모하멧^{Mdhammed}이 창시한 것으로서 현재 세계적
으로 카톨릭과 거의 맞먹는 신도 수를 가진 거대한 종교다. 코란에 기본 교
리인 육신^{六信}은 (1)알라^{하나님} 외엔 다른 신을 둘 수 없다. (2)알라와 인간 사
이엔 천사^{天使}라는 중개자^{仲介者}가 있다. (3)코란^{Koran}은 알라의 마지막 계시
^{啓示}다. (4)여섯 명의 중요 예언자 아담·아브라함·모세·예수·모하멧 중
에서도 모하멧이 가장 위대한 마지막 예언자다. (5)세말^{世末, 세상종말}에 나팔
이 울리고 모든 이가 알라의 심판^{審判}을 받게 된다. (6)인간의 구원^{救援}은 모
두 예정되어 있다. 그리고 신도들이 지킬 오행^{五行}으론 (1)알라 외엔 다른 신
이 없고, "모하멧은 알라의 예언자^{豫言者}"라는 기본신조^{基本信條}를 날마다 고
백한다. (2)매일 다섯 번씩 메카를 향하여 예배^{禮拜}한다. (3)구빈세^{救貧稅, 돈을}
^{내라}를 내야 한다. (4)라마단 달^{알라의 계시의 달}엔 30일 동안 금식^{禁食}을 한다. (5)
일생에 적어도 한번은 메카에 순례^{巡禮}를 해야 한다. 등이 이슬람의 율법^{律法}
이다.
  이 종교를 믿는 사람이 이 세상에서 가장 악질이다. 그들은 지금도 세계
도처에서 너 죽이고 나 죽는다는 테러를 자행하고 있다. "신은^{하나님, 유일신(唯}
^{一神)}하나다"라는 그들의 주장은 하느님의 아들 예수를 믿는 자는 없어져야
한다는 그들의 그릇된 생각에서다. "원수라도 동등하게"란 코란의 한 구절
을 무시한 채 이 세상에서 제일 무서운 테러 집단이 되어 세계 도처에서 잔

인한 폭력을 가하는 바람에 세계 경찰이라고 하는 미국도 9.11테러를 당해 무고한 수천의 민간인이 억울한 죽음을 당했다. 죽으면 모두 신神인데 어린 이가 죽으면 모두 천사天使가 된다고 하는데, 하늘에서 일하는 천사가 어려 서 날개가 약해 머나먼 하늘에서 못 오나 예수는 자기가 태어난 이스라엘이 끊임없는 테러에 시달리고 있는데 하늘에서 아버지인 하느님 눈치만 보고 이러지도 못하고 저러지도 못하고 팔짱낀 채 구경만하고 있는 모양이다!

다른 종교에 비하면 그리스도교는 인생의 궁극적인 목적과 인간의 죽음 에 대한 의문을 하느님이 자신의 외아들 예수 그리스도를 통하여 인간에게 직접 가르쳐 주었다고 설교를 하고 있다. 하느님이 누구이며, 어떻게 하면 죽음을 극복하여 영원히 살 수 있는가? 라는 명제 아래 참 행복에 이르는 방 법을 계시啓示, 드러내 보임하고 있으므로 그리스도교를 계시啓示의 종교라 한다. 그리스도교 목자들은 인간은 모두가 죄인이라는 것이다. 내가 생각하기에 는 하느님이 죄인인데! 왜냐고? 예수도 신의 창조물인creature아담과 이브처 럼 흙으로 만들지 남의 아내인 마리아에게 수태受胎하게 하여 아들 예수를 태어나게 했느냐는 것이다. 이 세상의 법으론 간통죄에 속한다. 우리나라 간통법을 없애자 하는 무리가 혹시 그리스도교 성직자! 그러면 세상은 개 판이 될 것인데, 죽은 카사노바가 하늘에서 내려다보고 장탄식을 하며 일찍 죽은 걸 무척이나 억울해할 것이다. 비아그라 주가는 천정부지로 치솟을 것 이고!

성경 어디엔가 이런 구절이 있다. 너의 이웃을 탐하……?

한동안 각 언론에서 이태석 신부의 죽음과 그의 공적을 다루었다. 그는 의사로서 사제 서품을 받고 이 세상에서 제일 가난한 곳인 남 수단 톤즈지 역에서 가난과 굶주림으로 죽어가는 사람들을 치료 해 주었다. 남 수단 북 쪽 아랍계와 남쪽의 원주민과 내전으로 200만 명이 죽었고, 오랜 내정으로 인하여 가난과 질병이 만연한 곳에서다. 그러한 그가 의료 봉사 활동 중 병에 걸려 죽어갔다. 그렇게 착한 일을 한 그 분을 하늘에 신이 있다면 구해 주었어야 한다. 하늘에 환자가 많아서 데려 갔다면 이해가 가지만 그러나 죽을 때 제일 고통스럽게 죽는다는 암이란 병을 주어서……

통화의 혁명을 일으킨 스티브잡스도 암으로 하늘로 갔다. 하늘에도 통화의 품질이 나아져 지구의 성직자와 소통이 잘 될 같은 느낌이다. 그러면 한결 나아진 세상이 될까!

모든 교리를 따르면 현세보다 더 나은 삶이 주어진다고 하지만! 이 모든 것은 성직자가 먹고 살기 위해서 신도를 모아놓고 거짓말로 유인하는 사업방법事業方法을 기록해 둔 것이다. 모든 종교의 장에 가면 돈 돈 돈이다. 일도 하지 않고 입說敎으로 먹고 사는데 돈이 없으면 그들도 인간인데, 주기도문을 외우고 또는 불경을 외우고 목탁을 두드린다 해서 음식이 나오지 않는다. 먹지 않고 어떻게 살 것인가? 내가 생각컨데, 다수多數 성직자는 사기꾼에 조폭같은 자 들이다. 그 어느 누구도 천당을 갔다가 온 자가 없으며, 또한 죽은 뒤 이 세상으로 윤회되어 보다 나은 삶을 살아가는 사람은 없다. 성직자들의 재물에 대한 탐욕greed은 끝이 없어 신도들에게 하는 말은 언제나 죄를 이야기하여 공포恐怖를 조성하고 헌금獻金과 시주施主를 요구하고 있다. 어수룩한 신도들만 이용당하고 있는 것이다.

샤머니즘점술행위, 占術行爲도 마찬가지다. 돈을 많이 주면 모든 일이 더 잘 풀린다고 거짓말을 한다. 그렇게 남의 운명을 잘 알고 해결방법을 알면 자기 운명의 해결방법을 알아내서 빌게이츠처럼 돈을 왕창 벌어 편한 여생을 보내지 뭐하려 방구석에서 상 위에 엽전을 굴리거나 쌀알을 고루는 짓을 하며 공갈협박으로 공포조성恐怖造成하여 돈을 뜯어내고 있느냐는 말이다. 공포는 인간의 본능이다. 그래서 거짓말로 유인하는 종교 교리에 쉽사리 빠져 들게 된다.

전남 순천시 한 금융기관에 근무하던 김모씨[54,] 여는 한 고객 통장에 들어
있던 예금을 자신이 다니던 교회 목사 부인의 통장으로 이체했다. 6일간
5000만 원에서 1억 원씩 모두 10차례에 걸쳐 총 5억 원을 이체했다. 이 예금
은 자신의 남편이 운영하는 회사의 사업자금이었다. 그런데 헌금한 5억 원
은 교회 목사와 부인이 교회에 쓰지 않고 전자제품이나 고가 의류를 구입하
는데 모두 쓴 것이다. 그간에 총 13억 원을 헌금했다한다. 얼마나 감언이설
로 신도를 꼬여 냈을까! 결국 헌금한 사람과 목사부인을 횡령죄로 구속하고
목사는 같은 혐의로 불구속입건 됐고 횡령한 돈 때문에 회사는 부도에 몰릴
처지가 됐다는 언론들의 보도다. 자기가 하느님이나 마찬가지이니 육체관
계를 가져야한다고 자매를 한방에서 거시기한 목사도 있었다.

한때, 네팔, 티베트 불교에서는 여자가 결혼하면은 무조건 첫날밤 중놈이
먼저 배관공사첫날밤, 거시기를했다. 그래서 온 나라가 성병이 창궐하기도 했다.
절에 불상을 보면 한 손은 손바닥을 펴 보이고 한 손은 엄지손가락과 중지
손가락을 맞대어 동그라미를 하고 있다. 돈을 주든지 아니면 여자 거시기를
달라는 표시다. 매일 밤 목탁을 치듯이 딸딸이手淫만 칠 수 없을 것 아닌가!
그래서 공갈협박을 하여 자기들에게 육체관계를 맺어야 한다고 감언이설
을 한 것이다. 괜히 욕이 나오네, "씹 할 놈들!" 아니 욕이 아니지! "씹 못할
놈들"이지. 욕 같은 욕을 하니 속이 후련하다. 절에 가서 신도들이 불전佛錢
함에 돈을 넣지 않으면 목탁소리가 적어진다고 한다. 열나게 두드려봤자 돈
이 안 되어서 힘이 빠져서 그렇다는 것이다.

언론에 성직자의 비리 보도는 끝나지 않고 계속 이어지고 있다. 성경을
비롯하여 코란과 경전은 번역자들의 오역誤譯된 것이 지금의 종교다툼이 됐
다. 그 한 예를 들자면 구약성서의 시, 기도 등이 처음 시작한 때는 기원전
1,000년이었는데 그 방대한 기록이 계속 쌓여서 기원전 100년경에 마지막
권이 쓰여 졌고, 세계 2천개 이상의 언어로 번역되었고 지금도 번역 중이라
고 한다. 19세기까지 성경은 기독교의 역사책이기도 하지만 과학책으로 여
겨지기도 했는데, 창조 속의 성경이야기세상과 세상의 모든 것을 하나님이 엿새 만에 창

조하셨다. "영국 성공회 신부 80%는 믿지 않는다"라고 했다.를 믿고 있었는데, 찰스 다윈의 진화론《모든 생물은 환경에 적응하면서 서서히 변해 왔다는 학설》과 그 증거를 들고 나오자 종교계에서 큰 소동이 난 것이다. 성경학자들이 반박 성명을 냈고, 많은 작가들을 동원하여 책을 써서 신의 창조를 거듭 주장하였고, 성경을 번역하기에 열을 올렸다.

세계 도처에서 성경이 마구 번역되면서 번역이 잘못되어 어처구니 없는 실수를 저지르기도 했다. 그 한 예로 킹 제임스 영역성서King James Version, 영국 제임스1세의 명령을 받아 편집 발행한 영역 성경의 1612년 판에서는 시편 119장 161절의 권세가Princes들이 나를 까닭없이 박해하오나, 로 잘못 번역, 인쇄하는 엄청난 실수를 저질렀고, 1631년 판에서는 십계명에서 'not'이란 단어를 빠뜨리는 바람에 일곱번째 계명이 '너희는 간음해야 한다Thous Haltcommit Adultery'로 바뀌었으며, 1966년 판에서도 시편 122장 6절 '예루살렘에 평화가 깃들도록 기도Pray하라'는 내용에서 'r'이 빠지는 바람에 예루살렘에 평화가 깃들도록 대가Pay를 치러야 한다는 뜻으로 번역되기도 하였다. 이렇듯 왕의 명령을 받고 편찬한 작가라도 실수를 하기 마련이다.

한때 TV서 노자도덕경老子道德經 명강의로 이름을 날리던 모 대학 김용옥金容沃 교수가 강의하는 것을 시청한 경남 창원시 모 주부가 "엉터리로 번역하여 강의를 한다"고 한 뒤, 자신이 도덕경을 번역 출간하여 베스트셀러가 되었다. 김 교수는 "깨갱" 꼬리를 내리고 TV화면 밖으로 어느 날 사라졌다. 원래 도덕경은 5천 자字로 상·하권이며, 십계경十戒經과 차설십사지신지품次設十四指身之品을 합하여 3권으로 이루어져 있다. 노자도덕경이 발견된 것은 당唐, AD 618~684년나라 때 돈황燉煌에서 발견되어, 당나라가 국보로 지정해 내려오다가, 장개석蔣介石이 모택동毛澤東에 의해 대만으로 쫓겨갈 때 국보급 사서史書를 모두 가지고 갔는데, 노자의 친필親筆인 진본眞本이 1985년에 발견되어 영인본으로 세상에 빛을 보게 되었던 것이다.

아무리 유명한 교수라도 한문 번역을 잘못하면 그런 창피를 당한다. 나도 어려서 한문 공부를 하여 사서^{논어·맹자·중용·대학}까지 익혀 지금도 책을 보지 않고 대학 서문을 외울 정도다. 그간에 가야 역사소설을 세 권 집필 출간했지만 집필 때마다 과연 내가 올바르게 역주 했나를 고민 했다. 일반인이 보기에는 최고 학문을 가르치는 교수의 번역이 옳은 줄 알겠지만! 천만에 말씀이다. 한문은 뜻풀이에 해박한 지식이 없으면 어느 누구이던 오역^{誤譯}을 할 수 밖에 없다. 내가 집필한 책도 몇 십 년씩 출판사 원문 교정에 종사한 편집부장도 실수를 하여 애를 먹은 적이 있다.

2003년 5월에 노무현 대통령 장인 권오석씨가 빨치산이 아니다는 것을 추적하여 집필한 실화 다큐소설 『지리산 킬링필드』 책 표지 영문자 「KILLING FIELDS」를 「KILLING FILEDS」로 잘못되고 서문에 필자의 이름도 강평원을 강편원으로 잘못 기록된 것이다. 책 표지담당자에게서 사과는 받았지만, 초판 5천부가 나간 뒤에 알았다. 노무현 전 대통령과 권양숙 영부인께 따로 보냈고 청와대 민원실에도 보냈는데……. 책을 보낸 이튿날 김해 중부경찰서에서 청와대에서 연락이 왔다며 만나자는 형사의 전화를 받고 예총사무실에서 만나 초판 5천부를 찍었다는 것을 확인하고 돌아갔을 정도의 책이었지만, 독자는 저자의 실수로 알 것이다. 그것만이 아니다. 『아리랑 시원지를 찾아서』는 고대사를 인용하면서 인용된 책 이름과 저자를 교정 과정에서 실수를 해서 빼먹는 바람에 표절 시비가 된 것이다. 저자를 잘 알고 있었기에 출판사 대표와 동행하여 실수를 인정하고 원만하게 넘어갔다. 이렇듯 출판사의 실수도 독자는 저자의 잘못으로 생각한다.

21세기 첨단 기계 컴퓨터도 사용자 잘못으로 기록되는데, 고대에는 뜻글자 한문에서 소리글 한글 번역은 수없는 오역을 했을 것이다. 제대로 번역되지 않은 교리를 가지고 서로 우월하다는 다툼은 절대로 끝나지 않을 것이다! 내가 보아 온 종교인 대다수가 성경을 비롯하여 코란과 불경에 기록되어 있는 교리는 신^神이 한 말이 아닌 것을 너무도 잘 알기에 교리를 지키지 않았고, 내가 알고 있는 모든 종교인은 종교를 매개체로 나쁜 짓을 일반인보다 더 열배 정도는 많이 하였다. 모든 종교가 신도들에게 가르치는 교리

대로 행동을 한다면 이 세상이 바로 그들이 주장하는 천국이다. 설혹 잘 번역된 책이라도 너무 광신적인 믿음은 뭇사람들을 불편케 하기도 한다.

재밌는 이야기를 해보겠다. 북파공작원 훈련 때의 일이다. 43년의 세월이 흘렀지만 지금도 주소를 기억하고 있다. 경기도 부천군 소사읍 범박리 신앙촌 CD 86통 2호에 사는 부하가 있었는데. 그의 여동생이 팀장인 나에게 자기 오빠를 잘 봐달라고 곧잘 편지를 보내왔다. 그런데 편지가 올 때마다 내용은 하느님으로 시작하여 끝에는 하느님으로 끝난다. 부하 역시 하느님을 입에 달고 산다.

하루는 정찰 훈련을 하면서 선두정찰병이 지뢰 인계철선을 건드려 지뢰가 폭발된 대형사고가 났다. 창자가 배 밖으로 튀어 나온 사병을 비롯하여 다리가 절단된 중환자와 경미한 부상자가 1명인데 하느님을 믿은 부하가 경미하게 입었다. 위생병이 중환자에게 달려가자 하느님을 믿는 부하는 하느님을 찾는 게 아니고 "아이구! 어머니 나죽네"어머니를 소리쳐 부르면서 고통을 호소하다가 위생병에게 소총을 겨누면서 "나부터 치료해 달라"고 하여 총에 맞을까봐 위생병이 어쩔 줄 몰라 당황해 하는 것을 목격했다.

나는 부상당한 부하가 "하느님! 살려주세요"하고 하느님을 먼저 부를 줄 알았는데 그러질 않았다. 어머니를 부른다해서 어머니가 오지도 못할 것이고 하느님이 내려다보고 달려와 치료 해주는 것이 아니라. 위생병이 해주는 것이라는 것을 부하는 알고 있었다. 훈련 중 크고 작은 사고가 나는데 하나같이 "어머니"를 불렀다. 태어나 어머니의 사랑을 제일 많이 받았기 때문일 것이다. 지구상에서 인간끼리 평화롭게 살려면 서로 간에 용서의 근원인 무조건적인 사랑이라는 것이다. 사랑하면 용서를 할 수 있기 때문이다. 그러나 어수룩한 대다수의 종교인은 모르고 있는 것이다!

마크 스트로먼[41세] 기독교도인 그는 2001년 9.11테러 이후 미국의 대표적 '증오범죄자'가 됐다. 테러 열흘 뒤, 보복으로 유색인종에게 무차별 총격을 가해 힌두교도를 포함한 2명이 텍사스 주 댈러스 노상에서 영문도 모른 채 숨을 거뒀다. 법정은 최고형인 사형을 선고하였다. 범죄 후 10년인 올해 사형이 집행될 것이라 한다.

그런 스트르먼에게 손을 내민 건 다름 아닌 세 번째 피해자였다. 방글라데시 출신의 라이스뷰이얀[37세]은 당시 얼굴에 총을 맞고 사경을 헤맸다. 결국 오른쪽 눈이 시력을 잃었다. 그런 그가 지금 스트르먼을 살리려 백방으로 뛰어다닌다. 인터넷에서 서명운동을 벌이고, 몇 차례나 주 고위층을 만나 탄원서를 넣었다한다. 왜 뷰이얀은 원수에게 은혜를 베푸는 걸까? 그는 미 공영라디오방송[NPR] 인터뷰에서 "이슬람교도라면 당연한 일"이라 말했다고 한다. "많은 이가 오해하지만 내가 배운 종교는 미움보다 용서를 가르쳤습니다. 신실한 부모님 역시 '가해자가 이교도라도 화해하라'고 조언했지요. 스트로먼을 만난 뒤 믿음이 더욱 단단해졌습니다. 그 역시 피해자였어요. 잘못된 오해가 그를 고통으로 내몬겁니다.

기독교 역시 복수를 가르치진 않잖아요." 물론 이런 일은 말처럼 쉽지 않다. 그런 뷰이얀은 지금도 악몽에 시달린다. 그러나 지난 세월 한 번도 울지 않았다. 안타깝게 숨진 이들이 있는 한 눈물도 사치였다. '스트르먼에게 다시 한 번 기회를 주고 이슬람에 대한 미국인들의 오해를 풀자.' 그게 삶의 버팀목이 됐다. 진심은 통했다. 악마를 죽였다며 당당해하던 스트르먼 하지만 뷰이얀이 내민 손에 고개를 숙였다. 희생자들에게 공개 사과했고, 최근엔 지역 사회 이슬람 커뮤니티에 가입했다.

미 뉴욕타임스와 서면 인터뷰에서 "진짜 '믿음'이 뭔지를 보았다"고 털어놓았다. "죽음은 두렵지 않습니다. 겸허히 죄값을 치르겠습니다. 희생자들에게 죄송할 뿐이에요. 마음은 편안합니다. 뷰이얀 덕분에 세상의 모든 종교는 사랑이 바탕이란 걸 깨달았어요. 그는 용서받아선 안 될 사람을 용서했어요. 성경을 실천한 건 뷰이얀입니다." 스트르먼의 삶은 얼마 남지 않았다. 극적인 사면이 이뤄질지……

복수만이 해결자로 보였던 스트르먼이 10년이라는 긴 세월동안, 죽음을 앞두고 자신의 잘못을 깨우친 결과물은 "화해와 용서"란 것이다.

그래서 이 세상의 모든 종교의 교리敎理는 어머니가 자식들을 사랑하는 것과 같은 아름다운 내용들이다. 사랑의 큰 뜻은 "인간만이 할 수 있는 가장 아름다운 미덕인 용서다!" 그러나 천지가 생성된 이래 아직까지 신이 나타나 죄지은 사람들을 사랑의 근원인 용서를 하지 않았다. 그래서 구원을 받은 사람은 단 한 사람도 없다.

수많은 환자가 감금실에서 고문에 비명을 지르고 또는 거세실에서 단종을 당하면서 너무 아프고 억울해서 발버둥치고 소리쳐도 인간을 고통에서 해방시킨다는 그 잘난 신神, 그 누구도 신의 사랑의 손길을 받아보지 못했다는 것이다. 물론 신과의 대화는 소리 없음일 것이다. 그 소리는 아무나 들을 수 없을 것이며 들리지도 않을 것이다.

오직 성직자의 설교 주 내용인……. 믿음을 요구하고 있는 신과 믿는 사람만이 나누고 들을 수 있을 것이다! 그래서 종교는 신도들을 미치게 만드는 것이다! 내가 생각하는 신이란 인간이 만들어낸 존재存在라고 생각한다. "죄는 미워하되 사람은 미워하지 말라"는 "레미제라블"의 교훈이 떠오른다. 인간은 신처럼 완벽하지 않은 미완성의 존재다. 기독교에서 주장하는 "완벽한 신은 왜? 인간을 창조할 때 완벽하게 만들지 않았을까?"라는 답을 "종교 믿어 구원을 받으라"는 성직자에게 요구하였지만 누구하나 확실한 답을 내놓지 않았다. 누구나 꿈이 있을 것이다. 또한 세속적인 작은 욕심이 있을 것이다. 그러나 대다수 세상 사람들에겐 오직 자식을 바라는 것에는 모두가 원대한 욕심일 것이다. 세상에 태어나 남기고 가는 것은 오직 자신의 핏줄痕迹인 자식이기에, 의학이 발달된 지금의 시대에선……. 그 꿈과 욕심을 깡그리 없애버린 애절하고 슬픔이 한가득 내재된 당시의 사연은 흐르는 세월 따라 살아있는 역사로 남을 것이다.

정오의 시간이 다 되어 가는데 대지를 밝히고 만물에게 생기를 주는 태양이 구름 커튼을 제끼고 나와 같이 해주면 좋으련만, 하늘은 얼굴을 들어내지 않고 있다. 시대의 증인이며 양심의 최후의 보루인 이 시대 작가들 단체인 김해문인들의 방문에 신이 있다면 부끄러워서일까! 그들이 70여년을 정성들여 돌봐온……. 우듬지가 가지런히 다듬어진 수가지의 아름다운 수목들이 질서 있게 가득찬 정원은 기독교인들이 말하는 에덴의 동산이 아닐까 싶다! 회색빛 도시에서 공해에 찌들어가는 우리보다 좋은 환경에서 생활하는 그들이 어쩌면 우리들보다 더 행복할지도 모른다. 물론 그들의 눈물과 피와 땀을 먹고 자랐을 것이다! 기대했던 그곳에서 생활하고 있는 주민은 접촉이 허락되지 않았다.

　기념관 광장엔 바지런했던 연노하신 어머니의 손톱처럼 군데군데 몸이 갈라진 채 옛 기억을 더듬는 늙어버린 느티나무가 그늘을 만들어 관광객을 끌어 모아 잠시의 휴식처를 제공하고 있었으며 고흥만 바닷물은 섬을 끌어안고 숨고르기를 하고 있다! 소록도의 아름다운 풍광을 숨겨놓고 몰래보고 싶은 마음만은 나만의 욕심일까! 고흥만의 점점이 포개진 크고 작은 섬들은 그리움으로 그 곳의 사람들에겐 다가왔을 것이다. 곳곳의 낙엽처럼 떠있는 작은 배들……. 평생을 바다와 삶을 함께 살아 왔지만 바다의 마음을 알 수 없는 어부는 언제나 자신들에게 넉넉한 먹을거리를 내주는 바다에 그물을 내려놓고 집으로 돌아오면서 밤새 많은 고기가 들어 있기를 빌었을 것 같다. 다도해 청정해역 그곳 사람들은 바다로 생을 살고 있으면서 먹을 것을 많이 주는 바다를 고맙게 생각하고 삶을 살아갈 것이다. 풍요로운 바다에서 욕심 없이 살아갈 사람들의 마음을 어렴풋이나마 행복한 삶의 의미를 알 것 같다.

　이 생각 저 생각에 잠시 휴식을 취한 뒤 곳곳을 돌며 방문 기념사진 몇 컷을 찍고 다음 행선지로 가기 위해 발길은 돌렸다. 올 때의 역순으로 바닷가 산책로 계단을 바지런히 내려오다 꼼지락 꼼지락거리는 바닷가 뭇 생명을 바라보다가 잘못 걷는 바람에 심봉사가 헛다리 짚어서 덤벙대듯 덤벙이다가 눈길에 마주친……. 클로즈업 되어온 두 장면?

바람도 잠시 외출중인 소록도 해변 산책로 계단에서 후드를 쓰고 고개를 숙인 채 우두커니 앉아 바닷새 울음소리에 귀를 기울이고 이따금씩 담배연기를 허공虛空에 내품으며 오가는 배를 멍하니 바라보는 무척이나 쓸쓸해 보이는 저 나그네……. 지레짐작하건데 성냥을 수없이 그으며 긴 그리움을 소각하느라 아마 그의 앞에는 담배꽁초가 질서 없이 쌓였을 것 같다!

또 다른 장면은……? 연보라색 스카프를 머리에 둘러쓰고 순백 실로 짠 숄을 오픈된 어깨에 걸친 채 직선으로, 3센티미터 정도의 넓이로 잘게 주름진 빨간 실크치마를 살랑이며 구찌 브라운 숄더백을 앞뒤로 흔들고 걸어가는 모습이 엄마 잃은 아기사슴이 귀를 기울이고 자기를 애타게 찾는 엄마목소리 들으려고 조용히 걷는 것처럼! 외롭게 바닷가를 거닐어 슬퍼 보이는 저 여인……. 저들은 무슨 사연이 있어 소록도를 찾아와 내 눈을 유혹(誘惑)하는 행동을 하고 있을까. 분명 저들도 무슨 사연이 있을 듯하다! 나는 이상하게도 바다를 찾는 사람들이 마음에 들기도 한다. 왠지 누구에게 말 못할 가슴 아픈 사연들이 있을 것 같기도 하고 해서 때론 사람은 많이 슬퍼할 시간이 필요하며 그리움과 고독에 몸부림도 쳐봐야 한다.

소록도 비련悲戀, 슬픈 사랑

분홍빛 바닷물에 담금질하던 석양도 지고

녹동 포구浦口엔 희미한 가로등 불빛이 밤을 열고 있다

문득 생각이 나서 찾아온 그리움이 멈춰 버린 곳

포구를 간간히 지나는 떠돌이 바람은 조용히 불고

별빛과 달빛을 머금은 물결은 희미하게 살랑거린다

살랑거리는 물결 따라 흔들리는 나룻배는

오늘도 오지 않은 그대를 기다리고

나만 홀로 헛된 한숨을 내쉴 뿐이다

사랑하는 여인아 오늘도 만나지 못해

짝 잃고 슬피 우는 바닷새 울음소리에

그대를 향한 그리움의 둑이 터져 버렸다

혼자 외로워 견디기 힘든 이 시간

솔숲 사이에서 거친 숨소리로 나타나

내 이름 석 자 나직이 부르며 다가와

쿵쾅거리는 내 가슴에 살며시 안겨주길 소망한다

고홍만(灣) 물 속 달과 수많은 별들이 잔물결과 노닥이는데

나의 간절한 기다림의 시간은

타다 남은 담배꽁초만 질서 없이 쌓여만 가고

나는 몇 번이나 성냥을 그으며 긴 기다림을 소각한다

얼마나 많은 시간이 너를 잊어버리게 할런지

너 잊어버림으로써 자유로울 수 있다면

사랑이란 구속이 아니란 것을 알았을 텐데

방황하고 헤매는 나를 두고 떠난 내 사랑을

이 생명 다하도록 잊을 수 없다는 것 알면서도

기억 속의 그대 지우려고 가슴에 빗장을 걸어두었다

이별은 헤어짐이 아니라 또 다른 기다림인 것을

내 가슴 속 깊은 곳에 작은 눈물 호수 만들어 놓고

그대 이름 석 자 아직까지 지우지 못하였다

소록도 끝자락 산책로에 줄지어선 가로등 아래

이따금씩 사람들이 길을 오고 가는데

옛 기억 속에 나에게 다가오는 사람이 있다
언제나 마음속에 실루엣 내 사랑 여인이

깜빡거리는 늙은 가로등에 기대 서서
가슴 속에 만들어둔 작은 눈물 호수 둑을 터버린 채
풀벌레 울음과 하모니되어 펑펑 소리 내어 울어버렸다

산들바람 부는 포구 물 속에 잠긴 달과 별들은
하얀 파문의 리듬에 고요히 흔들리는데
오늘도 그대의 작은 숨소리를 듣고 싶어
엄마 잃은 아기사슴처럼 조용한 발소리로 귀 기울이고
슬픈 사연을 머금고 있는 유방 섬을 곁눈질하며
소록도 바닷길 목책 산책로를 거닐고 있다

소록도 이야기가 너무 슬퍼서 바다가 깊은가! 바다가 깊어서 이야기가 슬픈가! 그래서 그 곳 사람들의 삶이 슬픈가! 뭍으로 외출중인 바람 때문에 외로워 외출을 끝내고 빨리 돌아오기만을 기다리면서 바다에서 목을 내밀고 있는 두 개의 작은 섬에 눈길이 갔다. 아까의 생각과는 반대로 섬의 사연을 가늠해봤다. 단종대에서 또는 감금실에서 너무 억울해서 흘린 환자들의 눈물이 응고凝固되어 형상화되지는 않았나! 상상의 나래가 머릿속에서 생성되고 있었다. 다른 한편으론 인간의 벌을 다스리는 신이 하늘에서 소록도의 참혹한 광경을 보고 있다면 "아무리 악독한 신이라도 양심에 가책을 받아 두 눈에서 흘린 눈물 방울이 바다에 떨어져 응고되어 섬이 되었다!"라는 나만의 전설을 만들고 싶다.

그러나……?

나의 생각과는 정반대임을 알게 된 것은 다른 여행지로 이동하기 위해 버스를 타려고 주차장으로 가던 중 불현듯 내가 처음부터 추측하고 있던 섬일 것이야! 그러한 바람으로 발길을 돌려 해변에 자리 잡고 앉아 있는 자그마한 편의점으로 가서 버스 안에 이미 준비되어 굳이 사 필요 없는 알루미늄으로 만든 병에 담긴 따뜻한 고급커피를 사며 편의점 사장에게 여쭈어보고 알게 됐다.

"사장님! 앞쪽 바다에 나란히 떠있는 두 개의 작은 섬에 이름이 있습니까?"

"유방섬입니다."

그는 거침없이 말해 놓고 나를 빤히 바라보고 싱긋 웃었다. 왜 웃을까? 아마도 봉곳한 유방엔 뭇 남성들의 야릇한 시선이 머문다는 유방이란 말을 해놓고 보니 쑥스러워서일까! 편의점 주인의 얼굴을 자세히 훑어보니 수많은 사람들을 상대하면서 익힌 듯 참 수덕修德한 얼굴이다.

"내 생각과는 빗나갔지만, 섬 이름이 지어져 있군요? 언제부터 그렇게 부르게 됐나요?"

"어떻게 생각하고 있는지 모르요만! 저 섬을 자세히 쳐다보면 유방처럼 안 생겼습디까? 다르게 보면 유방확대수술을 한 큰 양색시 젖마개같이 보이기도 하고요! 나가 이 곳에 장사를 시작한 지 솔찮이 오래 됐소. 매일 수많은 관광객이 왔지만, 섬 이름을 묻는 사람은 손님이 처음이요. 근디 멀라고 묻소?"

대답을 끝내고 궁금하다는 눈초리로 바라보았다.

"나는 눈물섬으로 생각을 했습니다. 말씀을 듣고 보니 유방처럼 생겼습니다. 저는 경남 김해시 살고 있는 소설가입니다. 이상하게 저렇게 작은 섬도 이름이 있을까 궁금하여 가던 발걸음을 돌려 사장님께 여쭈어 보는 겁니다. 섬 이름이 있다면 작품을 써보려고요."

"글라요? 책이 나오면 꼭 사서 읽어 볼라요. 눈물섬이라! 눈물섬⋯⋯. 두 방울 눈물이라. 그것도 말이 되네! 근디. 선생님은 김해서 산담시롬 경상도 사투리 말씨가 아니고 전라도 말씨 같은디!"

"아! 예. 출신지는 순천시와 벌교읍 중간인 별량면입니다. 지금도 형제들이 살고 있고요."

"그요 이? 아따, 겁나게 반가운거! 악수나 한번 합시다. 나도 고향이 순천
이요. 연락처를 주실람니까?"
　지갑에서 명함을 꺼내 건네준 뒤 물품 계산을 끝내고 나오는 나를 불러
세우고 덤으로! 냉커피 캔을 하나 들고 와서 손에 쥐어 주면서
"다음에 시간이 있으면 한 번 더 관광 오십시오."

　섬 인심이 야멸치다는 말은 옛 말인 것 같다! 밖으로 나와서 다시 바라보
니 바다 위에 떠 있는 유방처럼 보이기도 했고 상점 주인의 말처럼 물에 떠
있는 브래지어에다 비유해도 될 것 같아 보인다! 왜, 유방섬이라 불렀을까?
그 사연을 알 수 있다면 더 좋으련만……. 고흥군 어민은 시를 짓는 시인보
다 더 아름다운 마음으로 섬 이름을 지었을 것 같다!
　나의 상상의 나래는 또다시 흔들거리는 버스의 몸부림에도 꼬리에 꼬리
를 물고 있다. 환자들의 애절한 사연으로 단종대 막사 벽에 걸려있는 이동
씨가 지었던 시와 연계되어 유방 섬의 슬픈 전설이 생성되기 시작하였다.
한센병 환자 중 두 청춘 남녀가 사랑하고 있었다. 그러나 자식을 낳으면 병
을 대물림을 한다는 일본의사들의 어리석은 인식에 의해 강제적으로 단종
수술을 받았다는 애인의 말을 듣고, 사랑하는 사람의 자식을 가질 수 없다
는 절망에 빠져버린 여인이 극단적인 행위로 유방을 칼로 잘라 바다위에 던
져 버렸다! 그도 아니면? 비련의 사랑에 스스로 바다에 뛰어들어 생을 마감
한 여인의 시신이 신들이 산다는 하늘을 바라보며 필요 없게 된 자신의 유
방을 조물주에게 보여주듯 처연한 모습으로 바다에 떠있는 형상으로 보여
진다면 유방섬의 전설이 될 것이다!
　조선 최초 소프라노이자 대중가수이며 여성으로서 첫 국비國費유학생이
고 신新여성의 우상이었던 윤심덕이 유부남 김우진과의 사랑이 이루어질
수 없음을 알고 자살을 암시한 내용으로 "다뉴브 강의 잔물결"에 직접 가사
를 붙인

광막한 황야를 달리는 인생아

너의 가는 곳 그 어데이냐

쓸쓸한 세상 험악한 고해苦海에

너는 무엇을 찾으려 하느냐

눈물로 된 이 세상에

나죽으면 그만일까

행복 찾는 인생들아 너 찾는 것 설움허무

노래를 녹음하면서 하염없이 울었다는 "사死의 찬미燦美"의 사연같다. 음반이 나오기 전 연인과 귀국 중에 현해탄 바다 배 위에서 연인인 김우진을 끌어안고 함께 자살한 시체가 나란히 손을 잡고 하늘을 바라보는 형극으로 떠있었다는 설設이 있다. 또 다른 설은 외국으로 도피해 살았을 것이라는 설도 있다. 사건은 언론에 보도되면서……. 사고 발생 일주일 후 발매된 앨범은 당시로서는 전대미문의 판매고를 올렸다한다. 그 사건이 유방섬과 오버랩되어 눈물샘을 자극했다. 그렇게 소록도의 슬픈 이야기를 만들어내는 내가 어쩌면 잔인한지도 모르겠다! 비련의 여인 윤심덕의 노래 가사 내용처럼 소록도 유방섬 유래도 젊은 연인들의 슬픈 사랑으로 연상한다면 사의 찬미가 아닐까. 죽음이 어찌 아름답고 빛나겠느냐만! 한때는 진정한 사랑 앞에 목숨도 구걸하지 않았던 지조 깊은 대한민국 여성들이 아닌가. 지금 시대엔 상당수의 사람들은 사랑을 뒷굽이 닳은 신발처럼 여기는 세태에, 소록도 유방섬의 슬픈 전설은 그렇게 만들어져 머릿속에 각인되고 있다.

우리 회원들은 이번 문학여행을 하면서 작품을 어떻게 구상하고 있을까? 유방섬이든 눈물섬이든 이러하든 저러하든 아무튼 간에 슬픈 사연이 가득한 섬이 아닌가! 하늘에서 내려다보면 "아기 사슴을 닮았다"해서 소록도小鹿島라고 이름 지어진 섬을 자연의 숨결이 보듬고 있었으며, 온갖 나무들과 꽃들의 숨소리는 향기로운 바람이 되어 길을 만들어서 사람들이 찾아오게 하고 자연은 그곳 사람들의 아픔을 끌어안고서 계절을 가불하여 나타난 고추

잠자리 두 마리와 한가로운 시간을 보내고 있었다. 자기 몸을 녹여 땅을 만나 흐르는 물은 제 갈 길을 가다가 길이 없으면 돌아간다. 또한 낭떠러지 절벽에선 거침없이 수직으로 떨어져 길을 찾아가듯 그곳 사람들은 그렇게 자연에 순응하며 운명을 거슬리지 않고 숙명宿命처럼 앞으로도 두루뭉술하게 살아갈 것이며 간절한 소원을 비는 기도는 희망으로 날아오를 것이다.

또한 이 세상 생물은 언젠가는 꼭 죽는다는 것을 알고 있음에……. 사死후엔 이승의 벽을 넘어 새로운 삶을 살 수 있다는 믿음으로 긴 세월의 고통을 참고 살아 왔을 것이다. 신체발부身體髮膚수지부모受知父母란 것을 알고 있을 것이다. 깨끗하게 자기 몸을 지키지 못함에도 이젠 슬퍼하지 않을 것이다. 천하를 호령하였던 군주의 삶도, 하루의 삶이 고단했던 거지도 이승의 삶은 어떻든 간에 인생은 미완성이다. 그들이 한 많고 원도 많았던 이승을 하직한 후에 기독교인들이 바라는 천국에서 편히 살게끔 아니면 불교인들이 바라는 이 세상에 다른 몸으로 윤회輪廻하여 현재보다 더 나은 삶을 누릴 수 있다는 것을 믿어 왔듯 이승의 미완성 삶의 완성을 위해 우리 기술로 만든 나로호 우주선을 타고 뭍으로 가고 싶어도 못 갔던 옛날과 달리 지금은 연육교로 연결되어 마음대로 가듯! 그렇게 가서 자신들이 추구追驅했던 곳에 모두 무사히 천국paradise에 안착하여 이승에서 받았던 고통을 그들이 믿었던 신에게서 꼭 보상받기를 바라는 나의 마음이다.

마지막 여행지 외 나로도 주차장에서 버스는 슬픔을 한가득 싣고 집으로 돌아갈 채비採備를 서두르는데, 뭍에서 늦은 외출을 끝내고 서둘러 돌아온 떠돌이 바람이 고흥만을 덮고 있는 해무海霧를 이내 몰아내고 바다를 흔들어 깨운 뒤 게으름을 피우고 낮잠을 자고 있던 바닷물에게 으름장을 놓으며 나무라자 퍼드덕 잠에서 깨어난 바다가 예사롭지 않게 몸을 뒤척이며 술렁거리더니……. 바닷물은 갈기를 세워 이빨을 드러내고 입에서 하얀 거품을 뿜어내며 옥빛 혀를 날름거리면서 매일 반복적으로 하였던 일처럼 있는 힘을 다하여 뭍으로 오르려고 하지만! 오르지 못하자 연신 투덜거리며 외 나로도 해변 자갈밭에서 널뛰기를 하며 섬을 울리고……. 몽돌에 겁없이 달려들어 부딪친 파도의 성난 욕심을 몽돌이 잘게 부서 놓는 풍경은 한 폭의 그림을 연상케 하고 있다. 각진 돌을 몽돌로 만들기까지 수많은 세월 동안 바닷물은 살을 깎아내는 아픔에 비명을 지르며 파도와 싸웠을 것이다. 수많은 세월이 만들어낸 자연의 풍광에 저절로 감탄이 나온다. 삼복 더위를 기다리는 외 나로도 숲은 진초록이며 하늘빛은 여전히 회색이다. 내 가슴 속에도 빛이 있다면 오늘은 아마 회색일 것이다! 누구나 여행expedition을 하기 위하여 출발할 땐 설레는 마음으로 가서 돌아올 때는 풍성豊盛, satisfying한 마음으로 온다지만 온종일 날씨까지 우중충하여 이번 문학여행은 명치 끝이 아릿하여 관광버스 춤도 추지 않았고 노래한 곡 부르지도 않은 채 먹먹한 가슴으로 돌아왔다.

※흙 백사진-오래되어 황토색으로 변해가는 사진
※늙은 집-오랜 세월에 낡아진 집

§ 컴퓨터를 끄면서

51세의 늦깎이로 문단에 발 들여 논지 벌써 14년이란 세월이 흘렀다. 이제 바쁜 발 걸음 잠시 멈추고 뒤돌아볼 나이도 되었다. 출간할 때마다 20권을 집필하고 '그만 두겠다'는 말을 곱씹어 왔는데! 이번의 책「묻지마 관광」으로 목표를 달성하였다. 이젠 무었을 할까 고민이 앞선다. 글을 쓴다는 것은 생을 지탱해주는 근원이기에…….

그간에 출간한 책들로 인해 KBS아침마당·MBC초대석·KBS 이주향 책마을산책과 국군의 방송 문화가 산책 등에 출연하였고, 중앙일보 특종과 조선일보, 동아일보 보도와 여타 신문에는 집필중인데 수 차례 보도도 되었으며, 월간 중앙·주간 뉴스매거진·월간 동서저널에 특종과 특집으로 상재되었다. 책이 출간되기도 전에 MBC방송국에서 3일간 방송도 하였다. 여타 라디오 방송에도 수차례 방송인터뷰를 했고 그간에 책 관련 보도된 신문기사를 모아둔 것이 200여장이 된다. 현재 국립중앙도서관에 18권의 책이 들어가 있는데, 이를 테면 《저승공화국 TV특파원》(전2권)과 《애기하사 꼬마하사 병영일기》(전2권)를 나에게 원고료를 지불하고 전자책으로 만들어 누구나 다운받아 볼 수 있게 해 두었으며, 《쌍어속의 가야사》를 전자책으로 만들어(저자의 허락 없이 만들어—저작권 있음) 도서관에 가서 예약해서 볼 수 있도록 하였다. 또한 국가전자도서관에는 《애기하사 꼬마하사 병영일

기》와 《저승공화국 TV특파원》을 '신문학소설 100년 대표 소설'로, 《임나
가야》와 《저승공화국 TV특파원》과 소설집 《신들의 재판》을 '한국교육
학술 정보원'에 역사 소설인 《아리랑 시원지를 찾아서》와 《쌍어속의 가
야사》는 '국가지식포털'에, 《북파공작원》(전2권)과 《저승공화국 TV특파
원》(전2권)은 '한국과학기술원' 데이터베이스로 구축 저장되어 있다. 특히
《쌍어속의 가야사》는 국사편찬위원에서 자료로 사용하고 있다. 나머지
5권은 내가 입고를 시키지 않았고, 출판사와 계약이 만료되지 않은 책들이
다.

2011년 2월 도서출판 선영사에서 출간한 《지독한 그리움이다》 두 번째
시집은 출간 1년도 안되어 「국립중앙도서관」 보존서고에 들어갔다. 출간
1년도 안 돼 보존서고에 들어가는 것은 아주 극히 드문 일이라 하였다. 내
가 살고 있는 김해시 김해도서관에서도 보존서고에 들어갔으며, 2012년 4
월 현재까지 서울신문에 컬러와 흑백광고를 월 6회 이상 출판사에서 광고
를 하고 있다. 우리나라 출판사상 시집을 이렇게 길게 광고를 하는 것은 처
음이라고 독자들의 연락을 받았다. 우리나라 출판사 중 2011년에 책을 한
권도 출간 못한 곳이 92.5%라고 KBS를 보았다. 그러니까, 계획 출판을 못
하고 있다는 것이다. 출판계의 어려움에도 광고를 해주고, 이번 소설집도
출간을 거침없이 계약한 도서출판 선영사 김영길 사장님과 직원 여러분께
감사의 말을 전한다.

자연의 색깔과 수많은 꽃향기로 봄이라는 계절을 맞이하면서…….
책을 많이 읽는 도시 김해시 김해도서관 허황옥 홀에서
2012년 4월 맥취麥醉 강평원